长安纸墨录

辛昕新 ——

著

北京联合出版公司
Beijing United Publishing Co.,Ltd.

一未文化　　非同凡响

北京一未文化传媒有限公司
www.bjyiwei.com
出品

太和九年，一个鲜为人知的故事，一场历时九个月的逃亡……

目录

楔子

浓烟冲天，遮蔽了皓月星辉。

热浪扑面，驱散了晚秋寒意。

惊慌的人四散逃窜，救火的人汗流浃背。

嘈杂的脚步，吵闹的人语；房屋燃烧，噼啪作响；水火相遇，气雾升腾；寒鸦于树梢夜啼，鸺鹠在暗夜鸣叫。种种声音交织在一处，恍如一支挽歌，为逝去的人送葬；又似一曲梵音，为活着的人祈福。

烈焰放肆地舞动，逐渐幻化为一堆燃烧的纸钱。

一棵枝繁叶茂的大树下，星罗棋布地堆了好些坟茔。

其中一座坟前，跪着一个披麻戴孝的男孩。

他形单影只，弱小而无助。

在他身后稍远一些的地方，一个中年男人负手而立，望着他那可怜的背影，轻轻叹了口气，对身侧的一个十二岁的姑娘说道："从此以后，我们是他仅剩的亲人了，你要好好对他。"

那姑娘目光低垂，似有迟疑，又像在思忖，稍后才道："我不会无理取闹，但也绝不逆来顺受。至于如何相处，还需看他长大以后是何脾性。两个人的生活，非是我一人可以承诺的。"

"可你毕竟比他大三岁。"中年男人劝道，"若是起了争执，你应该退让。"

"爹，你这话没有道理。"那姑娘郑重其事地反驳道，"夫妻又不是姐弟，何以我年长便要忍让？既如此，不如忘掉婚约，你把他收为义子，我为长姐，凡事自会退让。"

"胡闹！"中年男人沉下脸，"这种话以后不许再说。"

那姑娘道："那他便是伴我一生的人，必然也要有所担当才是。我可以答应您，只要他不负我，不论贫穷还是病灾，哪怕身陷囹圄，我都会与他共同面对。即便起了争执，或是有短暂的不合，那也是我们二人的私事，您不能插手，更不能因为我是女儿、他是故人之子，便不问对错地偏袒他。如果做不到，那您还是趁早给他另觅一门亲事吧！"

这个女儿太有主见，自从她母亲去世以后，他与她争论就没赢过。她如今长大了，他更不是对手。何况人家说得不无道理，中年男人只能妥协："好吧！你们成亲以后，只要没闹到和离的地步，其余的事我一概不管。"

那姑娘似心结开释一般长舒口气，望着坟前的那个瘦弱的身影，目光中多了一些温柔，关怀之情油然而生："天色不早了，别让他跪着了。悲痛本就损耗心肺，他又在这孟冬时节的寒风中不吃不喝跪了一天，我担心寒邪乘虚而入伤了他的脾肾。我们的人生还没开始，不能让他在这个年纪落下病根，还是把他劝回去吧！"

中年男人道："好，你去吧！"

那姑娘应了一声，然后走过去。

冷风呼啸而过，遮盖了二人的言语，不知道那姑娘说了什么，男孩竟然听从她的话，从坟前站了起来，可由于跪得太久，还没站稳便又倒了下去……

"秋月姐，我的腿不能动了！"

"只是血脉不畅，没事的！我给你揉揉，一会儿就好了。还有，你可以叫我秋月，不能叫姐。"

"为什么？"

"再过几年，你会明白的！"

第一章

两个逃犯

太和九年二月，长安，大理寺狱。

阳光透过狭小的囚窗斜射进来，浮动的尘埃在光束中清晰可见。

"喂，有人吗？"沈元白扒着牢门向外呼喊，"老孙，你死哪儿去了？"

老孙是狱卒，真实年纪不详，满头白发，一脸褶子，看起来非常苍老。沈元白刚被关进来的时候，大理寺狱没有这人，三天之后一名狱卒酒后猝死，老孙取代了那名狱卒。据他自己说，他最初是京兆府监牢的狱卒，有了儿子以后，想去更大的地方当差多挣些钱，就给时任御史台狱丞的同乡送了几坛子好酒，被调到了御史台监牢。大理寺狱缺人，他又求那个同乡从中斡旋，最终如愿以偿地来到此处。可惜，大理寺狱和御史台监牢的月钱相差无几，他等于是白折腾了一场。

"喊什么啊？"老孙踏着满地水迹走过来，"都关三个月了，你就不能安分些吗？"

"老孙！"沈元白试图从牢门的空隙中探出头来，可惜太窄，他只塞进去半边脸，目光中满是兴奋，眉飞色舞地问，"发生什么事了？"

"屁事儿没有，别瞎打听。"老孙并未直视他，转而进了他对面的一间空囚室，将里面的一套肮脏被褥叠了起来。

"不可能。"沈元白撇嘴道，"从日光射进来的角度判断，现在应该是巳时末，快到午时。刚才有三个狱卒进来，挨个牢房送饭，还给了每人一壶酒。这是监牢，平日两餐都难以保证，今天中午却加了一顿，还给酒喝，这正常吗？三个月以来，除了我和对面那个人，囚犯里有谁喝过酒？更离奇的是，现在一点动静都没有了，要说全都喝醉了，反正我是不信。你告诉我，是不是在酒里下毒了？”

老孙闻言身子一僵，深吸口气，放下手中的活儿，从那间囚室出来，站在了沈元白的面前，隔着牢门盯着他，冷声道：“这是什么地方？大理寺狱。关押的可不是普通人，除了京畿重犯，就是等候发落的朝廷官员。下毒？哼，你可真敢想啊！”

“那为何没我的份儿？”沈元白不依不饶。

“你的饭菜不一样，没那么快。”老孙转身欲走。

沈元白又道：“对面那人去哪儿了？”

“与你无关。”老孙从他视线中消失了。

沈元白气急败坏地猛踢了一下牢门，这一脚的力度不小，牢门完好无损，他却因为脚趾受创发出一声惨叫，然后瘫倒在地，用手揉着脚，阵阵剧痛令他不停地倒吸凉气。

住在对面囚室的那个人，是在沈元白入狱五天后关进来的，不知所犯何罪，平日沉默不语，不论沈元白用什么方式与其搭话，那人皆不回应。

正如老孙刚才所言，沈元白的饮食与别人不同，几乎每顿饭都有酒有肉。沈元白问其原因，老孙三缄其口，怎么都不说。起初他还害怕得要死，后来实在饿得受不了，便也吃了，吃了之后既没中毒也没有被拉出去处死，之后便习以为常。让他意外的是，对面那个男人吃得竟然与他一模一样。而现在，那个男人悄无声息地消失了，四周的人又安静得像死了一样，他怎么看都不太对劲。老孙的搪塞之语显然是在欲盖弥彰，这让沈元白更加确信，今日大理寺狱必然有事发生，而且一定不是好事。

这时，老孙又回来了，端着一盘美味佳肴，比沈元白平时吃的还要丰盛。他先将饭菜放到地上，掏出钥匙打开牢门，然后端起托盘走进来，放好之后才说：“你不是说有毒吗？尝尝便知。”

"老孙，咱俩交情可不错啊！"沈元白凑近，几乎与老孙贴在一起，"你跟我说实话，到底怎么回事？"

"别跟我套近乎！"老孙一把推开他，翻了个白眼，"谁跟你有交情？你是囚犯，我是狱卒，这话要是让狱丞听到，还以为我是你同伙呢！"

"你个老不死的，忘恩负义。"沈元白没好气地说，"上个月你儿子生病，是我帮你找的大夫，现在病好了，全然不记得了？"

"你只说宣州泾县有个姓吴的女医或许可以医治我儿的病，既没带路，又未引荐，诊金也不是你出的，何以是你的功劳？"老孙转身往外走，在囚室外继续说，"那名医者确实厉害，价格公道，人也善良，是个好姑娘，但好像与你没什么关系吧？"

"怎么没关系？她是我……"沈元白脱口而出，意识到目前的处境不宜节外生枝，便将后边的话吞了回去。

"你夫人？"老孙斜睨着他，似笑非笑。

沈元白不予回答。

"我不信。"老孙鄙夷地望着他，"你这样的人，不说一事无成，肯定也不会干好事儿，怎么可能娶到那样的贤妻？"

"你从哪儿看出来的？"沈元白不服气地说，"我是什么样的人？"

"反正不是好人，好人怎会来这儿？"老孙笑了起来，但不是嘲笑，他的笑容温和且慈祥，像极了长辈在捉弄孩子以后流露出来的那种开心。

"我是被冤枉的！"沈元白争辩道，"迟早真相大白，到时候你会知道我是——"

"行了，你快吃吧！"老孙打断了他，转过身说，"我走了。如无意外的话，你我就此别过，永远不会再见了。"

"永别？"沈元白惊恐地问，"什么意思？"

老孙没有回应，整理了一下衣衫，快步离去。

他听到了大门开启又关闭的声音，看来老孙是真的走了。

沈元白烦躁地在囚室中来回踱步，本来地方就不大，还摆着一些酒菜，不论他怎么走，都是绕着那个盛满佳肴的托盘。当然，他的视线始终没离开过那壶酒。

"再也不会见面？"他眉头紧蹙，嘀咕道，"你是狱卒，我是囚犯，为何不会再见？难道说，你我之间今天有人会死？"

一念及此，他的心突然紧张起来。

"不可能。"他摇了摇头，"已经关了三个月，要杀我也不用等到今天。"然后，他拿起那壶酒，稍加犹豫，还是倒在了碗里，"我不信你敢下毒。"由于手在颤抖，酒水洒出来不少。

他端起酒碗，一咬牙，猛地一饮而尽，可是还未等咽下去，目光瞥到了牢门，满口的酒全都喷了出来。并非察觉到酒有异常，而是他发现了一个更严重的问题——

老孙出去后，并没有锁上牢门。

他的心跳骤然加快，心脏仿佛要从嗓子眼跳出来。

他很恐慌，同时又很兴奋，连呼吸都变得急促起来。

三个月不见天日，又没有任何处置的结果，无休止的等待让他备受折磨，虽然还未曾绝望，但也知道被释放的可能微乎其微，毕竟背负的罪名太大了。可是现在，转机莫名其妙地出现了，对自由的渴望犹如洪水猛兽一般不断地冲击着他的心灵，使其不受控制地走过去，伸出手，抓住牢门……

然而，理智最终占了上风，回过神来的他被吓了一跳，急忙缩回了手。

"不对劲。"沈元白眉头紧蹙，喃喃自语，"长安一共三座监牢，老孙都待过，显然不是容易疏忽之人，忘记锁门这种致命错误他绝不会犯。今天本就反常，他又来了这么一手，到底是何用意呢？"

他思索着，目光再次落到了那壶酒上，继而发出一声苦笑："如果是陷阱，踏出牢门便是死路一条：如果酒里有毒，同样活不成。反正我是俎上鱼肉，想杀我易如反掌，那还不如来个痛快！"言罢，他一把抓起酒壶，这次连碗都不用了，仰头便往嘴里倒，一口气全喝光了。

一般来说，杀人基本只用烈性毒药，入口见效，最迟不过一炷香的时间。

沈元白将酒壶摔碎，默默地等待着死神降临。

很快，他的表情开始扭曲，一副极其痛苦的样子，捂着腹部冲出了牢门，然后倒了下去，躺在地上不停地翻滚，咬牙切齿地喊道："救命，有没有人啊？"

鸦雀无声，没有任何人回应他。

沈元白闭着眼睛聆听周围动静，确认真的没人，这才长舒口气，从地上站起来，表情与刚才截然不同，什么事都没有。酒里没毒，他之所以装出中毒的样子，只是为了走出牢门，看看外边有什么，如果是陷阱，他便可以用喝酒之后身体不适搪塞过去。从结果来看，他多虑了，甚至有些自欺欺人的意味。

他在狐疑中向牢狱的大门走去，沿途路过一些囚室，透过牢门向里面观望，发现此间关着的犯人已经睡着了。他又看了看另外几间，里边的情况皆是如此。

"原来如此。"沈元白恍然大悟，"他们的酒里确实有药，却非毒药，只是让他们睡觉而已。"

有人赶走了狱卒，迷晕了犯人，还让老孙不锁牢门，这是有意救他。可是他想来想去，也想不出来什么人会来救他，即便有，也不可能做到这个地步。那要多大的权力才可以？不过，联想到在狱中的特殊待遇，或许真的有个位高权重的人在暗中庇护。

前方有一张木桌，上面摆着一盏油灯，火舌跳动，忽明忽暗。

在油灯的旁边，放着一件崭新的米白色圆领缺胯袍，还配了一顶极其常见的幞头，这是大唐庶民的常服。沈元白非常确定，这套袍冠是给他准备的，因为在折叠整齐的衣服上，放着一个只属于他的物件。

那是一块雕花白玉牌，雕的是兰花，白玉的品质一般，雕工也算不上精良，拿到典当行恐怕连一件衣服的钱都换不来。不过，对于此时的沈元白来说，这块失而复得的玉牌等同于一粒定心丸，让他那颗从走出牢门便一直悬着的心彻底落了地，因为真的有人在救他。

这块玉牌原本只有一半，现在却是完整无缺，用的还是嵌丝拼接工艺，修复的人技艺精湛，断痕被金丝覆盖，丝细如发，还用黄金加了个边框，应是出自将作监擅长金银玉器的大师之手。这说明，他入狱以后，朝廷里有位可以驱使大理寺狱卒和将作监的大人物见到了他的半块玉牌，此人的手里有他缺失的那半块，从而认定他是自己人。

沈元白只能想到这些，至于那人是谁，背后有什么不可告人的秘密，他一无所知，因为他所拥有的那半块玉牌，原本也不是他的。

沈元白换上新衣服，带好幞头，深呼吸几下镇定心神，然后拉开了牢狱的大门，映入眼帘的是一个微胖的背影。

当眼睛完全适应了外边的光线后，沈元白看清了此人的衣着，丝绸看上去很贵重，颜色与样式很像官服，只有帽子不太一样，以他的阅历不曾见过，但从其鬓白无须的特点来看，应该是内侍省的宦官。

"沈元白？"那人微微侧身，并未直视他。

沈元白木讷地点了点头。

那人不再多言，回身向前走去。

沈元白明白他的意思，紧紧跟在他的身后，不时左右观望，发现院子里竟然没有一兵一卒，那些看守大理寺狱的卫士全都消失了。看来他之前的猜想没错，今日大理寺狱确实有事发生，而且与他有关。

很快，沈元白跟着宦官来到了前院。这边是大理寺臣僚办公的地方，偶尔有官员出入，宦官却像没看到一样，如入无人之境似的直奔衙署正门。沈元白头也不抬，恨不得贴在宦官身上。那些擦身而过的官员偶尔侧目相望，似乎有些好奇，但都没有发出任何声音。

从大理寺出来，宦官继续向西走去，一直将沈元白带出了顺义门，彻底离开了衙署林立的皇城。繁华的长安街道让沈元白有种重返人间的感觉，他沐浴着正午的暖阳，感受着二月的春意，沉浸在自由带来的舒适与惬意之中，甚至忘了身边还有一个人。

那个宦官瞥了他一眼，然后将目光投向街上那些来往的行人，用不带任何温度的语气说："仲夏之前回报结果，否则死路一条。"

沈元白怔住，下意识地反问："什么结果？"

宦官没有回应，扔给他一袋钱，然后向停靠在街边的一辆朴素的马车走去。沈元白还要跟随，可是接钱的动作迟滞了他的行动，未等靠近，宦官已经上了车。车夫似已等候多时，待宦官上来后立刻驾车向北驶去，很快淹没于人流之中。

　　此人将沈元白从大理寺狱带出来，说了一句没头没尾的话便仓促离去，用意为何，他暂时还搞不清楚。不管怎么说，现在他已经脱离了囹圄，等回宣州见了雕花白玉牌的真正主人，所有疑问都将迎刃而解。

　　沈元白心情大好地沿着皇城边的街道向南走，刚过布政坊，就听到身后传来一阵骚动。他远远地望着，原来是一队从北边来的金吾卫，那些人手持沈元白的画像，在各个坊门处排查询问。沈元白意识到情况不妙，急忙躲了起来。金吾卫没有得到结果，便四散而去。紧接着，长安、万年两县的捕贼吏也倾巢出动，他们查得更细，不仅联合坊内的武侯铺地毯式搜寻，还将抓捕告示贴得到处都是。

　　"什么情况？"沈元白既惊愕又困惑。

　　买通狱卒，撤走卫士，让宦官亲自引送，这位幕后之人必然手眼通天。可是，既然此人大费周章地把他救出来，又为何会放任金吾卫大张旗鼓地追捕？倘若他在长安被抓，之前所做的一切全都功亏一篑，如此致命的纰漏，老谋深算之人不可能想不到。所以，沈元白猜测，解救他的人与指派金吾卫抓捕的人，应该是两伙人。而且，金吾卫来得也太快了，这种速度，不说事先知情，至少在老孙离开以后便得到了消息。

　　想到老孙，沈元白竟有种陌生之感，越发觉得此人神秘莫测，老孙出现在大理寺狱的时机是他入狱三天后，从最后那句"不会再见"可以断定，老孙是今日之事的知情者之一，这便产生了一种可能，老孙来大理寺狱乃受人指使。不过，沈元白目前无法确定他真正效命于谁，也许只是听命一人，也许背后还有一人。

　　这些事从里到外透着古怪，却也由不得沈元白多想，箭已在弦上，若是此时被抓回去，他就再也别想出来了。他唯一的活路，只有逃出长安。

　　最近的城门是西边的金光门，午时将至，西市坊门已开，中外商贩接踵入市，载着货物的牛车和骆驼挤满长街，人潮涌动，浩浩荡荡一眼看不到尽头，正是混入其中的大好时机。那个宦官选择这个时辰将他带出大理寺狱，或许也有这方面的考虑。

　　沈元白在衣着各异的人流中穿行，竟然真的避开了那些搜捕他的官差。前方不远便是逃出长安的城门，却也是一道最不容易蒙混过去的关隘，因为之前那些金吾卫散去之后，并没有放弃追捕，而是分头去了各个城门，此处也不例外。

城中百姓排着长队出门，外面的人则排着长队进城，所有经过金光门的人都要经过卫士的查验。沈元白排在出城队伍的中段，门洞的墙上贴着抓捕他的告示，与之并列的还有一些别的逃犯，城门卫士的查验非常仔细，想从这边出去似乎不太可能。他回头往后方看了看，赫然发现长安县的捕贼吏正带人往这边来。这就非常难受了，前有拦截，后有追兵，他要是贸然脱离出城队伍，便是不打自招，所以只能装出一副坦然自若的样子，跟随人流缓缓向前行进。

前边的行人经过查验没有异常，被卫士放出了城，轮到沈元白的时候，卫士看了一眼他那身崭新的缺胯袍，摆手示意他过去。沈元白大气都没敢喘，僵硬地笑了笑，然后快步往外走，可是没等走出几步，身后传来了卫士的惊疑声，紧接着便是一声厉喝："站住！"

沈元白神经一紧，脑海中瞬间闪过了无数可能。如果他拔腿就跑，会怎样？卫士一定会骑马来追，他跑不了，此乃下下策。他当作没听见，坦然向前走呢？卫士还是会追过来。万一卫士喊的不是自己，他站住岂不是做贼心虚？当然，胡思乱想并不能改变现状，城门卫士已经和捕贼吏会合，从不同方向把他围住了。

终究还是功亏一篑，沈元白面如死灰。

就在这时，城门外尘土飞扬，一辆马车疯了似的向这边冲来，眨眼间便到了近前，在城门下的人群里打了个转儿，不论是百姓还是卫士，全都为了躲避这突如其来的冲击而四散逃窜。不过，围着沈元白的这些人没有动，因为马车正好停在他们身前。

"什么人？"卫士和捕贼吏纷纷抽出腰刀，全神戒备地盯着驾驶马车的那个男人。

那人站起来，却没有下车，用尚未出鞘的横刀指了指那些海捕告示的其中一张，露出一个挑衅的笑容："那个是我。"

卫士侧目望去，确认此人身份之后脸色骤变，大声喊道："此人是在逃钦犯，给我拿下！"

那人也不多言，抽刀应战。

此人武艺超群，一人战数人居然还占上风。

抓捕沈元白的人全都加入战斗，他便趁机偷偷溜出了城门，然后不顾一切地往西跑去。大约跑出一里的路程，一个穿着男式翻领胡服，骑着驴的年轻女子与他擦肩而过，在他身侧勒住缰绳，毫不客气地问道："喂，看到一辆发疯的马车没有？"

沈元白觉得此人眼熟，似乎在哪里见过，但此时没闲心思考这些，于是回身一指："金光门。"

"胆子太大了，敢往长安跑，我看你这次怎么脱身。"女人也没道谢，气冲冲地追了过去。

金光门的战斗结果如何？那个驾车而来的男人究竟是谁？这个追赶的女人又是谁？这些都不在沈元白的考虑之内，他现在只想尽可能地离长安远一些。不过，他还是很感激那个男人的出现，若非此人公开闯门，这会儿他有五成概率被押回大理寺狱，另外五成是直接处死，不论哪一种，对他来说都是末日。所以他在夺路狂奔的同时，也在心中为那个男人暗暗祈祷，希望那人能顺利逃脱。

夜幕深沉，一轮皓月在云层中若隐若现。

奔逃许久的沈元白终于在一片树林里停下脚步，汗流浃背，筋疲力尽，打算倚靠树干休息片刻，由于无力支撑滑落下去。他就这样瘫坐在树下，大口喘着粗气，直到体力稍微恢复一些，才重新站起来，在昏暗的光线下环视四周。

周遭尽是高耸的树影，一眼看不到头。

别说路了，连方向都分不清。

沈元白缓步前行，可惜没走多远又倒了下去。腹中饥饿尚能忍受，然而口渴却非意志力能够压制，从大理寺狱出来之前，他也只是喝了一壶酒，之后便滴水未进，长途奔袭这么久，不断流汗消耗了大量水分，让他极其虚弱。

这时，一个东西从树上掉了下来，正好砸在沈元白的身上。他被吓了一跳，抬头看了看，由于光线太暗，什么都没看到。他将视线移回到那个东西上，赫然发现，此物竟是一个羊皮水袋，他急需补充水分，因此也顾不上水袋是何处而来，拔开塞子便大口喝了起来。

"不怕有毒吗？"一个略带轻蔑的声音从树上传来。

"何人？"沈元白戒备地抬头观望，"不要装神弄鬼，有什么话下来说！"

树上的人跳了下来，轻盈的身姿宛如落叶。

来者穿着一身斜领素衫，外罩半臂长袍，一把黑鞘横刀被他环抱在胸前。沈元白一眼就认出来了，这人正是之前驾车闯入金光门，间接救了他的那个逃犯。

沈元白好奇地问："你究竟是谁？"

"陆珏。"那人微笑道，"与你一样，都是朝廷钦犯。"

"幸会。"沈元白轻描淡写地回了一句，然后继续喝水，直到把水喝光，才畅快地长舒口气，在一棵树下席地而坐，打了个哈欠，把空水袋扔回给那人，"多谢出手相救！"

陆珏单手接住水袋，里面一滴不剩。他无奈地摇了摇头，然后走近些，似笑非笑地说："这片林子有猛兽出没，你若夜宿于此，怕是要以肉身投馁虎。"

"既如此，你为何还来？"沈元白倚在树干上，为了使自己更舒服一些，尽可能地倾斜身体，几近躺平。

"我能自保。"陆珏在他身侧坐下。

"那你顺便保一下我吧！"沈元白疲惫不堪，可是不想再逃了。

"可以。"陆珏微笑道，"但你要告诉我，你在大理寺狱的时候，有没有一些不太正常的神秘人暗中见过你？"

"好几个呢！"沈元白闭着眼睛说，"有个年轻人，也就十几岁，身旁跟着一个看起来比他爹岁数还大的仆人。相较于年轻人而言，这位仆人展露出来的气势更像大官。"

"他问了你什么？"陆珏又道。

"与大理寺卿差不多，询问我杀人的原因和过程。"沈元白一声冷笑，"可惜啊，他们连那人是不是我杀的都没搞清楚，能问出什么来？"

"除了他们，还有什么人？"

沈元白道："其余的人都差不多，唯一与众不同的是个一直没有让我看到正脸的人，他不问我杀人始末，只是让我……"

"为何不说了？"陆珏眉头微蹙，"让你干什么？"

沈元白缓缓坐直了身体，斜睨着他："你不对劲！你我萍水相逢，何以对我在狱中所见如此在意？你到底是什么人？"

陆珏微怔，然后笑了起来："不瞒你说，我是一个杀手，专门刺杀朝廷命官。去年我在长安当街刺杀弘文馆学士，不幸失手被擒，之后以一己之力逃出了大理寺狱。本以为我是唯一越狱之人，没想到你一个文弱之人也跑了出来，这不合理，定然有人暗中相助，所以才会好奇地打听一下是谁在帮你。"

沈元白疑惑道："你为何要刺杀官员？"

"行侠仗义。"陆珏道，"我杀的没有一个是好人。"

沈元白不太相信，却也没兴趣刨根问底。

"你呢？"陆珏又问。

"与你差不多。"沈元白淡淡地说，"我被抓，是因为杀了开州司马宋申锡。此人离开长安多年，你应该不曾听过。"

"此人官至尚书左丞、同中书门下平章事，五年前被贬为开州司马。"陆珏一语道破，笑着说，"不过，我听说宋申锡乃病死，何以是被你所杀？"

"你从哪儿听说的？"沈元白愕然。

"这不是秘密。"陆珏道，"因为他的病故，皇帝给了他儿子宋慎微一个县尉官职，两个月前便举家搬离了开州。"

沈元白大惊失色："既然知道他是病死，为何还关着我？"他的这句质问没有目标，不知道是在问谁。

"虽然朝廷声称他是病死，却也未必可信。"陆珏斜睨着他，"你到底杀没杀他？"

"没有。"沈元白郑重地说，"宋申锡病逝那晚，开州司马第确实有人被杀，但不是宋申锡本人，而且也不是我干的。"

"你没杀人，更没杀宋申锡，却被以杀害宋申锡之罪关了起来，这件事怎么看都不太正常。"陆珏来了兴趣，"长夜漫漫，猛兽潜伏。你也别睡了，不如把开州的前因后果告诉我，如果你真是冤枉，我可以帮你。"

"你为何要帮我？"沈元白谨慎地问。

"行侠仗义。"陆珏脱口而出，"好人不该蒙受冤屈。"

"那行，你先给我找些吃的。"沈元白重新靠在树干上，"饿着肚子没力气说话。"

"荒山野岭我去哪里给你找吃的？"陆珏语带不悦，沉声威胁道，"我可是杀人如麻之人，你不要得寸进尺！"

"陆兄，你是否太小瞧我了？"沈元白不以为然地笑着，"你以为我真的会相信'行侠仗义'这种鬼话吗？我从金光门出来的时候，你还在与卫士打斗，我一刻未停地奔逃至此，你何以会事先等候？而且，你是在逃钦犯，没事儿去闯金光门，难道嫌命长吗？你对我在狱中见过何人非常在意，如今又询问开州一事，所以你不是偶然路过出手相救，而是从一开始便冲我而来。我不管你效命于谁，找我有何目的，反正我光明坦荡，你想知道什么我都可以说，但你不要把我看成好欺之人。"

"我虽是冲你而来，却也是行侠仗义，二者并不冲突。你身上发生的事如此怪异，莫非你不好奇？"陆珏并未动怒，"我知道一些你不知道的事，你有许多我不知道的事，我们不妨拼凑一下，看看能否得出某种结果。既能满足我的好奇，又可以寻找为你脱罪的契机，互利互惠，何乐不为？"

"可以啊！"沈元白道，"先给我找些吃的。"

"我真不该救你。"陆珏虽然不太情愿，但还是去寻找食物了。

这里是树林，以他的身手找些肉类并不难。

过了大约一炷香的时间，陆珏回来了，手里拎着一只野兔，皮毛和内脏已被去掉，似乎还用水清洗过。羊皮水袋也被他重新灌满，随意地扔给沈元白。

"你在哪儿灌的水？"沈元白诧异地问。

"三里之外有条小溪。"陆珏说着，点燃了一堆篝火。

"三里？"沈元白瞠目结舌，不禁赞叹道，"这么短的时间，不仅抓了只兔子，还往返了六里路，你这身手确实不错！不如这样，我给你钱，你一路把我护送回家，如何？"

"我拒绝。"陆珏捡起一根笔直的木棍，把兔子穿起来，头也不抬地说，"如果你我目标一致，我自然会保护你。但是，你必须信任我。"

"那你必须让我信任。"沈元白道。

陆珏仅是淡然一笑，并未做出任何承诺。

然后，他把兔子架在火上烤，很快便冒出油来，香气扑鼻。

沈元白越发饥饿，不断吞咽口水。

陆珏往篝火里添了些木头："还需再烤一会儿，你可以先说着。"

"不急，吃完再说。"沈元白直勾勾地盯着烤兔。

又过了一会儿，陆珏从树上摘下一片巴掌大的树叶，包着兔腿一把扯下，递给沈元白："应该熟了，你尝尝。"

沈元白几乎是抢过去的，猛地咬了一大口，被烫得龇牙咧嘴，倒抽凉气，仍然满嘴流油地说："熟了，你也趁热吃。"

陆珏忍俊不禁："你这样子，像极了饿死鬼投胎。"

沈元白没空说话。

不多时，那只兔子便被他吃没了一大半。

"别光吃，说话。"陆珏催促道。

"我是饿死鬼，你便是催命鬼。"沈元白拔出羊皮水袋的木塞子，猛灌了一口，舒爽地长舒口气，"你烤兔的手艺不错，只是兔肉本身未经腌制，少了一些滋味。回头你准备些油盐豉椒之类的东西带在身上，以后便可以烤得更好一些了。"

陆珏脸色铁青，目光阴冷得仿佛要杀人。

沈元白猛然一惊，急忙将视线移开。

烈焰熊熊，木柴被烧得噼啪作响。

"三个月前，山南西道连续下雨，道路泥泞……"

他望着那堆篝火，仿佛从火光中看到了一辆在暴雨中艰难行进的马车……

第二章

冷雨与墨宝

太和八年十月，山南西道，开州。

乌云压顶，暴雨如注，骇人的雷声响彻天际。

泥泞的路上，一辆马车陷在了泥坑里，浑身湿透的车夫不停地挥舞着马鞭，拉车的红马被打得惨叫连连，四蹄刨地，依然无法前行，因为路面太滑，马腿站不稳，稍微一用力便会摔倒。红马倒下又站起，不断重复，车厢也跟着上下起伏，晃动不止。

沈元白在车里坐着，每次晃动都令他捏一把汗，最后实在受不了，掀开窗帘，对那名车夫喊道："王宣，怎么回事？"

车夫走过来，哭丧着脸说："姐夫，不行啊，车子太沉了。即便有两个人在后边推，还是纹丝不动，要不你也下来吧！"

沈元白撑开一把油纸伞，从车上下来，四处看了看，官道上空荡无人，暴雨阻隔视线，除了远处已成残影的群山，什么都看不见。他扫了一眼车下的泥坑，阴沉着脸说："笨死你算了，这么硬拉怎么行？你去找些石头树枝什么的，扔到坑里垫一下。"

王宣对车后那两名纸坊伙计喊道："你们两个，去找些石头和木头过来。"

"你也一起去。"沈元白阴恻恻地说。

王宣逃也似的跑开了。

很快，王宣抱着几块石头回来，"扑通"一声全扔进了泥坑里。由于他的动作太过粗暴，溅出了不少水花。沈元白就在旁边站着，被溅了一身泥水。他摇了摇头，懒得再数落王宣，向后退了几步，远离马车。

那两名伙计也回来了，又往泥坑里扔了一些东西。

王宣继续挥鞭抽打那匹红马，这次他的力度更大，速度也更频繁，红马的身上肉眼可见地出现了伤口。

"你轻点……"沈元白的话还未说完，那匹马发出一声嘶鸣，前蹄扬起，猛地向前冲去。由于轮子下边垫得凹凸不平，马又使出了最大力气，车厢几乎是被弹起来的，然后就翻进了路边的沟里。那匹马被车辕卡住，无法站起。车里的三个红木箱子全被甩了出来，其中一个的盖子被摔掉了，灌进去大量雨水。另一个更惨，不只盖子开了，还倒扣着泡在水里。只剩一个完好无损，却也沾了不少湿泥。

所有人都愣住了，一动不动，犹如时间静止了一般。

沈元白快步冲过去，望着倾倒的马车和那三个木箱，面如死灰，举着纸伞的手放了下来，衣服瞬间被雨水淋透，垂发贴在脸上，看起来极其狼狈。

"姐夫，对不起！"王宣哭了起来。

沈元白用力揉了揉脸，过了好一会儿才咬牙切齿地说："王宣啊，我们长途跋涉，干什么来了？"

"送纸。"王宣的声音在颤抖。

沈元白盯着他，表情阴沉得仿佛要吃人："纸呢？"

"毁了。"王宣跪在了地上，号啕大哭，"姐夫，你打我一顿吧！"

"打你有个屁用？"沈元白深深吸气，努力让自己的情绪平复，"别号了，去把车扶起来，检查下损失情况。找个旅店先住下，等雨晴了再走。"

王宣抽泣着，对呆立在身侧的那两个不敢说话的伙计道："去把车扶起来，检查下损失……"

"你也去！"沈元白怒吼道。

王宣连滚带爬地跑了过去。

"无可救药！"沈元白叹息道，"真不知道王师文看中你什么，居然收你为义子！"

　　王宣的原名叫王二力，原是宣州泾县"静心堂"纸坊的伙计，比沈元白小两岁，长得五大三粗，呆头呆脑，因为有膀子力气，在纸坊里干的都是粗重的活儿。沈元白的岳父叫吴渊，乃"静心堂"真正的主人，他有一个妻弟叫王师文，满腹诗文，听说在长安为官的时候受过翰林书诏学士柳公权的指点，书法水平相当高。后来不知发生什么事，回到了泾县，吴渊便让王师文掌管账目。王师文教了沈元白不少学问，沈元白受他点拨，诗文、书法突飞猛进，所以二人的感情非常好。

　　半年前的一天，王师文突然宣布，收王二力为义子，还给他改了个名叫王宣。对于收下王二力，沈元白没有意见，毕竟只要王师文愿意，收谁当儿子都与自己无关。但是，王师文给他改名王宣有些过分了。沈元白是泾县造纸行业的不世奇才，在沈元白的改良下，泾县的纸声名远播、天下皆知，带动了整个宣州纸业，这种质地精良的优美白纸被士林和文墨大家称作"宣纸"。王二力粗人一个，而且只是"静心堂"干杂活儿的伙计，对造纸技术一窍不通，如何能配得上一个"宣"字？不过，王宣对沈元白非常佩服，可谓鞍前马后，言听计从，时间一长他便也适应了这个人。由于王宣是王师文的义子，从亲属关系上算是沈元白夫人的表弟，虽然不是亲的，但叫他姐夫并无不妥。

　　这时，王宣和两名伙计已经将马车扶正，走过来说："只剩一箱好的，油纸也没坏。"

　　"总比没有强，走吧！"沈元白无力地说，"我不上车了，就这样慢慢往前走，遇到旅店便停下。你对那匹马温柔一些，它跟着我们从万州一路过来，也不容易。"

　　"好的。"王宣茫然地点了点头。

　　从宣州到开州走水路最快，沿着长江一路向西。沈元白担心宣纸在船上被浪水浸湿，或者被潮气侵袭，所以从泾县出发的时候，让伞铺的林姑娘制作了一些油纸，包在宣纸外边用以防水。雨水虽然也在考虑范围内，却并未特别重视。现在看来，此乃重大疏忽，如果多包几层油纸，可能三箱都不会有事。

　　长江水路到不了开州，只能到与之毗邻的万州，继续蜿蜒向南便会流向忠州，然后在涪州与涪江交汇，最终从渝州巴县分成无数支流。而开州在万州以北，山脉居多，水路无法通行。沈元白他们只得改走陆路，在万州的州治南浦县买了这辆马车。

　　他们艰难行进了大约三里的路程，前方总算出现了旅店。

　　沈元白等人走入院中，一个杂役模样的小伙子打着伞出来迎接，满脸笑容地问："客官，这么大的雨，你们从哪儿来啊？"

　　"你猜猜？"沈元白举着一把破伞，衣服和脸上都在滴水，却面带微笑地说，"猜出来，赏你二十钱。"

　　"这我上哪儿猜去？"杂役知道的地方不多，便挑最大的说，"长安？"

　　"答对了。"沈元白掏出二十个铜钱塞给他，"我这车辕坏掉了，回头你帮着修理一下。还有那匹马，身上有几道伤痕，你看——"

　　"明白，交给我吧！"杂役拿到了钱，非常高兴，欢呼雀跃地去帮纸坊伙计卸车了。

　　王宣凑过来说："姐夫，其实不用给他钱，只需跟旅店店主说一声，这些杂活儿自会有人去做。即便收费，姐夫也不该把钱给杂役。"

　　"是吗？"沈元白瞪了他一眼，"如果你去做，是不是更合理一些？"

　　"我？"王宣僵硬地笑着，"我这浑身湿透了，还是先进去暖和暖和吧！"

　　"己所不欲，勿施于人。"沈元白淡淡地说，"这么大的雨，谁愿意在外面？"他的话点到为止，径直向屋内走去。

　　王宣似懂非懂，却也不敢再问了，紧紧跟在他的身后。

　　这是一栋二层楼的建筑，一楼只有少许客房，且在后院。进门之后是一个大厅，摆放了一些方形桌子和长条凳子，应该是供旅客吃饭的地方。侧方有道实木楼梯，通往二楼客房。正前方则是柜台，里面站着一个发须斑白的中年男人。他穿着丝绸质地的斜领衣衫，正在翻阅账本，应该是这家旅店的主人。

　　沈元白走到柜台前，询问道："此处距离州城还有多远？"

　　"还有十五里路。"店主抬起头，和善地说，"由门前官道一路向北，途经三个墩子便可望见州城南门。开州署和开江县署这两个衙门同在一城，因此既是开州城又是开江县城，也可以称其为州治开江县。"

　　沈元白又问："这雨，每年都这样吗？什么时候会晴？"

"现在是雨季，每年都一样，再下个五六天应该差不多了。"

"五六天的话……"沈元白估算着日子，"道路若是不难走，十五里路小半天便到了，应该来得及。行，先住着，给我三间客房。"

这时，那两名伙计和那个杂役进来，一人抱着一个木箱，其中一个伙计问道："公子，这些东西放在哪里？"

"先放这儿吧，稍后搬进客房。"沈元白又对店主说，"我需要一些炭盆，大约五六个的样子，里面的炭火越热越好，能弄来吗？"

"没问题，但要加钱。"店主坦然地说。

沈元白点头道："可以，走的时候一并结算。"

店主瞥了一眼那些木箱，惊讶地问："客官是从宣州来的？"

"何以见得？"沈元白颇为好奇。

"我认得木箱上的雕花。"店主从柜台里出来，像看到宝物一样跑向那些木箱，轻轻抚摸着封口处写有"静心堂"三个字的字条，"封条的用纸乃特制，遇水而不湿，无论何时字迹皆清晰可见。果然如此，箱中必然是宣纸。"他深吸口气，回身对沈元白道："客官携带'静心堂'的宣纸从宣州而来，不知是否认得泾县的那位造纸奇才？"

"店主也是喜好文墨之人？"沈元白答非所问。

"是啊！"店主叹了口气，"我这店里便收藏了一幅卫夫人的真迹，可惜在下天赋欠佳，不论如何苦练，也只是徒有其形，无法写出那种意境。"

"卫夫人师承楷书鼻祖钟繇，又是王羲之的老师，其字必然是有难度的，你能写得像已是很好了，不用太苛责自己。"沈元白的安慰略显无力。其实这会儿他已经不想再聊了，只想快些进到客房里，将这身湿漉漉的衣裳脱下。

"我认为是纸的原因。"店主摇头道，"若是给我好纸，或许能有突破。你还没回答我的问题，是否认识沈元白？"

"我就是——"沈元白没等说完，猛地打了个喷嚏，"冒雨而来，身体稍有不适，有什么话，还是等我安顿下来再说吧！"

店主先是惊住，回过神来马上一脸惭愧："抱歉，是在下疏忽了！"之后，店主对杂役说，"那个谁，快带贵客上楼，给最好的客房，再去库房找几个炭盆过来，宣纸贵重，不能受潮！"

"不是从长安来的吗？"杂役困惑地挠了挠头，终究没有多问，领着沈元白上楼去了。

店主在楼梯下喊道："沈公子，有事尽管吩咐。"

傍晚时分，天色浓黑如墨，屋檐上的流水哗啦啦地往下淌。

沈元白站在二楼客房的窗边，透过迷蒙的雨帘向外望去，不远处有一座馆驿，昏黄的灯笼在风雨中摇摆，浑身湿透的驿卒骑马从泥泞的道路狂奔而来，在门口滚鞍下马，火急火燎地冲了进去。从其狼狈的样子来看，这一路应该吃了不少苦。

沈元白曾路过那个馆驿，但没有资格入住，因为那是朝廷传递物品或信件的中转站，只有信使和来往官员方能在此留宿，寻常百姓严禁入内。为了填补这个空缺，在馆驿附近都会开设民营的旅店。

"姐夫，是不是可以吃了？"王宣的声音从身后传来。

屋子的正中心放着一张方形桌案，其上摆着六菜一汤和三坛酒，都是常见的鸡羊鱼肉和竹笋蘑菇之类的菜肴，比不得山珍海味，但也绝对丰盛。

沈元白转过身，在王宣对面坐下："人还没齐，着什么急？"

"我去看看。"王宣话音刚落，敲门声响了起来。他急忙过去开门，看到门外是那两个伙计，不禁长出口气，"你们要是再不来，我可就饿死了。"

"杂役在修理马车，我们去帮忙了。"伙计解释道。

"辛苦了，过来吃饭。"沈元白招呼道。

落座以后，王宣殷勤地为沈元白倒酒，自己也倒了一碗，然后对那两个伙计说："你们自己来。"

伙计面面相觑，不太敢动。

沈元白叹了口气，拿起酒壶给他们满上，笑着说："虽然'静心堂'有规矩，伙计外出不得饮酒，一路以来我也没有破掉这个规矩。但今天是个例外，我们都在雨中淋了一天，秋雨寒凉，喝些热酒驱驱寒，不要紧的！"

伙计也不知道该说什么，相对无言。

沈元白端起酒碗："来，别拘束，喝醉了好好睡一觉。幸亏这家旅店邻近州城，若是偏远一些，有钱也未必吃得到这些酒肉。"

听到他这样说，伙计便也不客气了，跟他碰了下酒碗，一饮而尽，然后狼吞虎咽地吃了起来。

沈元白扯下一只鸡腿，递给王宣："顶着大雨赶车，你也辛苦了。"

"应该的。"王宣接过来，一口咬下去小半块。

沈元白笑了起来，笑得有些无奈："你义父王师文满腹才学，言谈举止文质彬彬，你身为义子，何以反差如此之大？"

"我又不每天跟着他。"王宣不以为然地说，"老人说跟什么人学什么人，文人不也常说什么'近朱者赤，近墨者黑'吗？所以我不可能像义父，反而像你。"

"像我？"沈元白茫然道，"你是不是对我有什么误解？"

"你们说，我跟他像不像？"王宣问向两个伙计。

这两个人已经有些微醺，其中一人醉眼蒙眬地说："厚颜无耻的样子确实很像沈公子。"

另一人反驳道："像什么啊？公子那是虚有其表。"

"应该是被褐怀玉。"沈元白发出一声无可奈何的叹息，"你们若想学文人说话，平日要多读书，否则会让人笑话的。"

"怀玉？"王宣似是想到了什么，从怀中掏出半块雕花白玉牌，递给沈元白，"姐夫，你看看这个。"

沈元白接过来，疑惑地问："哪儿来的？"

"祖传的。"王宣道，"其实我也不知道是不是，这是义父给我的。他说他跟我那个从来没见过的亲爹曾是故交，替我那亲爹保管了这半块玉，收我为义子也是因为这层关系。"

"原来如此。"沈元白恍然大悟，难怪王师文会看上他。

"你见多识广，替我看看，这玉值钱不？"王宣问。

"既是祖传，其价值不在本身。"沈元白将玉牌还给他，"你还是好好收藏吧！"

"看来不值钱。"王宣撇了撇嘴，兴致索然地揣了起来。

沈元白不置可否，闷头喝酒。

夜色渐浓，外边的雨似乎小了些。

伙计吃完饭便回房睡觉了，王宣依然坐着。

"你什么意思？"沈元白皱眉道，"打算在我房里坐一夜吗？"

"我又没地方睡。"王宣委屈地说，"我那房间摆了六个炭盆，满地都是宣纸，闷热倒还可以忍受，但那炭气承受不了啊！店主特别叮嘱，这房间如果住人，必须将窗户全部打开，否则会死人。"

"那你打开便是。"沈元白道。

"外面狂风暴雨，打开窗户必然有雨水进来，炭盆岂不没用了？"

"有道理，看来是我疏忽了。"

王宣不满地说："若是只为那箱没淋雨的宣纸驱除潮气，两个炭盆足矣，可你现在放了六个，只为烘烤那两箱湿纸，有必要吗？"

"一张张筛出来的，扔掉太可惜了。"沈元白语气低沉，"即便不能卖，也可以送给一些需要之人，比如这家旅店的店主。"

王宣撇嘴道："他又不缺钱，为何白送？不如卖给他。"

"不行！"沈元白沉下脸，厉声道，"'静心堂'的纸不能有瑕疵，卖出的每一张都要完好无损，此事关乎信誉和名声，无法妥协。宣纸可以承受短暂的浸水，烘干以后一样可以使用，却不再是'静心堂'的货品，因此只能白送，不能售卖。明白吗？"

"我只是随口一说，你别生气。"王宣瞬间服软，下意识地转移了话题，"我现在担心，开州司马第要的是六百张宣纸，现在只剩下了两百张，到时候如何交代？"

"有什么不能交代的？"沈元白冷声道，"我的纸天下闻名，长安权贵尚且供不应求，何况开州司马？而且我向来厌恶官府中人，若非罗通在开州闹事，以及——"他欲言又止，似是隐去了什么，"我才不会亲自过来。现在没了四百张，倒也好，免得以后我为殷勤送纸这事儿自责。"

就在这时，有人敲门。

"沈公子，睡了没？"是店主的声音。

沈元白小声对王宣道："去开门。"

王宣拉开了门，店主抱着一幅卷轴进来，满脸笑意："本不想今夜来打扰，但心中放不下实在无法入睡，还望沈公子切勿见怪。"

"无妨。"沈元白客气地说，"不知找我何事？"

"给你看看这幅字。"店主说着，将那幅卷轴在桌案摊开，"素闻沈公子书法造诣颇高，不知是否可以指点一二。"

"是卫夫人的字！"沈元白来了兴趣，弯着腰仔细观赏，时不时用手轻轻在纸上抚摸，"横如千里之阵云，点似高山之坠石，撇如截断犀象之角牙，竖如万岁枯藤，捺如崩浪雷奔，折如百钧弩发，钩如劲弩筋节，果然是好字。说来惭愧，在下幼年曾学过钟繇之字，却也是徒有其形，卫夫人青出于蓝，较之更为清秀平和、娴雅婉丽，非是我能企及的高度。"

店主并不意外，继而道："沈公子所言极是，我临此帖已经十年，从大相径庭到相差无几，似是有些进益，却也受困于此，始终无法突破。我只是一个商人，会写字便可，无须这般执着。可是生而为人，如果不能给后世留下些什么，总觉得白来这人间走一遭。这种对碌碌人生心有不甘之情，我想沈公子应该能理解。"

"当然理解。"沈元白平静地说，"但我帮不了你。"

"你可以。"店主道，"只要你卖我一些宣纸，便是帮了大忙。我知道宣纸贵重，你来开州是为了送纸，数量必然有限，却还是希望你能分一些给我，我愿出三倍价钱购买。"

"不是钱的问题。"沈元白叹了口气，"宣纸由泾县特有的青檀树皮制成，工序繁杂，旷日持久，虽然青檀树很多，但若要造出优良的纸，只能用五年以上的枝条部分，还需融合一种特殊的植物汁液作为溶胶，增强纸浆的黏度，所以即便宣州有无数纸坊，真正能造出宣纸的并不多，其产量可想而知。'静心堂'又是其中翘楚，至今供不应求，大多是提前一年预订，几乎没有存货。在商言商，岂能因为加钱便将预订货物转卖，信誉何在？"

"这——"店主无言以对，沉默过后便是一声长叹，神情沮丧地说，"沈公子如此坦诚，我也不好再强求了。夜深了，你早些休息吧！告辞。"他将那幅字收了起来，落寞地往外走。

沈元白在他身后道:"我可以送你一些。"

店主被定在原地,愣愣地问:"你说什么?送我?"

"跟我来。"沈元白领着他去了隔壁的客房。

一开门,一股热浪迎面扑来。

"稍等片刻。"沈元白退后一步,"屋内炭气过多,先通通风。"

"你真的会送我宣纸?"店主依然难以置信。

"真的。"沈元白点头道,"你也不要太高兴,这些纸来时被雨淋湿了,正在用炭火烘烤,用来写字绰绰有余,但与新纸相比还是有区别的。"

"无妨,只要是宣纸便可。"店主总算露出了笑容,"炭气弥漫不可住人,我再送你一间客房。你住店的这几天,除了饮食以外,其余费用一概全免。"

"这不好。"沈元白摇头道,"你送的客房我可以不给钱,但你经营旅店也是为了养家糊口,我岂能白住?"

"你不白住,我也不能白要你的纸。"店主也是实在人,"这样吧,客房的钱只收一半。"似是怕沈元白继续推让,他转身走进了房中。

正如王宣先前所说,这屋满地是纸。

"这么多?"店主惊住了。

"四百张。"沈元白笑道,"足够你写几个月了。"

"几年都够了。"店主喃喃地说。

"还未干透,继续烤着吧!"沈元白道,"这屋太热了,还是去我房间,我有一些疑问,还望你能坦言相告。"

"问我?"店主很是困惑,"你放心,只要我知道,一定毫无保留。"

二人回到了沈元白的房间。

落座以后,沈元白问道:"今天入住之时,你说认得木箱上的雕花。据我所知,'静心堂'在山南西道只送过三次纸,开州只有我这一个,我刚到,你又怎会见过?还有,方才你说知道我来开州是为了送纸,但我好像并未对你提及此事,你是从何得知?要知道,我可不是纸坊伙计,即便带着宣纸来开州,也未必是送纸,可能还有其他用途。"

"那不对啊!"店主诧异地说,"上个月有一伙车队从门前路过,当时还未下雨，他们的车上便是这种红木箱子，说是宣州'静心堂'的人。我还出去拦截了，请他们来旅店喝杯酒水、歇歇脚，可惜人家没领情。"

"然后呢？"沈元白并未惊讶，"那些人说没说送往何处？"

"没说。"店主道，"不过我打听出来了，是运往盛山长宁寺。"

"抄经大会。"沈元白的脸色逐渐阴沉。

"不错，正是抄经大会。"店主说完便愣住了，"怎么？你们不是去长宁寺吗？"

"当然不是。"王宣在一旁打着哈欠，"我们是给开州司马第送纸。"

"这太奇怪了。"店主不禁站了起来，在屋内来回踱步，站定之后怀疑地望着沈元白，"你真的是沈元白？"

"你觉得呢？"沈元白冷眼望着他。

"肯定不会有假。"店主惭愧地笑了笑，"刚才你点评卫夫人的字，这份才学不是随便可以冒充的。可是——"他实在难以理解目前的状况，皱着眉头说，"我听说今年十月初八长宁寺举办声势浩大的抄经大会，用以祈福消灾，找了不少擅长小楷的经生，用的便是宣州'静心堂'的纸。开州署对此大力支持，不仅在新浦、万岁、开江三县发出告示，让礼佛的百姓前往进香，还请了山南、剑南的造纸商人前去观摩，据说是跟'静心堂'西南纸业盟会有关。怎么？不是你们办的吗？"

"盟会确有其事。"沈元白相对比较冷静，"但抄经大会与我们无关，有人从中作梗，想要毁掉'静心堂'的声誉，阻止我们向西南扩张。"

"是谁？"店主好奇地问。

"不方便说。"沈元白深吸口气，"我去开州正是为了处理此事，目前不宜透露太多，待我返回的时候，定将此事告知与你。"

"我能理解。"店主点了点头，然后一惊，"不对，今天初二，六天之后便是抄经大会，你若等雨停再去，恐怕来不及啊！"

沈元白苦笑道："老天不帮忙，我又有何办法？如果来不及，只能想办法事后弥补了。"

"不尽然。"店主思索着说，"我知道一条近路，沈公子若是不怕辛苦，可以跟伙计步行过去。虽然同样会淋雨，但用时不长，大约两个时辰便到州城。"

"你的好意我心领了，可我不想遭罪。"沈元白拒绝道，"正所谓谋事在人，成事在天。一切顺其自然便好，只要我没事，'静心堂'便不会有事。"

"沈公子坦然自若，不急不躁，确实非同一般。"店主笑道，"既如此，我也只能祝你好运。还是那句话，有什么事尽管吩咐。你休息吧，我走了！"

沈元白目送他离开。

店主走到门口，突然止步："对了，二楼尽头那间房送给你们。"

"多谢。"沈元白轻声回应。

店主离开了客房。

王宣凑了过来："姐夫，他那幅字是不是很值钱？"

"假的。"沈元白倒了杯水，疲惫地说，"晋代的纸虽然比东汉蔡伦刚造出的时候强不少，但依然是粗麻纸，他那幅相对而言还是太精致了。抛开用纸不谈，卫夫人的墨宝只有少量写在纸上，留存下来的更多是绢本和碑刻。那幅若是真迹，便是无价之宝，他这里人来人往，肯定留不住，早被达官显贵侵吞了。这种事在泾县发生过，伞铺林姑娘的家里有一幅祖传的王献之真迹《洛神赋》，宣州刺史得知以后，用尽各种卑鄙手段掠夺，林鸢兄妹被折磨得苦不堪言，最终只能拱手相让。"

"既然是假的，你为何不告诉他？"

"没必要。"沈元白轻轻揉着眉心，"虽然是假的，用的却是双钩法，仿制之人的功底不错，字形与真迹没什么区别。他是为了练字，又不是炫耀，何必拆穿呢？我们学习魏晋书法，能看到的帖子多数为碑刻拓本，你说碑刻是真迹吗？"

"抄经大会是怎么回事？和我们有关系吗？"王宣转移了话题，显然对书法不感兴趣。

"我不想再说了！"沈元白忍无可忍了，起身将王宣推了出去，隔着门说，"刚才你也听到了，二楼尽头那间客房是你的，快去睡觉。"

王宣的脚步声渐行渐远。

沈元白回到窗边，眺望着细雨中的夜空。

良久，他的目光中闪过一丝狠厉，沉声道："罗通，你给我等着！"

第三章

纸铺初见

郊外林地，树影婆娑。

篝火仍然放肆地烧着，沈元白将最后一块兔骨扔进火里。

"罗通？"陆珏好奇地问，"是什么人？"

沈元白道："司农少卿罗立言的族人，罗通的父亲与他是同一个曾祖父，亲缘在五服之内，但似乎不怎么亲近。"

"据我所知，罗立言确是出身于宣州商贾之家，但好像与造纸没什么关系。"陆珏道，"他家的祖产是丝织业，擅长织毯，宣州每年给朝廷进贡的红线毯便是他们提供，白居易还写了首诗叱责此事，叫什么来着？"

"诗名正是《红线毯》。"沈元白吟诵道，"'宣城太守知不知，一丈毯，千两丝。地不知寒人要暖，少夺人衣作地衣'。"

"对，是这个。"陆珏点头道。

"罗家一族在宣州分成了两支，州治宣城县是罗立言祖父那一支，以织毯为业；罗通曾祖父那一支则去了泾县，以造纸为业。"沈元白不经意地忆起往昔之事，似有些无奈，又觉得可笑，"说起来，罗家的'文宝斋'纸坊也曾显赫一时，出了一位造纸天才。他造的青檀皮纸在天宝年间多次作为贡品送入内廷，玄宗皇帝亲口称赞过，可惜此人去世以后便再无能人。'静心堂'因我而崛起，罗家的地位更加一落千丈，不再是行业翘楚，连行会魁首的名头都被我岳父吴渊所夺。罗家不服气，便让年轻一代里还算优秀的罗通出来闹事。然而此人的天赋与我相比实在是天壤之别，在他不择手段的一番折腾下，不仅没有为家族争光，反而将祖上的产业彻底葬送了。"

"既然不择手段，必然危机重重，你是如何反制的？"陆珏饶有兴趣地问。

"不瞒你说，我什么都没做。"沈元白笑道，"只是冷眼旁观，他便一步步跳进了自己挖的陷坑里。"

"竟有这种事？"陆珏的兴致更高了，"详细说说。"

沈元白道："四年前，我与罗通都是十五岁。在我成亲的次月，罗通下了战书，要和我公开斗纸。你可能没听过斗纸，其实和斗茶差不多，在权威人士的监督下，各自造一批纸出来，经由文墨大家和业内翘楚进行裁决，看谁的纸更胜一筹。在我看来，与他斗纸相当于金吾卫和村夫比武，没有任何意义，而且造纸和煮茶还是不一样的，非一朝一夕能够完成，所以没搭理他。然而，我的无视助长了罗通的气焰，一心要跟我死斗到底。当时县令的父亲去世，要写墓志铭，不知道动用了多少关系，竟然求得翰林书诏学士柳公权执笔。这是大事，县令派衙役找到我岳父，让我们提供一些上乘的宣纸。这件事被罗通知道了，便给县令夫人送了一笔钱，让她从中斡旋，劝说县令改用'文宝斋'的纸，以此为罗家正名。"

"此种竞争手段确实不太光明。"陆珏摇了摇头。

"岂止不太光明？简直卑鄙下流。"沈元白叹了口气，继续道，"我后来听说，县令最初并不同意换纸，但架不住县令夫人没日没夜地闹，最终只得妥协。罗通非常得意，在县署公开叫嚣，说我窃取了罗家的秘方，但也只懂皮毛，他造出来的才是真正的宣纸。我还去县署看了，他给县令提供的纸真是一言难尽。单从外观来看，那纸洁白细腻，薄如蝉翼，看不见一丝纸浆的纹理，浑然天成，根本不像是手工筛出来的，仿佛天地初开之时便存在一样。在外行看来，确实比我的纸更好一些。他不知道的是，这种纸我十一岁那年便造出来了，由于缺陷太大，只筛了不到一百张便放弃了。"

"是什么缺陷？"陆珏问。

"怕潮。"沈元白强调说，"极其害怕潮湿。正常来说，但凡是纸便没有不怕水的，除非刷一层桐油，可那样就无法写字了。宣纸也不例外，但只要不与水正面接触，其上的字便不会洇散。罗通的纸却不是这样，只要下雨，即使没有淋到，纸胶也会因为空气潮湿而化开，所以从县令拿到纸的那一刻起，他的命运便交给老天了。从宣州到长安，横跨数十州，路途遥远，又怎么可能不下雨呢？"

"柳公权的字，有权有势也未必求得来，县令好不容易求来了，拿回来的却是一张废纸，他没被气死吗？"陆珏幸灾乐祸地笑着。

"他若气死，最高兴的人是罗通。我能让这种事发生吗？"沈元白冷笑道，"县令确实因为急火攻心吐了口血，然后病倒了。不过，我夫人乃宣歙名医，开了几服药，不到十天便痊愈了。从那以后，'文宝斋'纸坊从泾县消失了，要不是罗通跑得快，估计会被当堂打死。即便活下来，他也难逃牢狱之灾。"

"居然跑了？"陆珏颇为惊讶，"是谁走漏的消息？"

"县令夫人。"沈元白哼道，"这女人贪财守信，拿人钱财，与人消灾，在县令动手之前，暗中派人通知了罗通。"

"有意思。"陆珏又问，"后来呢？"

"后来罗通不知所踪。"沈元白道，"有人说，他去宣城投靠了织毯的族人，也有人说他一直躲在泾县的山里，还有人说他死了。不过，从开州之事来看，他非但活得好好的，而且对我的恨意丝毫未减。"

陆珏道："你们在旅店住了几天？"

"三天。"

"三天？"陆珏惊讶道，"店家不是说大雨还要下个五六天吗？"

"老天从来不会向着罗通！"沈元白往火堆添了块枯木，继续娓娓讲述，"第三天的半夜雨便停了，次日的阳光特别充足，虽然道路上仍有积水，但已不影响马车行走。巳时初，王宣和两个伙计备好了马车，店主出来相送，我在门口与他辞行，之后便上了车，沿着官道一路向州城驶去……"

开江县是开州的治所，由于州署的级别更高，所以城门之上写的是"开州"二字，而不是"开江"。城内的建筑与长安、洛阳两京相似，皆由高大的坊墙隔开，大唐疆域之内的州城皆是如此。这是因为大城人多，以坊为界，夜间宵禁，既利于当权者统治，又利于治安防盗。

沈元白进城的时候，太阳已经快落山了，他掀开车窗的帘子，对王宣道："你去找人问一下文峰坊的位置。"

"文峰坊？"王宣显然不太理解，"开州司马第在汉丰坊，我们去文峰坊干什么？"

"哪来这么多废话？"沈元白沉着脸说，"天快黑了，此时去司马第，是想让宋申锡请你吃晚饭吗？"

王宣不敢再问，把缰绳递给身侧的伙计，跳下了车。

很快，他就回来了："前方左转，走到头便是文峰坊。"

"走吧！"沈元白轻声道。

马车从文峰坊的坊门进来，继续缓慢前行，直到前方出现了一家纸铺，沈元白才让王宣停车。他从车里下来，快步走了进去。

进门以后，正前方是一个柜台，左右两边全是木架子，其上摆着一摞摞的纸。最右侧靠窗的位置放着一张桌案，桌上有两个盛着红色汁水的陶盆，一个十二岁左右的姑娘正在将一些尺幅很小的纸浸在盆中染色。

沈元白没看到店主，于是走向那个姑娘："你是卢瑶吧？"

"是啊！"那姑娘转过身，"你是谁？"

"我是沈元白。"沈元白四处观望，"你爹呢？"

卢瑶显然一惊，绕着他转了两圈，似乎有些失望："我爹天天夸你，说你天赋异禀，满腹才学，乃罕见的造纸奇才，还以为你有三头六臂，这不也很普通吗？"

"我又不是妖怪，岂能有三头六臂？"

"我不管。"卢瑶哼道，"你与我心中的那人相差太大，一定是假的。"

沈元白无奈地摇了摇头："别闹了！快把你爹叫来，我有要事找他。"

"不行。"卢瑶不依不饶，"想见我爹，先要过了我这关。"

"你到底想怎样？"沈元白哭笑不得。

卢瑶拿起一张染了色的红纸，递给他："这是什么？"

"楮纸。"沈元白没好气地说。

"说错了。"卢瑶发出一声冷哼，把纸扔给了他，"果然是冒充的！"

　　沈元白伸手接住，发现真的错了，这张是宣纸。去年老卢从泾县离开的时候，岳父曾送给他三百张宣纸。沈元白无论如何也想不到，如此贵重的纸，他竟然舍得将其裁剪成这种小尺幅的纸笺。

　　这时，老卢从外边进来，看到沈元白以后，猛然一惊："你是……元白？"

　　"卢叔叔，好久不见。"沈元白总算不用跟卢瑶周旋了，不禁松了口气。

　　"那可不，泾县一别，已经过去一年半了。"老卢说完，将目光投向了卢瑶，"闺女，这位便是沈公子，你不是总吵着要见他吗？"

　　"他是假的。"卢瑶一脸鄙夷，"连宣纸都不认得，怎么可能是沈公子？"

　　"可我认得诗笺。"沈元白认真起来，语气中透着一丝阴冷，"蜀中最好的诗笺乃玄宗年间女诗人薛涛所制的浣花笺，取浣溪之水造纸，再将花瓣捣碎以水调和为其染色。而宣纸的优势之一便是洁白无瑕，将其染色则是暴殄天物，我并未细看，怎能料到那是宣纸？即便是宣纸，像你这样浸染依然会着色不均，与真正的浣花笺相比仍显拙劣。"他将手中的纸笺举起来，"你看，这张便是如此。"

　　老卢察觉到他的语气不太对，急忙打圆场："小孩子不懂事，不要与她一般见识。此处嘈杂，我们去后院说吧！"

　　"好。"沈元白把纸笺扔在桌子上，跟着老卢离去。

　　卢瑶拾起纸笺，看了一眼，在他身后喊道："那应该怎么染？"

　　"试试涂刷吧！"沈元白头也不回地说。

　　后院的树下是一张石桌，沈元白和老卢相对而坐。

　　沈元白微笑着说："令爱将宣纸染色，可是你授意的？"

　　"正是。"老卢坦然地说，"你岳父只给了我三百张，我是纸商，自然不会留用。直接卖数量又太少，为了细水长流，只得用这个办法。诗笺本就受文人青睐，宣纸又有那么大的名气，宣纸做的诗笺自然更胜一筹，购买者趋之若鹜，利润非常可观。"

　　"虽然我对这样糟蹋宣纸不太高兴，但你这个变通的思路令我佩服。"沈元白道，"也罢，既然送了你，你怎么处置我便无权过问。说正事，罗通到底在搞什么鬼？"

"至今没有任何动静。"老卢摇头道，"我只知道，他邀请了山南、剑南各道的民间纸坊于十月初八去长宁寺观摩抄经，之后便没了消息。州署那边只派了司户参军配合长宁寺，刺史本人并没有参与。"

"罗通住在哪个坊？"沈元白问。

"他不在州城。"老卢道，"我也找了他许久，后来才知道，他一直躲在长宁寺里。在抄经大会开始之前，谁也不知道他要搞什么鬼。不过，以他与你的恩怨，在'静心堂'西南纸业盟会尚在进展之际来到开州，肯定没安好心。我写信让你岳父派人过来，亦是担心他会从中作梗，搅乱了我们的大事。只是没想到，来的人是你。"

"对付罗通，没有人比我更合适。"沈元白深吸口气，又道，"你有什么对策吗？"

"没有。"老卢苦笑道，"不知道他要干什么，自然无从下手。而且，我只是一个普通商人，抄经大会则有州署支持，真的无能为力。"

"确实难办。"沈元白叹了口气。

说话间，卢瑶端着一杯茶走过来，放在沈元白面前，一改先前气势汹汹的态度，腼腆地笑着："沈大哥，喝茶。"

"怎么？不质疑我了？"沈元白调侃道。

"是我不好。"卢瑶低着头说，"我七岁便听说了你的事迹，深深佩服，时常想着你有多么高大英俊。今天一见，与心中所想有些差距，一时难以接受，还望不要见怪。"

"你这丫头，怎么说话呢？"老卢斥责道。

"就是普通，气度和样貌都不及宋公子。"卢瑶反驳道。

沈元白脸色铁青，如果她不是女儿家，这会儿可能已经挨揍了。

卢瑶意识到言语有失，急忙改口道："沈大哥，你不要介意，不论你什么样，我都很佩服你。你以一己之力让'静心堂'天下闻名，宣州纸业因此而焕发新生，你是最厉害的人。喝了这杯茶，刚才的不愉快全都忘了吧！"

沈元白不知道该说什么，硬着头皮端起茶盏。

"卢姑娘，你在吗？"与此同时，铺子里传来声音。

"是宋公子来取诗笺了。"卢瑶匆忙往外跑。她从沈元白身后路过的时候，由于太过慌张，不经意地撞了他一下。那杯茶脱手而出，洒了一桌子，她却连头都没回。

"抱歉。"老卢一脸愧疚地说，"小女顽劣，你别介意。"

"不介意。"沈元白强忍着心中怒气，风轻云淡地说，"令爱正值妙龄，情窦初开，你需防着些，别被道貌岸然的人骗了。"

"不会的。"老卢笑道，"如果说开州只有一位君子，必然非宋公子莫属。他若是真对小女有意，我倒乐意促成这门亲事。"

"你这赞誉是不是有些过了？"沈元白不屑地撇了撇嘴，之后突然想到一个人，神色逐渐凝重，"你说的这人……莫非是宋慎微？"

"不错。"老卢点头道，"正是开州司马宋申锡之子，宋慎微。"

沈元白也跑了过去。

老卢不明所以，只能在后边跟着。

纸铺之内，身材颀长、面貌俊美的宋慎微正拿着诗笺观看，温和地笑了笑："卢姑娘，涂刷染色确实更加均匀，只是这红色似乎不太适合我，能否染成蓝色的？"

"我没找到蓝色的花。"卢瑶脸色微红，不敢与他直视，"绿色的可以不？"

"绿色——"宋慎微委婉地说，"恐怕不太美观。"

柜台后面是通向后院的门，沈元白和老卢站在此处观望。

"他就是宋慎微？"沈元白问。

"是的。"老卢回道，"此人在开州的名气很大，甚至超过了他爹宋申锡。"

"不会是浪得虚名吧？"沈元白的这句话声音极低，仿佛在自言自语，他身旁的老卢像没听见一样毫无反应。

宋慎微的耳朵动了动，微微一笑，提高嗓音说："既然来了，何不现身一见？"

沈元白走了出来，并未理会宋慎微，而是走向卢瑶："长安织染署的蓝青染料是将蓼蓝的根茎捣碎，再以石灰混之，待其干燥则成粉状，用时以水调和即可染布。蓼蓝亦为草药，有清热之效，染工和医者都在采摘，对你而言不太好找。区区诗笺，不值得如此大费周章。"说到此处，他才转身看向宋慎微，"宋公子，诗笺不过闲暇娱乐之物，每张皆为小瑶亲手涂染，是何颜色不太重要吧？"

"言之有理，那便给我一些红色的吧！"宋慎微拿出一袋钱，轻轻放在桌案上，"这位兄台很面生，不知如何称呼？"

"我是一个你迟早会见到的人。"沈元白故弄玄虚地说，"你可以猜猜我是谁。"

就在这时，外边传来嘈杂的骂声："你个老不死的，告诉你多少遍了，门前不可以摆摊，怎么还再敢来？我看你是不要命了。"

沈元白和宋慎微不约而同地向外望去。

纸铺的对面是一家酒肆，门前的幌子迎风飘荡。

而此时，店主和杂役凶神恶煞地围着一个倒地的老人。那人的身侧有一个翻倒的木车，汤水和炭火洒得到处都是。围观的人不少，对着酒肆的人指指点点，却没有人敢去阻止。王宣和纸坊伙计也在马车旁饶有兴趣地观望，似乎还在谈论着什么。

"王宣，你过来。"沈元白喊道。

王宣跑了过来："姐夫，怎么了？"

"出什么事了？"沈元白问。

王宣回头看了一眼，然后说："一个卖面的老人被打了，似乎是在酒肆门前摆摊，抢了人家的生意。"

"酒肆是卖酒的，老人是卖面的，如何抢他生意？"沈元白皱眉道，"即便有利益冲突，老人能卖出去几个钱，何至于当街殴打？"

"谁说不是呢！"王宣道，"反正酒肆是刺史外甥开的，没人敢管。"

在沈元白和王宣说话的时候，宋慎微正在诗笺上写着什么。然后，他走过来，将诗笺递给王宣："小兄弟，麻烦你帮我将这个交给坊正。"

王宣不敢接，愣愣地望着沈元白。

"去吧！"沈元白道。

王宣一把夺过诗笺，转身跑了。

沈元白坐了下来，笑着说："宋公子这是要为那卖面的老人出头吗？"

"路过的人有谁不为老人抱不平？他们之所以冷眼旁观，不过担心刺史为外甥撑腰，引来官府的报复。"宋慎微淡淡地说，"既然大家都认为酒肆做得不对，此事我便可以管。"

沈元白听到这番话，对他的敌意少了许多。

很快，王宣回来了，身后跟了一伙人。

那些人五大三粗，一脸横肉，一看就不是善类。

沈元白一直在揣测宋慎微会如何做，没想到他的手段如此简单，在他文质彬彬的外表之下，竟然藏着一颗阴狠的心。那些人什么话都不说，先将老人扶起来，然后冲进酒肆一顿狂砸。店主试图喊叫，被围起来打得鼻青脸肿。这件事发生得很突然，结束得更突然，不到一炷香的工夫，那些人便消失得无影无踪，仿佛从来不曾来过。

"你是从宣州来的吧？"宋慎微也似什么事都没发生过，继续刚才的话题，"你说我们迟早会见面，必然是因为送纸。"

"是的。"沈元白还未从震惊中回过神来。

"天色不早了，宵禁之前我须回到汉丰坊，既是送纸，那我们明日再见。"宋慎微又对卢瑶说，"诗笺我先不拿了，明天让这位兄台一并送来便可。"说完，他便匆忙离去。

沈元白无视宋慎微的离去，望着对面破烂不堪的酒肆，冷笑道："这倒是个好办法！"

王宣在他旁边站着，好奇地说："什么好办法？"

"这些人是从哪来的？"沈元白轻声询问，"你还能找到他们吗？"

"能找到。"王宣笃定地说，"我将那张纸交给坊正之后，他带我去了一个巷子，尽头有一间不知道是什么地方的屋子，坊正没让我进，他出来后身边就多了那些人。他似乎不方便露面，让我领那些人过来。我记得路，绝对能找到。"

"好，明日你带我去。"沈元白深吸口气，"我要用钱收买他们。"

老卢将后院的房屋收拾了一下，让沈元白一行人在此暂住一晚。由于空房长时间没人住，弥漫着一股霉味。沈元白不想住，非得让王宣出去找旅店。老卢无奈，便把卢瑶的房间让给了沈元白。卢瑶也嫌弃空房的气味，跟她母亲挤了一夜。

她对沈元白住在别人家还这般挑剔大为不满，天刚放亮便去敲门，硬是把平常睡到日上三竿才醒的沈元白揪了起来。

沈元白睡眼惺忪地打着哈欠："小瑶，你又闹什么？"

"卯时已过，该起床了。"卢瑶走进房内，在柜子中寻找衣服，"沈大哥，你今天去司马第送纸，能否带我一起——"

"不行。"沈元白直接拒绝。

"为什么不行？"卢瑶转头望着他，继续争取道，"我不说话，不会影响你。"

"你想见宋慎微，什么时候不能去？"沈元白皱眉道，"为何非要跟我一起？"

"我一个姑娘家去司马第找宋公子，让人看到多不好。而且，我也没有理由去找他，我与他除了谈论诗笺和纸价，几乎没说过别的话。"

"宋慎微都多大了，还没成亲吗？"沈元白好奇地问。

"开州没人配得上他。"

"你这是把自己也算在里面了？"沈元白笑道，"那更不用去了。"

"我不一样。"卢瑶争辩道，"我还没到成亲年龄，所以不算。"

"强词夺理。"沈元白依然笑着，"太宗定下规制，男二十、女十五方可成婚，玄宗为增加人口，改为男十五、女十三便可成婚。你今年多大，快到十三了吧？"

"听我爹说，你已经成亲了。"卢瑶坐在圆凳上，"嫂夫人比你小几岁？"

"大我三岁。"沈元白毫不避讳地说，"我是入赘，九岁便来到岳父家里，当时还是个小孩子，我夫人与你现在一样大，知道得比较多。她告诉我不可以叫他姐，我还不明白，长大一些才知道，她与我从小便定下了婚约。"

"你没有爹娘吗？"卢瑶瞪大眼睛，"他们怎会让你入赘？是不是生活艰难，为了不让你受贫穷所累？"

"并不是。"沈元白目光低垂，淡淡地说，"我出生在浙东台州的州治临海县，家里是浙江最有名的印刷书坊。我父亲叫沈雍，雕版技艺炉火纯青，无数印刷工匠在他手下讨生活，佛寺道院的经书、衙门修撰的典籍、民间售卖的日历，几乎都由我家印制。贫穷二字与我无缘，亲情同样触及不到。我父亲痴迷雕版印刷，我在他眼中，不过是一个继承他技艺和家业的工具，除了逼着我学习雕版技艺之外，我们之间几乎没有交流。他对我母亲同样冷淡，似乎也只是一个生育的工具。

最可恨的是，他与雕版一同葬身火海，让我和母亲失去了最后的庇护。他二哥觊觎家业久矣，在他死后联合族长将我们赶出了沈家。为了让我能够活下来，母亲带着我长途跋涉一路去了泾县，把我托付给了岳父，然后一病不起。我夫人那时刚去宣城学医，闻听此事带着她师父日夜兼程回到了家。那位名医说我母亲在路上便已生病，风吹雨淋使病情恶化，如今已入膏肓，任谁也无力回天。七日后，我母亲溘然长逝。岳父要将我父母合葬，台州沈家族人却不同意，最后我岳父给了一笔钱，此事才得以解决。"

卢瑶听得泪眼婆娑，哽咽道："沈大哥，你太可怜了。"

"还好吧！"沈元白释然地笑了笑，"我岳父待我如亲生儿子一般，我夫人虽然不喜造纸，在这方面没法沟通，但她用自己的方式照顾着我。我是命中注定的造纸人才，如果没有那场变故，可能会埋没这份天赋。"

"你爹真的很过分。"卢瑶愤愤道，"我爹要是这样对我，我会离家出走。"

"关于我爹的为人，这两年我特别迷惑。"沈元白道，"我刚出生那年，我岳父去台州办事，在我家住几天，便将婚事定了下来。他与我爹是多年故交，关系非常要好。在我的印象里，我爹是个既执着雕版又阿谀奉承之人，经常以刺史马首是瞻，当年那个刺史原本只是方士，擅长炼丹，不知通过什么途径得到了先帝的垂青，提拔为台州刺史。我父亲便张罗着为他刊印《长生集》，后来正是《长生集》的雕版失火，他在仓库被烧死。可是，我岳父说他是个极其正义的人，谁有困难他都会施以援手，而且最看不惯那些钻营奉承之辈。不知是我的记忆出现了问题，还是岳父了解得不够全面。"

"多年故交，应该不会看错。你能记得那么清楚，自然也不是记忆出了问题。"卢瑶摇了摇头，"太复杂了，我想不明白。"

"这些话我从来不对外人说起，其实也无人可说。"沈元白从床上下来，将窗户打开，"我没拿你当外人，所以说给你听，但你也别告诉别人，尤其是宋慎微。"

"你与宋公子有什么过节儿？"卢瑶好奇地问，"昨天我就发现了，你与他说话的时候语气不太友善，你们之前见过吗？"

"没见过。"沈元白道，"我父亲的死，与刺史刊印《长生集》不无关系，他若不死，我母亲也不会有事，所以我从小就厌恶官府中人。宋慎微谦恭有礼，行事仗义，又是喜好文墨之人，如果他不是开州司马之子，我们定会一见如故。"

"这便是你的不对了。"卢瑶道，"他虽然是开州司马之子，本人却没有官职在身。再说了，天下那么多官员，又不全与你有仇。如果你实在放不下，可以找那个刺史报仇啊！不要把仇恨牵扯到无辜之人身上。"

"那个刺史死得比我爹还早呢！"沈元白冷哼道，"《长生集》未等印完，此人便被调离台州，去长安给先帝炼药了。不久，先帝因服了他的丹药中毒而亡，朝野震荡，神策军在大明宫太和门外将其杖毙。"

"那你应该放下了。"卢瑶劝道，"宋公子是好人，你们可以做朋友。"

"好了，闲谈到此为止。"沈元白把她拉起来，往门外推，"稍后我和王宣要出去一趟，下午才去司马第。你要是想跟着，先去给我打盆洗脸水，要温的，再准备些早饭，我不能饿着肚子出门。"

"可以带着我？好，我这就去烧水。"卢瑶高兴地跑开了。

沈元白望着她渐行渐远的背影，沉吟道："这丫头钟情于宋慎微，也不知道是福是祸！"

阳光明媚，朵朵白云在天际游荡。

沈元白从纸铺出来，沐浴着日光，舒适地伸了个懒腰。

街对面，一个年轻人站在酒肆门口，满脸笑意，对每个过往行人躬身施礼："多有得罪，还望见谅。"

沈元白往他身后看了看，酒肆杂役正在修理窗户，昨天那个嚣张的店主已经不见了。

"怎么回事？"王宣小声道，"这人谁啊？"

"问问便知。"沈元白走了过去。

那人同样对沈元白施礼："多有得罪，还望见谅。"

"这位兄台，你我并不相识，何故如此？"沈元白装出一副茫然的样子，就像对昨晚之事毫不知情。

"你不是开州人？"那人诧异地打量他。

"不是。"沈元白编了个瞎话，"在下从长安来，刚刚进城。"

那人叹了口气："那你可要当心了，在这开州城，千万别惹姓宋的人。"

"哦？"沈元白假装惊愕，"姓宋的人那么多，不知你说的是哪位？"

"宋慎微！"那人回身指着狼藉的酒肆，"看到没？这便是他干的好事。实不相瞒，开州刺史乃我亲舅，即便有这层关系，依然不是宋慎微的对手，他派人砸了我的店，什么事都没有，我却要当街给开州百姓赔礼道歉。"

"这是为何？"沈元白这次是真的好奇。

"因为他占理呗！"那人垂头丧气地说，"我舅父听到这件事，非但不为我撑腰，还严厉斥责了我一顿。我那店主挨了顿打，至今还不能下床，舅父却命令我将其赶走。店里的修缮费用也是我自己掏，真是倒了血霉。"说到这里，那人挥了挥手，"行了，你赶紧走吧，别耽误我干正事儿，舅父知道又该骂我了。"

沈元白转身离去，走了没多远，突然笑了起来："锄强扶弱，是个人物！"

"说谁呢？"王宣在身侧问。

"说你。"沈元白瞪了他一眼，"为何我每次说话，你都要插上一嘴？"

"好奇呗！"王宣习惯了挨骂，完全不在乎，"宋慎微砸了酒肆，刺史外甥明知是他干的，却忍下了这口气，还要当街给百姓道歉，若非亲眼所见，这种事说死我都不信。"

"我认为，此事绝非表面看来这么简单。"沈元白边走边说，"世间之事，往往是权力大于正义。即便宋慎微占理，刺史完全可以不与他讲理，之所以如此迁就，必然还是碍于其父宋申锡的面子。但这明显有问题，司马乃刺史的下属，为何上官要给下属面子？"

"因为是小事，没必要闹得彼此难堪。"王宣笑道。

"当街砸店还是小事？"沈元白闲聊似的说，"而且，开州刺史原为门下侍郎，被贬到这个偏远地方，正是因为与宋申锡不合。你知道宋申锡以前是什么官职吗？"

王宣没有回应，等着他继续往下说。

果然，沈元白又道："宋申锡中进士后被授为秘书省校书郎，当时的宰相触怒先帝，被贬为浙江东道观察使。此人赏识宋申锡，请他出任从事。后来先帝暴毙，当今皇帝以江王登极大统，宋申锡被擢升为监察御史，之后历任起居舍人、礼部员外郎、翰林侍讲学士，没几年便官至尚书左丞、同中书门下平章事，虽然还未拜相，但其实权与宰相无异。"

"后来呢？"王宣听得出神，"这么被皇帝看好的人，怎么会被贬来开州？"

"应该是发生了什么大事，我也不太清楚。"沈元白沉吟道，"以上这些，都是你义父告诉我的。至于宋申锡为何被贬，他总是顾左右而言他，死活不肯明说。

纵使宋申锡曾在高位，如今也不过是开州司马，已是古稀之年，恢复原职的机会微乎其微。刺史执掌一州军政，可谓大权在握，不刁难他便不错了，何以会退让？宋慎微砸了酒肆安然无恙，若不是开州刺史为官清正，便是宋申锡的背后有人支撑，且是个刺史绝对不敢得罪的人。"

"姐夫，你是不是想的太多了？"王宣笑道，"本来就是酒肆有错在先，那么多人看着，刺史怎么可能为他外甥出头？"

"或许吧！我只是觉得宋慎微的有恃无恐不太正常，想不通他一个司马之子为何会有这种底气，所以才会这般揣度。"沈元白停下了脚步，往左右看了看，"走了半天了，你说的那个巷子究竟在哪儿？"

王宣也在四下观望，然后指着前方的一家生肉铺说："我对那个猪头有印象，那条巷子就在肉铺后方，昨天坊正还与卖肉屠户打了声招呼。"

"那走吧！"沈元白向前走去。

这是一条很深的巷子，右侧是高大的坊墙，巷子内所有的房屋都与生肉铺一样在前边开门，一眼望去，整条巷子既阴暗幽深又寂静无人。

二人走到尽头，终于看到了一间有门的房子。沈元白想了想，来时曾路过这个房子，但从方才那条街看，此处是隐藏在围墙后边的，无法进入，原来正门在这里。

"去敲门。"沈元白吩咐道。

"我可不敢。"王宣往他的身后躲了躲，"万一那些人不讲道理，出来打我一顿怎么办？"

"你说这话都对不起你粗壮的体格。"沈元白讽刺他一句，过去敲门了。

有人从里面开了门，是一个发须皆白的老人。他看了一眼沈元白，笑起来："这位公子面生得很，不是本地人吧？"

沈元白越过他往屋内望去，不禁脸色骤变，那里边地方不小，摆着好多口棺材。

老人将门彻底打开，转身进屋去了，似是让他们进来。之后，那老人从炉子上拿下水壶，往碗中倒着水："不是本地人也无妨，哪里不死人呢？你能找到我这儿，想必也是慕名而来，吹嘘的话我便不说了，质量肯定没问题，刺史他爹用的棺材都是我做的。"

搞得如此神秘，原来只是个棺材铺。

沈元白四处望了望，没看到昨天那些人，不禁有些失望，悄声对王宣道："你确定没走错地方？"

"不可能错。"王宣信誓旦旦地说，"看到门外那棵树了吗？上边有道划痕，是我昨天等待的时候用石头划的。"

沈元白点了点头，走过去对老人道："老人家，我不买棺材。"

老人端着水碗，本来要递给他，闻听此言把手缩了回去，困惑地说："不买棺材，那你来我这儿干什么？"

沈元白在靠背椅上坐下，笑道："打造棺材乃重活儿，你这把年纪，恐怕干不动吧？昨天坊正来过，从你这里借了几个人，不知道那些人现在何处？"

老人把水碗放下，谨慎地问："你究竟是何人？"

"你别紧张，我只是一个从长安来的商人。"沈元白平静地说，"昨天偶然目睹了一家酒肆被砸，砸店的那些人体格健硕，而我所办之事缺少人手，想请他们帮个小忙。如果我没有猜错，那些人应该是你的徒弟或子侄，你开个价吧？"

老人放下水碗，笑着摇了摇头，似是看穿了一切："年轻人，跟我耍心眼儿，你还太嫩了。什么帮个小忙，你是想打人吧？不瞒你说，这种活儿我们也做，但被打的都是仗势欺人之辈，而且需得到宋公子的首肯，否则你就是给座金山，我也不能答应。"

"宋慎微？"沈元白皱眉道，"这是我们的交易，与他有何关系？"

"你想在开州打人，竟然不事先了解一下本地的情况？"老人斜睨着他，阴冷地笑着，"那我就给你一个劝告吧，没有经过宋公子同意，千万不要在开州闹事，不然你回不了长安。言尽于此，既然你不买棺材，我们便没必要再谈下去，不送了。"

"老人家，不要急着撵人。"沈元白并不打算走，轻轻拍打着身旁的一口棺材，"此为柏木所制，这种树傲立于严冬，不惧风寒，素有正气、高尚、长寿、不朽之意。树木尚有风骨，你整日与木材为伍，何以如此胆小怕事？我还没说要打谁，你怎知此人不该打？"

"柏树虽有风骨，却难与斧锯抗衡，到头来还不是一块死物，即便制成棺材，盛放的也是死人。人要活着，要吃饭，要娶妻生子，要在这茫茫红尘安然度过一生，便不能无所畏惧。"老人冷笑道，"你不用出言讽刺，我也不关心你要打谁，反正没有宋公子的允许，我是不会帮你的。你若赖着不走，我可以让人送你一程。"言罢，他朝后院喊道，"壮子，你过来一下。"

有人应了一声，走出来一个彪形大汉。

"打扰多时，告辞！"沈元白眨眼间便到了门外。

王宣还没反应过来，一转头，正好与那个一身筋肉的壮汉四目相对，双腿瞬间就软了，慌张地往出跑，刚出门便趴在了地上。等他爬起来，发现沈元白已经走到了巷子口。

王宣灰头土脸地跑到他身边，气喘吁吁地埋怨道："姐夫，你太不讲究了，走也不事先说一声。"

沈元白望着天空，淡淡地说："我不是说'告辞'了吗？"

"你跑得也太快了，我都没反应过来。"王宣委屈地说。

沈元白无视了他的话，愤愤地说："我就不信了，有钱还找不到人？"

"还不如去找宋慎微。"王宣道。

"我不想欠他人情。"沈元白走向了生肉铺。

经过一番攀谈，生肉铺的屠夫倒是爽快，一听给钱，马上就答应了。就在沈元白窃喜的时候，那人又道："那就这样定了，你等我收拾一下，咱俩先到司马第跟宋公子说一声，然后就去盛山解决那个罗什么玩意。"

闻听此言，沈元白的心凉了半截，侥幸地问："可以不找宋慎微吗？"

"那怎么行？"屠夫瞪着眼睛，"我打了人，他却不知情，你让我以后怎么在州城生活？"

"若要找他，我还用得着你？"也不等屠夫回应，沈元白转身便走。

王宣在身旁问："现在怎么办？"

"没办法了。"沈元白叹了口气，"我算看明白了，宋慎微是开州地头蛇，想要绕过他恐怕不可能了。回去备车，我们去司马第讨些酒喝。"

王宣担忧地问："他若不肯帮忙怎么办？"

"那便说服他。"沈元白自信地说，"从昨天的事情来看，宋慎微还算是心系百姓，他能掌控开州的各色杂人，应该不是靠着威逼利诱等下流手段，而是他做的事情让大多数人认可，反过来说，对大多数百姓有利的事他必然会做。'静心堂'西南纸业联盟，关乎着很多人的生计，我认为他不会袖手旁观。"

"那你何必绕这一大圈，直接去找他不就行了？"王宣撇了撇嘴。

"我不是说了吗？不想欠他人情。你怎么还问？"沈元白没好气地说，"再说了，如何做是我的事，与你有什么关系？"

"我不得陪着吗？"王宣挽起袖子，把小臂的擦伤展露出来，"你看，陪你找人，结果摔成了这样。"

"好，下午你别跟着。"沈元白加快了脚步，把王宣甩到了身后。

"那不行。"王宣急忙追上去，"我还要尝尝司马第的好酒呢！"

二人在文峰坊的街上穿行，很快淹没在人流中。

开州司马第在汉丰坊，距离州署不远，有卢瑶跟着，省去了问路的时间。王宣赶着马车，按照她的指引走街串巷，不到一刻钟便进了坊门。之后一路向前，这条街上最显眼的建筑是开州署，过了以后往左转，进入另一条相对较窄的街巷，其内最大的门扉便是宋申锡的府第。此处不是公廨，而是私宅，门楣上的匾额写着"司马第"三个楷书大字。

自从进入司马第所在的这条街，路上的行人便越来越少，来到司马第门口，竟然一个人都看不见了。寂寥的街巷，冷峻的府门，孟冬时节满地落叶，日渐西垂漫天余晖，这种荒凉和孤独之感，似是在映衬府第主人的处境。

沈元白从车上下来，吩咐道："王宣，去敲门。"

王宣跟着他来开州，一路上总是挨骂，这次学聪明了，不再多言，走过去用拳头用力捶打厚重的木门。

"你在干什么？"沈元白惊呆了。

"在敲门。"王宣回身望着他，"怎么了？"

沈元白脸色铁青，实在懒得再骂他了，只是无奈地说："门上那两个铁环你看到没？抓着铁环轻轻叩动，这是开州司马的家，不是泾县的蒸饼铺子。"

"这东西是敲门用的？"王宣在惊讶中叩响了门环。

王宣几乎没离开过泾县，所以不认得铺首门环。此物只有衙署、寺庙和官员的宅第才有，泾县的县署和寺庙倒是去过，但通常都开着门，他并不知道门环是做什么用的，还以为只是为了好看。

"原来是敲门用的！"卢瑶似乎也是头一次听说，侧头望着沈元白，"沈大哥，你知道得真多。"

"是你们读书太少了。"沈元白叹了口气。

少顷，有人从里面开门，却只开了一条缝隙，探出半个身子打量着他们，发现不认识，于是问道："你们是什么人？"

"宣州沈元白，来给宋司马送宣纸。"沈元白故意没提宋慎微。

"稍等。"那人跑了进去。

又过了一会儿，大门彻底敞开。宋慎微带着仆人出来，笑面相迎："昨日相见，我便觉得兄台谈吐不俗，不像是纸坊伙计，原来你就是那个造纸奇才沈元白。"他又看向卢瑶，"卢姑娘也来了，相识许久，你这是首次登门吧！"

"见过宋公子。"卢瑶腼腆地施礼。

王宣一看宋慎微出来，便要去搬那箱宣纸，然而刚要转身，沈元白的手很自然地搭在了他的肩膀上，看似随意的举动，力度却极大，王宣顿时不敢动了。

沈元白仿佛什么都没发生一样，笑着对宋慎微说："宋公子，来时遭遇暴雨，损失了四百张纸，仅剩的两百张在车上，你让仆人搬进去吧！"

"损失了四百张？"宋慎微的笑意逐渐转冷，"沈兄何以如此淡然？"

"此为意外，我亦无能为力。"沈元白平静地说，"当然，既然没有送到，自然不会收钱，待下一批造出来，我再让人给你送来。"

"既如此，我也不好再说什么了。"宋慎微忧心地说，"只不过，这些纸乃家父所买，少了四百张，恐怕会令他不悦。"

"无妨，我去给宋司马解释。"沈元白说着，便往大门里走。

"且慢！"宋慎微厉声喝止，"家父近期身体不适，不便见客。"他对身后的仆人道，"你去把纸搬进我爹书房。"

仆人似是腿上有伤，一瘸一拐地走向马车。

"王宣，去帮忙。"沈元白轻声道。

王宣点了下头，跟着过去，从马车上将木箱搬出来，却没有交给那个仆人，而是打开箱子，把里面那些用油纸包着的宣纸拿出来递给那人，木箱又放回了车里。

宋慎微好奇地问："为何不把木箱一并留下？"

"这种红木箱子乃'静心堂'特制，刻有独特的暗纹，不能给别人。"沈元白道，"不只是箱子，封条的用纸也是我的杰作，别人仿不了。"

宋慎微似是理解了他的意思，不再追问。

宋府仆人双手捧着纸往府内走，不知是腿疼还是紧张，路过宋慎微身旁的时候身子一晃，竟然险些摔倒。宋慎微伸手扶住他，语气阴冷地说："当心，别再坏了另一条腿！"

他这句看似关心的话，却让仆人更加恐惧了，连头都不敢抬，轻轻应了一声，然后颤颤巍巍地进府去了。

沈元白冷眼看着，略微皱了下眉头，却没有出声。

这时，卢瑶递给宋慎微一个精心缝制的布包："宋公子，这是你要的诗笺。"

"多谢。"宋慎微接过来，视线并未在她身上过多停留，"府内杂事繁多，不便远送，沈兄请回吧！"

正事还未说，便遭了逐客令。王宣一时愕然，想要询问怎么办，又碍于宋慎微没走不好开口，既忧心又焦虑，把脚下的一片枯叶蹍得稀碎。

沈元白完全没动，也不说话，默然地望着宋慎微。

访客未曾离去，主人先行进府于礼不合，所以宋慎微也没有走，只是这样互相望着属实有些尴尬，于是问道："莫非还有事？"

"当然。"沈元白沉声且郑重地说，"我有一件与此地民生有关的大事，宋公子可有兴趣一听？"

"请讲。"宋慎微道。

"事关重大，即便此处没有外人，我也不便直言。"沈元白微笑道，"而且我千里迢迢从宣州过来，你连府门都不让进，似乎不合情理吧？"

宋慎微目光流转，似在思忖，随后也笑了起来："沈公子所言极是，那便请进吧！"

佳酿，琴音，过往

第五章

宋府厅堂内放着一个炉子，其上烧着热水。

炉子的四周，摆着四张矩形桌案。宋慎微是主人，居中而坐，沈元白为贵客，在右侧，卢瑶在左侧。王宣是个随从，依礼不能上桌，但沈元白一再强调此人是他妻弟，宋慎微便在他的后方又设一桌。

有仆人把烧开的热水倒入每个桌案上的温酒器中，并将酒壶放入其内，待酒温好，又将其倒入每人的酒杯中，然后便出去了。宋府的酒具皆是青瓷，质地精良，一看便是官窑上品。以沈元白的阅历和学识来说，只能看出来这些，无法详细品评，毕竟陶瓷与造纸隔行太远了，与雕版印刷也没有丝毫关系。

宋慎微端起酒杯："这杯酒略表地主之谊，诸位请！"

沈元白也没客气，仰头一饮而尽。

王宣学着沈元白的样子猛地灌了进去，然后就被呛住了，不停地咳嗽。

"此酒名为剑南烧春，醇香清洌，爽口沁鼻，令弟似乎不太适应。"宋慎微笑了笑，"但也是正常的反应，毕竟这是剑南道进贡给朝廷的酒，平时很难喝到。"

"是吗？"沈元白无视了他的轻蔑之意，"如此好酒，我可要多喝几杯。"然后便自行满上，喝完之后舔了舔嘴唇，点头道，"确实不错，宋兄可否送我几坛？"

"这——"宋慎微僵硬地笑了笑，"抱歉，我家也所剩不多。"

"那太遗憾了。"沈元白又道，"令尊大人的身体不要紧吧？"

"长安的御医未到，一切还不好说。"宋慎微缓缓倒着酒，头也不抬地说，"言归正传，你想让我干什么？"

沈元白坦然道："找人帮我处理一个人。"

"何人？"宋慎微问。

"此人叫罗通，从宣州而来。"

"杀人我可不干。"

"不需要杀人，打他一顿便可。"

"他是什么人？"

"早年是我的竞争对手，如今来开州，是为了破坏西南纸业盟会。"

"纸业盟会？"宋慎微没听明白，"是你们'静心堂'扩张产业吗？如果仅是纸业竞争，我可不会插手。"

"当然不是。"沈元白解释道，"所谓西南纸业盟会，是由'静心堂'牵头，与山南、剑南诸道的纸坊、纸商共同创办的一项产业。开设更多的纸坊，加大纸张产量，以'静心堂'之名去卖，所得利润由'静心堂'与当地纸坊、纸商共分。"

"你们抽几成？"

"二成。"

"比较合理，不算巧取豪夺。但这还是工商行业的事，与百姓生计何干？"

"宋兄此言未免狭隘了。"沈元白摇了摇头，"你可能不知道，我大唐物华天宝、人杰地灵，却依然有无数贫穷之人，那些人根本用不起纸。来开州的路上，我曾路过一处村落，那里的孩童学字都是写在宽大的树叶或者地上，即便是家中宽裕一些的少年，也是在一张麻纸上反复写字，墨迹将纸张全部染黑以后，新写的字只有在墨还未干的时候方能看到痕迹。现如今，官营纸坊只供应朝廷，民间纸坊产量又低。宣州虽然形势较好，但不论是不是宣纸，沾着宣州的名气，价格都不便宜，宣纸更是供不应求，官宦商贾之家尚不能尽用，寻常百姓更是望尘莫及。要改变这个现状，唯有增大产量。

"蜀中物产丰盈，自都江堰建成之日起便是天下粮仓，但也不过是剑南以北那些地方，偏远州县依然山林多而田地少，耕种所得除去赋税和衙门盘剥，所剩无几。一旦大规模开设纸坊，这些田地少或者遭遇天灾的百姓便可以来造纸，我们传授技术并冠以'静心堂'之名，保证质量和销路。如此一来，既能降低纸价，又能让当地百姓获利，一举两得岂不美哉？"

沈元白说得口干舌燥，急忙喝了口酒。

一番长篇大论下来，直接把宋慎微镇住了。他瞠目结舌，之后陷入沉思，片刻后似乎想明白了此举的意义，这才说道："你的这番话，若是出自长安政事堂或户部官员之口，显然更合理一些，但也会让人觉得他们在说空话。由你这位造纸商人说出来，似乎不太合理，却又有种真实的感觉。但这里有个问题，宣纸只有宣州才有，是因为其原料乃那边特有的青檀树皮，你们来山南和剑南，如何造得出来？"

沈元白解释道："我们来西南诸道并非是为了造宣纸，而是就地取材，麻纸、竹纸、藤纸、楮纸都可以。只要打着'静心堂'的名义去卖，给人的感觉便是技高一筹，而且我对所有纸类皆有研究，并加以改良过，用我的技艺，造出的绝对是同类纸中的上乘之作。"

"你这种人才，如果不为百姓做些什么，着实有些浪费。"宋慎微动容地说，"既如此，罗通打算如何破坏此事？"

"不知道。"沈元白叹气道，"目前为止，已知的消息有两个：一是后天长宁寺的抄经大会与他有关，他邀请了本地的纸坊、纸商前去观看；二是不久前，有人带着'静心堂'的木箱子来开州，听说是送往长宁寺。"

"长宁寺？"宋慎微面露难色，"这可不太好办。后天是十月初八，乃佛门的涅槃日。长宁寺举办抄经大会是为本地祈福消灾，州署非常重视，已经派户司参军过去协助了，似乎还调动了州兵，开江的县令应该也会参与，谁也无法阻止。"

"不错。"沈元白点头道，"所以无须阻止抄经大会，只要干掉罗通便可。办法我都想好了，你替我打晕罗通，我让王宣将其送回宣州，然后我们去主导抄经大会，不论他有什么阴谋，我都能化解。"

"罗通现在何处？"宋慎微问。

"长宁寺。"

"这——"宋慎微无奈地笑了起来，"这不一回事吗？我的人又不是州兵，如何在长宁寺打人？"

"可否请令尊调动州兵？"沈元白道。

"办不到。"宋慎微依然笑着，"别说家父正在抱恙，即便没病，且乐意相助，他也调不来任何兵马。"

"为何？"沈元白不解道，"司马不是正管着一州兵事吗？"

"那是以前。"宋慎微端起酒杯猛灌了一口，多半都洒了出去，略带不忿地说，"安史之乱以后，藩镇的军政大权都在节度使手中，不设节度使的各道则由封疆大吏观察使总管，统率州兵的乃一州的防御使或团练使，且这二者只设其一，比如开州，便是防御使掌兵，不设团练使，你老家宣州正好相反。然而，不论是防御使还是团练使，皆由本州刺史兼任。司马已成闲职了，几乎全由那些得罪了圣上或长安实权者的被贬之人担任，说是贬谪，其实就是找个地方让你领着俸禄养老而已。"

"这该如何是好？"沈元白烦躁地说，"罗通敢来开州挑事，必然有人暗中扶持，否则以他的能力难以涉足抄经大会。如今他躲在长宁寺不出来，我们又无法动用州兵，一时半会儿很难摆平他。"

"你们在西南的大事为何会被他知道？"宋慎微疑惑地问。

"因为这不是秘密。"沈元白叹息道，"此种大事，'静心堂'一家之力终究有限，需要宣州造纸行会的支持和协助，因此不可能秘密进行，罗通知道也很正常。"

"州兵肯定调不来，除非找刺史，否则谁也没办法。"宋慎微自顾自地喝着酒。

沈元白也闷头喝酒，桌案上的那壶酒很快见底。宋府的仆人不在屋内，他也懒得叫，便将王宣的那壶拿了过来。

"那个——"卢瑶听了半天，没想到自己的父亲竟然在筹划这种大事，既吃惊又欣慰，对沈元白的敬仰之情也到了一个全新的高度，始终没敢插话，这会儿看二人都沉默了，才试探地说，"可以不在寺院动手啊！"

"我也想过山下伏击，可是不行，抄经大会结束之前罗通不可能离开长宁寺。"沈元白否决道，"这个人虽然不太聪明，人品也不怎么样，不良嗜好却一样不沾，除了造纸和给我找麻烦以外，所有欲望皆低于常人。"

"那就把他叫出来呗！"卢瑶又道。

沈元白干涩地笑了起来："他还没有愚蠢到那个地步，知道我找他不会有好事，怎么可能出来？"

"如果我找呢？"宋慎微突然道，"此人应该会重视吧？"

"倒是可行。"沈元白道，"但要有一个他无法拒绝的理由。"

"理由嘛，我倒是想到了一个不错的。"宋慎微扬起嘴角，"既然你们有仇怨，那我帮他干掉你不就可以了？"

"这——"沈元白慌忙道，"宋兄，我觉得还可以再想想。"

"不必了。"宋慎微站起来，冲外面喊道，"赵三！"

在沈元白惊愕的目光中，一伙手持棍棒的人冲了进来。

"姐夫，要反抗不？"王宣悄声问。

"你打得过谁啊？"沈元白冷哼道，"你要是不怕挨揍，大可反抗，你被打得鼻青脸肿，传扬出去更加可信。"

"那还是算了。"王宣瞬间服软。

这时，宋慎微一指沈元白："把他给我拿下。"

赵三应了一声，押着沈元白出去了。

宋慎微在他背后喊道："给他拿一坛剑南烧春。"

"多谢宋公子赏酒。"沈元白笑着离去。

王宣跑了过去，把那块玉牌塞到沈元白的手里："姐夫，这个你拿着。"

"这不是你家祖传的吗？"沈元白不解道，"给我干什么？"

"义父说可以带来好运。"王宣依依不舍地说，"虽然我也不信，你就权当有用吧！"

沈元白点了点头，转身出门。

赵三带着沈元白在司马第绕来绕去，最后走到了一个院子。这个院子不算太大，除了进入的拱门以外，三面都是围墙，其内种着一些翠竹。最里面是一栋房屋，看起来非常普通，若不是门边挂着一块写有"琴房"二字的木牌，沈元白还以为是一个仓库。

赵三打开门，把沈元白推了进去。

进门之前，沈元白以为这是一间琴收藏室，甚至想象了一下里面的大概样子，进来以后才发现，方才所想全是错的，此处竟然是一个斫琴的地方。最中间是一张宽大的桌案，连漆面都没有，保持着木头的原始样子，其上有各种木工所用的工具，还有一个刚有雏形的琴坯。桌案下方摆着几个陶制坛子，里边是胎漆原料和桐油。左右两侧是木架子，堆放着各种木料，还有一些已经完成的琴轸、雁足及琴弦之类的配件。

沈元白检查了所有东西，笑着说：“想不到宋慎微还有这种喜好。”他将那个刚有雏形的桐木琴体拿在手里，像木工目测曲直似的闭上一只眼睛瞄了瞄，然后摇了摇头，“手艺太一般了。”

他把琴体放回原位，转身往外走，刚到门口便被赵三拦住：“不许出去。”

“我的酒呢？”沈元白气势汹汹地说。

“等着。”赵三言简意赅，转过身不看他。

沈元白突然笑了起来，凑近说：“这位兄台，你不必真的把我当成囚犯。”

赵三无动于衷。

沈元白又问：“你们宋大人住在哪个院子？”

赵三依然不理他。

沈元白沉下了脸，不满道：“为何不让我出去？莫非你们司马第有什么见不得人的事？”

这时，有仆人抬来一坛子酒，将其放入琴房，然后赵三便关上了门。

“装聋作哑，真够可以的！”沈元白气冲冲地去抠坛口的泥封，半天抠不下来，顺手抄起一把斧子，狂躁地将泥封砸得粉碎。打开酒坛以后，他便愣住了：“连个提子都不给，让我怎么喝？”

“赵三，听到没？”他冲门外喊道，“给本公子拿副提子和酒碗。”

门外有人低语：“三哥，他要酒具呢！”

“你去取来。”赵三没好气地说。

脚步声由近及远，随后又由远到近。

房门开了，赵三走进来，将沈元白要的东西放到桌案上，复而出去，全程没有看他一眼，就像屋内根本没有人似的。

沈元白也不在意，拿起酒具开始喝酒，一口气喝了十碗，这才满足地哈了口气："真是好酒，痛快！"

很快，他便觉得无趣，便又去了门口，隔着门对赵三说："只要我不出去，是不是干什么都可以？"

赵三依然没有回应。

"我当你默认了。"沈元白深吸口气，走到桌案旁，盯着那个琴坯看了片刻，拿起一把刻刀，"宋慎微，让你见识一下我斫的琴。"

夜色深沉，寂静的开州司马第突然响起了一阵悠扬的琴声。

这是赵三始料未及之事，然而宋慎微没说不许弹琴。琴声固然优美，只是不合时宜，午夜时分宛如怨鬼低吟，令人毛骨悚然。赵三让人守着琴房，他去找宋慎微了。

沈元白猜到了外边的情况，琴调骤变，越发狂躁起来。

不多时，宋慎微的声音响起："方才闻听琴声，还以为是阅看琴谱入迷产生了错觉，原来是这边传来的。不对啊！我记得琴房中没有可以弹奏的琴。"

"他自己做了一张。"赵三小声道。

"竟有这事？"宋慎微明显一惊，之后便没了动静，似在用心聆听，过了一会儿再次说话，"此曲名为《酒狂》，乃魏晋名士阮籍所做，韵律激昂，佯狂恣意，酒后弹奏再合适不过了。琴声空灵悦耳，应是一把好琴，他做了多久？"

"大约两个时辰。"赵三回道。

"人才啊！"宋慎微一声感叹，快步走过来，"沈兄，别弹了，是我。"

沈元白按住琴弦，曲声戛然而止。

宋慎微推门而入，看到沈元白正盘膝坐在地上，腿上放着一张连胎漆都没上的木琴坯，不禁更加讶异："方才之曲，可是这张琴所奏？"

"正是。"沈元白笑道，"娱乐之作，粗糙简陋，只可暂时一用。好在琴之音色取决于琴内斫痕，而非胎漆。此处的琴轸、琴弦、雁足等物皆是成品，我又对徽位了然于胸，这才勉强弹出曲子来。"

"这我知道。"宋慎微依然困惑，"琴身为桐木，琴底为梓木，二者以鱼胶黏合方成一体，可这需要些时日才能牢固，你这个明显没有上胶，如何合琴的？"

"木工之技艺，可以不用胶合。"沈元白解释道，"我等不了胶干，于是将琴身和琴底以榫卯的方式进行了卡合。当然了，这只是妥协之法，真正的斫琴师不会如此做，因为底板相对宽大，不太美观，也会影响音色。"

"你为何懂得斫琴？"宋慎微问。

"天下有两张名琴，其名为九霄环佩，乃蜀中斫琴世家雷氏于开元年间所制，一张在宫中乐师的手里，专为帝王演奏，另一张恰好在我家里。"沈元白站了起来，把木琴坯放在桌案上，"前几年，雷氏的族人雷俨来宣州买纸，见我有斫琴天赋，便教了几天。我本人对与木材有关的所有手工业兴趣浓厚，所以用心研习，时至今日，技艺虽不及真正的斫琴大师，却也不是泛泛之辈。"

沈元白的这番话有一半假的，那张琴确实在他家里，雷俨也真的教过他几天，不过并非是去宣州买纸，更不是看他有天赋，而是与他那个痴迷雕版的父亲有交情。雕版和斫琴都是木工技艺，其父又是喜琴之人，所以雷俨才逗孩子玩儿似的对他指点一二。当然，后来他真的钻研过。

"你真是一再让我惊叹！"宋慎微的目光柔和许多，态度也更加友善了，"既是懂琴之人，也算知音同道，我也不必为难你了。"他又对赵三道，"你不用看着他了，回去睡觉吧！"

赵三如获大赦，应了一声便匆匆离去。

"走吧，去前院吃些夜宵。"宋慎微转身出去。

沈元白跟着他走出琴房，皱眉道："你刚才说什么？为难我？你把我关在这里，难道不是为了迷惑罗通？"

"当然不是。"宋慎微笑道，"只要你在我家里，便可对外声称被我所擒，是否关起来并不重要。我这样做，是想让你吃些苦头。"

"为何？"沈元白愣愣地问。

"虽然我答应帮你，但并不喜欢你。"宋慎微毫不避讳，"我知道你去过棺材铺，你来找我，不过是想利用我而已。若不是此事真与百姓有益，我会让赵三把你打出去。"

"难怪赵三进来得如此之快。"沈元白恍然道，"敢情是等候多时了。"

宋慎微反问："换作你是我，你会如何做？"

沈元白自知理亏，沉默不语。

顷刻间，二人来到前院的厅堂。

进门之前，宋慎微叫来一个仆人，让他准备酒菜。

此处便是之前沈元白几人喝酒的地方，不过那些单人桌案已经不见了，取而代之的是一张稍大一些的长桌。从分席而食到合席共饮，可见宋慎微的心态发生了变化。

仆人很快送来酒菜，摆好便出去了。

沈元白吃了口菜，关切地问："明天的事，你安排得如何了？"

"不会有问题。"宋慎微自信道，"我的人已经放出消息了，不论明日罗通如何打探，你被我抓了这件事只能是真的。而且，我会在信中贬低'静心堂'，以此博取他的信任，你少送四百张纸这事可以用来做文章。只是有一个问题，万一长宁寺住持与罗通相识，你如何在他失踪以后获得此人的信任呢？"

"此事好办。"沈元白道，"我可以模仿罗通笔迹写一封信给住持，只说罗通宣州织毯的亲属病逝，他必须回去，将这边事交给你来处置。住持可以不信，但没有办法证实。抄经大会迫在眉睫，他一个出家人，又不懂造纸，无法替罗通完成阴谋，所以只能任由我们接手。不成也无所谓，只要罗通不在，我便可以扭转局势。"说到这里，他惋惜地叹了口气，"罗通虽然不如我，但也是造纸业的翘楚，他若走正道，我们不是没有合作的余地。可惜啊，心术不正，无可救药。"

"这次你可欠了我一个人情。"宋慎微喝了口酒，"我也不强求你什么，有朝一日我去了宣州，你把那张九霄环佩送我吧！"

"这还不算强求？"沈元白愕然道，"君子不夺人所爱，你的要求我无法满足。"

"看把你吓的，说笑而已。"宋慎微笑了笑，"借我弹几曲总可以吧？"

"那没问题。"沈元白松了口气。

"不如这样。"宋慎微又道，"你的事办完以后，先别急着走，在我家住些时日，为我斫一张好琴，算是报答我的相助之恩，如何？"

"当然可以。"沈元白本来也不打算走。

"我会给你安排住处，除非我允许，否则你不可以到处乱逛。"宋慎微警告道，"家父因为朝廷斗争失利被贬谪，那个政敌怀疑父亲依然在密谋对他不利之事，因此在开州放了眼线，若是被那人发现你在府中不受拘束，必然会对你下手。"

"竟有此事？"沈元白惊讶道，"眼线为何人？"

宋慎微摇了摇头，不知是不知道还是不便相告，反正没有明说。

沈元白也不便多问，只好喝酒。

二人推杯换盏喝了许久，其间又谈了些斫琴的事。

沈元白微醺地说："宋兄，我能不能见令尊一面？"

"为何？"宋慎微晃了晃脑袋，努力让自己清醒些，"家父不过是个闲散官员，有什么可见的？"

沈元白趁机问道："我听说，令尊早年曾是浙东观察使的从事，当时你也在那边吗？""不错。"宋慎微醉眼蒙眬，"我在越州。"

"十年前的一天夜里，台州一家印刷书坊突发大火，你可听说过此事？"

"当然，家父事后还去调查过。"

闻听此言，沈元白更加急切："结果如何？真的是意外吗？"

"结果……"宋慎微已经快要趴在桌案上了，似是想到什么，突然坐直了身体，"你为何打探此事？我记得那家的书坊主人叫沈雍，与你同姓，莫非是你的家人？"

"同姓便是家人？"沈元白端起青瓷酒盏，以此掩饰被拆穿的尴尬，"那天下姓李之人岂不全是皇族？"

这种欲盖弥彰的说辞自然骗不了宋慎微，他微微一笑，故意卖关子说："既然与你无关，我便不能向你透露详情，那样对逝者不敬，对逝者家人也不好。"

"好吧！"沈元白把酒盏放下，用力过猛，溅出了不少酒水，"在下正是沈雍之子，可否告知火灾真相？"

初九午时

第六章

天际泛白，篝火渐熄。

沈元白和陆珏一夜未睡，依然精神抖擞。

"宋慎微如何说？"陆珏迫切地问。

"他在戏耍我。"沈元白冷哼道，"他居然说，台州火灾一事他爹没有告诉他，所以根本无从知道真相如何。"

"你认为是真的吗？"

"我无法判断。"沈元白叹息道，"即便他故意不说实话，我也没办法，毕竟罗通之事还要指望他，所以不好逼迫。就算我想逼着他说，也没有那个实力。"

"有道理。"陆珏点了点头，又问，"罗通那事后来如何了？"

"没有任何意外。"沈元白道，"罗通下山之后便被伏击，棺材铺的那些人下手特狠，若非我拦着，罗通那条小命就交待了。人撤走以后，罗通已经完全昏迷。我让王宣将其绑了起来，用黑布罩在头上，扔进事先准备好的马车里……"

开州，盛山之下。

处理好罗通以后，王宣跑了过来："姐夫，这人伤得不轻，我怕他挺不到宣州，用不用找个地方给他医治一下？"

"是要医治，但不能在开州。"沈元白稍加思索，然后说，"这样吧！你用车拉着他一路往北走，去万岁县找个药铺说一下情况，开几服药，然后去没人的地方熬制给他喝。还有，你们回宣州不要走水路，绑着个人由车倒船太容易暴露了，不如直接驾车回去，遇到旅店便花钱买些饮食和草料，不要投宿。三个人轮流赶车，困了便在车里小憩片刻。"

"那你呢？"王宣关心道，"你什么时候回去？"

"这边的事办完我就回去了。"沈元白道，"不会太久，放心吧！"

"好的。"王宣应道，"那我在家里等你。"

"对了。"沈元白又道，"不要让罗通好过，此人屡次与我们作对，必须让他吃些苦头，但你要掌握分寸，别把人打死，他虽然可恶，却罪不至死，况且杀人是大罪，我们承担不起。"

"我懂。"王宣道，"那我走了啊！姐夫你保重。"

沈元白点了点头："去吧！路上注意安全。"

王宣不再多言，赶着马车离开了盛山。

马车已不见踪影，沈元白这才想起来，那半块雕花白玉牌还在他的身上，但也没办法追过去了，只能先替王宣收着了。

他沿着来路往回返，行至半途突然停下，再次端详玉牌，呢喃道："可以带来好运？若真如此，那便保佑我见到宋申锡吧！"然后，他将玉牌系在了腰间。

长安，郊外树林。

陆珏好奇地问："玉牌还在吗？可否借我一看？"

沈元白单手递了过去。

陆珏端详片刻，疑惑之意更甚："不是只有半块吗？"

"被人修好了呗！"沈元白一把将其夺了回来，在手中轻轻摩挲，"此人身份不详，应该就是那位暗中助我逃狱之人。我现在非常不理解，王宣把玉牌给我，究竟是无心之举，还是有意为之？"

"必然是无意的。"陆珏笑道，"从你的讲述中，我能看出王宣是什么人，他没有这种心计。"

"正因为他智慧不高，才容易被人利用！"沈元白无奈地说，"我们家倒是有一位智计过人的高人，但我不能确定此事是否与他有关。"

"你继续说吧！"陆珏道，"长宁寺抄经大会有什么阴谋？"

"罗通的计谋，既低级又无耻。"沈元白将镶金玉牌收好，"我和宋慎微去了长宁寺，将仿冒的罗通亲笔信交给寺院住持。从这位老和尚的表情来看，我知道他必然不信，但州署的那位司户参军没有给他说话的机会，听我说完罗通去向，连信都没看，便笑着把我们迎了进去。在罗通下榻的禅房里，我看到了七个'静心堂'的红木箱子。经过检查，这些箱子都是真的，里边的纸却是罗通早年送给县令的那种。"

"我明白了。"陆珏恍然道，"抄经大会的时候，寺院将从这些箱子里拿出来所谓'静心堂'的宣纸给经生抄经使用，但这种纸惧怕潮湿，孟冬时节的开州阴雨连绵，即便不下雨盛山依然是潮气弥漫，必然会令那些擅长小楷的经生大为不满。罗通之前邀请了纸业人士前来观摩，抄经又关乎本地祈福消灾，只待变故一起，罗通根本无须费多少口舌，便能让所有人的怒火聚集到'静心堂'的身上，以此抹黑你们的声誉。不得不说，这个计谋不太高明，也真的无耻，但是确实好用！"

"是啊，幸好我提前发现，否则后果不堪设想。"沈元白心有余悸地说，"届时经文在纸上洇成一摊黑块，对于祈福消灾来说太不吉利了，百姓必然惶恐愤怒。这种源自大众信仰的怒火任谁也承担不起，即便西南纸业人士不曾被骗，恐怕也不敢与我们合作了。"

陆珏沉吟道："罗通这个计谋里，红木箱子最为关键，可是你们卖纸之后皆会回收箱子，他是从何处得来？"

"这便牵涉到了另外一个人。"沈元白语气阴冷，"外边不可能有'静心堂'装纸的木箱，但宣州官府除外。去年五月，宣州刺史侯敏来到泾县，与我岳父商谈向朝廷进贡宣纸一事。这种事我们只能照办，当我们将十箱宣纸送到州署以后，侯敏马上让州兵接手，没给我们收走箱子的机会。长宁寺的箱子，一定是侯敏给罗通的，他就是背后支持罗通的那个人。后来我让宋慎微查了一下，长宁寺的住持早年去长安游历，与时任吏部员外郎的侯敏结识，更加证实了此事。不过，这位住持其实也被侯敏算计了，毕竟抄经大会无法进行，对他而言也是不利的。"

"你是如何处理的？"陆珏问。

"只能换掉。"沈元白道，"我让老卢连夜调纸，虽然不是宣纸，但至少可以正常写字。而且我想借着这个机会促成西南纸业盟会，便将宋慎微那两百张宣纸要了过来。罗通费尽心机请了一堆人，反而是为我作嫁衣。抄经大会那天，所有人大开眼界，那些经生从来没有用过这么好的纸，一边抄写一边赞扬，前来观看的本地纸业人士皆被泾县造纸技术所折服，纷纷要求加入'静心堂'西南纸业盟会。至此，由罗通从中作梗引发的声誉危机总算平息了。"

"宋慎微这么仗义吗？"陆珏难以置信地说，"他爹在你家订了六百张纸，你路上送人四百张，只给他两百张，最后还把这两百张要了回来，他居然肯给你？"

"给了，但不白给。"沈元白用木棍拨弄着炭火，"用他两百张，回头要还八百张，而且你别忘了，他帮我是有条件的，我需要为他斫出一张好琴。就在斫琴期间，开州司马第死了人，还不止一个！"

沈元白还欲继续讲述，林中突然响起一阵骚动，鸟雀凌空而起，窸窣之声不绝于耳。陆珏神情一凛，以手势示意沈元白暂时噤声。

沈元白惊慌张望："有猛兽？"

陆珏倾耳聆听，摇头道："非也，是人。"

话音刚落，来者现身。

一队手持利刃的金吾卫从不同方向走过来，将二人包围了。

其中一位看起来是将领的人正在核对手中的画像，然后确认道："不错，正是此人。"

"抓你的？"沈元白在陆珏耳边问。

"似乎不是。"陆珏微笑道。

将领的目光不曾在陆珏身上停留，始终盯着沈元白，冷哼道："沈公子，我真没想到，你一个文弱之人竟然可以跑出这么远，害我找了一夜。"

沈元白上前一步，一副无所畏惧的样子："你知道我身边这位是何人吗？"

将领这才正视陆珏，眉头微皱："看着面熟，一时想不起来。"

"他便是陆珏。"沈元白笑道，"去年当街刺杀弘文馆学士，然后逃离大理寺狱。你们这几个人，根本不是他的对手，识相的赶紧回去，免得送命。"

"原来是你！"将领非但不怕，似乎还有些高兴，"这可倒好，朝廷遍寻你半年而不得，你却主动送上门来。弟兄们，给我拿下！"

"等等。"陆珏喝止道，"我有话说。"

"你要说什么？"将领微怔。

"方才你也听到了，我什么话都没说，这小子便把我卖了。"陆珏冷声道，"对此我非常之不满，所以没有保护他的意愿，你如果只为了抓他，咱们大可不必动手。"

此言一出，沈元白大惊失色，愕然道："你也太不仗义了！"

陆珏沉默不言。

将领放声大笑："这可是你说的，那我便不客气了。"然后将领对身侧的两个卫士说，"去把姓沈的抓起来。"

卫士领命，沈元白没实力反抗，只能束手就擒。

沈元白身体没有动作，嘴上却仍在自救："陆兄，别怄气了，赶紧出手啊！开州的事还没完呢！你不想知道谁被杀了吗？"

"闭嘴，否则打掉你下巴。"卫士威胁道。

陆珏无动于衷，任由他被抓。

"人已经给你了，为何还不退去？"陆珏冷声道。

"抓他是上边的命令，抓你才是意外收获。"将领轻蔑地笑着，"最好你也别反抗，这样我都省去了不少麻烦。"

陆珏微微一笑，缓慢地从鞘中抽出横刀："来吧，让我看看，你的实力能否配上你的嚣张。"

"上！"随着金吾卫将领一声令下，战斗瞬间爆发。

陆珏的武艺以快见长，身姿轻盈，那些卫士连他衣服都碰不到，就被接连放倒，但没有致命伤，横刀造成的伤口都在胳膊和腿的位置，好些还是被他用拳脚打晕的。

须臾间，站着的只剩三个人。

沈元白躲在树后观望，大为不解，以陆珏这种身手，没必要把他交出去，为何会做出如此反常之举？

陆珏刀指那位将领，淡淡地说："轮到你了。"

"你这刀法看着眼熟。"将领面色沉重，似惊讶，又似困惑，"不知是何人所传？"

相较于他的惊讶，陆珏则非常平静："不必多问，反正你也没机会见到他了。"

将领望着那些倒地的人，不解之意更甚："你出手迅猛，却又处处手下留情，虽然我不知道你为何如此，但可以看出来，你并非嗜杀之人。"说到这里，他似乎有些惺惺相惜，"去年你当街刺杀弘文馆学士赵琛，此为大罪，然而并未成功便被神策军所擒，所以你其实没有背人命案。既如此，今日我可以放你一马，你走吧！"

陆珏突然放声大笑，笑得极其狂傲："我高估你了。"

"此话何意？"将领谨慎地问。

"元白啊，你是不是也很困惑？"陆珏盯着将领，说话对象却换成了沈元白，"以我之身手，何以会将你交出去？"

"不错。"沈元白在树后喊道，"你若不给我个解释，我死都不会原谅你。"

"我是怕他们对你动手。"陆珏道，"我可以打过所有人，你却一个人都打不过，甚至连跑都跑不了，我把你交给他们，是为了在打斗的时候，他们不会伤害你。现在看来，我有些多虑了，这些人没有我想象得那么厉害。"

原来如此，沈元白恍然大悟。

陆珏的话不无道理，即便有他保护，以一敌众也难免出现疏漏，乱战之中极有可能会遭到攻击，不说被杀，哪怕被砍了一刀，对他那么娇气的身子来说都是天大的灾难。陆珏此举，可以避免他被伤害，同时也让自己不至于为保护他而分神。

"你——"将领知道上当了，气得面如死灰。

陆珏收起刀，不以为然地说："别打了，你的手下虽然没有性命之碍，却也急需医治，你若再倒下，恐怕会有人失血过多而死。所以，你还是先想办法把他们抬回去吧！"

将领似乎被说动了，迟迟没有进攻。

"元白，我们走！"陆珏潇洒地离开了。

沈元白瞥了一眼那些人，急忙跟过去。

将领终究还是没有追，无奈地叹了口气："有此人保护沈元白，想要抓到他，恐怕不太容易了！"

陆珏带着沈元白出了树林，一路往西走。

"你这是要带我去哪儿？"沈元白不解地问。

"旅店。"陆珏道，"你在大理寺狱关了三个月，虽然换了身新衣服，依然一身臭味，我给你找个地方洗一洗，咱们坐下来慢慢谈。"

沈元白下意识地闻了闻，立刻一脸嫌弃："你要是不说，我还真没发现。如此难闻，你居然忍到现在才说出来，在下佩服。"

"你最好少说话，省些力气，我们可能要走很远。"陆珏笑了笑，然后加快了脚步。

二人走了一上午，沈元白腿都软了，总算找到一家旅店。

沈元白在门口左右张望，戒备地说："不会有抓捕告示吧？"

"没那么快。"陆珏淡然道，"你昨日才逃狱，金吾卫肯定在长安四周搜寻，实在抓不到才会放出海捕告示。至少要等刚才那队金吾卫回去，大规模的搜捕才会开始，我们最多可以在此停留两日。"

沈元白放下心来，坦然地走进旅店。

柜台之前，店家捏着鼻子："客官，你身上这味——"

"闭嘴！给我两间房，然后烧些热水送进来。"沈元白没好气地说。

店家没有动，也不说话，只是冷眼望着他。

陆珏在一旁看着，不禁笑道："他是怕你没钱。"

沈元白更生气了，沉着脸打开钱袋，伸手向里边摸去，这袋钱是离开大理寺之前宦官给他的。当他触到里边的东西时，差点儿被吓死。

其内没有一文铜钱，而是一袋子长条银锭。

陆珏发现他的脸色不太好看，疑惑道："怎么了？"

沈元白强忍着内心的恐慌，扯着钱袋的口子展示给陆珏看。

"看来你确实没钱付房费。"陆珏笑起来。

"你先付，回头我还你。"沈元白无奈地将钱袋系起来。

陆珏不再多言，给了钱，店家让杂役带他们去客房。沈元白又让杂役去找地方帮他买身干净的衣服。过了大约半个时辰，沈元白洗完了澡，从内到外换了干净的衣服，然后让店家送些酒菜到房中。

陆珏进来后，看到那个钱袋在桌上放着，袋口敞开，一些银锭散落出来。他随手拿起一个，底部的"官银"二字清晰可见，好奇地问："这个钱袋是谁给你的？"

"一个宦官。"沈元白不满道，"不知道怎么想的，居然给我官银，就算我有胆子用，哪个商家有胆子收？"

"可以找个铁匠铺熔成碎银。"陆珏将银锭放下，"总比没有好。"

"回头再说吧！"沈元白倒着酒问，"清晨那场战斗，你为何手下留情？"

"没必要杀他们。"陆珏也坐了下来，端起沈元白倒好的酒，"不过是听命行事的卫士而已，家中也有父母妻子，取一人之命使数人悲痛，这种事我不会干。何况，他们追捕我们乃分内之事，何必赶尽杀绝。"

"你还真是行侠仗义的人啊？"沈元白惊讶道，"那你冒险闯入长安救我，莫非是因为我在开州所做之事与百姓生计有关？"

"非也，"陆珏放下酒碗，"我是受人指使。"

"何必如此坦诚？"沈元白瞪了他一眼，"就不能承认我是好人？"

陆珏意味深长地笑着："你若是好人，皇帝为何要杀你呢？"

沈元白正在喝酒，闻听此言一口全喷了出来。

陆珏坐在他的对面，因为闪得及时，一滴酒都没有沾到。

"皇帝要杀我？"沈元白愕然道，"此话何意？"

"金吾卫除了巡防长安，便只有皇帝可以调动。"陆珏道，"所以要抓你的人，必然是他。而你在狱中所见的那些人，分属不同势力，他们每个人都对你感兴趣，所以你身上必然背负了某种巨大秘密。"

"我没有。"沈元白反驳道，"我什么事都没做。"

"不可能。"陆珏冷笑道，"先说那个年轻人，你说他身边跟着一位看起来比他爹年岁都大的仆人，此人之气势更像官员。其实你没有说错，那个仆人名叫程涛，乃太子洗马。高祖年间魏征便是这个官职，辅佐太子李建成，你猜年轻人是谁？"

沈元白倒吸一口凉气，他知道那人身份不一般，没想到这么尊贵。

"太子在狱中见你，必然引起安王的注意，所以安王府长史肯定也见过你。"陆珏又道，"大理寺卿郭行余审你是职责所在，他背后是皇帝；京兆尹王璠则是宰相李训的心腹，李训深受皇帝信任，所以这两拨人其实是同一势力。至于那个你全程没有见过正脸的人，我想应该是内枢密使、神策军中尉王弘述。这个宦官是朝中权力最大的人，既是内侍之首，又节制数十万神策禁军，当今皇帝原是江王，本与帝位无缘，乃王弘述发动兵变将其送上大位。"

"太子、安王、皇帝、王弘述……"沈元白对朝廷大事一概不知，所以完全不明白这些人是怎么回事，于是疑惑地问，"到底谁是好人？"

"那要看什么立场。"陆珏道，"若是站在你的立场，皇帝肯定不是好人，因为这些人里，皇帝是最不希望你活着的人。"

"为何？"沈元白不解。

"因为你杀了宋申锡。"陆珏解释道，"你知道宋申锡原来是什么人，却不知道他为何被贬。我可以告诉你，他被贬是因为密谋一件与皇帝有关的大事。"

"究竟何事？"沈元白追问。

"他要干掉神策军中尉王弘述。"陆珏娓娓道来，"王弘述有拥立之功，且手握神策军权柄，行事过于嚣张，狂征暴敛，滥杀无辜，引得朝野上下怨声载道，甚至不把帝王放在眼里，皇帝心有不甘，却无可奈何。五年前，宋申锡为皇帝献策，欲设计诛杀此人，为皇帝夺回神策军权，不料密谋之际，参与者之一的京兆尹王璠因胆怯而将此事告知王弘述。王弘述大怒，将宋申锡全家抓捕入狱。当时，宋申锡与宰相无异，即便是王弘述也不敢随便杀害，必须有个罪名。经过一番搜寻，他发现宋申锡的一个从事与漳王交往甚密，便以此为理由，扬言宋申锡要与漳王谋反。然而，三法司官员并不认同，欲详细追查。皇帝虽然震怒，但也不太相信宋申锡会背叛自己，便下诏令三司会审。王弘述恐其压制不住群臣，使宋申锡无罪释放，于是退了一步，建议将宋申锡贬为开州司马。"

"竟然是这么回事。"沈元白还是有疑问，"既如此，皇帝与宋申锡应该决裂了，何以因我与宋申锡之死有关而要杀我？再说，宋申锡是病死的啊！"

"不错，这是一个大问题。"陆珏沉吟道，"所以我怀疑，宋申锡在开州期间，应该与皇帝暗中联系，从你入狱后那些人的反应来看，宋申锡必然在密谋某个大事。皇帝担心你已查到此事，所以要杀！但是，王弘述与宋申锡有仇，不管是你杀了他也好，还是你知道他的秘密也罢，对王弘述来说都是有利的，所以要保你。你被关了三个月没有处理结果，便是这两方势力在暗中较劲，导致皇帝杀不了你，王弘述也放不了你。"

沈元白做梦都没有想到，他在大理寺狱这段时日，朝廷里两个最有权势的人竟然为了他斗争得如此激烈。他稍加沉思，皱眉道："皇帝若想让我死，大可以派人来狱中暗杀。我在大理寺狱关着，简直就是俎上鱼肉，为何没有这样做？"

"做不到。"陆珏笑道，"既然你都想到了，王弘述怎么可能想不到？你可以回想一下，是否有个来路不明的人在你附近关着，也不知道什么罪名，反正你在的时候，他便始终陪着，你逃狱之前，此人便会不知所踪。"

沈元白瞬间想到了一个男人。那人在他对面的囚室关着，吃的饭菜与他一样丰盛，平日也不说话，昨天上午突然不见了，狱卒老孙还进去把被褥卷了起来。

"你的表情告诉我，确实有这么一个人。"陆珏道，"不必惊讶，他便是王弘述派来保护你的，没人可以在狱中暗杀你。即便有，也应该被那人悄无声息地解决掉了。你吃的饭菜一定有人专送，以防有人从中下毒。"

想不到风平浪静的大理寺狱，背后却有如此惊险之事。

沈元白震惊得无法言语。

良久，他才幽幽地说："如果是王弘述策划了我的脱逃，为何我还没出长安，金吾卫便随后抓捕？"

"王弘述权势熏天，自然可以撤走大理寺狱的守卫，但无法左右寺卿郭行余。"陆珏道，"所以此事不难猜测，必然是郭行余察觉到异常，告诉了皇帝。"

"那你呢？"沈元白斜睨着他，沉声道，"你是王弘述的人？"

"当然不是。"陆珏鄙夷地说，"此人乃祸国之权阉，我岂会为他效命？"

"那你为何出现在金光门？"沈元白追问，"连我都不知道我会从那里出长安，你何以如此确定？"

"午时西市大开，人流拥挤，金光门在西市尽头，是从大理寺出城的最佳路线。你若连这个智慧都没有，那便出不了城，自然不会与我相见。"陆珏始终一脸淡然，仿佛在说一件稀松平常的小事，"反之亦然，你若在城内被抓，便是愚蠢之人，不值得我出手相救。"

"还是不对。"沈元白怀疑道，"即便金光门是你猜出来的，但你若不是王弘述的人，又如何知道我哪天脱逃，连时辰都了如指掌？"

"自然有人传信相告。"陆珏道。

"信呢？"沈元白伸出手，示意他交出来，"把信给我看，否则我不信。"

陆珏坦然地从怀中拿出一张折叠的纸，放到他的手里，然后继续喝酒。

沈元白将其展开，其上只写了四个字：初九午时。

"你是太子的人。"沈元白一语道破。

"哦，"陆珏下意识地看向那张纸，确认那上面只有四个字，不禁惊讶道："你是如何知道的？"

"你是否忘记我是什么人了？"沈元白得意地笑着，"你以为我要这封信，是为了看内容吗？"

"疏忽了！"陆珏恍然大悟，却并不在意，"宣州造纸奇才！那你说说看，这张纸有什么信息，何以断定我是太子的人？"

"此乃白藤纸，产自浙东越州。"沈元白解释道，"朝廷规制，白藤纸专供圣上发布敕令诏书所御用，而这一张由于藤皮的蒸煮、春捣的次数均不够，纸浆稍硬，筛出的纸粗糙洇墨，应是去年浙东观察使的贡品。圣上不喜，赏给了少阳院使用。此事曾在越州引起轩然大波，大批造纸工匠被驱逐，不得不来宣州谋求生路。所以，这四个字应是太子所写，你能收到这张纸，那必然是太子的心腹。"

"果然厉害！"陆珏赞叹了一句，没有否认，却也没有承认。

"太子为何要救我？"沈元白把那张纸还给了他。

"我不知道。"陆珏道，"不过，宋申锡一直都是拥护太子的人，被贬到开州，对太子而言乃一大损失。宋申锡死的时候，你在开州司马第，也许太子认为你所掌握的秘密关乎他的利益，所以才会让我出手相救吧！毕竟，他在大理寺狱并没有问出什么来。"

"太子乃储君，身份尊贵，何以亲自来见我？"沈元白不太理解，"派那个太子洗马来一趟不就可以了？安王不就是只派长史过来的吗？"

"安王可比太子厉害多了。"陆珏正在往碗中倒酒。他把酒壶拿得很高，细长的水流倾泻而下，不仅声音极大，还在碗中泛起了白沫。他将刚倒好的酒一饮而尽，之后才说："你可能不知道，太子现在的日子可不太好过。安王是皇帝的兄弟，也是太子的叔父，相较于软弱的太子而言，他更有帝王风范，而且与后宫杨贤妃暗中联合，里应外合，一再给太子找麻烦，加之太子生母王德妃与杨贤妃争宠失败，太子本人又不太争气，皇帝已经有了废掉他的念头。宋申锡终身不得返回长安，对安王而言威胁不大，他之所以派人到狱中见你，我认为是因为太子先见了你，他不在乎宋申锡，却对太子的动作格外关心。安王此人，阴狠多疑，若是让他登上大位，恐怕没有宰相可以辅佐，我大唐会变成什么样子也就难料了。"

"所以你才选择太子，是吗？"沈元白苦笑道，"你满口行侠仗义，其实是朝廷鹰犬，如此多面，我都不知道该不该信你了。"

"普天之下，莫非王土。你虽然不为朝廷效力，但能脱离朝廷的掌控吗？"陆珏淡淡地说，"只要你是大唐的百姓，那便是李氏皇族的仆人，不论你怎么想，这都是无可更改的事实。既如此，奴仆与鹰犬又有什么区别呢？我又为何不能替未来的皇帝效力？"

"未来的皇帝？"沈元白不认同地摇了摇头，"那你要确保他可以争过安王。"

"你先担心自己吧！"陆珏笑道，"如今你已置身旋涡，各方势力都盯上你了，你若不弄清楚到底背负了什么秘密，恐怕我也保不了你多久。所以还是那句话，你必须信任我，如今只有我可以帮你。"

"我真的没有秘密，要我说多少遍你才相信？"沈元白不耐烦地说，"王弘述在狱中问的也是宋申锡的秘密，我哪知道他有什么秘密？他还让那个帮我逃狱的宦官传达了期限，要我三个月后回报结果，真是可笑！要不这样，你带我回宣州，待我向王师文问明玉牌的来历，所有疑惑便会迎刃而解。"

"没用。"陆珏否决道，"即便是王师文在搞鬼，他也不会告诉你，否则便用不着王宣，直接把玉牌给你不就可以了？你是聪慧之人，不适合当棋子。"

沈元白稍加沉思，认为他说得很有道理。

"那我应该如何做？"沈元白茫然地问。

"你现在要做的，便是将宋申锡死的那晚发生的所有事情告诉我。"陆珏沉声道，"我们要从中找出疑问的根源：朝廷那些人为何会认为你身上藏有宋申锡的秘密，你去开州是否为有心人设好的局。"

太和八年，十月二十。

沈元白始终没有见到宋申锡，听仆人说似是病情严重了。

宋慎微对他不再防备，除了宋申锡住的院子以外，司马第内的大多数地方他都可以去，但也特别强调，西跨院的那栋两层阁楼不许进入。沈元白曾近距离观察过，那栋阁楼外表平平无奇，门楣上写着"书阁"二字，似是藏书之地。大多数文官的家里有类似的建筑，文献典籍、书法丹青向来是文人的宝藏，不喜他人染指。此处即为宋申锡的私人书阁，不让沈元白擅入倒也合情合理。

时至中午，宋慎微一反常态地没有露面，沈元白独自在琴房为那张新斫的伏羲琴装上琴弦，然后试弹了几下。琴音空灵缥缈，宛如身姿曼妙之仙子于九霄之上翩翩起舞，不见其人，只闻其腰间环佩之声远远而来又缓缓而去，似断冰切雪，又似溪水流淌，清澈悦耳，亦真亦幻。这张琴虽不是正宗的"九霄环佩"，但也有其五成功力，足以向宋慎微交差了。

沈元白从琴房出来，突然有些无聊，便闲庭信步一般向书阁走去，没等跨过院门，就被身后的声音喝止了："元白，别往前走了。"

沈元白止步，回身观望，来者正是宋慎微。

"你怎么跑这儿来了？"宋慎微稍显不悦。

"随便走走，不知不觉便走这儿来了。"沈元白坦然自若地笑着，"你上午去哪儿了？那张琴已经完工了，要不要去试试？"

"先不去了。"宋慎微的脸色不太好，似是一夜未睡，"长安的御医昨日到了，我一直陪着，刚得空便过来看看你。"

"哦，"沈元白忙问，"令尊的病情可有好转？"

宋慎微无力地摇了摇头："不太好！"他叹了口气，又道，"近期我会比较忙碌，恐怕无法顾及你。你若想回宣州，我马上让人给你准备车马，你若在开州仍有事情要办，那便去办吧，晚间依然可以住在我家，只是不可以随便走动。"

沈元白察觉到他在撵人，便也不想再住下去了，于是说："我的事情已经办完了，没必要继续在开州停留，只是今日已过正午，不便启程。且让我先去跟卢瑶辞行，明日一早便走，你看可好？"

"也好！招待不周，还望见谅！"宋慎微诚恳地致歉。

正说着，一个文吏模样的男人从侧方走来，到了宋慎微身旁之后，冲他轻轻点头，然后便向书阁走去，全程没有看沈元白一眼，更没说一句话。

此人的傲慢让沈元白格外不爽，不禁问道："这人是谁啊？"

"他是我爹的侍从，姓徐名昉，字伯明。"宋慎微望着那人远去的背影，轻声道，"此人在浙东的时候便跟着我爹，多年来深受信任，办事能力很强，只是不太喜欢说话。别说你这个他不认识的外人，即便是我，他也只是凭心情决定是否理会。酸腐文人，孤傲无礼，你别往心里去。"

沈元白不解道："我来有些时日了，为何没见过他？"

"他去长安请御医了。"宋慎微道，"昨日方回，你自然不曾见过。"

"原来如此。"沈元白了然地点点头。

"他去了书阁，想必是我爹要他取什么东西。"宋慎微目光流转，突然一怔，"元白，我要去父亲身边伺候了，你自便吧！"不等沈元白回应，他便仓促离去。

沈元白朝书阁看了一眼，终究还是忍住了好奇，转身往司马第大门走去。

沈元白来到文峰坊，径直向纸铺走去，没等走到地方，便远远看到了卢瑶正趴在窗户上，探出半个身子和路上的一个人谈着什么。

那是一个年轻女子，穿着男式胡服，手里牵着一头驴。由于她是侧面对着沈元白，所以看不清样貌。待沈元白走近，那人已经骑驴离开了。

"小瑶。"沈元白招呼道。

卢瑶闻声一愣，从窗户瞥见了他，火急火燎地冲出来，然后绕着他不停转圈，时不时扯一下他的衣服："真的是你，你居然还活着？"

"什么话？"沈元白没好气地说，"我当然活着，你不是傻了吧？"

卢瑶哼了一声："你没死，也没走，那你为何不来看我？"

"宋慎微让我给他斫琴，整天跟他在一起，哪有空闲来看你？"沈元白走进纸铺，端起水壶倒了碗水，然后坐下来，"再说，我不来找你，你就不能去找我吗？你不是总是惦记宋慎微吗？我在司马第住着，正好给了你登门拜访的理由。"

"宋公子不喜欢我！"卢瑶沮丧地说。

"哦，"沈元白笑着说，"居然看出来了，你还不算太傻。"

"讨厌！"卢瑶瞪了他一眼，将他手中的水碗抢走了，"你都不安慰我，不给你喝水。"

沈元白叹了口气，无奈地说："他的心中没有儿女情长，即便娶了你，你也得不到他的宠爱，不如就此打住，对你对他都是好事。"他伸出手，"别闹了，我走了一路，口干舌燥，让我喝口水！不就是男人嘛，以后我给你物色一个更好的。"

"比宋公子还好吗？"卢瑶把水碗放回他的手里，在桌边坐下。

"不太可能。"沈元白喝了口水，"宋慎微深不可测，我到现在都看不透他，又如何找到与他一样的人？"

"不如宋公子，那我不要。"

"你是中毒了吗？"沈元白瞪了她一眼，"宋慎微再好，他不喜欢你，以后你遇到的人可能不如他，但只要此人喜欢你，那便比什么都强。"

"秋月姐喜欢你吗？"

"我这么优秀，怎么可能不喜欢我？"

卢瑶又问："你喜欢她吗？"

"我对她可不只是喜欢。"沈元白突然深沉起来，"秋月是我的全部，如果老天让我在造纸与她之间只能选一个，我会毫不犹豫地选她。不过，如果让秋月在医术和我之间做选择，她可能不会选我。"

"你说的那种选择根本不存在。"卢瑶叹了口气，将头抵在桌沿上，"我什么时候才能遇到那个人呢？"

"着什么急啊？"沈元白无奈道，"你才多大，人生的路还长着呢！"

"宋公子，你为何不喜欢我啊！"卢瑶丢了魂儿似的自言自语。

"受不了，告辞！"沈元白起身便走。

卢瑶沉浸在颓丧的情绪中，完全无视他。

沈元白在门口停住，侧身问道："刚才跟你说话的那个女人是谁？"

"宋慎微，你为何不喜欢我！"卢瑶用额头轻轻撞着桌子。

沈元白气坏了，快步离去。

沈元白走出一段距离后，在路边停下，回身望着纸铺的方向，没好气地说："宋慎微，你害人不浅。如果卢瑶有个三长两短，我一定不会放过你！"

"喂，问个事。"就在这时，一旁传来女人的声音。

沈元白侧目，发现说话的正是那个骑驴的女人，她正拿着一张画像询问路人："见过这个人吗？"

路人摇了摇头，默然离去。

目睹此状，沈元白总算明白了，此人与卢瑶并不相识，刚才不过是向她打听人而已。

那女子收起画像，然后向沈元白走来。

此人语气生硬且傲慢无礼，沈元白不打算理会。

没想到，那女子牵着驴与他擦身而过，根本没看他。

在沈元白即将恼羞成怒之际，身后有人喊他："沈公子。"

沈元白转身，这次的人他认识，乃州署的佐官司户参军，掌一州之户籍、计账、徭役、过所等繁杂民事。在长宁寺的时候，此人帮了不少忙，算是个陌生的熟人。

"真的是你！"那人客气地说，"相逢不如偶遇，喝两杯如何？"

"这——"沈元白不喜欢与官府之人打交道，本想拒绝，转念一想，若没有此人相助，长宁寺一事可能不会如此顺利，于情于理都不能拒绝，于是把心一横，

"我是闲散之人，只怕司户大人公事繁忙……"

"没关系。"那人笑道，"跟我来。"

沈元白不明所以，只能在他身后跟着。

"到了。"那人止步。

沈元白刚才便察觉到不对，这人竟然把他带回了纸铺门口。

卢瑶趴在窗户上，看到他后满脸惊讶："沈大哥，你是何时离开的？"

沈元白不搭理她。

"你们这是——"司户参军先是一怔，然后笑了起来，"我真是糊涂了，沈公子乃宣州造纸奇才，自然与纸商相熟。"说完，他便走进了对面的酒肆。

沈元白这才发现，被宋慎微砸了的酒肆已经重新开张了。

酒肆内，二人在楼上雅间落座。

不多时，有人送来了酒菜。

司户参军倒着酒，漫不经心地说："宋申锡快死了吧？"

沈元白心底一沉，察觉此话不同寻常，没敢贸然开口。

那人把倒好的酒送到他身前，瞥了他一眼，低眉浅笑道："你比我预想得还要谨慎，我若不表明来历，恐怕你不会跟我透露丝毫。也罢，反正都是自己人，我便直说了吧，我是北司放在开州的眼线。"

王师文曾经给沈元白讲过朝廷势力的分布，大体可以分成两块，南衙为文官，北司是宦官。南衙、北司为了权力明争暗斗多年，如今北司掌管神策军，其优势更大，南衙府兵早已形同虚设，但文官管着天下大事，乃朝廷的根基所在，所以二者维持着微妙且危险的平衡，谁也不敢主动打破。此人声称是北司的眼线，那便是宦官那边的人。

沈元白与朝廷没有关系，不明白他为何声称是自己人。但从他的话中可以听出来，宋慎微之前曾说有人暗中监视司马府，指的应该就是此人。难怪长宁寺他会主动相助，必然是认出了自己，可是为何会错认呢？

"你在司马第住了好些时日，可查出什么了吗？"那人又问。

沈元白喝了口酒，强忍住内心的惶恐，故作平静地说："暂时还没有，宋慎微过于谨慎，我在司马第行动不便。"沈元白只能装成对方认为的那个人，否则仅凭他知道对方身份这一点，便没法活着走出开州了。

那人压低声音道："如果有需要我相助的地方，大可直言。"

"不必。"沈元白冷声道，"你目标太大，容易惹人怀疑。"

"有道理。"那人认可地点了点头，"宋氏父子心思缜密，非是易与之人。我曾数次派人夜探司马第，无一例外都被府内高手所伤，可见他们早有防备。你若行迹败露，恐怕难以全身而退，以我目前之处境，一时间真救不了你。"

沈元白大吃一惊，没想到赵三居然这么厉害。

"你为何沉默不语？"那人发现了他的反常。

"机密之事不便明说。"沈元白表情冷漠，"请恕我出言不敬，此种大事即便我查出结果，也不会对你言明。何况现在未有进展，我又能说些什么？"

"明白，你只对背后那人负责。反正最终都要上报北司，我的职责只是从中协助，无意抢功，知道越少对我来说越安全，便不细问了。"那人站起来，"走吧，我送你回去。"

沈元白惊讶道："你送我回去是否过于招摇了？"

"无妨。"那人笑道，"招摇，反而正常。"

沈元白有苦难言，本来想先行蒙骗一番，然后立刻逃离开州。如今骑虎难下，他只能放弃这个打算，任由司户参军将他送回司马第。

府门关闭，那人离去。

沈元白叫来宋府的仆人，询问道："公子呢？"

"在大人的房中。"仆人回答。

沈元白想把宋慎微叫出来，让宋慎微现在就送自己出城。转念一想，此举不可行，虽然可以编个理由搪塞宋慎微，但那个司户参军势必暗中盯着，他若这样走，那便是承认他不是对方以为的那个人，非但走不了，还会被悄无声息地杀掉。即便他侥幸逃脱，恐怕也会连累卢瑶一家。

思忖片刻，他决定静观其变，于是对仆人挥了挥手："知道了，你去忙吧！"

回房的途中，沈元白始终想不明白，对方为何上来就自报身份，是什么东西让他确信自己不是宋慎微的人呢？很快，他便意识到了事情的关键，视线不受控制般地移向了腰间的半块玉牌。

"莫非是此物？"沈元白将其一把扯下。

王宣走后，他便随身携带这个东西，去长宁寺的时候也不例外。

不过，他还是无法确定是否为此物作祟。

夜晚悄然降临，沈元白心中有事，翻来覆去难以入睡。

就在这时，房门处有人影晃动。

沈元白猛然一惊，蹑手蹑脚地摸过去，侧耳聆听外边动静，可是听了半天，也没有任何异常。最终，他鼓足勇气拉开了门。

门外空空如也。

沈元白回身之际，看到地上放着一张折叠的字条……

太和九年二月初十，京畿旅店。

"纸上写了什么？"陆珏问。

"戌时书阁。"沈元白依然心有余悸，脸色不太好看，"用的黄麻纸，这种纸是各级衙门书写官方文书的常用纸，随处可见，无法判断来者何人。"

"然后呢？"陆珏道，"你去了吗？"

"我有太多疑惑，怎么可能不去？"沈元白苦笑道，"现在回想，当时的决定真的蠢透了，这极有可能是个圈套。当然，从后来的结果看，留信之人真的有事相告，可惜被人捷足先登了。"

"是谁见你？"

"那个书吏，徐昉。"

"竟然是他？"

"我当时可比你震惊多了。"沈元白喝了口酒，"我见到他的时候，他已经身受重伤，只剩下一口气，你猜他开口第一句话是什么？"

陆珏摇头："猜不到。"

"他叫了我的名字。"沈元白双目微眯，"我与他只见过一面，而且没有说话，他开口便是'元白'二字，如此亲切，宛如旧识重逢。我一度以为他是故人，可是怎么都想不起来在何处见过他。"

"你说开州司马第有人被杀，是他？"

"不错。"沈元白点头，"他是被利刃所伤，可是我没看到凶器，应该被凶手拿走了。他不停地流血，为了让他说话更清楚些，我便替他捂着伤口，结果弄了我一身血，他却只说出了一句话便死了。"

"什么话？"陆珏精神一振。

"火灾不是意外。"

陆珏似乎有些失望，皱眉道："没有别的了？"

"没有……"沈元白回忆着当时的情景，忽然改口，"还有三个字，声音极小，我把耳朵贴过去才听到。"

"是什么？"陆珏忙问。

"望驿台。"

"望驿台？"陆珏稍加思索，越发困惑起来，"你确定没有听错？"

"肯定没错。"沈元白笃定道，"白居易的诗我能不知道吗？"

"然后呢？"

"我擅闯书阁，浑身是血，宋申锡最信任的书吏死在一旁，这件事怎么看我都难逃干系，所以我打算逃跑。"沈元白叹了口气，"可惜运气不好，去的时候遇到了赵三，我以欣赏月色搪塞过去，他非缠着我询问明日回宣州需要准备什么东西。虽然我是确认他真的离开才去的书阁，但此人并非表面看着那么无用，或许以我无法察觉的方式暗中跟踪了，否则宋慎微不能来得那么快，直接把我堵在了里面。"

"宋慎微饶不了你。"

"他没机会处置我。"沈元白冷笑，"宋申锡与徐昉主仆情深，生不能同时，死却同日，仆人的尸体还没冷，主人便也跟着去了。宋慎微没工夫管我，匆忙离去，只留下赵三带人看守书阁。我虽然很慌，但也不怕，毕竟州署的司户参军和长安北司可以为我撑腰。没想到，书阁的房顶下来一个黑衣人，那人武艺跟你差不多，三拳两脚便解决了赵三，带着我冲出了司马第。"

"与我差不多，那是高手了。"陆珏饶有兴趣地问，"你看到他的模样了吗？"

"没有。"沈元白道，"此人黑纱蒙面，也不带兵器，似乎刻意隐藏身份。我以为他是来救我的，然而他出了司马第便把我打晕绑了起来，扔进事先准备好的马车里。这情况，与我对待罗通时一模一样。"

"送你去了长安？"

"应该是押送。"沈元白沉着脸说，"此人路上一言不发，也不住宿，除了水以外，每天只给我几张饼充饥。到长安的时候我被打晕了，也不知道他如何进的城。当我醒来，便是在京兆府大狱。他们问我如何杀的宋申锡，我这才知道，我居然背负了这桩罪名，真正被杀的徐昉仿佛从来没有存在过。没过几日，我又被送到了大理寺狱关押。"

二人陷入了长时间的沉默。

沈元白是说话太多累着了。

陆珏则在沉思。

良久，他站了起来，踱步到窗边，却没有开窗，幽幽地说："目前可以肯定的是，宋申锡确实在谋划什么，而且此事已经暴露，朝廷的大人物对此皆有耳闻，只是没人知道具体内容，至少北司之首王弘述还不知道。因此，你在大理寺狱才会被格外关照，王弘述把你解救出来，目的便是让你查明宋申锡的谋划。如果我所料不错，你去开州乃王师文的局，只是尚不确定他属于哪个势力。从那个司户参军相助你可以推断出，王师文效忠之人有很大概率是王弘述，然而这又有悖常理。还有，那个徐昉太奇怪了，他为何会认得你？又是谁杀了他？"

沈元白道："为何王师文效忠王弘述便是有悖常理？"

陆珏颇为意外，转身斜睨着他："怎么？你不知道他是什么人？"

"我只知道他曾在长安做官，后来不知道出了什么事回到了泾县。"沈元白坦然道。

陆珏笑了笑，复而坐下："在宋申锡被贬的那件事中，有一个关键人物。此人是宋申锡的从事，与漳王交往过密，王弘述以此为理由诬陷宋申锡谋反。那个人，便是王师文。"

"啊？"沈元白大惊，"居然是他？"

"宋申锡被贬之后，王师文不知所踪，现在知道他是回到了泾县，可是尚书从事和平民百姓之间终究有着巨大差距，可谓一落千丈。这一切全是王弘述造成的，你说他能为王弘述效命吗？"陆珏的眉宇间闪过一丝狠厉，"若真如此，此人卖主求荣，该杀！"

"那你说，王师文是否知晓当年浙东火灾一事？"沈元白沉声问。

"必然知道。"陆珏道，"至于是否知道全部，这个我无法揣测。"

沈元白道："正是他让我来开州找宋申锡询问当年之事。罗通在开州闹事只是此行的目的之一，真正的用意便是想要知道我父亲到底是什么样的人，所以那场火灾的真相至关重要。"

"如此一来，王师文的嫌疑更大了。"陆珏道，"他让你找宋申锡，势必要去司马第，他又让王宣带着玉牌与你同往，那么司马第之中必然有内应，玉牌便是暗号。只是徐昉已死，王师文又不太可能坦然相告，不论是浙东火灾还是他的目的，暂时都不会有结果。"

"你是说，徐昉便是内应？"

"应该是，毕竟只有他与你接触。"陆珏叹了口气，"但也不一定，因为他认得你的人，而非玉牌，也许只是你的故人，想要告诉你火灾的始末，与宋申锡的秘密没有关系。除非知道宋申锡到底在密谋什么，否则无论你我如何猜测，对真相而言都没有意义。"

"现在唯一的线索便是'望驿台'。"沈元白沉吟道，"人之将死，弥留之际的最后言语竟然是一首诗名，怎么看都不太合理，所以应该是某种暗示。"

"那是什么诗？"陆珏问。

沈元白道："当年元稹以监察御史出使剑南东川，在馆驿中写了一些诗，白居易听闻之后，作了十九首和诗，其中一首便是《望驿台》。这首诗虽然是白居易所写，说的却是元稹，内容为元稹在东川任上于馆驿思念家人，其妻在长安家中思念元稹。"他随后吟诵道，"'靖安宅里当窗柳，望驿台前扑地花。两处春光同日尽，居人思客客思家'。"

"此诗简单易懂，但好像与我们关心之事毫无牵连，徐昉是何用意？"陆珏疑惑道，"莫非让你去长安靖安坊寻找什么？"

"不太可能。"沈元白摇头，"那他直接说'靖安坊'不就可以了？同样是三个字，比'望驿台'更直接一些。我认为，应该是馆驿。不如这样，反正长安是进不去了，我们先去找馆驿，实在没有结果再想办法去长安靖安坊。"

"哪个馆驿？"陆珏苦笑道，"天下之大，何处去找？"

"当然是元稹出使东川时住过的馆驿。"沈元白思索道，"白居易的这首和诗，是根据元稹一首《使东川·望驿台》而来。那首诗是：'可怜三月三旬足，怅望江边望驿台。料得孟光今日语，不曾春尽不归来。'诗中写的是三月末，季春已过，所以应是在东川所作。白居易的和诗所言自然是同一个地方，也就是剑南东川节度使治下之梓州。"

"确实范围小了很多，但梓州比开州还大，哪个馆驿？"陆珏仍然不太乐观，"要我说，不如去找元稹问清楚。"

"去哪里找？阴曹地府？"沈元白笑着揶揄道，"四年前他便病逝于鄂州任上，墓志铭还是白居易写的。你对朝廷大事如此了解，居然不知此人已死？"

"我又不是对所有人都了解。"陆珏微带不悦，"白居易还活着，必然知道元稹那首诗是在哪个馆驿所作，也可以去问他。"

"不行。"沈元白否决道，"白居易都六十四岁了，以我们的身份根本见不到他，何况他在东都洛阳，往返耗时太久。其实不用问他，以元稹的诗词名气，他留诗的馆驿不可能默默无闻，我们去梓州找人询问，必然会有结果。"

"好吧！"陆珏轻叹，"反正也没有更好的办法！"

"此地不宜久留，明日一早我们便走。"沈元白郑重地说，"路上或许会有追兵，到时全依仗你了。我之所以信任你，不是因为你说了什么，而是我能感受到你身上散发着一种正气，但愿你不要让我失望。"

陆珏点点头，然后起身离开。

沈元白将桌上的钱袋收起来，双眸微微转动，沉吟道："火灾不是意外，又是怎么回事呢？"少顷，他又拿出那块镶金玉牌，用力握在手中，阴沉且愤恨地说，"让我吃了这么多苦，不论你是谁，我都不会放过你！"

第八章

横刀出鞘，无人生还

从京畿到剑南有秦岭相隔，山峦迤绕之间数条大河蜿蜒向南，其中一条水路与嘉陵江相连，直插山南腹地，此水名为故道水，此路亦称为故道，以陈仓为起始，于渝州巴县与长江交汇，沿途不曾中断。楚汉争雄之时，大将军韩信反攻长安便是以此路为主攻，辅以子午道疑兵，令三秦守将章邯防不胜防。

沈元白和陆珏走的便是故道水路，相对于陆路而言，水道之上关隘较少，可以免去不必要的盘查，更为安全。但也不绝对，山南西道辖下兴州的兴城关便是水上关隘。好在守关将领不认得他们，沈元白便以商客为名，悄悄塞了两根银锭给那人，轻松蒙混过关。使用官银虽然违法，但银子确实值钱，在这糜烂的世道里，并不是所有人都会大惊小怪。

过了兴城关便不再是故道水，而是嘉陵江，继续向南则到了一个特殊的地方。此处从地缘上属于梁州，可又离梁州治所南郑距离过远，东方为陇右道的边界，南方为利州，几乎是个哪儿都不沾的空旷地带。

沈元白坐了半个月的船，除了水和干饼便没吃过别的东西，早已疲乏无力，当摊开地图，发现到了这么一个地方，不禁喜出望外道："陆兄，此地只有一个金牛县，应该安全。我们不妨上岸吃些酒肉，然后好好休息一下！"

"不需要。"陆珏傲立船头，依然精神抖擞，与沈元白有气无力的样子截然相反。

"你是练武之人，当然不需要。"沈元白沮丧地说，"可是我不行，再这样下去，恐怕没到梓州我就死了。"

陆珏回身看了他一眼，皱眉道："你一个男人，为何如此娇弱？"

"从来没吃过这苦。"沈元白没好气地说，"反正我是走不了了，如果你不靠岸，那就把我扔河里，你自己去梓州吧！"

陆珏无奈地摇了摇头："迟早被你连累死。"

二人收起船帆，用桨橹划着靠了岸。

沈元白从船上下来，活动了一下筋骨，畅快地说："踩着踏实的地面，才像是活在人间。即便是两岸风景，此时观赏也更加秀丽了一些。"他呼吸着新鲜空气，低声吟道，"两岸猿声啼不住，轻舟已过万重山。李太白的诗，果然有意境！"

陆珏没理他，径直往前走去。

沈元白叹了口气，跟在他身后，闲聊似的问道："陆兄，你已年过二十，可曾取字？你名为'珏'，乃美玉有缺，莫非字子缺？"

陆珏止步，冷眼看着他："你觉得我哪里有缺？"

"人无完人，你又岂能圆满？"沈元白笑道。

陆珏不置可否，转身继续走："'珏'也为合在一起的两块玉，未必是美玉有缺。"

"那你字二玉？"沈元白打趣道。

"子玉。"陆珏冷声道。

"你这个——"沈元白愣愣地说，"真是一点惊喜都没有。"

"你字什么？"陆珏反问。

"二十冠而字，我才十九岁，哪来的字？"沈元白苦涩地叹道，"不过，以目前的危局来看，还不知道我能否活到取字的那天。"

陆珏沉默不语，仿佛没听到一样。

这时，沈元白发现了问题，停下脚步，疑惑地往身后看了看，然后又抬头望了望高悬的太阳，复而追上去说："你这是要去哪儿？金牛县不在这个方向。"

"不能去县城。"陆珏淡淡道，"既然皇帝要抓你，那么海捕告示到达各地的速度必然比我们快。因此我们到达梓州之前要尽量远离衙署，否则一旦暴露行踪，前方的路可就不好走了。"

"那就随便找个村落吧！"沈元白不再强求。

村落又称聚落，乃县级以下行政区划，一般远离城邑，相互之间的距离虽不及馆驿三十里一设，但也至少在十里开外。沈元白的运气还不错，走了大约一个时辰便到了一个村落。此处房屋不多，也就三十几户的样子。朝廷规制百户为里、五里为乡，实际上百户大村并不多见，尤其在偏远地带。所以这种人口不足百户的村落也设有里正管理百姓，村正则为佐官，通常由本地具有威望之人担任。

沈元白和陆珏刚到村口，还未等进入，便与一群手持农具棍棒的村民迎面相撞。那些人一脸愤怒，情绪高涨，似乎要跟他们拼命。

"什么情况？"沈元白一头雾水。

陆珏则没有作声，表情几乎没有任何变化，淡然如水。

那些人将二人围了起来，其中一个身材壮硕的年轻人上下打量着他们，似乎也有些摸不着头脑，厉声质问："你们是什么人？"

"过路的人。"沈元白朝他们身后望了望，"这位仁兄，你们这是要干什么去？"

"过路的？"那人冷哼，"不会是山匪的同伙吧？"

"你什么眼神儿？"沈元白沉着脸说，"有我这么客气的山匪吗？"

壮汉旁白的人悄声对他说："大牛，确实不太像。"

"那行，没你们事儿！"壮汉回身对众人说，"我们走，今天就是拼了这条命，也要把莹莹和里正救出来。"

未等沈元白回应，后方有个发须斑白的老人跑过来，拦在那些村夫的面前，气喘吁吁地说："大牛，不能去啊！山匪穷凶极恶，匪寨戒备森严，你们打不过的，这样硬闯，不是去送死吗！"

"大叔，没辙了。"壮汉愤恨地说，"村里粮食不多了，除了糊口，剩下的都是种粮，要是给了山匪，我们会活活饿死的。再说，莹莹还在他们手里，我不能让她被山匪糟蹋了。"

"不错，人一定要救。"老人身后走出来一个看起来跟陆珏差不多年纪的男人，"但你们依然不能去，此事必须让县令解决。"

壮汉看清楚此人之后，怒火更盛了，上去就是一脚，直接把那人踢倒在地，咬牙切齿道："忘恩负义的狗东西，你还敢来？去年你身受重伤，是我们救了你，可你是怎么报答的？放着正路不走，居然落草为寇。你倒是豪情万丈了，害我们跟着倒霉！"

"跟我没关系。"那人站起来，"我都说多少次了，当时我被山匪所擒，如果不依附他们，那便是死路一条。而且我这次来，正是想要协助剿匪，但要有官兵才行，你们这些人根本不是对手。"

"里正都被抓了，谁能找来官兵？"壮汉不依不饶，"你给我听好了，莹莹要是有个三长两短，我非把你碎尸万段不可。"

"那个——"这时，旁观了半天的沈元白终于开口，"打断一下，到底发生了什么事？哪来的山匪？"

老人这才注意到，旁边竟然有两个不曾见过的外人，不禁惊讶道："二位是何人？"

"路过之人，想在村中讨碗酒喝。"沈元白望着那些人，苦笑道，"但似乎来得不是时候。看你们这架势，莫非是要去打仗？"

老人叹了口气："实不相瞒，我便是此间的村正。此处向北三里的地方，有一座名不见经传的山，上面盘踞着一伙穷凶极恶的匪徒，这伙人不知道什么时候来的，这两年来不断侵扰我们，抢了许多粮食。前些日子，他们又来了，限我们十日内把所剩粮食全交出来，还绑走了里正和我女儿莹莹。交粮的话，全村人没了活路；不交的话，恐怕那些人会恼羞成怒前来硬抢，到时候死多少人就不好说了。"

"何不找县令求助？"沈元白问。

"没用。"老人无奈地说，"之前里正去找过，县令将此事报告给刺史。州兵来了以后，那伙人便躲进山林中，待州兵一走，他们又回来。人少打不过他们，人多他们不打。面对这样一群无耻之徒，官府也无可奈何。"

"他是谁？"陆珏上前一步，指着刚才被壮汉踢倒之人。

"他是山匪。"壮汉气冲冲地说。

老人回头看了一眼，摇了摇头："他叫杨季，去年七月从开州来的，不知道被什么人袭击了，晕倒在路边，被村里路过的村人所救。至于他为何成了山匪的同伙，这个我并不清楚。"

"我都说了，是为了保命。"杨季急切地解释。

沈元白盯着此人，冷笑道："那你必然熟悉匪寨内部情况，为何不在州兵剿匪的时候相助呢？"

"我并不熟悉。"杨季叹道，"我是个新人，在山上只能干些杂活儿，那些山匪从来不向我透露任何信息，直到最近我才摸清匪寨的大致情况。"

陆珏神情一凛，杨季突然喷出一口血，倒飞了出去。

事情发生得太快，所有人都惊住了。

陆珏的横刀倒着出鞘，刀柄击打在杨季的肩头，将其击飞，之后弹回来又插进了鞘中。

沈元白惊讶道："你为何打他？"

"该打！"陆珏走过去，像抓小鸡似的将杨季拎起来，冷声道，"把匪寨给我画出来，尤其是里正和村正女儿关押之处，能做到吗？"

杨季吓得说不出话来，不停地点头。

陆珏把他拖拽到路边的一户农家房中。众人不明所以，只能跟着过去。然而房中没有纸，杨季只好扯下衣服，用颤抖的手蘸着自己吐出的血，在布上画出了一张极其凌乱的草图。

沈元白叹息道："他依附山匪是为保命，你没必要打他。"

"若非如此，那便不是该打，而是该杀！"陆珏头也不抬地说。

此言一出，沈元白心底一沉，这个人可能没有表面看起来那么和善。事实上，他从来没有轻视过陆珏，但之前陆珏与金吾卫打斗处处手下留情，让他产生了一种错觉，以为陆珏是心慈手软之人，如今看来，此人是否心慈，取决于对手是谁。

既如此，那群山匪应该命不久矣了。

很快，杨季便画好了图。

在他画图的时候，陆珏全程看着，所以他画完的那一刻，陆珏便夺门而出，将那块鲜血淋漓的布留在了斑驳油腻的桌子上。

老人疑惑地追了出去，却没看到人影，于是回身问沈元白："他去哪儿了？"

沈元白拍了拍他的肩膀，笑道："他去帮你们救人了。村里有什么好吃好喝的都拿出来吧，今天是个值得庆祝的日子，以后你们再也不会被山匪侵扰了。"

"他一个人？"老人大惊失色。

"不行，我们不能看着他送死。"壮汉号召道，"我们也去。"

"省省吧！你们去才是送死。"沈元白沉声制止，之后道，"就按我说的办，本公子坐半个月的船了，急需大吃一顿，你们有什么好酒好菜，尽管拿出来。"

"若是真能解决山匪，我全村上下感激不尽，酒菜不是问题，只不过——"老人依然难以置信，"他一个人真的不会出事吗？"

"你就把心放肚子里吧！"沈元白望着陆珏离去的方向，幽幽地说，"他是不会死在这里的！"

天色如墨，残月挂于树梢。

村正的家里摆了好几桌宴席，虽然菜肴不算名贵，但也杀鸡宰鹅，有荤有素。有人抬来几坛酒，将其分在小壶中，然后端给沈元白。

村正坐在沈元白的左侧，担心地问："沈公子，你那朋友已经去了两个时辰，为何还没回来？"

沈元白往碗中倒着酒，而且倒了两碗，将其中一碗拿起来，并没有给村正，而是放在了右侧的空位，淡然地说："因为你女儿和里正的脚力不够快，若是他一个人，应该早就回来了。"

就在这时，一个娇弱的女声从门口传来："爹！"

所有人侧目，村正和那个叫大牛的壮汉看清来人以后，猛然一惊，几乎同时起身迎过去。父女二人喜极而泣，抱在了一起，村正老泪纵横："莹莹，你可算回来了。"

"大牛哥。"莹莹从村正怀中出来，又扑进了壮汉的怀里。

陆珏对温情的情景视若无睹，径直向沈元白走来，在他身侧的空位坐下，端起那碗事先倒好的酒一饮而尽。他虽然身染尘埃，但没有丝毫血迹，衣服也不曾破损，可见不是正面硬闯。从他敏捷的身手和事先了解匪寨地形来看，此战必然是潜入暗杀。

沈元白笑道："你比我预想的要迟一些。"

"那姑娘伤了脚，走得慢。"陆珏淡淡地说。

沈元白又问："山匪是什么来头？"

"一群乌合之众。"陆珏面带不屑，"应该是本地叛军和流窜至此的朝廷钦犯。"

"里正呢？"村正的声音传来，他是在问莹莹。

"去县城了。"莹莹仍然心有余悸，骇然地说，"那个匪寨到处都是尸体，他要去找县令来处理。"

"全——"村正瞠目结舌，"全杀了？"

莹莹轻轻点头。

"下手挺狠啊！"沈元白斜睨着陆珏，"没留活口？"

"你认为他们该活着吗？"陆珏抓过酒壶，抬得很高往碗里倒酒，水流哗哗地响。他表情冷峻，仿佛在说一件稀松平常的小事："那伙人最后与我叫嚣，说是太子的人，我若留着他们，岂不是让太子蒙羞？"

"不是的。"杨季听到了陆珏的话，走过来说，"我看过书信，确实是从长安而来。他们在闲谈的时候，也曾说起此事，或许真与少阳院有关。"

"不管。"陆珏冷声道，"即便是太子的人，他们占山为王欺凌百姓，也该杀！"

"你到底是什么人？"沈元白望着杨季，"看你言谈，似乎不是寻常百姓。"

"我是——"

"恩人啊！"杨季还未等说，村正便打断了他，"女儿，快给恩人跪下。"

莹莹跪在了地上，所有在场的村民全都一同跪下了。

"多谢恩人相救。"村正带头叩谢，后边的人跟着重复一遍。

沈元白本以为陆珏会慷慨激昂地说一番大义凛然的话，没想到，他一句话都没有回应，面无表情地离席而去，甚至都没让那些人起来。

村正愣住了。

"大伙起来吧！"沈元白硬着头皮打圆场，"那个……不用这么客气，来来来，我们大吃一顿，其余的话不必再说。"

"沈公子说得对。"村正附和道，"今天是该好好庆祝一番。"

场面一度热闹起来。

酒过三巡，所有男人全都喝得酩酊大醉，有些在女眷的搀扶下蹒跚离去，剩下的要么不省人事，要么醉眼蒙眬。

沈元白完全没有醉意，带着杨季去了后院。

二人在石头上坐下，沈元白道："说吧，你是什么人？"

"我是开州司马宋申锡府中仆人，负责往长安送信。"杨季知道他们不好惹，所以不敢蒙骗，"去年七月，我带着一封信从开州启程，由于随身携带的水喝光了，我便来到这个村里讨水，可是刚走出这里不远，突然脑后一痛，我便昏厥了，醒来后知道是被村民所救，可是信不见了。我怕宋慎微会迁怒惩罚，不敢回去，于是在四周徘徊，不想被山匪所擒。"

"宋申锡往长安送信？"沈元白猛然一惊，"送给谁？"

"不知道。"杨季摇了摇头，"宋大人每次都将信装在木椟之中，让我放在长安城外的某个地方，至于何人来取，我不得而知。而且，他在出发之前才告诉我放在什么地方，每次都不一样。"

"你没打开看过？"沈元白又问。

"我不敢。"杨季道，"打开也没用。虽然宋大人是当着我的面将信放在木椟中，但我被袭击之后才发现，他放的其实是道家的《上清琼宫灵飞六甲左右上符》，真正的信藏在木椟的夹层里。"

"果然老谋深算！"沈元白感叹道。

"所以我非常奇怪。"杨季又说，"我是信使，都不知道木椟有夹层，袭击我的人何以知晓？"

"因为那人比你了解宋申锡。"说话的是陆珏，他不知何时出现在了二人身旁，突然说话把沈元白吓了一跳。

"比我了解？"杨季稍加思索，猛然一怔，"莫非也是府中之人？"

"你以后有何打算？"沈元白抢先回话，却答非所问。

"不知道。"杨季叹道,"开州又回不去,走一步看一步吧!"

"你可以回去。"沈元白道,"宋申锡已经病故了,宋慎微也不在开州了,没人可以惩罚你了。"

"算了。"杨季轻轻摇头,"我在开州也没有亲人,宋大人已经不在,我回去也无处落脚,不如在这个村落住下吧!"

"也好。"沈元白温和地说,"心不安定,在哪儿都是游荡;心有归属,哪里都是家。今天辛苦你了,回去休息吧!"

杨季给二人施了一礼,然后离去。

沈元白环视空荡荡的院落,低声道:"你认为是谁?"

"徐昉。"陆珏道。

沈元白点点头:"宋慎微砸了刺史外甥的酒肆,这个行为虽然仗义,但也过于放肆,我一直觉得他如此有恃无恐必有原因。如今看来,还真是宋申锡的缘故,宋申锡虽然被贬,却一直与长安有书信往来,所以刺史不敢得罪宋申锡。收信的到底是什么人,会让开州刺史心存忌惮呢?"

"皇帝。"陆珏沉声道,"或者是太子。"

"也许二者都有。"沈元白越发感觉肩上沉重,疲惫不堪。

陆珏在他身侧坐下,平静地说:"今天我们救了人,也杀了人,你也大吃大喝了,是不是该启程上路了?"

"现在吗?"

"里正已经去找县令了,最迟明天一早便到,我们若是在此留宿,恐怕会节外生枝。不如悄悄离去,免得那些人再对我下跪行礼。"

"也是。那走吧!"

二人趁着村民大醉,悄然离开了村正的家。

"你今天为何如此果决?"沈元白好奇地问,"杀山匪应该不是你的兴趣。"

"在我年幼的时候,母亲便与别的男人远走高飞了。我父亲忙着四处求官,没空管我,十五岁之前我是吃百家饭长大的。"陆珏道,"所以淳朴的乡民于我而言便是父母。父母受到欺凌,儿子岂能不管?"

　　沈元白闻听此言，竟有种同病相怜之感，颇为动容地问："十五岁之后呢？"

　　"被义父收养，传我一身武艺。"

　　"难怪与你一见如故。"沈元白感慨道，"我们的经历真的很像啊！"

　　"或许吧！"陆珏一声轻叹，"与什么人相遇，冥冥之中自有定数。就像杨季一样，你若不吵着上岸，我们便不会遇到他，自然也无法知晓宋申锡往长安送信一事。"

　　浓黑的夜色下，两道颀长的身影于黑暗中渐渐远去。

第九章

馆驿冲杀

从梁州境内出来，沿着嘉陵江继续向南，几天便到利州，州治绵谷县正好在江畔。沈元白看过地图后决定在此处上岸，因为嘉陵江再往南便是阆州，与涪江交汇还有很长的距离。他们此行的终点梓州则在利州西南，即便到达涪江还需折返，所以继续从嘉陵江顺流直下无异于南辕北辙。最佳的路径便是从利州开始改走陆路，往西去剑州的剑门或阴平，然后再向南直插梓州。

陆珏对此没有异议，二人顺利上岸。

沈元白又提议找地方吃些东西休息一下，陆珏不同意，但架不住他软磨硬泡，最终只好各退一步，在州治绵谷的城外找个酒肆稍作休息。然而，他们在酒肆中得到了一个惊人的消息——当年元稹在此处停留过。进一步询问，竟然发现那首《使东川·望驿台》中所说的"怅望江边望驿台"的"江边"不是涪江，而是嘉陵江。也就是说，那首诗确实是元稹返程的时候写的，当时他回长安的路线与沈元白这次从长安过来大致相同。所以，他们此行的终点并不在梓州。

从酒肆出来，沈元白得意地笑着："每次我说要休息，你都不乐意，现在怎么样？若不是我，咱们到了梓州也要再回来。"

"只能说你运气好。"陆珏摇了摇头，"如果元稹没在利州停留过，如果附近全是抓你的海捕告示，如果有人认出了你从而报官，你还能笑得出来吗？"

"怕什么？"沈元白不以为然，"官兵又不是你的对手。"

"你若依然如此随性而为，既不能吃苦，又不听劝阻，官兵真来的时候，我会很乐意看到你被抓走。"陆珏似笑非笑，不知道说的是不是真的。

"真的假的？你可别吓我！"沈元白僵硬地笑着，"你不是心胸狭隘之人，不会因为这种小事弃我不顾吧？"

"你怕了？"陆珏冷眼斜睨，"如果怕，那就听话。我是保护你的人，你连我的话都不听，我还怎么保护你？"

"好。"沈元白用力点头，"我听你的，你说怎么走吧！"

陆珏一怔，皱眉道："我哪儿知道怎么走？"

沈元白笑了起来："你看看，你说了半天，却连去哪儿都不知道。既然方向由我来掌控，我还怎么听你的？"

"我——"陆珏被噎住了，脸色铁青，"我真该一刀杀了你。"

"行了，收起你的小情绪吧！我若是该杀之人，在长安郊外你便动手了。"沈元白的笑意渐渐消退，郑重地说，"馆驿三十里一设，元稹已经在诗中告诉我们是在江边，其范围已经很小了。元稹的性情与我相近，必然择优而住，因此那个馆驿不会离利州城邑太远，不在城内便在附近。"

"既如此，你去找人询问一下。"陆珏向前走了几步，在一棵树下席地而坐。他斜倚着树干，怀中抱着那柄横刀，闭目养神，似乎一切都与他无关。

沈元白欲言又止，最终叹了口气，开始向路人打听元稹的事。

许多年前，白居易的诗便可换酒。在一些酒肆中，不论是谁，只要写一首白居易的诗，便能换来一瓯酒，可谓家喻户晓。元稹与白居易齐名，大唐又以诗文见长，寻常百姓也能吟上几句，自然知道元稹是谁，所以沈元白很轻松便问出了白居易《望驿台》诗文中所写的那个馆驿，亦是元稹写《使东川·望驿台》时居住的馆驿所在。

那个馆驿不在利州城内，在南边葭萌关以北三里的地方。

夜幕降临，馆驿中灯火通明。

远处的山坡上，两个身影傲然而立。

陆珏望着那个馆驿，低声道："朝廷规制，只有信使和官员可以使用馆驿，且需携带中书省盖印的符券作为堪合，藩镇节度使开具的'转牒'也勉强可用。但这两种东西我们都没有，如何进去？"

"没有别的办法，只能硬闯。"沈元白淡淡道，"以你的身手，那些驿卒和巡驿兵士恐怕连反应的机会都没有。"

"不行。"陆珏拒绝道，"此处离关隘太近了，一旦有人通风报信，葭荫关的守军必来驰援。关隘的兵力与金吾卫可不一样，他们有弓手，我不是神仙，还要护你周全，不敢保证全身而退。"

沈元白不禁苦笑："你这太子爪牙的身份一点用都没有吗？"

"我现在与你一样，是朝廷钦犯。"陆珏不满道，"即便是以前，我也是暗中存在，如何依仗太子之势？你这位造纸奇才，就不能伪造一份符券或转牒之类的东西吗？"

"可以伪造，但以我们目前的处境而言并不容易，而且我觉得没那个必要。"沈元白说完，也不等陆珏回应，便从山坡下去了。

陆珏不知道他要搞什么鬼，也没问，默默在后边跟着。没想到，沈元白竟然直接走进了那个馆驿。

驿夫看到有人推门而入，很自然地迎上去，卑微地说："这位大人——"他上下打量着沈元白，尤其注意了一下腰间，没有看到彰显官员身份的鱼袋，于是眉头微皱，"你们是——"

"不该问的别问。"沈元白气势汹汹，"你们驿长呢？"

这个驿夫因为多嘴没少挨打，毕竟来利州的官员多数为贬谪，脾气都不太好。眼前这二位却不太一样，一个抱着横刀，一脸肃杀，一个细皮嫩肉，文弱娇气，可是一开口便是颐指气使，这种组合比贬谪官员还要吓人。如果是从长安而来，那这位年轻公子的身份必然非同小可，所以也就不敢再问了，小声回道："驿长刚出去，这位大人是要留宿吗？我这便去寻他回来。"

沈元白的目光在馆驿大堂里扫视着，墙上挂了很多题诗牌，有写满了诗句的，也有空的。这是专为留宿官员所设，因为那些人总喜欢把诗句写在显眼的地方，如果不放题诗牌，他们便会写在墙上，既不美观，也不利于收藏。

沈元白看了一圈，竟然没有看到任何一首《望驿台》，于是问道："元稹是否在此留过诗？"

"留过。"驿夫坦诚相告，"不过他的那些诗早就被刺史大人收走了。"

沈元白并不意外，毕竟是名家之作，不可能留在馆驿之中。既然元稹留过诗，此地应该是徐昉暗示的地方没错，现在只需找出徐昉在此处藏了什么东西便可。

"大人，你是否留宿？"驿夫又问了一遍。

"不急。"沈元白在一旁的桌边坐了下来，端起水壶倒了碗水，头也不抬地说，"我问你，去年是否有人从开州来？此人是开州司马宋申锡的文吏。"

驿夫陷入了沉思。

与此同时，通往后院的房门处，一名驿卒正在望着沈元白。此人一脸困惑，竟然也在凝思，之后似是想到了什么，表情突然一怔，急忙向后堂跑去。

"你说的莫非是——"驿夫犹豫着说，"驿长的那个好友？"他笃定地点了点头，"应该是他，除了他以外，我还没见过哪个文吏独自来馆驿，通常都是陪伴自家大人。"

有道理，文吏也是布衣，住不了馆驿。

"说仔细些。"沈元白近乎命令道。

"也没什么奇怪之处。"驿夫忙道，"那个人来了以后，便与驿长喝酒，我送酒菜的时候偶然听到他们说话，似乎是开州司马病重，他奉命去长安迎接御医，路过此处进来一叙。喝完酒他便离去了，没有强行留宿让驿长为难。"

这时，先前那名驿卒从里边出来，什么话都没说，低着头从沈元白的身边走过，然后夺门而出，不知道去了哪里。

"你干什么去？"驿夫喊了一句。

那人听而不闻，头也不回。

沈元白对离去的驿卒并不关心，继续追问："据我所知，那名文吏在此留下了一首白居易的《望驿台》，你知道在何处吗？"

陆珏本来都要追出去了，沈元白的这句话又把他钉在了原地。驿卒固然可疑，但徐昉留下的线索更为重要。

"早没了。"驿夫摇头道，"他不是在题诗板上写诗，而是离去之时，发现我们一块题诗板有虫蠹痕迹，便将随身携带的一块木板挂了上去，那块板子早已写好了一首《望驿台》。后来一个丝绸商人路过这里，拿着节度使开具的转牒进来住宿，看到了那首诗，说那字写得好看，有颜真卿的痕迹，于是给了驿长一些钱，把那块板子买走了。"

"丝绸商人？"沈元白惊讶道，"可有姓名？"

"我当时看过转牒上的名字，只是记不太清了。"驿夫沉吟道，"好像是姓胡，也是开州的。"

沈元白稍加思索，马上想到了一个人："胡邽？"

"对，就是这个。"驿夫恍然道。

沈元白从凳子上起来，拍了拍驿夫的肩膀，微笑道："辛苦你了，我走了。"

"大人不留宿？"驿夫愕然。

"皇命在身，路上不敢耽搁。"沈元白胡诌八扯，"等你们驿长回来，你跟他说一声，长安旧识就此别过，以后再与他开怀畅饮。"

驿夫谨慎地问："敢问大人贵姓？"

"姓李。"沈元白脱口而出。

这是一个常见且又不同寻常的姓氏，即便驿长心存怀疑，也不敢去核实真伪，因为长安十六宅的亲王全都姓李，当今皇帝亦不例外。

驿夫怔住，本来就觉得这二人非同一般，此刻听闻是从长安而来，又是李姓之人，越发坚信之前的猜测是对的，不禁感到后怕，同时无比庆幸刚才没有多问。

往外走的时候，陆珏悄声道："你三言两语便解决了，之前何故让我硬闯？"

"侥幸而已。"沈元白长舒口气，"要不是驿长不在，岂能如此容易？还有那个叫胡邽的丝绸商人，若非此人去年在'静心堂'预订了一批宣纸，我们连他是谁都不知道，肯定还要询问别人，装腔作势瞒不了多久。"

说话间，二人已经从馆驿房内出来，正在往院门走去。就在这时，一队官兵从右侧跑来，不仅将院门堵住，还分化兵力向两侧跑去，占据了四周的木栅栏围墙，刹那间便将馆驿唯一的出口团团围住。

沈元白凝视着那些人，并未慌张，只是询问陆珏："是方才的驿卒吗？"

"应该是。"陆珏抽出横刀，向前走了几步，用刀指着门口一个穿着绿色官服的人，"你是什么人？"

"利州司兵参军。"那人冷笑道，"身为朝廷钦犯，不仅不躲起来，还敢在馆驿露面，你们真的嫌命长吗？"

"不可能。"沈元白喊道，"州署所在的绵谷县距此不近，没两个时辰到不了，那名通风报信的驿卒即便骑马，也不可能去得如此之快，何况你们还要往返。而葭荫关守军离此不足三里，即便求援，也应该先找他们。"

"你便是沈元白吧！"那人笑道，"不用惊讶，这是老天要收你。朝廷抓捕你的文书昨日才到州署，我也没想到你会在利州现身，今晚过来是有别的事情，恰好遇到了这名驿卒。说起来，你的运气真的很差，正是这名驿卒将抓捕你的文书送来利州署，虽然还没得及通报各县馆驿，但他认出了你。"

那名驿卒此时就站在司兵参军的身侧，闻听此言得意地笑了笑。

"真有如此巧合？"沈元白确实惊讶。

那人又道："朝廷没说当场格杀，所以我劝你还是束手就擒，否则真打起来，我可无法保证你能活着。"

"我也无法保证你能活着。"沈元白冷冷道，"所以你还是让开比较好。"

那人脸色微沉，叹息道："既如此，那便没什么好说的了。本不想惊扰馆驿内的大人，但你如此冥顽不灵，我也只能成全你了。"

随着他的一声令下，战斗一触即发。

州兵从门口鱼贯而入，与陆珏战在一处。

与长安郊外的那场打斗不同，陆珏这次下手更狠，却依然没有动杀念。沈元白不懂武艺，但对兵器还是有些了解的，横刀的长处是斩切，以陆珏的身手完全可以割喉，令那些人血溅三尺，但他没有，反而更多用的是刺招，且并不刺在胸腹等足以致命的地方，受伤的人都是腿、肘或者肩头被贯穿。

他曾说过当兵之人乃奉命行事，不可妄杀。如今看来，这句话应该不是有感而发，而是他时刻遵守的原则。

然而，那个司兵参军没有手下留情的意思。他一看州兵不是陆珏的对手，立刻让他们后退，然后命令弓手从木栅栏外边放箭。一时间，嗖嗖之声不绝于耳。陆珏闪跳腾挪，时不时用横刀打飞箭矢。但这样下去不是办法，于是他拉起沈元白跑回馆驿内部，并关上了门。五名馆驿卫兵闻声从后院跑来，陆珏先发制人，几招便将他们打晕。

那名驿夫一直关注着外边的情况，早已明白怎么回事了，此刻又见馆驿之内仅有的卫兵被放倒，顿时吓得面无血色，蜷缩在墙角不敢动。

"你们跑不了的！"司兵参军在外边叫嚣。

"躲进来并非长久之计。"沈元白来回踱步，"此时他们不敢进来，是因为州兵战力不够，极有可能派人去葭荫关求援，到时合兵一处，我们就真的插翅难飞了。所以，必须想办法突围出去。"

"不可。"陆珏道，"你没瞧见那么多弓手？我们冲不出去。"

"以你的身手，强冲也不行？"沈元白郑重地问。

"可以。"陆珏睨他一眼，"可你躲不了箭矢，我分身乏术，就护不了你周全。"

天下熙熙，皆为利来；天下攘攘，皆为利往。这一路结伴而行，沈元白一直以为两人之间是不过如此的关系。今日陷入这般境地，原本他弃下自己，逃了也就是了，可他脱口而出的竟是护自己周全，沈元白一时间竟有些感动。沈元白深吸了口气，坐了下来，淡然地笑着："那你走吧！"

"你说什么？"陆珏错愕道，"我一个人走？"

"只要你不被抓，我便还有救。"沈元白道，"况且，后边的事情该怎么做，你都知道。去开州新浦县找丝绸商人胡郐，索要徐昉留下的那个题诗板，宋申锡的秘密就在那块木板上。"

陆珏突然笑了起来，却不是欣喜的笑，而是带着无尽苦涩："你这话……不像是让我救你吧！你把胡郐的住处都告诉我了，一旦我脱身，你如何确定我会回来救你？"

"就算我不说，你就不知道吗？"沈元白平静地说，"你现在唯一不知道的只是胡郐在什么地方，这种事四处打探一下就知道了，算不得秘密。你若真的不想救我，那也罢了，本来你也没有这个责任。"

"是吗？你不必试探，我是不会丢下你的，至少外边那些州兵还不足以让我仓皇而逃。"陆珏深吸口气，目光中闪过一丝狠厉，"我因为养父之故，对兵卒总是心怀仁慈，但若真的无路可走，我也不介意大开杀戒。"

外边又传来声音："你们若再不出来，我可要放箭了。"

"虚张声势。"沈元白完全不在乎，"方才他说不想惊扰馆驿内的大人，说明他来这里是为了接人，肯定不敢胡乱放箭。"

"如此说——"陆珏沉吟道，"或许还有办法。"

"不错。"沈元白笑道，"我们只要找到他要接的人，挟持为质，便可迫使那个司兵参军放我们离开。这样一来，你也不用违心地大开杀戒了。"

"你早就想好了？"陆珏双目微眯，冷眼看着他，"那你刚才还让我一个人走？"

"确实是试探。"沈元白坦然道，"即便你找到了胡郅，拿到了题诗板，你也无法知道其中藏了什么秘密。毕竟徐昉把那东西放在了馆驿，谁都可以看到，他如此谨慎，岂会将宋申锡的秘密如此堂而皇之地呈现于人？我就是要看看，面对危险，你会不会弃我不顾。"

陆珏心中不悦，却并未动怒。因为他知道沈元白如今势单力孤，急需有人为伴，出言试探不过是为了安心而已。此番行径令人气愤，但并非不可以理解，所以他也就不跟沈元白一般见识了。

这时，沈元白望向那个惊慌失措的驿夫，喊道："那个谁，你过来。"

驿夫从墙角站起来，如履薄冰一般走到沈元白面前，头也不敢抬："大人……"

"你别紧张。"沈元白温和地说，"我问你，外边那个司兵参军你可认识？"

"认得。"驿夫点头。

沈元白又问："他夤夜前来，是为接人，你知道他要接的是谁吗？"

"那个……"驿夫颤抖着说，"他是来接……"

与此同时，后院传来声音："人都死哪儿去了？我的酒呢？"

沈元白等人循声望去，从通往后院的房门处走出来一个穿着昂贵丝绸的老人。

"就是他！"驿夫抱头蹲在了地上。

"外边如此吵闹，你们也不管，我……"那老人见馆驿正堂有人，骤然愣住，他的视线扫过沈元白，并未停留，继而望向了陆珏。陆珏也在看着他，四目相对，各自的脸上都有惊讶。

很快，老人的惊讶变成了恐惧。

"赵琛！"陆珏认出对方，直接抽出了刀。

老人大惊失色，转身便跑。

可惜，他的速度对陆珏而言还是太慢了。

陆珏纵身一跃，刀便架在了他的脖子上。

"真是冤家路窄。"陆珏冷笑道，"看你还能往哪儿逃！"

"陆大侠饶命！"赵琛缓缓跪下，哭求道，"你我无冤无仇，何以赶尽杀绝啊？听闻你从大理寺狱逃脱，我便整日惶恐不安，为了躲你，我都自求贬官来了偏远的利州，你就放过我吧！"

沈元白完全没明白怎么回事，茫然地问："这人谁啊？"

"他便是弘文馆学士赵琛。"陆珏幽幽地说，"此人乃安王爪牙。为了替安王讨好杨贤妃，私自将弘文馆藏书盗出，以此与宣州刺史侯敏交换王献之书法《洛神赋》，并以安王之名献于杨贤妃。去年我在长安当街刺杀此人，不巧撞上进宫复命的神策军将领，失手被擒，让他躲过了一劫。"

"我与安王已经没有关系了。"赵琛急忙解释，"何况各为其主，乃政敌，不存在私人恩怨，你又何必追杀至此呢？把你抓进大理寺狱也不是我的错，之后我也没去狱中羞辱你，求你给条生路吧！"

事情的发展超出了沈元白的预料，他又不知道权力之争是什么情况，自然不清楚陆珏是怎么想的，不好贸然相劝，因此什么都做不了，只能冷眼旁观。

这时，馆驿的房门被撞开。司兵参军带兵进来，看到老人正跪在陆珏身前，一柄刀架在脖子上，不由得大惊失色，厉声道："有话好说，不许伤害我爹！"

沈元白一怔，之后笑起来，指着老人道："他是你爹？"

那人愣住："你们不知道？"

"现在知道了。"沈元白将赵琛拉起来，"既如此，事情反而简单了，你给我让开，否则你爹人头落地。"

陆珏横刀收紧，刀刃已经贴在了赵琛的皮肤上。

"挟老人为质，你也太卑鄙了。"司兵参军甚是不满。

"少废话，你让不让？"沈元白咄咄逼人。

那人盯着沈元白看了片刻，最终沮丧地叹了口气，妥协道："好，我可以放你们走，但你要信守诺言，不可伤害我爹。"

　　其实这是沈元白担心的事情，因为从陆珏的反应来看，他不太可能饶了赵琛。但如果司兵参军真的放他们走，再当面杀害人家父亲着实有些丧心病狂，所以沈元白替陆珏做了决定："没问题，我们不是妄杀之人。"说完，他特意看了一眼陆珏，"是吧？"

　　陆珏瞥了一眼老泪纵横的赵琛，目光流转，似在杀与不杀中犹豫不决。最终，他双眸中那股浓郁的杀意渐渐退却，也没有再看赵琛，更不曾侧目那位司兵参军，而是盯着沈元白，用冷傲的语气吐出两个字："当然。"

　　得到了肯定的答复，沈元白和司兵参军同时松了口气。后者按照约定，命令手下的州兵给他们让出一条出路。

　　陆珏挟持着赵琛走在前边，沈元白紧随其后，时不时偷瞄木栅栏那边的弓手。那些人依然保持着拉弓射箭的姿势，锋镝时刻对着他们。

　　"让他们放下弓箭，把箭矢扔出来。"沈元白命令道。

　　司兵参军只能照做。

　　众人离开馆驿，向北走了大约半里路，司兵参军与州兵始终尾随其后。沈元白认为这样下去不是办法，如果不放人，他们会一直跟着，放了人又难保他们不会追杀过来。权衡之后，他对司兵参军说："你现在停下，待我们走出你的视线范围，自然会放了你爹。"

　　"不行。"那人拒绝道，"我必须确保你们不会痛下杀手。"

　　"我不是与你商量。"沈元白冷笑，"我为刀俎，你是鱼肉。你若不依我所言，那我们就在此处同归于尽好了。"他又对赵琛道，"老人家，你认为呢？"

　　"退下！"赵琛喝道。

　　司兵参军虽有不甘，却也没办法，只得率众停下。

　　又走了一段距离，已经看不见那些人了。赵琛又哀求道："陆大侠，你看到了，我已经尽可能帮你了，还望你高抬贵手，饶我一命吧！"

　　沈元白没有说话，却也紧紧盯着陆珏。

　　陆珏收起了刀，面无表情地说："在利州养老吧！若是让我知道你回了长安，天涯海角你也难逃一死。"

"你放心，我不会回去。"赵琛松了口气，用袖子擦了擦脸上的冷汗，"安王目光短浅，只知道与太子争权，却枉顾手握神策权柄之宦官，注定难成大事。圣上以宋申锡之谋尚难夺回神策军权，他又岂是王弘述对手？等到株连之日到来，我若还在长安必然难逃一死。"

"你倒看得明白。"陆珏道，"你我从此仇怨两消，我相信你也不会再找我的麻烦了，那样无异于自寻死路。你走吧！"

"多谢！今日之事，老夫自会处理，权当你没来过利州。"赵琛果然是官场之人，知道陆珏担心什么，所以给了一颗定心丸。他离开的时候，还对陆珏施了一礼。

望着赵琛离去的背影，沈元白发出一声长叹："官场真复杂啊！"

"不错。"陆珏沉声道，"今日之同盟，明日便会要你命；今日之仇人，明日也会出手相助。官场上没有情谊，有的只是永恒的利益。当年为王弘述出谋划策、罗织罪名诬陷宋申锡谋反的人是李训，然而此人被皇帝提拔为宰相之后，便成了南衙的权臣。南衙北司之争从来没断过，因此他不可能再心向北司之首王弘述。这便是皇帝的收买手段，效果立竿见影，不论朝廷中多少人想让王弘述死，李训必定是其中之一。"

"那你呢？"沈元白冷声问，"你如此劳心勠力地帮我，是为了利益，还是情谊？"

"没有利益勾连，你我便不会相识，情谊又将从何而来？"陆珏淡然一笑，"只要没有利益冲突，那便可以有情谊。你不是官场之人，我们之间乃互利互惠的合作。"

沈元白不置可否。

他也明白，陆珏的身上带着太子的任务，不可能太坦诚。但正如陆珏所说，只要所做之事对彼此都有好处，朝夕相处定然会产生情谊，那又何必在意最初的目的呢？

"说得真好啊！"就在这时，侧方传来一个幽怨的声音。

沈元白听到来者是个女人，立刻循声望去："什么人？"

夜色之下，一个身穿男式胡服的女人从黑暗中走出来。她没有看沈元白，从出现那一刻起目光便只在陆珏身上："那你说，我们之间还有情意吗？"

沈元白与陆珏探讨的是情谊，范围比较大，而她所说的则是情意，男女之情较为突出。一字之差，听起来不太明显，但沈元白还是察觉到了细微差别。

陆珏看到此人，并未表现出任何惊讶，也没有回答她的质问，只是悄声对沈元白道："此人是大理寺评事段若兰，亦是寺卿郭行余的女儿。她来了，我便保不了你，暂且别过。"

"为何？"沈元白愕然。

陆珏没有解释，转身便跑，然后一跃而起，瞬间不知所踪。

"喂！"段若兰急忙追过去，似乎知道追不上，跑几步便停下了，愤恨地跺了一下脚，"每次都是这样，我就不信你能永远躲着我。"然后，她缓缓转过身，将目光投向了沈元白，眉头微蹙，"你——"

沈元白不知所措，僵硬地笑着。

"你很面熟。"段若兰冷声道，"我们是否见过？"

听闻此言，沈元白竟然也有同感。稍加思忖，他便想起来了。他们确实见过，而且不止一次。初见是在开州，此人拿着一幅画像到处询问路人，曾与卢瑶有过交谈。再见则是在长安金光门，她向沈元白询问是否看到一辆狂奔的马车。不过，既然知道了她是大理寺的人，沈元白便不想与她叙旧，一旦被认出来，想跑可就不太容易了，于是摇了摇头："你一定是认错人了，在下是浙东商人，与你不曾见过。我还要赶路，就此别过！"

沈元白转身便走。

"站住！"段若兰厉声喝止。

沈元白心底一沉，不敢再走，侧身回望，笑着说："姑娘还有何事？"

"你如此急着离去，莫非心中有鬼？"段若兰脸色阴沉地向他靠近，"陆珏驱车闯入金光门的那一天，大理寺狱一名囚犯不知所踪，是不是你？"

"不是。"沈元白否认道，"我是浙东商人，没去过长安。"

"还敢骗我！"段若兰一脚踹了过去。

沈元白腹部受创，蜷缩在地上半天起不来。

段若兰冷哼道："陆珏在长安郊外伤了金吾卫，而那些人原本要抓的是沈元白。你若不是他，何以与陆珏结伴同行？你可以不承认，但不耽误我抓你。只要把你押回长安，任你如何狡辩都将无济于事。"

第十章

故人重逢

朝阳之下，嘉陵江在晨曦的照耀下泛起粼粼波光。

江畔之上，一位女子牵驴缓行。

如果段若兰身穿女人衣裳，身侧的坐骑是一匹壮硕的白马，在晨光与江水的映照下，她的衣袂随风舞动，那将是一幅令人心旷神怡的美景。然而，她穿的是干练的男式胡服，牵的是一头驴，更煞风景的是驴背上驮着一个五花大绑的沈元白。他并不老实，嘴里反复念叨着一句话："陆珏，你弃我于不顾，乃言而无信之人。"

从激昂亢奋到有气无力，他已经重复了上百次。

段若兰无动于衷，就像没听见。

沈元白实在骂不动了，缓了口气，对段若兰道："女侠，我如此聒噪，你难道不觉得烦吗？"

"很烦。"段若兰头也不回地说。

"那你为何不阻止我？"沈元白甚是好奇。

"因为我也想骂他，但我嫌累。"段若兰淡淡道，"既然你愿意效劳，我又何必阻止。"

沈元白思绪流转，试探地问："你抓他不只是为了公事吧？"

"与你无关。"

　　就智慧而言，段若兰根本不是沈元白的对手，所以这种欲盖弥彰似的回答等于是承认了某些内在联系。

　　陆珏是个高手，武艺卓绝，不论是对战金吾卫还是山匪，抑或是州兵，都游刃有余，不仅不惧，反而带着一丝孤傲和不屑。这样的一个人，何以看到段若兰之后转身便跑？这不合理，且不说能否打过，以陆珏的脾性，不可能还未交手便仓皇而逃，只能是不想与段若兰动武。

　　反观段若兰，她对陆珏心存怨怼，甚至愤恨不甘，但这种情绪明显不是官差与逃犯对立那么简单，而是掺杂了更深的情感。这二人一男一女，年龄相差无几，女人追男人逃，傻子都能看出来是什么关系。

　　沈元白微微一笑："陆珏的身手我清楚，他若想跑，谁也抓不到他，尤其是你。不如这样，我们做个交易，你保护我洗清冤屈，我来帮你抓到他，如何？"

　　段若兰突然止步，原地思索片刻，回身走到他的身前，并未表现出多么高兴，反而面带怒意，冷声道："他为你打退了金吾卫，你却要出卖他？"

　　"非也。"沈元白道，"我只是想让你们好好谈谈。"

　　"听你的语气，似乎知道得不少。"段若兰皱眉道，"他对你说起过我们的事？"

　　"当然了。"沈元白又开始胡编，"你们在一起的那几年多么令人羡慕，简直是天造地设的神仙美眷，走到如今这个局面实属造化弄人，他也是身不由己，所以应该好好谈谈，开释心结。"

　　他的这番话看似透露了很多细节，实际什么都没说。陆珏是太子爪牙，肯定身不由己，而段若兰质问情意是否还在，自然曾经有过一段美好的岁月，反正不用说得太明白，空余的那些，段若兰会在心中自行补上。

　　段若兰眉目低垂，似在回忆往昔。她的神色由平静转为动容，流露出一丝不易察觉的浅笑，笑容很快退去，取而代之的是一股莫名的哀伤。她叹了口气，所有情绪消失不见，缓缓抬起头，对沈元白道："你有什么本事可以找到他？"

　　"我的本事，便是知道他去了何处。"沈元白道，"不过，他的行踪对你来说没有意义，只有我才能让他现身，所以你不能抓我。"

　　段若兰思量片刻，才说："我知道你的罪名，但那是不可能的。宋申锡死的时候，我在开州，陆珏也在，我们都清楚他是病故，宋慎微还将父亲病故一事写了封奏疏送到大明宫。我不明白圣上为何不肯放你，但你越狱，便是大理寺的失职，所以我要抓你回去。不过，你若想要查明是何人害你，我可以助你一臂之力。但你不能试图逃走，否则我不会放过你。"

"好，约定就此达成。"沈元白忙道，"那你快把绳子解开，我都喘不过气了。"

段若兰替他解开了束缚。

沈元白重获自由，马上活动臂膀、伸展腿脚，同时回味着段若兰方才的话，其中有一个信息让他非常惊讶，于是再次确认："你刚才说什么，陆珏当时也在开州？"

"不错，我去开州便是为了追他。"段若兰疑惑道，"怎么？他没告诉过你？"

"似乎说过，我记不太清了。"沈元白不以为意笑了笑，然后转过身。当他背对着段若兰以后，笑容迅速消失，如果有面镜子，他甚至会被自己阴鸷的表情吓到。徐昉死的那晚，他被一个神秘的高手带出了开州司马第，然后一路押送长安，这便是被关进大理寺狱的根源，此刻回想那人的身手和体态，竟然与陆珏完美重合。

如果真是陆珏，他到底为了什么呢？

"现在去哪里？"段若兰打断了他的沉思。

沈元白遥望着烟波浩渺的江水，深吸口气："开州，新浦县。"

"我们走官道，可以快些到达。"段若兰翻身上驴。

"不行。"沈元白顾虑地说，"我是朝廷钦犯，各州县的官兵全在抓我，堂而皇之露面恐怕走不了多远。"

段若兰一脸不屑："你已经被我抓了，没人可以从我手中抢走犯人。"

沈元白恍然大悟，段若兰本来就是大理寺评事，而他又是大理寺狱的犯人，跟在她身边便是已被抓捕，其他人便没有再抓一次的道理。陆珏虽然武艺卓绝，表面身份却是逃犯，与他在一起必须东躲西藏，这次换了个朝廷之人保护，总算可以做一回正常人了。

利州与开州同属山南西道，只需一路向东南挺进，跨过巴州、通州，便到此行的终点开州。其间也有几条水道，但不再是乘船顺流而下，仅需横跨江河而过。河岸两侧都有摆渡的船夫，所以并不困难，只是段若兰每次都要把那头驴牵上船，这就必须多付钱，她又不掏钱，沈元白无奈之下只好使用银锭。船夫知道这东西无法当钱使用，却也都收了，因为没人能够抗拒金银的诱惑。

路过通州的州治通川县的时候，有人认出了沈元白是逃犯，继而报了官，当地的县尉带着官兵围捕他们。沈元白本以为段若兰会表明身份，将其劝退，万万没想到，这个女人的性情比陆珏暴躁多了，直接开打。她还不用武器，拳拳到肉，虽然没有陆珏那么干净利落，但突出了一个狠字，仿佛在发泄，被她打倒的人都满脸是血。打完之后，她再说自己是大理寺的人，也不亮出文牒，不管那些人信不信，反正她转身便走。

她这种应对方式让沈元白瞠目结舌，怀着巨大的好奇，他小心翼翼地询问缘由，得到答复之后更加心惊，竟然是她心情不好。最终沈元白得出一个结论：陆珏可以随便调侃，这个女人千万不能惹。

新浦县位于开州最南边，在开州和万州的交界处，从此处到开州的州治开江县和到万州的州治南浦县的距离差不多，但离哪边都不近。

段若兰牵着那头驴与沈元白并肩缓行，从县城的北门进入。门洞里依然贴着朝廷的抓捕告示，守门的卫兵毫无意外地认出了他。段若兰亮出身份文牒，红色的吏部大印格外醒目，那些卫兵查验无误之后果断放行。但当他们通过以后，几名卫兵又聚在一起窃窃私语，然后一人快速跑出了城。

沈元白侧身回望，察觉到不太对劲，悄声道："女侠，有人去报信了，我觉得还是暂避一下比较好。"

"你怕什么？"段若兰不以为然，语气阴冷地说，"敢与大理寺抢犯人，来多少杀多少。"

"不是，你可能没明白现在的处境。"沈元白进一步强调说，"现如今，长安的情况极其复杂，好几股势力因为我斗得不可开交，并非所有人都把大理寺放在眼里。你这样有恃无恐，非但保护不了我，也许还会把自己牵连进去。"

段若兰停下脚步，冷眼望着他："如此凶险，陆珏为何不怕？"

"他不一样。"沈元白苦笑道，"一个当街刺杀弘文馆学士的人，不能以常理揣度，何况他身手了得，又对朝廷情况了如指掌——"

"你是在质疑我的能力？"段若兰沉声打断他。

"不是。"沈元白叹了口气，"我只是担心，你若因护我而有个三长两短，到时他来找我兴师问罪，我该如何交代？"

他这句话说得恰到好处，不仅缓解了将二人做对比之后无法收场的尴尬局面，又充分强调了陆珏对段若兰的关心，虽说是在胡猜和胡说，但他确信段若兰会有所动容。女人最看重的，便是倾心之人的关心与在乎，胜过无数奉承之语。

段若兰转回身，不再看他，语气也温和了许多："你放心，我自有分寸。"

既然她这么说了，沈元白也不好再劝，只能走一步看一步了。

"接下来去哪里？"段若兰问，"找旅店投宿吗？"

"天色尚早，还是先办正事。"沈元白犹豫片刻，决定告诉她来开州的真实目的，否则她一旦追问下去，势必瞒不住，还不如趁早坦陈，以此获取她的信任，"实不相瞒，我身上背负一个重大秘密，具体是什么我也不知道，唯一的线索在此地一个名叫胡郐的丝绸商人手里。我们现在要做的，便是找到此人。陆珏的目的与我一致，所以他必然在此。"

"我对你背负之事不感兴趣。你要去何处，我陪着便是。"段若兰望着前方的一个商铺，"既然要找丝绸商人，最好去卖布的铺子一问。"

沈元白循着她的视线望过去，不远处便是一个布庄。也就是说，她是看到布庄后才想到了这个主意。

二人来到布庄门口，还未进去，便听到有女人的声音传出来："布料相同，花色相仿，凭什么红色比蓝色贵出一倍的价钱？"

布庄伙计辩解道："因为染料不一样。"

"那应该蓝色更贵才是。"女人反驳道，"你知不知道，可以制造红色染料的花到处都是，而蓝色染料则需要从蓼蓝中提取。蓼蓝既是草药又可做染料，相较于红色来说更不好采集。同样为浸染，为什么红色的更贵？"

听到这亲切的声音和熟悉的说辞，沈元白立刻猜到里边是谁了，这让他非常惊讶，于是快步走了进去。

那女人见有人进来，侧目望了一眼，并未在意，当她还欲跟伙计继续争论的时候，却愣住了，一句话都说不出来，然后缓缓转过头，重新看向沈元白。

四目相对，各自震惊。

"你——"卢瑶绕着他转了两圈，"你还没死呢？"

从大理寺狱出来以后，沈元白没有见过一个熟人，因此与卢瑶的重逢对他而言非常重要，甚至有些伤感。他认为卢瑶也会如此，不说抱头痛哭，至少也要喜极而泣才对。万万没想到，卢瑶还像以前一样与他开着玩笑，这让他既尴尬又失落，更多的是难以理解，但这些情绪不便表露出来，只好沉着脸说："什么话？你盼着我死是吗？"

卢瑶冷哼道："你从开州悄无声息地消失了，我去司马第找了好些次，那边办丧事也没人理我。后来我爹说你已经回宣州了，我这才放心，同时也气得要死。我视你如兄长，你却完全不在乎我这个妹妹，走时连声招呼都不打，你知道我多么伤心吗？"

沈元白听明白了，老卢虽然远在开州，却时常与宣州有书信来往，那就必然知道他没有回去，之所以如此说，应该是不想让卢瑶担心。而且，他被关在大理寺狱三个月，没有一个亲属去长安探望过，以他对秋月和王宣的了解，这二人绝不会如此无视，那就是有人不想让他与家人相见。如果卢瑶得知此事，免不了要去长安探视，宣州的亲人尚且进不了大理寺狱，她也只能是徒劳一场，老卢不想让这种事情发生。所以说，卢瑶根本就不知道他被抓进了大理寺狱，还以为只是回家而已，那么她此刻的反应倒也合理。

这时，段若兰猛地拍了一下柜台，厉声道："喂，胡郐住在哪里？"

布庄伙计刚才与卢瑶争论许久，憋了一肚子气，段若兰的询问又如此生硬傲慢，无形中点燃了他心中的怒火，于是没好气地回道："我又不是你男人，凭什么告诉你？"

沈元白深感不妙，拉着卢瑶向后退了几步。

"轰隆"一声，那伙计从柜台里翻了出来，仰面摔在了地上。

段若兰一脚踏在他的胸前，渐渐用力，沉声道："我不会再问一次。"

那伙计极其痛苦，似乎喘气都很困难。

"你轻点，别再踩死他。"沈元白走过来劝道，"此人口无遮拦，着实欠揍，却非大奸大恶之人，别把他伤得太重了。这样，你先出去歇会儿，我来问他。"

"别让我等太久。"段若兰冷着脸离去。

沈元白长舒口气，将伙计搀扶起来："怎么样？没事吧？"

"这人谁啊？"伙计愤愤不平，"也太嚣张了，我要去县署告她。"

"你可闭嘴吧！"沈元白没好气地说，"她是大理寺的人，县令来了也没用。"说到这里，他扫视着柜上那些五色斑斓的布匹，"方才这位姑娘看中哪块布了？"

伙计一听他要买布，心中的不爽减缓许多，指着一匹红色花布说："这个！此种花色不是我们所染，而是从长安购来的成品。我也不知道用的是什么染料，反正价钱就这么高，她非说不该比蓝色的花布更贵，与我争论不休。"

"是这个吗？"沈元白侧身问卢瑶。

卢瑶走过来，木讷地点了点头："是这个不错，可是——"

"我要了。"沈元白没让卢瑶说话。

"要多少？"伙计道。

"一匹全要。"沈元白将一块银锭塞进伙计的手里。

"这是——"伙计一看是官银，顿时吓得面如死灰，手都颤抖了，"客官，这银子我可不敢收。"

"你已经收了。"沈元白冷笑道，"倘若报官，我会如何暂且不论，反正你肯定说不清楚。不如这样，银子你拿着，回头给家人打些首饰，只需告诉我胡郅的住处便可。怎么样？这笔交易很划算吧？"

伙计犹豫片刻，最终叹了口气："好吧！出门向左一路直行，看到一家茶肆再往南走。尽头有个大院，门楣之上的匾额写着'绮罗轩'三个字，那便是胡郅的家，不难找。"

"多谢。"沈元白又道，"另外，把这花布给我裁出五尺。"

伙计急忙照办。

沈元白将叠好的布交给卢瑶，然后往外走。

卢瑶跟在他的身后，越想越不解，忍不住问道："沈大哥，如果你不阻止那位姑娘，在她的强势逼问下，布庄那人也会告诉你们胡郅的下落，你为何非要把此事处理得这么复杂呢？"

"因为我想送你礼物。"沈元白神秘地一笑。

这当然是搪塞之语，他的真实目的是不让伙计报官。段若兰虽然可以问出来胡郅的下落，但他们走后，此人无缘无故被打，必因怨恨而去县署报案。纵使段若兰无所畏惧，也有能力化解此局，终究是节外生枝之事。前路尚不明朗，沈元白不想招惹不必要的麻烦。

他出来之后，段若兰迎了过来："怎么走？"

沈元白把那人的指路之语重复了一遍。

"这位姐姐，你还记得我吗？"卢瑶通过那头驴认出了段若兰，"去年你来开州城找人，我还和你说话来着。"

"不记得。"段若兰淡漠地回了一句，然后擦肩而过。

卢瑶自讨没趣，无奈地摇了摇头，对沈元白道："你来开州多久了？为何不去州城？我若不来新浦，你是不是不打算见我？"

"我刚进城。"沈元白缓步跟在段若兰身后，"我这次来开州，是要办一件与朝廷有关的大事，知道的人越少越好，而且你也看到了，我不是一个人，这位段姑娘乃大理寺评事，公务在身，当然不会主动去见你。"说到此处，他好奇地问，"你怎会出现在新浦县？州城的纸铺不开了吗？"

卢瑶与他并肩而行，缓缓道："西南纸业盟会成立以后，山南、剑南新开了好多纸坊和纸铺，我爹为此忙得不可开交，便将州城的纸铺交由我和母亲来打理。我倒无所谓，但我母亲不喜经商，不到一个月就厌烦了，又担心我一人应付不来，就把家住新浦县的姨母叫过来帮忙。不久前表姐出阁，姨母回来为女儿操办婚事之后便没了动静。我这次过来，只是想问问她还去不去我家了。我昨日才到，今天想着买些花布送给姨母，然后便回去了，没想到遇见了你。"

"此地离州城可不近，你是一个人来的？"沈元白惊讶道。

"不是。"卢瑶道，"州署的司户参军把我送来的。那个人你应该认识，我曾看到你们结伴走进我家对面的酒肆。"

沈元白心底一沉，忙问："他人呢？"

"不知道。他来新浦是有公事要办，应该还在县署吧？"卢瑶叹了口气，"你回家没多久，宋公子便举家搬离了开州。他走那天我还去送行了，可惜他没理我。沈大哥，你说我在宋公子心里……是不是连朋友都不算？"

沈元白满脑子都是那个开州司户参军。

此人受王弘述调遣，又清楚他与卢瑶的关系，如此殷勤必然是因他之故。如果最后王弘述没有拿到宋申锡的秘密，一时间又找不到他，便会将报复之火发泄到卢瑶身上。也就是说，开州司户参军以官职之便在州城监视卢瑶，时不时给予帮助，实则已将其挟持为质，以此迫使他不敢背叛王弘述。沈元白越想越心惊，越发觉得这个人的存在如鲠在喉，若不将其拔除，始终是个潜在的威胁。

卢瑶见他心不在焉，不禁皱眉道："你怎么了？为何脸色如此难看？"

"你刚才说什么？"沈元白愣愣地问。

"我说，我与宋公子之间——"

"喂！"段若兰打断了她，显然是听到了他们的对话，止步回望道："你说的是宋慎微？"

卢瑶一时不知所措，木然地点了点头。

段若兰走过来，似笑非笑："我告诉你，宋慎微是一个好人，但又不是好人，他的好与坏取决于与人的距离。你离他远些，便会发现他身上的正义；若是与之亲近，必然被其所害。所以，我劝你最好忘了他。"

卢瑶认为她说得很有道理。沈元白没来开州之前，她只与宋慎微有过几面之缘，不曾深入交谈，与陌生人无异，宋慎微优雅庄重的言行令她痴迷。随着沈元白的到来，他带着她去了司马第，后来她又自行去了几次，这才隐隐发现，宋慎微并非看起来那么光明，他的身上仿佛笼罩着一层幽暗的气息，阴寒狠厉，让人不敢靠近。

卢瑶沉默不语。沈元白却对段若兰那番话大为惊讶，疑问脱口而出："你好像很了解宋慎微？"

"我们师出同门。"段若兰一语道明与宋慎微的关系，却没有任何亲切之感，"我知道你在开州的时候与他有交情，但那只是假象，等到翻脸的时候，他才不会在意你以前与他交情如何。"她撩起袖子，小臂上的一道伤疤清晰可见，"看到了吗？这便是我那位好师兄留下的。宋申锡谋划铲除宦官王弘述，被京兆尹王璠泄密。宋慎微被贬开州后，心有不甘，竟然去行刺王璠，此番行径足以令他全家满门抄斩。我得知此事拦路相劝，他却不听，若不是陆珏及时赶到，我一定死于他手。那一战宋慎微身受重伤，之后便也没有再行狂悖之举。"

"这——"沈元白大吃一惊，"宋慎微居然会武功？"

段若兰瞪了他一眼，似是懒得回答。

沈元白也认为自己说了一句废话。不过，段若兰倒是替他解决了一些困惑。当初开州司户参军说司马第有一位高手，当时沈元白以为是赵三，可是徐昉死的那晚，赵三没来得及反应便被神秘人打倒，可见赵三并非那位高手。如今看来，司户参军说的那人应该是宋慎微。段若兰去开州找人，却没有找宋慎微相助，沈元白以为此乃二人不熟之故，没想到真正的原因竟然是太熟了。

现在要确认的是，将他从司马第救出并押送长安的人到底是不是陆珏。如果是，那么杀害徐昉的凶手极有可能在陆珏和宋慎微之间。相较于陆珏，宋慎微的嫌疑更大一些，毕竟徐昉与宋申锡的秘密有关。

一念及此，沈元白更加迫不及待，对卢瑶说："小瑶，我们尚有要事，不便带着你，你先回姨母家去吧！"

"是该回去了，要不然姨母该担心了。"卢瑶的情绪有些低落，虽然早就知道宋慎微不喜欢她，却还是放不下。如今听到段若兰的那些话，更加觉得她与宋慎微之间相隔万里，根本不可能在一起。即便如此，她毕竟是情窦初开的年纪，依然会怅然若失。

沈元白察觉到她语气中的疲累，但女儿家的伤心事他不便再细细安慰，只好黯然转身，与段若兰继续往胡郓家走去。刚走几步，身后传来卢瑶的喊声："沈大哥，我先回去了，你要是不急着离开新浦，晚一些我再找你。"

沈元白头也不回向她挥了挥手。

"多情自古空余恨，她也是个可怜人啊！"段若兰叹息道。

"你更可怜。"沈元白嘴贱道，"在我看来，你比她凄惨多了。"未等段若兰回应，他的语调逐渐转为深沉，"卢瑶是一厢情愿，她的痛在下一个人出现的时候便会消弭。你却不一样，你与陆珏曾经在一起过，无数美好的过往犹如囚笼一般将你牢牢困住，你的心中已经容不下其他人，只能不停地追逐陆珏。他逃一日，你便一日痛苦；他逃一年，你便一年如此；他逃一生……"

沈元白的话没有说完，因为他已经趴在了地上。

段若兰居高临下地睨视着他，阴沉地说："不用一年，三个月之内，你若无法帮我抓住他，痛苦的人一定是你。"

沈元白缓缓站起来，揉着小腿，疼得龇牙咧嘴："女侠，我们定个规矩，以后你再生气的时候，先用话语反击一下，我若没有收敛你再动手。我又不是陆珏，哪能受得了这个？"

"我也不是陆珏，没有他那么理智。与我相处，能不说话尽量别说，否则你会经常挨揍。"段若兰不再理他，快步向前走去。

"你们可真般配！幸亏你喜欢的是陆珏，换作别人，几天便会被你打死。"沈元白撇了撇嘴，在后边慢慢跟着。

第十一章

绮罗轩

"绮罗轩"既是丝绸商人胡郓的家，又是布庄，从延伸出去的院墙来看，与泾县"静心堂"纸坊大小相近，所以沈元白推断，这个院子应该不只是住宅和丝织货品仓库，其内必然还有织染作坊。

段若兰将那头驴拴在门口，然后过去敲门。有仆人将门开出一条缝隙，探出头来，还没等开口询问，段若兰一脚将门踹开，那人被这股力量推了出去，重重摔在地上，疼得半天站不起来。

段若兰没理会他，径直向里边走去。

沈元白望着那个倒地的仆人，叹了口气，在她身边悄声道："女侠，你这可是私闯民宅，有必要如此暴力吗？"

"不能让他通报。"段若兰淡淡道。

沈元白稍加思忖，认同地点点头："不错，若是表明来意，胡郓可能会躲起来。"

"我没想那么多。"段若兰又道，"只是为了省事。"

闻听此言，沈元白彻底无奈了。

路过两个间厅，正前方是一个堂屋，左右是通往别的跨院的月门。这种门每个间厅之后都有，所以这间堂屋应该是从正门过来的尽头。

段若兰堂而皇之地走进堂屋，坐在一把椅子上。

沈元白明白她的意思，那个仆人肯定会通报胡郅，所以只需等待便可。但他没有坐下，而是在屋内乱逛，时不时拿起一件瓷器端详。

少顷，一个穿着绸缎的中年男人进来，此人便是胡郅。他身后跟着几个伙计模样的人，一个个手持棍棒、怒气冲冲。男人的身侧站着刚才开门的那个仆人，这人更是怒不可遏，指着二人道："就是他们。"

"拿下！"

随着胡郅的一声号令，那群伙计冲过来将二人围住。

"且慢。"沈元白立刻出言制止，他倒不担心那些人会伤害到自己，反而担心段若兰把他们打伤以后不好收场。于是，他向前走了一步："世叔，你还记得我吗？"

"你是——"胡郅凝视着他，突然一惊，"沈元白？"

沈元白施以晚辈之礼，笑道："许久不见，世叔一切可好？"

"别跟我套近乎。"胡郅并不领情，冷着脸说，"你岳父答应卖我一千张宣纸，钱都付了，一年过去，一张都没给我送来。我没去找你们，你却闯到我家来了，还出手伤人，是不是以为我好欺负啊？今天如果换作别人，尚有缓和余地，既然是你，那便别想离开。"之后，他对身旁的人道："都愣着了，给我打！"

那些人刚要动手，段若兰一跃而起，凌空一脚直接把胡郅踹飞了。这不算完，她追过去，一把将胡郅拉起来，掐住他的脖子，将其按在墙上，然后冷眼望着那些伙计："都别动，否则我掐死他。"

伙计们一时不知所措，面面相觑，谁也不敢妄动。

看到这个场景，沈元白更加坚信，这个女人与陆珏乃天造地设的一对。

这时，胡郅艰难地说："女侠，沈元白是逃犯……"

沈元白并不惊讶，毕竟他的抓捕告示已经贴在了新浦县的城门处。他走到胡郅面前，依然笑着："世叔，我给你介绍一下，这位段姑娘乃大理寺评事，出使推按，参决疑狱。我的案子疑点颇多，她已经接手了，我们来开州便是为了查明此事，所以我既是逃犯，又不是逃犯，你明白吗？"

胡郅挨了一脚，摔了一跤，现在又被掐住脖子，痛苦不堪，不论沈元白说什么，他都只能妥协，于是用力地点了点头。

段若兰松开了手，胡郅大口喘着粗气，挥手让那些伙计退出去。

"既然大理寺的人陪着你，方才之事便是误会，权当没发生过好了。"胡郅坐在椅子上，脸色苍白，胸口剧烈起伏，"你来我家作甚？"

经过刚才的一番折腾，沈元白已经反客为主，那便无须绕圈子了，开门见山道："利州葭荫关以南有一座馆驿，元稹出使东川的时候在那里住过。去年，我的一个好友路过那里，在馆驿中留下了一个题诗板，其上写着白居易的《望驿台》。我们这次过来，便是找你索要此物。"

"《望驿台》？"胡郅稍加思索，恍然大悟似的眼中一亮，但马上恢复平静，装出一副困惑的样子，"我怎么不记得有这个东西？谁告诉你的？你是不是被人骗了？"

沈元白一直盯着他，将他表情中的细微变化尽收眼底，听到他如此搪塞，脸色骤然一变，阴鸷如地狱恶鬼，阴冷如深渊寒潭，用不带任何温度的语气说："你跟我装糊涂是吗？实话告诉你，我必须拿到这个东西。你若不给，我就把你大卸八块，然后一把火烧了你这宅院，让你全家共赴黄泉。"

他当然是在恐吓，但由于对题诗板的需求过于迫切，所以听起来极像真的。

"我想起来了。"胡郅果然被吓到了，僵硬地笑着，"你说的是那个书法有颜真卿韵味的题诗板吧？我没看上边的诗，一时蒙住了。"

"不错，就是那个。"沈元白道，"我不想为难你，拿到后我马上离开。"

"那东西是我花钱买的，怎么可以白送你？"胡郅收起笑容，郑重地说，"世侄，你是造纸奇才，不是强盗；'静心堂'是造纸作坊，并非匪寨。既然我们都是商人，在商言商，做个交易如何？"

"我身上没带钱。"沈元白没好气地说。

"我不要钱。"胡郅道，"我现在遇到一件难事，你若帮我解决此事，不仅可以拿走题诗板，我还可以再送你一缗钱。"

沈元白表情淡漠："说来听听。"

胡郅皱着眉头，几次欲言又止。

"不好说，还是不能说？"沈元白有些不耐烦了。

"都不是。"胡郅摇了摇头，"这件事有些难以理解，我不知道该如何说，素闻你深谙百工技艺，可听说过折扇？"

"折……扇？"沈元白果然没明白，"可以折起来的扇子？"

"差不多吧！"胡郅实在不知道如何解释，对外面喊道，"来人！"

一个仆人跑进来。

胡郅吩咐道："去我书房把田寰做的那把扇子拿来。"

仆人应了一声，转身离去。

"先说田寰吧！"胡郅又道，"此人今年十六岁，以前干什么的我也不清楚，听说是从州城而来。他找到我的时候，我正为贡品犯愁。开州一共三个县，新浦、开江和万岁，每年进献给朝廷的贡品由三县轮着提供。今年轮到新浦县了，我作为新浦大户，又是丝绸商人，自然跑不了。我对这件事并不排斥，毕竟朝廷贡品对商人来说是莫大的荣誉，便准备了一些上等丝绸。可是刚要往州署送的时候，县令派人来传信，说是刺史大人有令，今年的贡品要与众不同，尤其不能送丝绸。这可愁坏我了，整宿睡不着觉。就在这时，田寰登门拜访，拿出一把我从未见过的扇子。"

这时，仆人回来了，把扇子交给胡郅，然后又出去了。

那是一个沈元白从来没见过的物件，他甚至难以理解这东西为何叫扇子。不过，当胡郅将扇子展开，他看明白了。此物以数根竹条为骨架，两面贴着纸，末端有轴，既可收拢，亦可展开，相较于常见的丝绸团扇而言，确实新奇一些。同时，他也看出了问题所在，这东西除了制作起来比较麻烦以外，似乎没有什么实际作用。

胡郅把折扇递给了沈元白。

沈元白扇了扇，风也没有特别大，不禁笑道："此物样式新奇，作为贡品非常合适，但其耗工废料，必然价格昂贵，我估计不太好卖。"

"卖不卖倒是次要的。"胡郅叹了口气，"这种扇子可以作为贡品，便解决了我的苦恼，但是一把显然不够，至少要有两百把才行。"

"那让田寰大量制作，反正你又不差钱。"沈元白把扇子还给了胡郅。

"这便是我刚才说的难事。"胡郅无奈地说，"田寰提了一个要求，除非用宣纸做扇面，否则一把不做。我也想过找别人仿制，田寰却说我拿的这把不是完成品，他还能做出更好的。这几天我已经绝望，不再奢求更好的了，决定用这个仿制一批了事。就在刚才，我突然想到，你或许会有办法。"

"我能有什么办法？"沈元白皱眉道，"宣州距此千里，我能回去给你取宣纸？你家又不是纸坊，也没有青檀树皮作为原料，我总不能凭空变出宣纸来吧？"

"那我不管。"胡郅冷着脸说，"反正你想办法解决。"

"你是不是不想活了？"沈元白气急败坏道，"我绕那弯子干什么？直接解决掉你不是更省事吗？"

"不行。"未等胡郅回应，沉默良久的段若兰抢先开口，"既然人家提了要求，你应该照办，这是公平的交易。大理寺是讲理的地方，我也是讲理之人，不会让你胡作非为。"

"你还讲理？"沈元白仿佛听到了天下最可笑的话，冷笑道，"这一路过来，你跟谁讲过理？到了不需要讲理的时候，你反而开始讲理了，你真的不是陆珏派来折磨我的吗？"

"你说什么？"段若兰猛地站了起来。

"什么都没说。"为了免去不必要的挨揍，沈元白火速转移话题，对胡郅道，"既如此，我试试看吧！你给我们找个住处，送些吃食过来，等我吃饱喝足以后，你带我去会会那个田寞。"

胡郅不太明白这二人到底是什么关系，也不好多问，见沈元白如此说，便从椅子上站起来，引路似的走到门口，回身道："二位随我来。"

正如沈元白所料，"绮罗轩"布庄之内非常大，前半部分是住宅和染房，后边更深的区域则是织布作坊，但胡郅没有带他们过去，而是让他们住在染房东侧的一个跨院内。

这个院子很小，中心是一个石槽，其内栽了一些花花草草。靠近院墙的位置是一栋三间的房屋，正门进入乃厅堂，左右分别是卧房，狭小的屋内活动空间有限，似乎专为留宿的客人修建。

不多时，胡郅命人送来了酒菜。

仆人离开后，沈元白倒了碗酒，一饮而尽，幽幽地抱怨道："别怪我多嘴，你就不该答应胡郅的要求，我们已经占了上风，就应该强势到底，以强硬手段迫使他交出东西，我不信他敢不给。"

"此般行径与强盗何异？"段若兰冷着脸说，"我不知道那个题诗板对你有什么重大意义，也不知道是否值钱。但换个角度，不论你索要什么，在他给你之前，那东西都不属于你，你以性命威胁，这不就是明抢吗？此事一旦传出去，你知道后果有多严重吗？"

"有道理。"沈元白叹了口气，又倒了碗酒，阴阳怪气地说，"正所谓事不关己高高挂起，你心中只有陆珏，哪会在乎我的困境。"

"给我倒一碗。"段若兰命令似的说。

"你又不是没长手，自己倒呗！"沈元白没好气地说。

"好，你也有手，如果胡郅言而无信，你自己去跟他们打。"段若兰说完，伸手去拿酒壶。

沈元白意识到情况不妙，急忙夺过酒壶，为她的酒碗满上，同时赔笑道："我是个没见过世面的人，有时候说话不经大脑，你大人大量，别跟我一般见识。"

"什么不经思考，你就是故意找碴。"段若兰瞪了他一眼，然后将碗中酒喝光，脸上的阴冷逐渐退去，多了一丝平和与温柔，"沈元白，你我虽是互相利用，但这一路走来还算默契，我并不讨厌你，或许是因为陆珏肯与你为伴，也可能因为你本非大奸大恶之人。不管怎么说，我们已经结伴同行，你能否对我坦然相告？"

听到这番话，沈元白的心中温暖了不少，但依然疑惑："你想让我坦然什么？"

"你与陆珏到底是什么关系？"段若兰郑重地问。

"此事比较复杂。"沈元白苦涩一笑，叹息道，"最开始的时候，我与他也是互相利用。他是太子的人，而我身上背负着一个重大秘密，这个秘密极有可能与宋申锡有关，太子很想知道是什么，所以派他过来救我出长安。后来我们结伴同行，一路上互相照应，对彼此有了些了解，不知不觉中已经成了朋友。"说到这里，他突然气冲冲道，"我万万没想到，你出现以后，他竟然毫不犹豫地丢下了我。你可是大理寺的人，他这不是明摆着让我死吗？"

"你误会他了。"段若兰出乎意料地笑了起来，与往常那种阴沉的冷笑不一样，她此刻的笑容是发自内心的，连模样都美丽了许多，"陆珏很了解你，更了解我，他知道以你的口才肯定能说服我帮助你，同时也知道我一定会帮你，这才放心地把你交给我。如果换作别人，哪怕来的是神策军，他都不会弃你而去。当年沧景之乱，朝廷举大军平叛，百姓为避战乱，由沧州往郓州迁移，陆珏为护他们周全，只身断后，硬是拦住了一支千人叛军。"

"你亲眼看到了？"沈元白半信半疑。

"不错，我和母亲便在百姓当中。"段若兰依然沉浸回忆之中，脸上尽是崇拜之意，"正因为看到了他的英雄壮举，我才立志学武，以后也要行侠仗义。不久，我母亲病危，临终之际告诉我，我父亲原来是朝廷官员，让我去楚州投奔他。但在我的记忆中，父亲在我刚懂事的时候便抛弃了母亲，所以我对他只有恨，并不打算去找他。然而，母亲去世的时候我刚满十四岁，适逢战乱，我又正值妙龄，很快便被好色之徒盯上了。幸亏陆珏出手相救，而我也感到了危险，不去投靠父亲恐怕活不了多久，便求他送我去楚州。"

"你先等会儿。"沈元白思索道，"沧景之乱的平叛之战发生在太和二年，当时你十四岁，现在是太和九年，当时陆珏多大？"

"他比我大三岁。"段若兰道，"那年十七岁。"

陆珏曾经说过，十五岁之前他是吃百家饭长大的，十五岁以后被他的义父收养，传他一身武艺。如果十五岁是个分界点，在这一年他被收养，那十七岁的时候才学了两年武艺，便能以一人之力独当千名叛军？沈元白并不怀疑陆珏的天资，现在更好奇的是，陆珏所说的义父到底是何许人也？

"他十七岁，你十四岁，你们当时便可以成亲了，为何没有与他远走高飞？"沈元白又问。

"我与他只是萍水相逢，如何谈婚论嫁？"段若兰脸色微红，"再说，即便我以身相许，他也未必接受。因为这件事传出去不好听，会让人误以为他救我的动机不纯。以你对他的了解，你认为他会干这种事吗？"

"不会。"沈元白脱口而出，又道，"后来呢？"

"后来我见了亲爹，就是现在的大理寺卿郭行余，当时是楚州刺史。"段若兰愤愤道，"你说他多么无耻，这么多年像死了一样，从来没有给予我们任何照顾。见面之后连我母亲葬在何处都不问，而是说什么子随母姓于理不合，非要让我改姓郭。我气坏了，一怒之下便离家出走。半个月后，我在华山遇到了师父，于是拜在他门下习武。当时宋慎微也在，他比我早入门两年，所以比我厉害许多。"

她的故事应该还有后续，因为她现在说的这些只是与陆珏的初见，与真正的爱情还有一段距离。沈元白猜想，她学艺以后必然与陆珏共度过一段美好时光，否则不足以支撑这份天下追逐的执念，但不想再问了，毕竟眼下还有一个难题要解决，不能无休止地闲聊，于是终结这个话题道："你为何与我说这些？"

"没什么不能说的。"段若兰道，"即便我不说，以后陆珏也会告诉你。我只是想让你知道，陆珏对我来说非常重要。我不在乎你骂他，但你不能误会他。对他是太子爪牙这件事，我也非常伤心，所以才要找他问清楚，我相信他是身不由己，如果有朝一日因为身份之故与你分道扬镳，我希望你能体谅他。"

"放心吧！"沈元白笑了笑，"我不是朝廷的人，权力争斗与我无关，我只想洗清冤屈回宣州平静地过日子，与他翻脸的概率不大。倒是你，他如今是朝廷钦犯，你该如何自处？"

"只要他不再为太子效力，我这大理寺评事也可以不干。"段若兰决然道，"我对朝廷斗争无比厌恶，他若肯抽身出来，我愿意放弃一切，陪他浪迹天涯。"

"冲你这份心意，我一定帮你抓住他。"沈元白颇为动容，"等我们拿到题诗板，陆珏必然会现身。"他端起酒碗，"来吧，赶紧吃喝，稍后我们还要去摆平田寰。胡郅刚挨了顿打，心中必有怨气，为防他使诈偷袭，还须劳烦你护我周全。"

"没问题。"段若兰与他碰了下碗，"我会助你查清此案。"

半个时辰过后，沈元白见到了田寰。

田寰住在染房西侧的跨院，与沈元白暂住的那个小院相距不算太远，房子却比沈元白那栋大很多。沈元白通过房子朴素的外观推断，其内必然有手工作坊，因此才会这么大。沈元白进入之后，这个猜想得到了证实，而且比他想象的还要夸张一些。里边没有隔间，一眼可以看到全部，与宋慎微的琴房相似，除了桌案和工具，便是竹料和少量纸张、丝绸，满地的尘埃和木屑。墙角的位置摆着一张简易的木床，应是田寰休息的地方。

　　胡郅与田寞谈过很多次，处于僵持的阶段，所以这次没有进去，将沈元白带过来便离开了。沈元白对此求之不得，因为胡郅在场，有些话确实不太好说，便也没有硬拉着他。

　　田寞看起来年纪不大，比沈元白还要小个三四岁的样子。他正在摆弄竹条，见有人进来，猛然一惊，猛地从椅子上起来，仔细看了看眼前这一男一女，发现从来没见过，惶恐地问："你们是谁？"

　　段若兰在屋内扫视了一圈，又脏又乱，甚至连个坐的地方都没有，嫌弃地皱起眉头，对沈元白道："我出去守着，有事叫我。"

　　沈元白点了点头，段若兰转身出门，全程没看田寞一眼。

　　"别紧张。"沈元白走近，拿起一根竹条端详片刻，笑道，"看到这根竹条，我便知道，你的折扇是从制伞中参悟而来。"

　　"你一眼就看出来了？"田寞愕然。

　　"这有什么难的！"沈元白依然笑着，"纸伞可以折叠开合，扇子为何不可？只不过，制伞的人从来不做扇子，所以压根不会往这边想。"

　　"也不是参悟而来，我只是学人家制伞没有成功……"田寞有些局促不安，不停地搓着手，不敢与沈元白对视，却又忍不住偷瞄他，几次张嘴都没有说出话来，最终仿佛下了巨大决心，才开口问道："我叫田寞，你……兄台怎么称呼？是胡郅让你来的吗？"

　　沈元白冷眼望着他，发现这人不太正常。他的这番话合情合理，任谁也会如此问，而且这是他的住处，外人贸然闯入，怎么说都算无礼，他又为何如此紧张呢，好似生怕得罪对方一样？从对胡郅的不妥协可以看出，此人并非惧怕权势，那便只有一种可能了，他以前一定活得极其卑微，这种卑微让他与人交谈的时候始终惶恐不安。由此可以看出胡郅的痛苦，田寞表面如此卑微，内心却毫不妥协，在这种人面前，任何强势手段都没用。

　　"我的确受胡郅所托，但他驱使不了我，我来见你，主要是因为好奇，你为何如此执着于宣纸？"沈元白的语气逐渐凝重，"你用宣纸制作折扇，对宣纸而言是巨大的浪费。任何纸张都是为了承载文墨，不该用来做扇子。胡郅是丝绸商人，你为何不用丝绸？相较于纸张而言，丝绸更昂贵，你的扇子也更值钱。"

"你这话不对。"田寞眉眼低垂，"扇子一样可以写字作画，团扇虽是丝绸扇面，但依然不是空白。如果我用纸做扇子是浪费，那么丝绸难道不是更浪费吗？用来做衣裳不好吗？你一看就是富家公子，哪知道穷困之人没衣服穿的苦楚。"

沈元白更加确信，这人以前活得一定不怎么好。

"你的话不无道理。"沈元白又道，"可是为何非要用宣纸？你知道宣纸多么贵重吗？"

"我知道。"田寞反驳道，"贵重的原因是供不应求，物以稀为贵，所以宣纸价格不菲。但这与我无关，胡郅如果心有不满，你让他去宣州找那个沈元白说理去。反正没有宣纸，我一把扇子不做。"

沈元白怔住了。

他从来没想过，"天下谁人不识君"这句诗会在自己的身上应验。

沈元白无奈地笑了笑："你如此执着于宣纸，莫非与沈元白有关？"

"不全是。"田寞重新坐下，拿起那根竹条轻轻擦着，头也不抬地说，"有个恩人经常跟我提起他，说他是个很了不起的人，我就记住了沈元白和宣纸。后来我想用宣纸做一把伞送给恩人，可惜开州城内仅有的宣纸在恩人家里，我——"他叹了口气，"我就不太理解，既然沈元白那么了不起，为什么宣纸却这么少呢？"

他的这些话信息量太大了，沈元白猛然想起一个人，今天他还与那人见过面。

"宣纸太少这个问题，三言两语说不清楚。"沈元白严肃地说，"但我听得出来，你的执念与宣纸无关，而是在那个人的身上。你用宣纸制作折扇，是否要向那人证明，你也是很了不起的人？"

田寞骤然抬头，与他对视一眼，马上又低下去："你知道又怎样？"

"那便好办了。"沈元白看到了希望，急忙说，"你把与那个恩人的过往告诉我，我来从中斡旋，让你不需要宣纸也能证明自己。而且，你与胡郅僵持下去没有意义，他弄不来宣纸，绝望之后必然将你舍弃。当你没有了价值，便无法在此久留，没准还会被他所害。不如换个思路，我帮你解决困扰，你帮胡郅做折扇，如何？"

"你能帮我？"田寞正式看向他，怀疑道，"我们从未见过，你为什么自信可以帮到我？"

"因为——"沈元白沉声道，"我便是沈元白。"

田寞彻底愣住了。

良久，他才问道："那你……知道我说的那人是谁吗？"

"卢瑶。"沈元白道。

"你果然了不起！"田寞苦笑道，"如果是你，或许真能解开我们之间的误会。好吧，我就把与她的过往告诉你好了，无论结果如何，至少有个与她相识的人知道我的苦衷。"他的目光逐渐空洞，似在回忆曾经那些既美好又苦涩的往事，"这件事，还需从多年前说起……"

天色渐暗，浓云密布。

一阵风吹过，段若兰突然心神不宁，警觉地四处张望，并没有发现任何异常。但她还是觉得不太对，方才的心悸出自本能反应，乃常年在外奔波培养出来的敏锐直觉，不可能有错，一定有看不见的危险潜伏在周围。

就在这时，沈元白从房内出来，长舒口气："总算说服他了！"

"既如此，我们去找胡郅拿东西，然后迅速离开此地。"段若兰凝重地说。

"你为何突然如此着急？"沈元白好奇地问。

"我感受到了危险，不宜久留。"段若兰道。

沈元白点了点头，二人向院子外边走去。

没走多远，便与胡郅迎面相遇。

"怎么样了？"胡郅忙问。

"事情已经解决，田寰不再执着于宣纸，你买些常见的麻纸给他便可。只是两百把折扇他一个人做不完，你需为他找些帮手。"

胡郅大为惊讶："你如何劝说的？"

"你不需要知道。"沈元白沉声道，"既然事已办妥，你是不是应该把题诗板给我了？"

"那是当然。"胡郅笑道，"不过我向来喜欢颜真卿的书法，收藏了大量与之类似的作品，那个题诗板也在其中，一时不太好找。你不妨先回去休息，我让仆人今夜务必将其找到，明日一早送到你房中。"

"你不会想抵赖吧？"沈元白双目微眯，冷笑道，"那东西对你来说毫无用处，你若赖着不给，我会非常愤怒，到时候会做出什么事可就不好说了。"

"这是什么话？"胡郅沉下脸，"我是商人，最讲信誉，岂会耍赖？明天你若看不到题诗板，不用你动手，我当着你的面自戕谢罪。"

"好，那我便再等一晚。"沈元白与他擦身而过。

走出一段距离后，段若兰冷声道："胡郅如此拖延，今夜必然不会太平。"

"我知道。"沈元白淡然一笑，"所以我们不能在此留宿，先回去休息片刻，待到夜深人静之时，我们便抽身离开。明天再来找他，看他还有何话说。"

二人达成一致，各自回了房。

屋内晦暗，沈元白摸索着过去点亮灯火。

灯火之光驱散了黑暗，沈元白一转身，险些被吓死，好在及时收住声音，否则引起段若兰的注意，眼前这人便留不住了。

桌案上，放着一块木板，其上用行书写着白居易的《望驿台》。在这块题诗板的旁边，摆着一柄黑鞘横刀。椅子上的那个人面带笑意，似在欣赏沈元白的骇然。

"你吓死我了。"沈元白声音很低，带着强烈的不满，"你倒是打声招呼，我便不点灯了。"

"不点灯更会引来段若兰。"陆珏微笑道，"她若看到你这屋一直没有光亮，必然会以为你遭遇不测，以她的脾性，不冲进来就怪了。"

"你何时来的？"沈元白坐在他对面，挡住窗棂上的影子。

"好几天了。"陆珏道，"我来了之后，便在这'绮罗轩'四处搜寻，很快便找到了这块题诗板。可是不论如何端详，都看不出来其中有何玄机。"

"所以胡郅所言非虚？"沈元白恍然道，"他是真的没找到，不是故意诓骗我？"

"也许吧！"陆珏不置可否，似乎对胡郅兴趣不大。

沈元白拿起那块木板，反复看着。这块板子不大，一尺见方，有两根手指的厚度，打磨得还算光滑。正面写着那首《望驿台》，书法风格确实很像颜真卿，并没有特别奇怪的笔画。背面是空的，整体来看，完全没有任何异常。

陆珏也不说话，静静地等着他的结论。

"野梨木，产自易州，由于木质过硬，常用来雕刻印版。"沈元白神情专注，"因此，我猜这应该是一块雕版。"

"雕版？"陆珏微微蹙眉，似乎不太理解。

"不错，印刷用的雕版。"沈元白沉吟道，"徐昉临终之际道出了我的姓名，似乎与我是旧识，但我想不起来他是谁。如果这是一块雕版，此事便可以说得通，他一定在我爹身边做过雕版工匠。当年我年纪尚小，且不喜欢雕版技艺，即便见过，也不会记得他。"

陆珏又道："那该如何做？"

"无可奉告。"沈元白冷笑道，"你现在神龙见首不见尾，我若告诉你，你必然带着这块板子离去，我的死活对你来说便不再重要。"

陆珏也笑了起来："你这话没有威慑力，我随便找个书坊一问便知。"

"你真要走？"沈元白放下木板，紧紧盯着他，"我倒是还好，有段若兰在，暂时还算安全，可你真的打算永远躲着她吗？"

陆珏微怔："你都知道了？"

"你这是废话。"沈元白哼了一声，"你把我丢给了她，我若不套近乎，早就被她押回长安了。她以为你告诉过我，所以也没瞒着。"

"我没办法。"陆珏淡淡道，"儿女情长与天下大事在我身上无法共存，我必须选择一方。"

"怎么就不能共存？"沈元白愤愤不平，"她在乎的只是你，并不在乎你做了什么事。你为太子效力，这也不是见不得人的事，为何不能带她一起？"

"如果你做的事情可能会死，你会带着在乎的人吗？"陆珏沉声反问。

"我——"沈元白被噎住了。

朝廷斗争如此残酷，谁也无法保证一定成功，失败意味着死亡，陆珏的顾虑不无道理。

"即便如此，你也应该把话说清楚。"沈元白依然为段若兰抱不平，"你一味逃避，她一味追逐，什么时候是尽头？"

"只要她在追捕我，便是与我对立。"陆珏道，"倘若我效力之人成功登上大位，自然能够化解此般矛盾；如果我失败，她是对立的，亦可不受我牵连。"

沈元白再次无言以对。

这时，陆珏拿起那块雕版，一边端详，一边沉声道："我们的事你别管了，还是说说正事吧！你说实话，这个雕版能否拓印出徐昉的秘密？"

"不能。"沈元白疲惫地捏着眉心，"我刚才检查过笔画，没有雕刻的痕迹，所以这是一块平板。如果想知道这块雕版到底有什么玄机，以我的能力显然不够，必须去浙东台州临海县的沈家雕版书坊一问究竟。只是我已经许多年没与族人联系过，交流起来应该不太容易。"

"没关系，还有我呢！"陆珏将那块木板包起来，系在背上，"既如此，我们台州再见。段若兰吃软不吃硬，你与她相处，切记不可惹她生气，否则她会对你动手。"

"此番叮嘱你是不是应该早说？"沈元白委屈道，"从利州过来的这一路，我可没少挨打。"

"现在也不晚。"陆珏站了起来。

"你要走吗？"沈元白扬起嘴角，不怀好意地笑着，"不管你怎么说，反正我答应段若兰让你们谈谈，去台州还要指望她保护我。我不能言而无信，只有对不起你了。"

陆珏愕然："你要干什么？"

沈元白根本不理他，冲外面大声喊道："段姑娘，陆珏在我房里——"

"砰"的一声，一道人影从对面的房子里破门而出。

陆珏大惊，急忙从窗户跳了出去。

段若兰的速度没有那么快，刚过石槽，正好撞上起身的陆珏。

狭路相逢，二人同时一愣。

这次段若兰学聪明了，不与他对话，直接开打。

陆珏连续闪躲，段若兰连他衣服都碰不到，动作越发迅猛，气急败坏道："你要永远躲着我吗？"

"你就不该追来。"陆珏一个侧翻,跳到了她的身后。

段若兰回身一脚踹过去:"你不该卷入权力的斗争,更不该为此抛弃我。"

"一人之行侠仗义,对糜烂的世道而言不过是隔靴搔痒而已。"陆珏向后退步,然后转到另一侧,"若想拯救天下苍生,唯有扶持明君。"

"太子软弱无能,算什么明君?"段若兰穷追猛打。

"有朝一日你会明白的。"陆珏无心恋战,也不忍伤了她,虚招一晃便腾空而起,踩着院墙向远处掠去,以极快的速度消失在夜色中。

"别走!"段若兰尾随而去。

沈元白斜倚着门框,饶有兴趣地看热闹。二人走了以后,他却没有动,因为知道段若兰追不上陆珏,很快便会回来。如今题诗板已经到手,没必要与胡郅纠缠了,但对田寞的承诺尚未完成,暂时还不能离开新浦县。

事实上,此时田寞已经不再重要,沈元白大可一走了之。可是他无法那样做,此事关乎着言而有信的做人原则,亦与卢瑶有关,最重要的是——田寞与他曾是同乡。沈元白九岁那年,因父亲亡故而被迫离开台州,不能说是一件幸事,但他后来的人生也没有因此承受苦难,不仅衣食无忧,还成就了他造纸奇才之名。相对而言,田寞的身世要悲惨许多。

田寞今年十五岁,比沈元白小四岁,比卢瑶大两岁,本是台州的州治临海县人,家中田地不多,但在父母的勤劳耕种下,温饱尚可保证。如果没有那场浩劫,长大以后的田寞也许会读书登第,抑或与父母一样从事农务,娶个贤惠的女人为妻,生儿育女,像无数平凡之人那样安度余生。可惜,老天不想让他安宁。在他两岁那年,台州来了一个为皇帝炼制丹药的刺史,以天台山有仙草为由,驱使当地百姓进山采药。这件事持续了很久,直到刺史调回长安才算平息。在采药的过程中,无数人死于非命,田寞的父母非常不幸地双双罹难。

之后,田寞被远房亲戚带来了开州。因为亲戚家里原本有个与他年龄相仿的儿子,所以对田寞不太关心,呼来喝去,犹如奴仆一般。即便如此,田寞依然能吃饱饭,便也坦然接受了这种人生。然而,命运似乎认为他不够凄惨,又一次将魔爪伸向了他。四年前,开州出现大旱,皇帝正与宋申锡密谋铲除宦官王弘述,没有及时协商赈灾事宜，导致开州的粮价飞涨。等赈灾的粮食送到，田寞已经被亲戚扫地出门。无依无靠的他，只能沿街乞讨。可是他又不善言辞，根本讨不来饭，最后在纸铺门前昏了过去。卢瑶看他可怜，便求老卢把他救了，之后还经常从家里偷吃的送给他。

一年之后的某一天，卢瑶出去给人送纸，回来的时候赶上大雨，由于没有带伞，全身都被淋透了，因此生了场大病。田寞受其恩惠，始终无以为报，便想送给卢瑶一把纸伞。可是他没有钱，根本买不起。无奈之下，他决定去伞铺偷师，亲手做一把。经过数月的偷学，他也算掌握了一些技艺，却还是没办法动手制作，因为他只有竹子，没有纸。伞铺可以送他一些桐油和棉线，但就是不给纸。即便给，也无法满足他的需求，因为他想用宣纸制作，毕竟卢瑶与他闲聊的时候经常提到宣纸和沈元白。

后来老卢从宣州回来，带了三百张宣纸。田寞没有找卢瑶讨要，他认为不可能要来，于是走了邪道，趁卢瑶不在的时候溜进去偷纸。他不认得宣纸，找了半天也不知道哪个是，后来他随便抱了一捆纸仓促离去，却正好与回来的卢瑶迎面相遇。卢瑶的愤怒和心寒可想而知，根本就不给他解释的机会。更不巧的是，宋慎微由此路过，看到卢瑶怒气冲冲又眼泪汪汪，好奇地向她询问缘由。当天夜里，一伙彪形大汉找到了田寞，将其扛到城外一顿殴打，并放下狠话，若他再进州城必然不会轻饶。从此，他再不曾见过卢瑶，纸伞也没做成，倒是从纸伞的开合折叠中悟出了折扇。他用宣纸做扇面，也是为了让卢瑶对他刮目相看，以此寻找开释误会的契机。沈元白听闻此事，颇为动容，承诺让他与卢瑶相见。

等了大约一炷香的工夫，段若兰终于回来了。

她看到沈元白正在门口站着，快步走过来，拉着他进了房内，然后探头向外边看了看，将房门关上并闩住。

沈元白心跳骤然加快，紧张地问："你这是……没追上陆珏要拿我出气？"

"你喊我过来，已是信守承诺，我又怎会迁怒于你？"段若兰一脸凝重，"我刚才回来的时候，路过后院，听到胡郓正在与人密谋，打算在今夜把你解决掉。"

"竟有此事？"沈元白大吃一惊，忙问，"他说没说如何杀我？"

"稍后他会请你赴宴，在酒中下毒。"段若兰沉声道，"我没有打草惊蛇，因为与他在一起的那人看起来不是善类，真动手我未必占上风。"

"什么样的人？"沈元白追问。

"瘦脸尖颌，秃眉羊须，目光极其锐利，年纪在四十岁上下，腰挂横刀，一身戾气，不是穷凶极恶的逃犯，便是长安某位贵人身边的杀手。"段若兰幽幽地说，"我更倾向于后者，因为胡郅对他非常恭敬。"

"那还等什么？赶紧跑吧！"沈元白急忙去开门。

"不要题诗板了？"段若兰问。

"不用了，陆珏已经拿到了。"沈元白察觉到此言不对，愣了一下，赔笑道，"那个……我是与他谈了一会儿才叫你过来的，毕竟事关题诗板，陆珏他……"

"也好，至少知道他去了何处。"段若兰并未深究，淡然地向外面走去。

沈元白跟了出来，笑道："没想到，你居然这么通情达理。"

"你在帮我，我又何必为难你？"段若兰望了望四周，深吸口气，"有什么话离开此处再说。"

沈元白不再多言，二人从跨院出来，快步往正门走去，可是刚过一个间厅，迎面走过来两个人，其中一人是胡郅，沈元白直接被钉在了原地。他之所以不敢硬闯，在于胡郅身边的人，此人不是段若兰所说的那个神秘人，而是卢瑶。

"世侄，你这是要去哪儿？"胡郅好奇地问。

"我……"沈元白不知道该怎么说，其实不是不能说，而是怕胡郅翻脸挟持卢瑶，只能硬着头皮搪塞道，"长夜漫漫，无心睡眠，我们出来透透气。"然后他把目光投向卢瑶，语气微带不悦，"小瑶，你怎么来了？"

"我明天便回去了，想着你可能没空去找我，就过来看看你，算是告别。"卢瑶看到他不太高兴，心中突然生出一股刺痛之感，低着头说，"是不是打扰你们了？"

"是！"沈元白厉声道，"我又不是宋慎微，有什么可见的？"

卢瑶一怔，难以置信地望着他。很快，她的目光渐渐暗淡，一行清泪夺眶而出，凄凉地说："那我走了。"

沈元白于心不忍，但此刻危机四伏，必须让她离开，所以无视了她的伤心，甚至背对着她，什么话都不说，静静等她离去。

卢瑶绝望了，转身便走。

然而，就在她要走的瞬间，胡郅拦住了她，用长辈的语气叱责沈元白："元白，你太不像话了，人家大晚上来找你，只为告别，你这是什么态度？"

"世叔，我与她不熟。"沈元白侧身，淡淡道，"况且我身边已有佳人为伴，这个爱哭的姑娘早已心有所属，与我不过是萍水相逢，告别与否亦没有意义。"他这番话是咬牙切齿说出来的，别人听着好似冷酷无情，但他自己清楚，卢瑶是个调皮可爱的姑娘，从不流泪，哪怕宋慎微不理她，她也只是失落，不曾像今夜这般伤心，所以他在说这些话的时候自己也极其痛苦。

"既如此，我派人送她回去吧！"胡郅叹了口气，转问卢瑶，"姑娘，以前没见过你，不是新浦人吧？你在这里有亲戚？住在哪里？"

沈元白心底一沉，未等卢瑶开口，抢先回道："世叔，我认为你的话很有道理，她贪夜前来，这样把她赶走确实有些不近人情，那便让我与她聊聊吧！"之后，他一把将卢瑶拉到身边。

卢瑶伤心欲绝，奋力挣脱他的拉扯。

这时，段若兰将手搭在她的肩头，暗中用力，将她按住了。

卢瑶疑惑地望着段若兰，看到她微微摇头，察觉到情况不对，停止了挣扎，低着头不说话，时不时地抽泣一声。

"也好。"胡郅笑了起来，"我过来找你，不只因为这个姑娘登门拜访。我与你岳父也算故交了，你来我家，我还没有尽地主之谊招待一番，今晚夜色不错，我在染房那边备下了一桌宴席，你看——"他扫了一眼卢瑶，笑意更浓了，"你现在应该不能与我过去，那这样，半个时辰之后，我让仆人去叫你。"

"多谢世叔，那我们稍后再叙。"沈元白笑了笑，带着卢瑶往回走。

三人回到沈元白的房内。

卢瑶坐在床上，低头不语。

段若兰斜倚在门边，摇头轻叹。

沈元白则焦躁地来回踱步，最终在卢瑶身前停住，叹息道："小瑶，我刚才的话没有一句是真的，你不要往心里去。"

"沈大哥，你是不是遇到麻烦了？"卢瑶呢喃道，"你和这位姐姐正往大门那边走，我若不来，你们是不是打算逃离此地？"

"不是。"沈元白怕她内疚，没敢说实话，"你来的时候看到门口那头驴了吧？那是段姑娘心爱的坐骑，她放心不下，让我与她出去看看，仅此而已。"

段若兰明白他的用意，无奈地笑了笑。

"才不是。"卢瑶抬起头，盯着他说，"你刚才的话如果不是真的，那便是想让我快点离开，若非遇到麻烦，你为何宁可恶语相向也要赶我走？"

"事已至此，不必再说了。"沈元白深吸口气，疲惫地说，"如今胡郓已经警觉，我们想偷着跑是不可能了，不如看看他到底为谁效命。既然暂时走不了，我带你去见一个人吧！"

卢瑶疑惑道："见谁啊？"

"此人与你是旧识，见到之后你便知道他是谁了。"沈元白往外走，在段若兰的身边止步，苦涩地说，"今晚无法平静了，你如果实在打不过，便不用管我了。陆珏去了浙东台州的临海县，你去沈家书坊寻找，应该会见到他。"

"你这是在交代遗言吗？"段若兰冷笑道，"我可没闲心替你照顾家人，更不会替你报仇，所以你最好别死。"

沈元白淡然一笑："我尽量。"

从房中出来，卢瑶在他身边说："沈大哥，我能跟你学造纸吗？"

"为什么要学造纸？"沈元白笑着问。

"我听说秋月姐对造纸这行毫无兴趣，以后吴叔叔若不在了，连个帮你的人都没有。"卢瑶真诚地说，"我虽然天赋不高，好在是纸商的女儿，我若学会了造纸，以后可以替你打理一下泾县的纸坊。这样不论是你，还是秋月姐，都不用为纸坊的琐事烦心了。"

听到这番话，沈元白的心情无比复杂。

他是独子，秋月亦是独女，不知是因为常年接触药材，还是天生便有身体上的旧疾，秋月成亲四年一直未有身孕，他们没有子嗣，也没有兄妹，二人可以互相为伴，但家里多少还是有些冷清。而且，正如卢瑶所说，秋月不喜造纸，他又不善经营，岳父逝去以后，泾县纸坊的未来真的很难预料。卢瑶有这份心，他很感动，自然也没有拒绝的道理。

"好，我答应你。"沈元白郑重道，"等我身上的麻烦真正解决，我一定去开州接你。以后你便是我的亲妹妹，秋月心地善良，性情平和，必然会喜欢你的。"

"那便就此说定，谁也不许反悔。"卢瑶终于展露笑颜。

"你们这种互诉衷肠的约定，在我听来像极了诅咒！"段若兰淡漠地从二人中间穿了过去，头也不回地说，"当年我与陆珏也有过类似的承诺，不久便天各一方，至今没有团圆。"

沈元白叹了口气。

能否安然度过今夜尚不可知，确实不该轻易许下约定。倘若他真的被胡郓所害，这种约定只会让卢瑶日后更加难过。

不行！沈元白暗自下定决心，无论如何都要渡过这道难关。除了与卢瑶的约定以外，泾县家中还有一位苦等他归乡的贤妻。为了与秋月团聚，他也必须与胡郓周旋到底。

来到田寞所在的院子，沈元白叩响房门。

"沈大哥？"田寞开门后颇为惊讶，"你不是回去休息了吗？"

沈元白什么话都没说，闪到旁边，把卢瑶让了出来。

田寞一眼便认出了卢瑶，然后惊住，似乎是想说些什么，可是无论如何都无法出声。

"你是——"卢瑶也很震惊，"田寞？"

田寞急忙后退，像一个做错事的孩子似的呆立在门边，低着头，不敢与她对视，双手不停地摩挲，声细如蚊地回道："好久不见。"

卢瑶没理他，沉着脸对沈元白道："这人是小偷，我不想见他。"

"我知道发生过什么。"沈元白劝道，"他偷纸是有原因的，你不妨听他说完事情经过，然后再下结论。"

"好吧！"卢瑶深吸口气，走了进去，语气依然清冷，"你想说什么？"

"你先喝口水。"田寞慌忙倒了碗水，小心翼翼地递给她，目光游离，始终不敢抬头。

卢瑶见他如此紧张，无奈地叹了口气，将水接过来。

"我——"田寞张了张嘴，转头望向沈元白。

"你们聊着吧！我与段姑娘先去赴宴了。"沈元白满心忧虑，硬挤出一个笑容，

"如果半个时辰后我们没有回来，田寞，你替我把小瑶送回她姨母家。"

未等二人回应，沈元白将房门关上了。

转身之后，段若兰淡淡道："你放心把那姑娘交给陌生人？"

"田寞比任何人都在乎卢瑶，我相信能保护好她。"沈元白边走边说，"我们即将去赴'鸿门宴'，会发生什么还不知道。一旦我们与胡郅翻脸，便无暇顾及卢瑶，把她留在田寞身边，至少胡郅不敢动她，否则他那两百把贡扇便彻底没指望了。"

"你年纪轻轻，心计居然这么深。"段若兰揶揄道，"你不考个功名去官场斗争一番，总觉得有些屈才。"

"我虽不在官场，依然没躲过朝廷斗争。"沈元白自嘲似的笑道，"可能老天就是看我太聪明，所以才让我卷入这场权力的角逐之中。你知道我是怎么逃出大理寺的吗？"他叹了口气，自问自答，"助我逃狱之人，乃长安最有权势的宦官。"

"王弘述？"段若兰一惊，"你为何会与这个权阉扯上关系？"

"我也不知为何。"沈元白苦笑道，"我最大的错误，便是不该去开州！从宋申锡病逝那晚开始，我处处身不由己，遇到的每个人都在算计我，包括陆珏。"

"我没有算计你。"段若兰反驳道，"那位卢姑娘也没有。陆珏虽然不够坦诚，但肯定不会害你。"

"我知道，要不然我也不会让他带着题诗板离开。"沈元白望着无尽夜色，一声长叹，"不论风云如何变幻，你、我，还有陆珏，我们现在被绑在一起了。谜团没有解开之前，谁也不能有事，所以你今晚务必多加小心。"

"我会的。"段若兰轻轻点头。

天际中星辰暗淡，浓云遮蔽新月，不仅不是美景，还充斥着肃杀之气。

说话间，二人已经来到了染房外边，竹竿搭起的架子上晾晒着五颜六色的绸缎，随着夜风的吹拂轻轻飘动。

在竹架的右侧，摆着一桌丰盛的佳肴，胡郅正和那位杀气浓郁的神秘人窃窃私语。他看到沈元白走过来，立刻起身相迎："世侄，仆人说你不在房中，我正打算亲自寻你呢！"

"你不会以为我跑了吧？"沈元白虽然面带笑意，言语却极其尖锐。

"跑不了。"胡郅也在笑着，"怕你不肯赏脸，我早就派人守住了大门和四周院墙。"他拉着沈元白入座，"我来给你介绍一下，这位是我的一个故友，名叫华唤，一身武艺深不可测。从长安过来，有些琐事要办，暂住我家。"

段若兰没有落座，而是站在沈元白的身后。

连派人堵住出口这种事都敢说，胡郅这是有人撑腰了，看来华唤确实不容小觑。

沈元白望着华唤，平静地说："这位叔叔一身凛然之气，不知在长安做何营生？"

"仆人。"华唤面无表情。

"哪种仆人？端茶递水，还是清扫房舍？"沈元白又问。

"看主人意愿。"华唤道。

"主人让你杀人呢？"

"杀！"

"如果杀的是好人呢？"

"对主人不利，便该杀。"华唤毫不避讳。

"你的主人——"沈元白还要试探，可是胡郅不想让他再说下去了，否则不等喝酒便会打起来，于是笑着打圆场，"元白，我叫你过来是请你喝酒，你怎么问起来没完了？再说了，你问的是什么乱七八糟的？我大唐是有律法的，谁敢随便杀人？"他对仆人喊道，"来人，把我分好的美酒拿过来。"

很快，仆人端来四壶酒。

胡郅拿起其中一壶，放在沈元白面前，然后将目光投向段若兰，诧异地说："段姑娘，你为何不入座？你是大理寺的人，你若站着，我们岂敢吃喝？"

"那就别吃了。"段若兰哼道。

"这——"胡郅被怼了回去，一脸不满，对沈元白道，"元白，她是跟你一起来的，我不好多说什么，交由你来解决，要么你让她离开，要么让她坐下。"

"段姑娘，我知道你不爱饮酒，那便坐下吃些菜吧！"沈元白假意劝道，"你不坐下，世叔心里不踏实。"

段若兰心领神会，坐在了他的身边。

"不饮酒哪行？"胡郅又拿起一壶酒，放在段若兰面前，"这可是剑南烧春，剑南道最好的酒，有钱都不易买到，若不是招待你们，我都舍不得拿出来。"

段若兰无动于衷。

华唤斜睨着她，目光中杀意流转。

沈元白将所有人的表情尽收眼底，越发觉得此局无解。胡郅拿出四壶酒，看似随意地分配，实则哪壶给谁早已注定，酒里必然有问题。对面那个华唤，身份不明，杀气腾腾，一副随时准备动手的样子，恐怕无法用言语劝退。事到如今，唯一的希望便是让胡郅觉得他没有威胁，主动放弃加害。但这里有个巨大的变数，那就是胡郅杀他不是因为拿不出来题诗板。

沈元白决定赌一下试试，并未动那壶酒，微笑道："世叔，刚才过来的时候，我突然想到，在利州馆驿留下题诗板的那个朋友曾经叮嘱我，倘若有人将其收走，便是缘分注定，无须登门讨要。我因为杂事繁多忘了这些，所以今日之事乃误会，之前你说明日若不交给我便自戕谢罪，权当是句玩笑，既然你喜欢书法，那就留着吧！"

"那我便恭敬不如从命了。"胡郅拿起沈元白的酒壶，为他的酒盏斟满，之后用自己的酒壶又倒了一杯，端起来说，"喝过这杯酒，今日所有不快一笔勾销。"

沈元白猜中了，胡郅不是为了题诗板杀他。

"我最近身体不适，不能饮酒。"沈元白冷声拒绝。

"喝一杯没事。"胡郅不依不饶。

沈元白的脸色越发沉重，深吸口气，突然放声大笑，之后阴恻恻地说："你我无冤无仇，为何非要置我于死地？"

段若兰闻言一惊，急忙戒备起来。

胡郅愕然："这话从何说起啊？"

"没有？"沈元白冷笑道，"那好，我们的酒盏换一换。"

胡郅再次惊愕，但似乎还不想翻脸，硬着头皮说："我这是粗酿劣酒，你那才是剑南烧春，来者是客，岂有我喝好酒之理？"

"别装模作样了！"沈元白猛地掀翻了桌子。由于他与华唤相对而坐，桌子直接砸向对方，挡住了华唤的视线。段若兰反应极快，趁机出手，一把掐住了胡郅的脖子。

"酒中下毒，图谋不轨，你们到底是什么人？"沈元白厉喝道。

华唤丝毫不紧张，一边擦着衣服上的酒水，一边闲谈似的对胡郅说："我就说不必如此麻烦，你非要摆什么'鸿门宴'，现在好了，受困的人变成了你。"

"救我——"胡郅艰难地说。

"都出来！"随着华唤一声呼喊，四周冲过来十多个人，全是黑衣蒙面，手持横刀，不像是胡郅的人，应该是华唤带来的。

"沈元白，你若识相的话，就不要做无畏的抵抗。"华唤淡漠地说，"与我去长安，以你之才名，安王定然不会为难你。"

"你是安王的人？"沈元白终于知道了此人身份，不禁大为疑惑，"安王为何要找我？"

"你可以自己去问他。"华唤道。

"我若不依呢？"沈元白冷哼道。

华唤叹了口气，缓缓抽出腰间的刀："那我只有杀了这位姑娘，再挑断你的手脚筋脉，强行带你去见安王了。"

"别动！"段若兰喝道，"否则我掐死他。"

胡郅憋得脸色通红，有话说不出来。

华唤一声冷笑，人影一闪，刀锋直逼段若兰颈部。

他的速度太快了，沈元白甚至没有反应过来。幸好段若兰战斗经验丰富，果断松开胡郅，向后退了一步，这才闪过了逼命之刀。

战斗一触即发，华唤的手下也围攻了上去。

段若兰很快落于下风，只能躲闪，根本没有还手之力。

胡郅挣脱束缚以后，快速逃离此处，在一处墙角向战局张望。

这时，段若兰的左臂中了一刀，紧接着腹部又挨了一脚，她向侧方一闪，华唤的刀锋又至。段若兰刚站稳，无法抽离，只能眼睁睁地看着胸口被划开。刀光闪过，段若兰吓出一身冷汗，低头一看，发现只被划破了衣服。并非是华唤手下留情，而是千钧一发之际，沈元白推倒了晾晒绸缎的竹架子，引得华唤分神，脚下少走了半步。

段若兰不想再打了，因为真的打不过，拉起沈元白便跑。

华唤带人在后面穷追不舍。

沈元白跑了没多远，迎面撞上卢瑶和田寰。这二人愣神的工夫，不经意地挡住了逃亡之路，此时华唤已经追上，抬手便是一刀。

他没想杀沈元白，因为只要解决掉段若兰，沈元白便是囊中之物。所以，他这一刀是砍向段若兰的。可是沈元白在他起手的同一时刻，将段若兰拉到身后，于是变成了他来接这致命的一刀。华唤一看是他，迅速收力，刀锋一转，横着划了出去。

不巧，沈元白的身边是卢瑶。

"噗"的一声，鲜血四溅。

远处的胡郅不禁大惊失色，可是离得太远，想阻止已经来不及了。

死的不是卢瑶，而是田寰。

关键时刻，他替卢瑶挡了一下。

变故发生得太快，包括华唤在内，所有人都愣住了。

"快走！"沈元白率先反应过来，拉起失魂落魄的卢瑶便往外跑，段若兰亦同时抽身。

胡郅跑过来，望着田寰的尸体，气得直跺脚："你怎么把他杀了？"

"自寻死路，该杀！"华唤的语气如同杀了一只蝼蚁。

胡郅急切地问："尸体如何处置？"

"肉剁碎做蒸饼，皮风干做灯鼓。你若是乐于收藏尸体，将其供起来也可以。"华唤明显不悦，不给胡郅纠缠的机会，带人追了出去。

"太残忍了！"胡郅一脸骇然，对着华唤离去的方向喊道，"埋掉行不行？"

沈元白三人冲出"绮罗轩"大门，一路往城外逃去。

华唤依然尾随其后，他刚才与胡郅说了句话，耽误了些许时间，始终与沈元白等人相隔一段距离。

新浦县城门口，本来已经关闭的城门此时正在缓缓开启。

沈元白跑到近前，立刻明白怎么回事了，拿着州署文牒叫开城门的是一个陌生的熟人。

开州司户参军看到是他，也是一脸惊讶："沈公子，你为何会来新浦？"

"先别问，快救救我！"沈元白喘着粗气说，"有人要杀我！"

司户参军向他身后看了一眼，好奇地问："他们是什么人？"

"都是北司的敌人。"沈元白拿出那块镶金玉牌，"我有任务在身，不能与你详说，快帮我拖延一下。"

这位司户参军是王弘述的人，对玉牌并不陌生，沈元白逃狱的事情他也知道，所以并不怀疑沈元白的身份，郑重道："你先走，这里交给我。"

"多谢！"沈元白不敢迟疑，带着卢瑶和段若兰跑出了城门。

然而刚过护城河，司户参军的惨叫便传了过来，看来凶多吉少了。

沈元白的心中五味杂陈，之前还想着此人的存在是个隐患，如果不是陆珏走得太快，有些话没说出来，他应该会让陆珏想办法将其拔除。可是谁也没想到，本以为是与己不利的人，最终却为了救他而死。最讽刺的是，这个人自始至终都不知道，沈元白与他并非一路。

三人夺命狂奔，许久之后，终于在城北的一处河畔停了下来。

后方很安静，华唤似乎并没有追来。

沈元白瘫坐在地上，胸口剧烈起伏："跑出多远了？"

"大约三里。"段若兰捂着左臂的伤口，在他身边坐下，鲜血从指缝间流了出来。

沈元白从衣服上撕下块布，小心翼翼地为她包扎，同时愧疚地说："让你无辜受到牵连，实在抱歉。"

"我没事，你还是看看她吧！"段若兰无力地说。

卢瑶坐在稍远一些的地方，抱着双膝，哭得极其伤心。

沈元白走过去，竟然不知道如何安慰。

田寞一生凄苦，与卢瑶在一起的那段日子应该是他最快乐的时光，可是很快便因误会而不得相见，好不容易有个机会解开误会，却又成了永别。卢瑶此刻的伤心，沈元白完全可以理解，但无法体会到那种痛苦。这不是简单的故人逝去，其中的情感过于复杂，所以他不知道如何相劝。

这边，沈元白陷入沉默。

那边，造成田寞死亡的罪魁祸首，华唤也在响应死神的召唤。

他之所以没有追过来，是因为无法再追了。

距离沈元白半里之遥的一处空地上，横七竖八地倒着十多具尸体，死者全都黑衣蒙面，每个人的颈部都有一道极深的伤口，有些还在汩汩流血。

"你到底是何方神圣？"华唤惊恐地问。

横刀低垂，刀身上的鲜血缓缓滴下。

身穿黑色衣袍的男人踏过满地尸体，悠然向他靠近，冷傲的声音不带任何感情："杀你的人。"

"大言不惭！"华唤以平生最快的速度冲了过去。

那人轻描淡写地闪过，回手便将他的左臂从肘部砍了下来。

华唤疼得惨叫连天。

"你伤她左臂，我便先断你一臂。"男人冷声道，"否则刚才这一刀，你已经人头落地了。"

"你知道我是谁吗？"华唤满脸冷汗，依然在虚张声势，"你若杀了我，天涯海角你也跑不了，我——"

他的声音戛然而止。

男人将横刀从他脖子上抽了出来，插入黑鞘中，幽幽地说："正因为知道你是谁，所以才可以毫无顾虑地杀。"

然后，他仰头望着天际，叹息道："我应该早些回来！"

此人正是陆珏。

甩开段若兰以后，他本想直接坐船去台州，走到万州境内突然想起来，沈元白的身上没有可用的钱，段若兰向来只带够一人使用的盘缠，去台州路途遥远，二人结伴同行，既不能住在一起，又不能风餐露宿，必然缺钱，这才折返回来。他来到城门的时候，沈元白等人正好出来，看到段若兰受伤，他的愤怒骤然而起，追杀之人出城以后，他一眼便认出了安王府侍从华唤，于是痛下杀手。如今杀了这些人，他倒也不必特意去给沈元白送钱了，以沈元白的谨慎，见到这些尸体必然会搜查一番，没理由不拿走这些人身上的钱。

"台州再见吧！"陆珏抽身离去。

沈元白并不知道华唤已死，所以一直提心吊胆，时不时地朝后方张望。

"沈大哥！"卢瑶仍在抽泣，语调哀伤地说，"如果我今晚不去找你，田寞是不是不会死？"

"不尽然。"沈元白低声道，"人都说生死有命、富贵由天，寿数无法预知，即便你不来，他还是可能被误杀。就算我不去'绮罗轩'，他因为折扇用纸与胡郅相持不下，最终亦难全身而退。这不是我们的错，你可以因此悲伤，但千万不要过于自责。"

"如果我当初没有误会他，他便不会被宋公子赶出州城……"卢瑶还是难逃愧疚。

"此言差矣。"沈元白沉声道，"人生的每一种结局，都与之前的选择有关。从为你制作纸伞到偷纸被发现，这都是田寞的选择，他必须承受此事带来的后果。如果非要找个人为他的死负责，那也不应该由你承担，胡郅和华唤才是罪魁祸首，其次便是我。人死不能复生，对此我无能为力。无论怎样，此仇我一定会报，总有一天我会让胡郅付出代价。"

卢瑶擦了擦脸上的泪水，从地上站起。

她深呼吸几下，然后望向沈元白，深沉地说："我不知道你遇到了什么麻烦，但你说过要教我造纸，所以一定要保护好自己，我会在开州纸铺等你归来。"说到此处，她又将视线移向段若兰，"段姐姐，我大哥是个好人，也很聪明，只是有时候口无遮拦，如果他惹你生气，还望你手下留情。"

"放心吧，我不会再打他。"段若兰温和地笑了笑。

"那我走了，你们多保重。"卢瑶低着头，声音同样很低。

她的心中满是哀愁，亦有对离别的不舍。但她不能继续跟着，如今的自己无法给沈元白带来任何帮助，强行跟着也是累赘，还不如就此别过，对彼此都好。

怀着这份心情，她不敢再看沈元白，转身便走。

"你回哪里？"沈元白叫住了她。

"州城。"卢瑶背对着他，"新浦县发生这么大的事情，我若回去，不仅自身难保，还会连累姨母一家，只能连夜赶回州城。"

"一个人？"沈元白惊道，"你连个脚力都没有，是要走回去吗？"

这的确是个难题，卢瑶一时也不知道怎么办。

"我有办法。"段若兰吹了一声口哨，不知名处跑过来一头驴。

沈元白惊讶道："这头驴不是在胡郐的门口拴着吗？"

"你被华唤吓失忆了吗？"段若兰道，"刚才跑出来的时候，你看到它了吗？"

沈元白想了想，完全想不起来。但以段若兰对这头驴的感情而言，若是还在门口拴着，她必然不会弃置不顾。

"我在追陆珏的时候，把它带出来了。"段若兰说完，又对卢瑶道，"这头驴叫子玉，跟了我许多年，让它送你回州城吧！"

"子玉？"未等卢瑶回应，沈元白先笑出了声，"子玉是陆珏的字，他知道这事吗？你把心上人的字用在了驴的身上，到底是讽刺陆珏还是侮辱自己？"

"闭嘴！"段若兰瞪了他一眼。

沈元白立刻噤声。

卢瑶道："你把坐骑给了我，你怎么办？"

"没关系，我现在不需要坐骑。"段若兰道，"你好生照看它，以后我会去开州找你取回。子玉常年与我四处漂泊，经历过许多战斗，普通人三五个无法近身，可以保护你的安全。"她又对那头驴说，"听到没？送这个姑娘回家，路上不可以偷懒，否则我扒了你的皮熬成阿胶。"

那头驴叫了一声，欢脱地跑到卢瑶身边，用脑袋不停地蹭着她。

"这头驴好似如获大赦一样，是不是早就想换主人了？"沈元白挖苦道，"你将其取名子玉，平时没少拿它出气吧？"

"与你无关。"段若兰没好气地说。

卢瑶翻身上驴。

沈元白从后腰处拿出一把折扇，展开看了一眼，然后收起，将其递给卢瑶："这是田寰唯一的作品，我趁乱从胡郐身上抢了过来，你留作纪念吧！"

"还是你留着吧！"卢瑶拉紧缰绳，"田寰已经把折扇的工艺告诉我了，以后我会做出来更好的。我先走了，后会有期。"她用双腿轻轻夹了下驴腹，缓缓向前走去，片刻后便狂奔起来，转眼不见踪影。

"南浦凄凄别，西风袅袅秋。一看肠一断，好去莫回头。"这是白居易的诗，季节与地点与此时不符，但情绪很对，所以他脱口而出。

沈元白叹了口气，把折扇插回腰间。

这时，段若兰走过来，不甘心地说："胡郧与华唤狼狈为奸，着实可恨！不如先找个地方躲起来，等华唤离开后，我们回去好好教训他一顿。"

"田寰已死，唯一的折扇在我手里，胡郧这段时日恐怕又要为贡品犯愁了，我们没必要再与他纠缠。待题诗板的谜团解开，我会想办法处理他。"沈元白往来时的方向看了一眼，甚是困惑，"奇怪，华唤为何没有追过来呢？"

段若兰似笑非笑地说："陆珏是太子的人，华唤是安王的人，助你逃狱的是神策军中尉王弘述，储君、亲王和北司权阉都到齐了。如果南衙的宰相李训和王涯再与你扯上关系，你这人生可太精彩了，整个朝廷都围着你转。"

"别再揶揄我了。"沈元白摇了摇头，认真地说，"浙东台州在东南，我们在西南，若是走长江水路，便要去万州坐船。万州在新浦以南，我们必须原路返回。现在已是深夜，什么都看不清，也不知道华唤是否沿途埋伏，所以我们最好不要妄动，等到天亮再说。"

"那就等吧！"段若兰坐在一棵树下，倚靠着树干，"我受了伤，需要休息，你来守夜，发现异常及时叫我。"

"好，你睡吧！"沈元白应道，"到万州后，先找个医馆为你买些创伤药。"

段若兰闭上双眼，慵懒地说："你身上一文钱都没有，拿什么买？"

"我——"沈元白怔住，这是一个非常真实的难题，他也为此犯愁，但还是嘴硬道，"那你别管，反正我能买来。"

段若兰淡然一笑，然后静静地睡去。

天际中，浓云散去。

月光照在水面，映射出一个投影。

同样的弯月，一个高挂苍穹，一个潜藏于波纹之中。

同样的光辉，只是水中的那个无法看清。

默契

第十四章

天刚放亮之际，沈元白叫醒了段若兰，这一夜没有任何事情发生，让他大为疑惑。不过很快，他们便找到了华唤等人的尸体，所有困惑迎刃而解。段若兰检查了伤口，认出是陆珏所为，当看到华唤断了一臂的时候，她的眼眸不由自主地湿润起来。

沈元白搜查尸体，找出了一封信，得知华唤很早就来了开州，是安王分析出沈元白因宋申锡而入狱，越狱后有很大概率会回到开州，让他来此等候。当然，沈元白也知道了安王要的是活口，所以那壶酒里应该是迷药。

正如陆珏所料，沈元白把尸体上的钱都拿走了。

二人离开后，一队州兵由远处而来。最前边的那人穿着一身绯色官袍，从品级上看，应该是开州刺史。此人下马之后，望着满地尸体，沉吟道："究竟是何人所为？"

兵士搜查了一圈，一人过来施礼道："禀告大人，死者中没有沈元白。"

刺史并不意外，冷笑道："倘若圣上派人来开州，必然会通知我从中协助，既然本官没有收到任何消息，这伙人肯定不是圣上所派。那便好办了，如实上报朝廷。一州之司户参军在辖下县城被杀，此乃大案，背后牵扯何人我们不得而知，唯有交给长安定夺。"

"那沈元白呢？"兵士又问。

"发生了这么大的事情，他不可能留在开州。"刺史稍加思索，沉声道，"你速去万州衙署通报一下，至于以后如何，已经与我们无关了。"

"是。"兵士策马远去。

刺史命人将华唤尸体带走，其余就地掩埋，之后率众离开此地。

沈元白和段若兰走得不快，又依先前所言为段若兰购买创伤药，耽搁了不少时间，到达万州江边的时候，开州刺史的人早已先至万州衙署，因此码头上尽是排查来往行人的兵士。沈元白不好贸然露面，只得在远处的一个茶摊稍坐，等待时机。

沈元白品着茶，苦笑道："看这架势，万州刺史对我志在必得，你这个大理寺评事可能保不了我。"

"倒也并非不能。"段若兰瞥了一眼码头那边，不屑地说，"我虽然不是华唤对手，但这些州兵我还不放在眼里。如果实在说不通，那便将他们全打趴下。"

"不行。"沈元白否定道，"此刻不是逃离险境，而是要坐船远渡，即便抢来了船，路上何人来掌舵？总不能挟持船夫吧？因我之事已让一人枉死，不想再牵连无辜了。"

"我去问问。"段若兰站起来。

"可别。"沈元白阻止道，"经开州一事，很多人知道你跟我在一起，你若亮出身份，一旦那些州兵强势相抗，后边的事便不好办了。还是再等等，天色渐暗后也许会出现转机。"

"好吧！"段若兰复而坐下，继续喝茶。

大约过了半个时辰，沈元白逐渐焦躁起来。因为他察觉到周围人的目光有些异样，茶摊的伙计也在时不时偷瞄着这边，不知是否认出了他。

"这位檀越，可否让在下借个座位？"有人来到近前。

沈元白循声而往，发现桌边站着一个僧人，于是笑着说："禅师请便。"

僧人坐下，伙计过来倒茶。

"不知高僧从何处而来？"沈元白客气地说。

"日本。"僧人语出惊人。

沈元白一怔，认为转机来了，急忙问道："往何处而去？"

"回家。"僧人笑了笑。

经过进一步攀谈，得知这个日本僧人正好雇了一艘船。沈元白施展才华，闲谈似的对僧人讲了一些造纸、斫琴、雕版之类的手工技艺，说得不深，却成功让僧人产生了浓厚的兴趣，当请求相载一程的时候，僧人想都没想便同意了。不过，还需施展一些小计，暂时转移州兵的注意力，才能顺利上船。这并不难，沈元白悄声告诉茶摊的伙计他是何人，然后与段若兰淡然离去。茶摊伙计通报兵士以后，那些人便追了过去，等那些兵士察觉上当，再回来搜的时候，船已经开走了。当然，也不是所有兵士全都中计离开，码头上依然有留守的，只是当日本僧人亮出过所文牒的时候，那些人下意识地认为沈元白不可能与此人结伴同行，便没有过多注意僧人背后跟着的人，何况他还换了件僧袍，头上戴着斗笠。段若兰则相对坦然，因为根本没人认识她。

行至鄂州时，沈元白为避免行踪暴露，不再与日本僧人同行。临别之际，他要给予银钱以示感谢，然而不论银锭抑或铜钱，那僧人一概不要，反而相中了那把折扇。田寞无辜罹难令人心痛，但终究逝者已去，留着这把扇子，除了平添伤感以外毫无用处。僧人青睐此物，对沈元白来说亦是一种释怀，于是送给了他。

沈元白与段若兰二人换了艘船，沿长江继续往东，月余之后到达浙江东道，然后改乘马车，又日夜兼程连行旬月，终于到达东海之侧的台州。到达州治临海县的时候天色已晚，二人身心俱疲，便在城外找了个家旅店投宿，次日方进州城。

从开州过来的这一路，沈元白从段若兰的口中知道了许多事情。陆珏的师父是一名铁匠，名叫陆韬，也就是说陆珏本来并不姓陆，十五岁那年被师父收养后才改姓陆，段若兰也不知道他生父是谁。这个陆韬曾是金吾卫将军，武艺高超，后来随着神策军崛起，南衙府卫名存实亡。金吾卫虽然尚未凋零，但其地位远逊于神策军，难有建树。加之宦官掌握神策军权柄，妄行废立，架空皇权，陆韬愤恨之下诈死逃离，在某个村落打铁隐居。有了这层关系，陆珏对金吾卫手下留情倒也并不奇怪。

段若兰在陆珏十七岁那年与他初见，由他护送至楚州与生父郭行余相见，之后因感情不和离家出走，机缘巧合之下误入华山拜师学艺。她的师父亦非寻常之人，而是陆韬的童年好友文昱。此二人早年立志报效朝廷，一人从文，一人习武。文昱以谋略见长，陆韬则专攻武艺，然而陆韬进入金吾卫以后，文昱看透朝廷乱局，并未步入仕途，而是在华山结庐而居，过起了隐士生活。十年前，先帝因服用方士柳泌的丹药骤崩于大明宫中和殿，文昱曾找过已经是铁匠的陆韬，询问此事因由，得知了一个惊人的隐情。此时，陆韬已经收陆珏为徒。文昱在返回华山的途中，与从越州回长安的宋申锡相遇，不知道对宋申锡说了什么，竟然当场收宋慎微为徒。宋申锡从此逐年晋升，几年便到达尚书左丞、同中书门下平章事，成了当朝皇帝的心腹之人，开始密谋铲除宦官王弘述。

听到这些事情的时候，沈元白下意识地问："莫非王弘述与先帝之死有关？"

"不清楚。"段若兰摇头道，"师父没有告诉我详情，但宋慎微肯定知道。以你之聪慧，应该发现了这些事情之间有着潜在的联系。"

"当然。"沈元白沉声道，"陆珏十年前被义父陆韬收养，宋慎微在十年前拜师文昱，先帝十年前驾崩，柳泌在先帝死后便被王弘述杖杀。以及，浙东台州的沈家雕版印刷书坊于十年前发生大火，我的父亲沈雍葬身火海。这些事情全发生在十年前，内中必有关联。如此来看，那场大火定然不是意外。去年我向宋慎微问及此事，他先说知晓火灾之事，之后马上矢口否认，当时我真以为他是酒醉胡言，实则并不知情。不过，既然你师父是从陆韬那里得知先帝死亡的隐情，陆珏肯定也知道，宋慎微亦不例外。然而他们皆对此三缄其口，若说宋慎微为了固守其父未完之谋划不敢节外生枝，我觉得没问题，可是陆珏又为何瞒着我？"

"我不知道。"段若兰叹了口气，"我出师以后到处寻找陆珏，半年没有踪迹，后来便回到长安。那时郭行余已经升为大理寺卿，为了把我留在身边，不知施展了什么手段，竟然为我谋得一个大理寺评事之职。但我不想与他相处，于是再次离开，以大理寺之名四处追缉逃犯。三个月后，我在洛阳中了逃犯的圈套，险些遇害，千钧一发之际陆珏突然出现，再次救了我。当时是太和四年，从那以后的两年中，我与他形影不离，到处行侠仗义。太和六年九月初九重阳节，那天是陆珏的生辰，我本想在这个特殊的日子里与他私订终身，不曾想到，我刚许下不离不弃的誓言，他便从此人间蒸发。再次相见，是在太和七年六月，隔着大理寺狱的牢门，不论我如何质问，他都置若罔闻，一言不发，次日他便越狱了。后来我得知，他是听闻陆韬病重才离开的我，至于为何替太子效力，我始终没有找到答案。有些事，他连我都不肯坦然相告，何况是你？"

"他为太子效力定是陆韬临终嘱托。"沈元白肯定地说。

"此事不对。"段若兰否认道，"我曾问过金吾卫的人，陆韬与太子没有交集。假如陆韬暗中扶持太子，又何必诈死离去呢？反之亦然，他若是太子的人，这般抽身远离，不正遂了安王之愿？"

沈元白无言以对，因为确实没有答案。

事到如今，很多事情都很诡异。陆珏辅佐太子，陆韬却没有这个动机。宋申锡既然是太子的助力，那宋慎微必然子承父业，可是他没有与太子产生联系。徐昉是宋申锡的文吏，深受信赖，却暗中劫了去长安送信的杨季。原本是宋申锡从事的王师文，却以一块玉牌让沈元白变成了王弘述的人，此事同样无法解释。先帝之死，与柳泌、王弘述之间的隐情究竟如何？以及那个困扰他的最大难题，他的父亲沈雍到底何许人也？当年台州刺史柳泌驱使百姓进山采药，一时间怨声载道，他又何以与此人为伍，为其刊印《长生集》？无数谜团交织在一起，沈元白完全找不到头绪，只能寄希望于徐昉说的那块题诗板，所以台州之行甚是重要。

台州与开州不同，由于毗邻东海，贸易更为发达，许多胡人由此入境，所以盘查更为严格，几乎每个进城的人都要查验过所文牒，守军的数量也非开州可比，无形中给沈元白带来了巨大压力。不过，这只是他的担忧而已，真正进城的时候无比顺利，城门处的兵士确认段若兰是大理寺评事以后，很容易地就无视了乔装打扮的沈元白，从容放行。

远离城门不久，沈元白回头望着那些兵士，发现没人离去，不禁大为困惑："在新浦的时候，我们也被放行，但我看到有个守卫出城了，我无法确认那人是受华唤调遣，还是去通报刺史。不过那样或许更正常一些，眼下如此平静，我反而心中不安。"

"据我所知，台州刺史与郭行余乃故交。"段若兰面无表情地说，"我常年在外，想必郭行余已向地方上的朋友打过招呼，关照尚且不说，至少不会为难我。"

"希望如此吧！"沈元白依然惴惴不安。

二人继续向前。

　　童年的记忆早已模糊，熟悉的街巷已然变样，本以为岁月可以抹除一切，但故地重游，内心的沉痛依然难以磨灭。过往的人和事堆叠成恨与怨，故乡的风和土化作了哀与愁。走在熟悉的街头巷尾，沈元白的心情波澜起伏。他有怨恨，父亲为雕版而亡是其中之一，最可恨的是族人的冷漠与绝情；他有哀愁，母亲的逝去是其中之一，最悲凉的是曾经的故土竟然没有丝毫亲切之感。

　　"少小离家老大回，乡音无改鬓毛衰。儿童相见不相识，笑问客从何处来。"他吟诵着贺知章的诗句，叹息道，"我羡慕贺知章，他至少希望有人认识他，我却生怕有人认出我来。因缘际会，我已天下皆知，唯独在这方故土之上，我是一个真正的异乡客。"

　　"心若无处安放，哪里都是异乡。"段若兰的声音从身侧传来，低沉且意味深长，"若有一知心之人相伴，四方飘零亦可为家。"

　　这句话在金牛县村落的时候，沈元白曾对杨季说过，虽然措辞不一样，但意义相同，此刻从别人口中再次听闻，对此中道理更加认同了。当然，他也知道段若兰意有所指。说起来陆珏应该早就到了，大事在前，不该被这些无用的情绪干扰，沈元白深呼吸几下，将乡愁抛诸脑后，加快了脚步。

　　沈家雕版印刷书坊在椒江坊，是一个很大的院子，不过门楣上的"沈家书坊"四个字的匾额早已斑驳不堪，甚至缺了一角，大门虚掩。周遭杂草丛生，一副破败的样子。

　　沈元白推门而入，里边的杂草更多，环视四周，那些雕版工坊还在，不过早已人去楼空，许多门窗不见了，部分房梁已经坍塌；往里边走，进入后院，那个失火的雕版仓库已经重建，只是建一半便停了，断壁残垣，残砖片瓦散落四处。

　　"这是你家？"段若兰惊诧道，"怎会如此狼藉？"

　　"没道理！"沈元白茫然四顾，同样不解，"当年人很多的，火灾只烧死了我爹一人，雕版印刷的工匠无人罹难，不说家财万贯，至少生意兴隆。要不然我二伯也不会觊觎家产将我和母亲赶出去，何以十年间变成这般惨景？"

　　"那岂不是白来了？"段若兰话语甫落，突闻破空之声，猛然一惊，"小心！"瞬息，她拉着沈元白向侧方一闪，一支羽箭插在了地上。

　　"什么人？"段若兰怒喝道。

"嗖"的一声，又来一箭。

段若兰推开沈元白，那支箭从二人中间射了过去，箭镞没入后方房屋的门枢之侧。

"好身手！"一个遒劲有力的声音传来，"看你这次如何躲？"

破空之声不绝于耳，竟是五箭齐来，从不同方向射向他们。

"跑！"段若兰拉起沈元白，迅速躲进了屋子里。这间房子遍布灰尘和蛛网，雕版用的案台已经快要散架了，应该至少五六年没人来过。即便如此，脏乱的房子依然可以抵挡羽箭。

外边的人一看射箭无用，纷纷从院墙跳入，竟然是一伙身穿青蓝道袍的人。大多数手持近战刀械，只有五六个人拿着弓箭。

"沈元白，台州便是你的葬身之地。"领头的人喊道。

"怎么到哪儿都有人追杀？"沈元白哭丧着脸，"这次又是什么人啊？"

"不论什么人，都应该与华唤不是一路的。"段若兰道，"安王要的是活口，这些人出手便不留任何余地，一看就是想让你死。"

"那怎么办？"沈元白忙问。

"躲着不是办法，唯有硬拼了！"段若兰言罢便冲了出去。

这些人不是很厉害，但人数太多了，有三十多人，其中还有弓手。段若兰出去便被围了起来，刀箭无眼，一时间险象丛生。

领头那人尤为凶猛，挨了段若兰几拳，什么事都没有，抬手便是一刀，直奔她脑门而去。

就在这时，又一个声音从远处传来："左闪一步。"

这个声音太熟悉了，段若兰想都没想便依言而行。

在她闪开之际，一柄横刀从远处飞来。领头那人反应也是快，持刀一挡，巨大的力量将其震得向后退了数步，握刀的手都颤抖起来。

一道颀长的身姿飘然落下，与段若兰背靠着背。

"陆珏？"那人居然认出了他，表情阴晴不定，似有惊愕，似有困惑，最终沉声道，"你知道自己在做什么吗？"

"我做什么？"陆珏笑了起来，"这还用问吗？刚才是救人，现在便是要杀你。"

沈元白一看陆珏来了，顿时没那么紧张了，坦然地走出来。

"你看看这个！"那人从怀中掏出一封信，插在刀尖上，缓缓递过去。

陆珏看了一眼，眉头一皱，立刻将其撕得粉碎。

"你这是何故？"那人吃惊道。

陆珏无视了他，对段若兰说："若兰，你还记得太和五年，泽州那场战斗吗？"

"当然记得。"段若兰会心一笑，"那是一伙穷凶极恶的匪徒，共三十六人，其中八个弓手，我们半个时辰之内解决战斗。"

"很好。"陆珏欣慰地说，"这次应该用时更短。"

那人闻言骤然一惊："陆珏，你真的要杀我？那封信可是——"他的劝阻到此为止，因为陆珏冲了过来。

战局就此爆发。

沈元白在一旁看着，忍不住拍手称快。

一把横刀，两个人用，配合得天衣无缝。

陆珏打那个头领的时候，把刀掷向了一名弓手，正中咽喉；段若兰趁势将刀拔出，解决了一个人，然后扔给陆珏；陆珏接住的同时，一脚踢向头领，再次把刀扔了出去，又一名弓手倒地，其余弓手见状纷纷拉弓射箭；段若兰持刀为陆珏挡箭，二人一错身的工夫，变成了段若兰对战头领，横刀已经到了陆珏手里，飞身过去几下砍了那些弓手，又将刀投向段若兰；之后则变成了段若兰拿着兵器清理杂兵，陆珏赤手空拳与头领决斗……

这种打法，没有绝对的默契根本无法做到。

不多时，满地死尸。

头领的死法最为特殊，陆珏打着打着突然抓住他的双臂，然后掉转方向，去了头领的身后，而让头领正面对着段若兰。段若兰心领神会，把横刀掷了过来，陆珏趁势后退，那柄刀把头领的颈部刺了个对穿。

陆珏拔出横刀，用那人的道袍擦了擦，插回黑鞘中。

"你终于肯面对我了？"段若兰怕他跑，死死抓住他的手臂。

"沈元白说得对，逃避解决不了问题，只会让你身陷险境。开州如此，台州亦如此，所以我不打算再躲着你了。"陆珏淡然一笑。

段若兰陷入沉默。方才的配合默契犹在，曾经的往事历历在目，一种久别重逢的喜悦袭上心头，穷追不舍却不得相见的委屈也同时浮现，忍不住泪光闪动，许久才缓缓开口："我有好多话要与你说。"

"好啊！"沈元白走过来，笑着说，"你们总算可以心平气和地谈谈了。不过，既然他不跑了，你们随时可以敞开心扉，此刻还是先顾一下眼前的事情吧。"他的笑容渐敛，捏着一片纸屑，语气不善，"陆兄，太子为何要杀我？"

"太子？"段若兰一愣，"你何以知道这些人是太子派来的？"

"你问他。"沈元白冷声道。

陆珏叹了口气，依然笑着："元白乃造纸奇才，自然知道这封信出自何人之手。只是，我无法回答你的问题。看到这封信之前，我并不知道这些人是太子派来的。"

"既然知道了，为何要杀他们？"沈元白追问。

"我有我的任务，不能让你死。"陆珏平静地说，"昔年韩信奉刘邦之命攻打齐国，大兵压境之后，刘邦又让郦食其劝降齐王。郦食其成功之际，韩信欲退兵，谋士蒯通出言阻止，最终韩信依然大举攻伐，致使郦食其惨死。这段历史你必然知道吧？"

沈元白道："蒯通说的是：'攻打齐国乃奉汉王之命，郦食其劝降齐王亦是汉王授意，但将军没有收到撤兵的命令，那便无须理会郦食其之事。'即便如此，韩信此举依然令刘邦不悦，日后他的身死与此不无关系。你为了太子的任务，杀了另一个执行太子任务的人，一旦太子即位，你能全身而退吗？"

"不重要。"陆珏语气平淡，"我现在要做的，是助你破解宋申锡的秘密，那就必须保你安全无虞。至于以后如何，与当下无关。"

听到这番掷地有声的决心，沈元白的防备之心骤然消散，取而代之的是无尽的感激，不禁动容地说："真是难为你了！"

"走吧！带你去见一个人。"陆珏转身便走。

沈元白不明所以，只得在后边跟着。

"谢谢你。"段若兰在他身边轻声道。

"言重了，你因为我多次涉险，我应该谢你才对。"沈元白温和地笑了笑，然后快步追上陆珏，语气骤然变为沉重："你说实话，把我押送长安交给京兆府的那个人，究竟是不是你？"

"是我。"陆珏居然承认了。

"你倒是坦诚！"沈元白阴阳怪气道，"我对你讲述开州经历的时候，你居然一点异常都没有，也太沉得住气了。这件事你必须给我一个解释，否则我跟你没完。"

"原因很简单，把你送到长安，诬陷你杀了宋申锡，只是为了看看各方的反应，到底多少人会卷入其中。"陆珏毫不隐讳地说，"同时，也为了验证宋申锡在开州这几年是否在谋划大事。就结果而言，我这招效果不错，你就像一块落入水中的石头，所有的暗流都因为你的出现而翻腾起来。"

"你说得倒是轻松，知道此事对我的伤害有多大吗？"沈元白愤愤道，"我因此背负杀人罪名，至今仍是逃犯。"

"此事非我之过。"陆珏道，"宋申锡是病逝，此事一旦传入长安，你的罪名便不攻自破。只是我不曾预料到，皇帝也卷入其中，他不肯放过你，我又有什么办法？但这样也好，表示宋申锡的谋划非常之大，或许可以借此改变朝廷局势。退一步讲，我若不把你带离开州司马第，宋慎微也不会放过你，到时候你背负徐昉之死的罪名，处境未必比现在好多少。"

"我——"沈元白叹了口气，放弃了争论，因为已经没有意义了。

陆珏虽然目的不纯，但他的话不无道理。

这时，他们来到了一座城隍庙。现在不是祭祀城隍神的日子，几乎没什么人。

陆珏从正门进入后，并没有继续往里走，而是站在门口的右侧，望着不远处的一个衣衫褴褛的乞丐。那人斜倚靠着墙角，蓬头垢面，左眼已经瞎了，右腿也少了半截，一副半死不活的样子。

沈元白循着他的目光望去，发现那个乞丐似曾相识，仔细端详之后，猛然怔住，一脸难以置信："二伯？"

十年前

　　残阳西落，余晖似火。

　　霞光将斑斓的云彩映出一片鎏金之色。

　　日头隐没，明晨复升，晨曦晚霞更迭罔替，此乃自然之理。

　　然而，人生短暂，沈家书坊亦非朝升夕落之金乌，曾经的辉煌一旦衰亡，再逢后继无人，那便难以重现昔年风华，徒留满目疮痍与无尽凄凉。

　　尘埃遍布的房屋内，沈元白傲然而立，透过残破的窗棂望着外边，表情复杂，没有喜悦，没有愤怒，却也并不平静，更多的是无尽的哀愁与落寞。凝望许久，他才缓缓转身，将目光投向那个斜靠在木椅上的残疾老人，深沉地说："为何会如此？"

　　老人不敢与他对视，低着头叹息道："元白，二伯罪孽深重，这一切都是报应！"他缓了口气，又道，"把你母子二人赶走后，书坊产业尽归于我手。我不仅嚣张跋扈，还贪心不足，克扣工钱，偷工减料。书坊的信誉每况愈下，销路受阻，致使众叛亲离，债台高筑。易州的松烟墨和越州的麻纸皆为先使用后付款，这些人前来讨债，我无力偿还。他们去衙门告状，我又用仅剩银钱贿赂县令，强行将此事压下。然而经商之人谁还没个人脉，居然惊动了浙东观察使，台州刺史亲自处理此案，我被迫出卖一切可卖之物偿还，最终落得这般惨景。"

　　"你的眼睛和腿是怎么回事？"沈元白又问。

"被人打的。"老人无奈地说，"县令因受贿于我，引得刺史极为愤怒，一纸奏疏送往长安，吏部将其就地免职。他心生怨怼，又无力与刺史抗衡，便将所有怒火发泄到我身上了。"

"即便欠下外债，我父亲在此经营数年，还能没钱偿还？"沈元白冷声道，"是不是你将家财挪为他用了？"

"你太不了解他了。"老人苦笑道，"我那兄弟，为人一向仗义，虽然书坊辉煌之时生意兴隆，却并没有攒下多少银钱。所有的收入刨去成本，大多数给了工匠和周遭穷苦百姓，只留下供沈家维持生计的那部分。我能活到现在，全赖他当年的善举，若非乡民接济，我早就饿死街头了。"

沈元白一怔，再次听闻父亲的为人，越发怀疑自己的记忆出错了。可是不对，与台州刺史柳泌交往甚密是真实发生的事情，岳父对此也未提出质疑。一个好人，如何与恶人为伍？倘若不是心性改变，那便是身不由己。

"他到底是怎么死的？"沈元白郑重地问。

"我不知道。"老人摇了摇头，回忆着说，"不过，我后来重建仓库的时候发现了一些端倪。火灾虽然发生在夜里，可是烛火为雕版的死敌，一般不会放得太近，陈放雕版的架子与桌案之间隔着很远的距离。你父亲更是谨慎之人，有他在场，失火的可能性微乎其微，所以我认为不太可能是意外。而且，你父亲那具焦黑的尸体躺在雕版桌案之侧，这非常不合理。"

"有何不合理？"段若兰好奇地问。

未等沈元白回应，陆珏为她解惑道："死在桌案之侧，表示他没有动过。若是救火被烧死，尸体应该在陈放雕版的地方。"

段若兰了然地点了点头。

"他是被杀。"沈元白咬牙切齿。

"不错，凶手先杀人，然后放火烧毁仓库。"陆珏认同地说，"我认为，此举不仅是为了毁尸灭迹，而是连人带雕版全要毁掉。"

"你是否早就知晓此事？"沈元白阴冷地说。

陆珏不知道他此言何意，皱眉道："我怎会知道？"

"令师陆韬没有告诉过你？"沈元白继续逼问。

"你竟知道我师父？"陆珏看了一眼段若兰，对方马上低下头，他瞬间明白了，但还是否认道，"此事与我无关，即便我师父知道，他又为何要告诉我？"

沈元白不太信，紧紧盯着他。

这时，老人突然道："如果是被杀，有一人极其可疑。"

沈元白一惊，急忙问道："是谁？"

"此人叫陈枭，"老人道，"原本是一名进士，因为无钱打点，始终没有分配官职。他不知何故来到台州，穷困潦倒，连吃饭的钱都没有。你父亲见他有些仪表不俗，便招待他一番，相谈下来还算愉快，于是留他在家中住了一段时日。那人琴技不错，你应该见过才是。"

"有些印象，记不太清了。"沈元白疑惑更甚，"既然有恩于他，为何会是凶手？"

"我也说不上来原因。"老人道，"不过，你父亲死的那天夜里，我无意间发现一个身影仓皇离去，虽然没看清容貌，但其背影与陈枭极其相似。"

"这些事你为何当时不说？"沈元白面带怒意，"莫非是我父亲之死成全了你，所以你刻意隐瞒凶手的存在？"

"元白，你误会二伯了。"老人叹了口气，"我没有隐瞒，当年的浙东观察使从事来此调查过，我全都告诉他了。只是不知为何，这件事宛如泥牛入海，从此再也没了消息。"

沈元白知道他说的那人是宋申锡，然而宋申锡去年已经病逝。除非宋申锡将此事告诉过宋慎微，否则永远没有答案。比起宋慎微，沈元白更关心的是陈枭，于是问道："陈枭如今在何处？"

这个问题老人无法回答。

沈元白也不是问他。

"死了。"陆珏淡然地说，"死于王弘述之手。"

"你永远不会让我失望。"沈元白冷笑道，"既如此，你来解释一下吧，你是如何知道此事的？"

"我师父没有告诉过我书坊火灾的事，朝廷的事却是说了不少。"陆珏依然平静，"原本不想告诉你，毕竟知道越多对你越不利。事到如今，我若不说，你恐怕永远怀疑我。而且，我也必须让你知道王弘述是何人，以免你被其利用。"说完，他向外边走去，"跟我出来。"

沈元白稍加思忖，紧跟其后。

静谧的庭院，杂草丛生。

有风吹起，拂过草叶，如同一阵波浪，向前席卷而去。

陆珏深吸口气，娓娓道来："十年前，先帝于大明宫中和殿骤崩，对外声称乃是服用柳泌丹药中毒而亡，其实不然，他是被王弘述勒死的。柳泌的长生丹致人癫狂，先帝服用以后性情暴躁，内侍宦官一言不对便遭杀害，半月之内数十名宦官死于非命。王弘述内心恐慌，如此下去，他也免不了一死。所以，在杀机降临之前，他主动出击，趁着先帝睡熟，在御床之上将其杀害。次日，柳泌便遭杖杀。我师父之所以知晓此事，是因为柳泌在临死之时将先帝的真实死因说了出来，以此要挟王弘述饶他一命。"

"十年前，你师父已经不在金吾卫，即便柳泌说出来，他又如何得知？"沈元白趁机发问。

"人虽走了，眼线尚在。"陆珏道，"柳泌公开叫嚣，金吾卫有人听到了他的话。但这没有意义，因为王弘述不会留着他，所以照杀不误。之后王弘述发动兵变，从十六宅迎接江王即位，便是当今皇帝。柳泌的话依然是他心头的一根刺，于是找人彻查柳泌是否留下过线索，那个人便是陈枭。你父亲去世不久，陈枭就被灭口了。"

沈元白将所有事联系在一起，空白之处立刻得到了补全。他的心情瞬间坠入谷底，顿觉头晕眼花，晃了几下便跌倒在地，久久不能言语。

陈枭是个落魄的进士，苦于没有门路。

王弘述给他一个机会，倘若他什么都查不到，必然无法入朝为官。

柳泌任台州刺史时，与沈家书坊交往过密，并且正在刊印《长生集》。

陈枭恰好知道此事。

沈元白恶狠狠地说："卖友求荣，该杀！"

"所以，你认为谁才是杀害你父亲的凶手？"陆珏斜睨着他，"陈枭、柳泌，还是王弘述？那两人皆已丧命，至今还活着的只有王弘述了。"

"你不必出言相激，我从来都没想过帮王弘述做任何事。"沈元白阴恻恻地说，"我唯一担心的，便是秋月和我岳父的安危。三个月的时限已至，不知道泾县那边怎么样了。"

"提及泾县，我必须提醒你一句，王师文此人，并非善类。"陆珏道，"王宣带着半块玉牌去开州，明显是他授意，而另一半在长安王弘述的手里，二者的关系不问自明。此人因宋申锡之故远离朝廷，不代表甘心如此，我非常怀疑他走了与陈枭相同的不归之路。"

"见到他以后再说吧！"沈元白无力地说。

"好！当年的事情已经明朗，逝者无法复生，对此我们无能为力，还是处理眼下的难题吧！"陆珏将其搀扶起来，从背上解下那个装有题诗板的布包，递给他，"你未到之前，我没有询问你二伯关于此物的事。"

"多谢你的信任。"沈元白接过来，愧疚地说，"方才我因父亲亡故之事心烦意乱，言语上或许不太友善，还望你不要见怪。"

"不会。"陆珏诚恳地说，"信任需要一个过程，源头必然是不信任，只要结果是好的，那便一切都值得。我也有事瞒着你，所以你不必愧疚。我把你押送至长安，一路上让你吃了不少苦，对此我万分抱歉。"

"己所不欲，勿施于人。我把罗通送回宣州便是用的此种方法，合该有此一劫。此事已经过去，不必再提了。"沈元白说到此处，突然想到另一个问题，"既然你当时也在开州司马第，可否看到是何人杀了徐昉？"

"没看到脸。"陆珏思索道，"徐昉死的时候，我在远处的房顶关注着你，等我望向书阁的时候，只看到了凶手从里面出来。那人穿了一身黑色斗篷，容貌被遮住了。"

"是宋慎微吗？"沈元白道。

"身材有些相似，但应该不是他。"陆珏摇头道，"我与宋慎微交过手，若是他杀的徐昉，我应该可以从尸体上看出端倪。然而，徐昉的伤口我从未见过，不像是宋慎微所为。"

"反正他也活不过来了。"沈元白拿出那块题诗板，端详着上面的字，"比起杀害徐昉的凶手，此物所隐藏的秘密更为重要，我不能让他白死。"他深吸口气，目光逐渐坚定，"走吧，去找二伯一问究竟。"

二人在外边谈话的时候，段若兰在屋内看着沈元白的二伯。她没有跟出去，是因为陆珏承诺过不再逃走，至于朝廷中那些鲜为人知的过往，她本就不感兴趣，如今陆珏亲自接手沈元白的安危，相较而言更为妥当，她也没理由再参与机密之事。

沈元白进来以后，不再多言，将那块题诗板交给老人，同时道："二伯，你看看这个，是否为一块雕版？"

老人接过去，反复看了看，又敲打了一番，然后道："就材质而言，确实是雕刻印版的上好野梨木，不过这字是写上去的，没有雕刻痕迹，你从何处得来？"

"那人叫徐昉。"沈元白回道，"你可认得？"

"原来是他。"老人将木板还给他，"你父亲有两个得意弟子，雕版技艺炉火纯青，据说可以雕刻出来极浅的印版，肉眼难见痕迹。不过我是不信的，毕竟那样的雕版无法印刷，弟子之一便是徐昉。从师承来说，应该是你的师兄。你幼年不喜印版雕刻，接触人不多，所以不记得他也很正常。如果是他给你的，那必然是块雕版。但若想知晓他在这块板子上刻了什么，以我之能力恐怕不够。"

"那应该找谁？"沈元白追问。

"你的另一位师兄。"老人道，"此人名叫刘斌，你父亲去世以后，他便离开了台州。后来我听闻他去了扬州官营书坊，曾派人去找过，可是他不仅拒绝回来，还让人传话讥讽我，说我蛮横狂悖、心胸狭隘，不修技艺、只知敛财，迟早葬送沈家书坊。此时再看，他的担忧不无道理，我没能让书坊延续下去。"

"扬州？"沈元白又问，"他如今还在吗？"

"台州只有沈家一个名气较大的印刷书坊，扬州却有很多。"老人道，"天下书籍皆出扬州，乃雕版印刷的盛行之地。他自幼学艺，吃的是印刷这碗饭，不太可能离去。而且他性情孤傲，对手艺极其自信，你若想找他，只需去最大的官营书坊便可。"

"多谢告知。"沈元白将题诗板重新包好，系在背上，望着眼前这个衣衫褴褛的族亲，心情非常复杂。

此人罪孽深重，本是他最该憎恨的人。不知是时间冲淡了恨意，还是这人已经遭了报应，他居然恨不起来了。随着怨恨的消散，童年与二伯共处的欢乐时光逐渐浮上心头。他因学习雕版被父亲责罚，是二伯护着他。他对琴感兴趣，父亲却不许他碰那张九霄环佩，是二伯将琴带出，在竹林中教他基础指法。当然，二伯的心思并不单纯，侄子没有雕版才能，他才有窃夺家产的余地。随着岁月流转，阴谋早已化作流水，与这座书坊一并成为往事。眼前的人，不过是一个连温饱都难以解决的沧桑老人，是他在这人世间唯一的同姓亲人，就这样任其自生自灭，他着实有些于心不忍。

"二伯，你今后有何打算？"沈元白轻声道。

"我还能如何？等死呗！"老人摇头叹道，"这座院落已经归官府所有，只是刺史大人还没想好如何使用罢了。若非你带我回来，我可能永远都不会踏足此地。你们离开后，我会回到城隍庙，继续苟延残喘，等着哪一天闭上眼睛，告别尘世，去阴曹地府找你父母忏悔此生罪恶吧！"

"你去泾县吧！"沈元白真诚地说，"我为你养老送终。"

老人闻听此言先是一愣，之后放声大笑，笑着笑着就哭了，老泪纵横地说："元白，你心胸广阔，此乃沈家之幸！"随即，他摇了摇头，"不过还是算了，我的时日已然不多，就不去给你添麻烦了。你能原谅二伯，对我来说已经足够。"

"我意已决，就这样定了。"沈元白坚定地说，"你再等我一些时日，待我去扬州办完事情，便来接你一同去宣州。"说完以后，他怕老人还要拒绝，便不再谈论此事，转身对陆珏道："陆兄，我们走吧！"

陆珏与段若兰对视一眼，点了点头。

三人离开了沈家书坊。

次日下午，一队州兵闯入椒江坊城隍庙，将一个半梦半醒的乞丐带走了。

台州署监牢，浑身是伤的老人已经陷入昏迷。

一桶冷水泼过去，他悠悠转醒。

"老人家，你这是何必呢？你只需告诉我，沈元白去了哪里，我便立刻放了你，并且找人替你医治身上的伤。"说话的是一名文官，身穿绿色官袍，正是台州司法参军。

"要杀便杀，无须多言。"老人虚弱地说，"我已亏欠元白太多，不会再给他招惹任何麻烦。"

"老东西，不识抬举。"司法参军怒了，吩咐狱卒道，"给我继续打！"

又是一顿鞭子。

老人咬牙硬挺，一声不吭，甚至都不喊叫。

最终，他缓缓闭上了眼睛，气若游丝地说："元白，保重！"

狱卒打了半天，累得满头是汗，老人却一动不动。他上前试了一下鼻息，转身对司法参军道："大人，人已经死了。"

"无所谓，找地方埋了便是。"司法参军烦躁地来回踱步，"沈元白不知所踪，让我如何回报刺史？"

这时，有州兵来报："刺史大人说不必审了，让你把人放了。"

"为何？"司法参军惊讶道。

那人道："沈元白去了扬州，已经与我们无关了。"

"如何查到的？"司法参军又问。

那人道："沈元白在城外旅店买了三匹马，店家偷听到了他与同伙的对话，其中提到了扬州。"

司法参军松了口气，转身便走。

狱卒在后边喊道："大人，刺史大人让放人，可是这人已经……"

"权当是放了吧！"司法参军快步离去。

狱卒摇了摇头，将老人的尸体从刑具上放下来，忍不住感慨道："你死得这般冤枉，得是干了多少坏事啊！"

死得冤枉，未必干了坏事。

他若还是曾经的那个人，便不会死，但他不想再造罪业，宁死也要弥补当年的过错。就结果而言，他紧咬牙关没有起到任何作用。可是对于这件事来说，他至少证明了悔过的诚意。

　　在去扬州的路上，沈元白突然一阵心慌，险些从马上跌落下去。

　　陆珏见他脸色不好，勒紧缰绳道："在这里暂歇片刻。"

　　沈元白坐在树下，举着羊皮水袋大口喝水。

　　陆珏不解地问："发生何事？"

　　"不知道，总觉得有事情发生。"沈元白喘着粗气，面色凝重。未了，他顿了顿，蓦地看向陆珏："我方才是不是走得太仓促？万一我们这路上被人跟踪了，那二伯……"

　　段若兰微怔："那怎么办？我们马上掉头回去？！"说着去拉沈元白起来。

　　"不可以。"陆珏按住了沈元白的肩头，目光坚定地看着他，"你二伯本就不愿去泾县，如果没人跟踪，也就那样过完之后的日子了。可如果被人抓去，他既决心忏悔，必然凶多吉少。此刻返回于事无补，大事在前，我们不能再耽搁了。你父亲的事情，马上就能水落石出了。"

　　沈元白听罢，压下起势，呆在原地。到底是血亲，他怎么会忍心置之不理呢？但如陆珏所说，一切都于事无补。他缓了口气："我没事，休息片刻便好。"

　　段若兰等他好些了，好奇地问："你二伯没有子嗣吗？"

　　"他原本有两个儿子。"沈元白道，"其中一人年幼时坠河身亡，另一人我离开的时候尚在，但以他现在孤苦无依的情况来看，我那堂兄应该也没活下来。他与二婶感情深厚，二婶病逝以后，他悲伤不已，始终不曾续弦，因此没有别的孩子。"

　　"竟是这样。"段若兰听完有些吃惊，半晌后，看看陆珏，叹声道，"先死的从这红尘解脱，留下的人却要痛苦一辈子了。陆珏，你可要死在我后边。"

　　"什么先死后死的？"陆珏根本不看她，"寿数天定，岂是人力所能干涉？"

　　"我不管。"段若兰不依不饶，"反正你不能先我死去。"

　　沈元白低头不语，对二人的谈话置若罔闻。

　　置若罔闻并非没有听见，只不过被思念掩盖了心绪。

　　"两处春光同日尽，居人思客客思家。"沈元白轻声吟诵那首《望驿台》，仿若看到了泾县山中的那间茅屋，秋月背着竹篓回来，将采摘的新鲜草药放在竹席上晾晒。

微风拂动她的发梢，她的动作越发缓慢，最终停滞，想起那个消失半年生死未卜的丈夫，眼眸逐渐湿润起来，发出一声悲凉的叹息："元白，你究竟在哪里？"

宣州，泾县。

县城以东二里之遥的山中，一条溪流蜿蜒流淌。

溪水之畔，是一间篱笆围起来的茅屋。

此地虽在山中，却不被树林环绕，阳光充足，花草芬芳。由于刚下过雨，空气中弥漫着一股草木清新的气息。

吴秋月晾晒着草药，微微叹息。

然后，她走到茅屋的门旁。那里放着一个熬药的炉子，炉火旺盛，药罐呼呼冒着热气。她用麻布垫着，将熬好的汤药倒入一个碗中。

在茅屋内的竹床上，躺着一个受伤的男人。此人面容清秀，身材颀长，双腿分别被竹条夹着。他看到吴秋月进来，挣扎着要坐起来。

"腿别动。"吴秋月走过去，把药碗放在床边的凳子上，在他身后塞了东西，那人才舒服地靠坐起来。

"谢谢——"那人表情复杂地说。

吴秋月把药碗递给他，冷冷地道："你运气不错，只是骨折。"

那人才把碗递到嘴边，一听这话，立即大口喝完，苦笑道："骨折还叫运气不错？"

"当然。"吴秋月接过药碗，转身放在桌子上，"骨折也有许多可能，断骨如果刺破血脉，你必因失血而死。"

"多谢相救。"男人面色微露惊恐，转瞬又诚恳地说。

"我是医者，治病救人天经地义，无须言谢。"吴秋月冷漠地说，"县尉大人为救下属而坠崖受伤，秋月没理由不出手相救。"

"你救了我，日后不会后悔吗？"那人问道，"毕竟，我带人来到山中，是为了搜寻……"

吴秋月目光低垂，沉默良久才说："我相信他是清白的。"

"清白与否，你我说的都不算。朝廷发下海捕告示，敕令各州县全面抓捕，倘若无法活捉，便当场格杀。"那人又道，"如果有一天，我要杀他，却不知该如何面对你的救命之恩了。"

"那便请县尉大人顾念今日相救的情分，对他手下留情。"吴秋月道，"我知道这会让大人为难，大人也未必会答应我的请求，但这是秋月唯一能替他做的事情。"

"看他是否配合了。"那人转头，望着茅屋的棚顶，深深地叹息道，"造化弄人啊！"随后，他又幽幽地说，"沈夫人，听闻你家有一张名为九霄环佩的好琴，可否借我弹奏一曲？"

"不可。"吴秋月拒绝道，"那是元白的心爱之物，未经他允许，我不会让别人触碰。"

那人笑了起来，笑声有些凄凉："我与他，应该没有机会抚琴共饮了吧！"

吴秋月眉头微蹙，询问道："听你之言，似与元白是旧识？"

"如果没有那场变故，我们或许能成为莫逆之交。"那人深吸口气，"不过抱歉，其中的隐情我无法对你直言，那些事于你而言也没有意义。你只需明白，我并不想伤害沈元白，只是碍于职责，必须抓住他。"

"秋月久居泾县，痴迷医术，对外边的事情所知不多，我爹怕我担心，也不肯坦言相告，就连王宣都瞒着我。"吴秋月郑重地说，"既然你与元白相识，那么能否告诉我，他究竟因为何事被抓进的大理寺狱？"

"我不能告诉你。"那人闭上了眼睛，轻声说道，"这件事太过复杂，牵扯的人位高权重，一旦消息走漏，我们全都死无葬身之地。"

欲盖弥彰！吴秋月道："宋县尉，你到底想说什么？"

"我叫宋慎微。"那人道，"开州司马宋申锡是我的父亲。"

"原来是你！"吴秋月冷声笑道，"去年元白就是为了给你家送宣纸，结果再也没有回来，你却来泾县做了县尉？"

宋慎微淡淡道："后悔救我了吧？"

"我救人从不后悔，好好养伤吧！"吴秋月转身出去了。

察觉到屋内已无旁人，宋慎微突然睁开眼睛，目光中闪过一丝狠厉，沉声自语道："沈元白，你我本无冤无仇，我又蒙受你妻之恩情，于情于理都不该置你于死地。可是徐昉探出之机密太过重要，为了天下苍生，你也必须死！"

第十六章

心思各异

长安，大明宫麟德殿。

当朝皇帝李昂傲立于殿中，望着上方龙椅。

宰相李训侍奉在侧。

此时，殿中没有一个宦官。

皇帝沉声询问道："那个沈元白，情况如何了？"

"还未抓到。"李训恭敬地回道，"此人曾在利州、开州、万州、台州四境现身，身边有高手护卫，大理寺卿郭行余的女儿亦陪同在侧。安王、太子派去的人悉数被杀，地方州兵也束手无策。臣已经六百里加急送信上扬州，不日便有结果。"

"哦，"皇帝骤然转身，"他竟然去了这么些地方？为何？"

"此事尚在调查。"李训道。

"郭行余管不了他女儿，此事应该与他无关。"皇帝皱眉道，"太子和安王何以卷入此事？"

"臣暗中查过，沈元白在大理寺狱期间，太子便亲自探望过，不久安王也派人与其接触。"李训回道，"宋申锡在长安时教导过太子，感情不浅，而沈元白入狱之罪名是杀死宋申锡。臣大胆猜测，太子去找沈元白，应该是想为宋申锡报仇，不料王弘述早有防备，无人能在狱中害他，这才在他越狱之后又千里追杀。"李训稍加停顿，目光微沉，"至于安王寻找沈元白的用意……他与太子叔侄情深，或许是怕太子有危险吧！"李训身处权力中枢，自然知晓安王与太子的争斗，只是作为朝臣，不论皇帝是否知晓此事，都轮不到他来告知，否则便是挑拨皇族亲情和妄议立储大事，对他而言百害而无一利。

"还算合理。"皇帝并未深究此事，转而道，"沈元白是宣州泾县人，不论他如何逃窜，迟早要回宣州。那就让金吾卫大将军韩约赶赴宣州，亲自了结此人。"

"遵旨。"李训又道，"不过，臣有一事不明，沈元白区区平民而已，又没有真正杀害宋申锡，圣上何以如此？"

"也该让你知道原因了。"皇帝没有继续说下去。

李训心领神会，立刻上前一步，垂首侧耳。

皇帝在他耳边悄声说了一些话。

"竟有此事？"李训猛然一惊，之后笑道，"这可真是天绝王弘述！既如此，沈元白此人必不可留，不如让韩约找到他后当场格杀，永绝后患。"

皇帝微微点头。

这时，有金吾卫进来通报，宰相王涯求见。

皇帝与李训对视一眼，走上龙椅："让他进来。"

金吾卫离去，王涯随即大步而来，跪地行礼道："臣有事启奏。"

"平身。"皇帝淡淡道。

王涯站起来，将一封奏疏双手奉上，同时道："这是扬州刺史派人送来的奏疏，请圣上过目。"

由于殿内没有宦官，王涯和李训都是宰相，无人可以将奏疏递送到皇帝手里，皇帝又不能走下来自取，场面一度僵持。皇帝无奈，给李训使了个眼色。李训顿时领会，从王涯手中接过奏疏，谦卑且庄重地走了上去。

王涯明显不悦，但也不好多言。

皇帝接过奏疏，迅速阅览，不悦道："此事朕已知晓，何以又来上奏？"

"既然圣上知晓，何以不曾下旨处理？"王涯理直气壮地说，"刊印《唐会要》虽是大事，但工期过紧，又要以宣纸印刷。如今宣州纸坊不知何故纷纷罢业，难以供应，扬州书坊的官吏却以工期之故苛责工匠，一时怨声载道。再这样下去，恐有暴乱之危。先帝时期染工暴乱，杀入大明宫右银台门，一度占据清思殿，此事不但令皇权威仪遭受践踏，还让无数人死于非命，危害甚大，不可不防啊！还望圣上放缓工期，并以库存甚多的麻纸印制，以防民变。"

"李训，你说呢？"皇帝祸水东引了。

"王大人，《唐会要》乃传承国策的典章史籍，又是王弘述全权负责，事情尚未明朗之际，圣上也不好下旨阻拦。你来之前，圣上与我正在商议此事，已经打算派韩约往宣州核查纸坊罢业一事，不日便有结果。"李训巧妙地给韩约去宣州找了一个合理的借口，同时揶揄道，"你若是着急，可以从王弘述身上想想办法。你与他交情匪浅，出任宰相亦为他之举荐，你的话想必他也会听。"

"难道你不是他所举荐？"王涯针锋相对，冷笑道，"五年前宋申锡一事，是谁替王弘述出谋划策将其贬往开州的？"

"王大人，话不能乱说。"李训沉声道，"宋申锡被贬开州乃圣上下的旨，你的意思是，圣上错了吗？"

"我——"王涯大惊失色，立刻跪在地上，"圣上明鉴，臣不是这个意思？"

"行了！过去的事不必再提。"皇帝一副疲惫的样子，"王弘述与二位卿家皆为朕之臂膀，不可互相攻讦。扬州之事朕会处理，爱卿退下吧！"

王涯长舒口气，应声离去。

闹吧！闹得越大越好。皇帝低眉浅笑。

"此事臣会全力配合。"李训施了一礼，也出去了。

大明宫太和门以东，左神策军仗院。

一间房子内，王弘述正在和神策军将领谈论事情。一个微胖的宦官走进来，没有出声，默然站在一旁。王弘述心领神会，让将领先行退下。

宦官走过来，轻声道："沈元白去了扬州。"

"看来还没有结果啊！"王弘述表情淡然。

"我们留在开州的人，被安王侍从华唤杀了……"宦官把开州的情况和盘托出。

"安王在找沈元白？"王弘述哪管那个司户参军的死，用手指轻轻点着椅子扶手，"华唤被杀了，看来他抓不到人。"

"还有一件事。"宦官又道，"金吾卫大将军韩约出城了，据说是去宣州核查纸坊罢业一事。"

"纸坊小事何须韩约亲往？他是去抓沈元白。"王弘述冷笑道，"如此一来，便是告诉我们，即便宋申锡远在开州，也与宫内保持着联系，否则圣上不会对一个造纸匠人如此上心。不过沈元白如今在扬州，回到宣州尚需一些时日，派肖谦火速前往宣州，给刺史侯敏送一封信，让他务必牵制住韩约，沈元白还不能死。"

"安王之举，应与太子有关。"宦官又道，"太子曾在大理寺狱与沈元白有过接触，不知是何原因。"

"他害怕了。"王弘述的神色依然平静，"这也不能怪他，毕竟事关重大，他一个孩子怎承受得了，回头我去安抚一下。扬州那边怎么样了？"

"侯敏指使罗立言的族人罗通将宣州纸坊尽数关停，宣纸已经供应不上。扬州那边无纸可用，《唐会要》的刊印已经进行不下去了。"宦官回道。

"还不够。"王弘述道，"告诉肖谦，宣州送完信后立即赶去扬州，想办法让书坊对印刷工匠再狠一些，不葬送几条人命，他们岂会恨得起来？等他们怒火中烧，后续之事便会容易许多。"

"是否将扬州的全部计划告知肖谦？"

"也好。"王弘述道，"就让肖谦全权负责此事吧！"

"是。"宦官领命离去。

王弘述阴鸷地说："圣上，你与宋申锡暗中勾连，意欲铲除我，此仇我可没忘呢！我能扶你上位，同样能让你下去。"

大明宫，少阳院。

十二岁的太子李永焦躁地在房中来回踱步。

太子洗马程涛垂手而立："殿下，韩约去宣州了。沈元白必然难逃一死，你不必如此忧心。"

"陆珏那个王八蛋！"太子怒不可遏，"安王的人他杀，我的人他也杀，到底想干什么？你能找到他不？给他去一封信，让他自杀谢罪。"

　　程涛摇了摇头，苦笑道："陆珏武艺卓绝，行事全凭个人好恶，只能他来找我，我又岂能命令他？"

　　太子坐了下来，依然很生气："你刚才说什么？韩约去了宣州？宣州刺史侯敏是王弘述的人，能让韩约杀了沈元白？"

　　"总比没有希望要好。"程涛淡然道。

　　"我告诉你，如果沈元白查出了那件事，告诉了王弘述，那他一定能猜到是我走漏的消息。到时候别说登极大统，我能否保全性命都未可知。"太子气急败坏道，"我如何不着急？"

　　"太子殿下少安勿躁。"程涛道，"我们的人都是绿林草莽和长安地痞。被陆珏杀的那些人，曾经血洗了道观，以道士身份劫杀过往商客，可谓死有余辜。这些人且不说能否公开露面，就是硬打，也没一个是陆珏的对手。当务之急，殿下不如反戈一击，与圣上合力铲除王弘述。"

　　"不行。"太子拒绝道，"此举风险太大。把王弘述逼急了，转而支持安王，我便是一丝胜算都没有了。"

　　"支持安王又如何？"程涛极力劝道，"只要殿下受圣上赏识，父子同心，安王根本不是对手。"

　　"父子同心？"太子冷哼道，"你把杨贤妃忘了吗？她与我母妃争斗数年，好不容易占据上风，岂会让我上位？"

　　"殿下多虑了。"程涛道，"你已经是太子，只要谦恭守礼，用功读书，把心思放在江山社稷之上，不论杨贤妃如何攻讦，圣上都不会往心里去。反之，如果权阉不除，即便圣上让殿下继承皇位，神策军权柄旁落，你这大位如何坐得安稳？"

　　"来不及了。"太子苦笑道，"王弘述箭在弦上，迟早要射出来。我现在倒戈，只会死得更快，不如静观其变。在这之前，不能让沈元白活着与王弘述相见。"

　　程涛沉默不语。

　　太子坐在椅子上，抚着额头问："安王最近有什么动静？"

　　"没动静。"程涛道，"华唤死了以后，他似乎觉得沈元白不太好惹，便也没有再派人去找。"

　　"是陆珏不好惹吧？"太子冷笑道，"这样也好，我们可以做两手准备。你盯紧安王，倘若他有动作，我们暗中尾随。他若不动，我们就等待时机。如果韩约真的杀了沈元白，我便能获得短暂的平静。王弘述将谋划透露给我，是断定我不敢泄密，但你方才所言也有道理，我不能受其摆布，只是此局目前难破，须在我登极以后从长计议。"

"不可。"程涛忙道，"王弘述必须失败，否则圣上危矣。我还是认为，殿下应该与圣上一起铲除此人，以此彰显你的功劳，安王便无力相争。"

"我没有那个能力。"太子摇头道，"安王之所以有机可乘，归根结底还是父皇看不上我，因此我的话他未必相信，而且王弘述也不会给我机会向父皇告密。装作什么事没有，对我无害，还可以借助王弘述之力上位。我若强行告密，则是得罪王弘述，以他如今的权力，父皇无法迅速将其铲除，他若及时停止，我便是诬告，根本得不到好处。既如此，我又何必参与此事？"

程涛叹了口气，放弃了劝谏。

太子又道："只要沈元白一死，我便高枕无忧。"

程涛本来不想再说，但见太子这般目光短浅，着实让他心里着急，继而说道："殿下此言未免太乐观了。你不告密，圣上就不知道吗？宋申锡与京城的书信往来，可不只是与你一人联络。他得知如此机密之事，怎么可能不告诉圣上？王弘述孤注一掷，成功倒也罢了；他若失败，殿下便是同谋，圣上会如何处置你？"

太子闻言一怔。

"所以殿下必须与他撇清关系。"程涛又道，"沈元白断不可留，因为即便圣上知晓，王弘述并不知道秘密已经泄露。所以只要我们不让沈元白与王弘述相见，就既能保全殿下，又不会破坏圣上的因应之策。只是殿下也要有所作为才行，否则东窗事发之时必然难逃牵连。不如这样，且看沈元白是否被韩约所杀。此人若死，殿下立刻去找圣上言明王弘述的谋划；他若及时停止更好，免去了许多无辜之人的死亡，对殿下也无害，因为你已经向圣上表明立场，不论安王和杨贤妃如何攻讦，都无法撼动你的地位。"

"倘若王弘述及时停止，则会全身而退，之后我必然招致他之报复，该如何应对？"太子担忧地说。

"嗯。"程涛面露难色，"王弘述手握神策军权柄，若是与之交恶，恐其会在殿下即位之时发动兵变，强行拥立他人。如今进退两难，须有万全之策才行。"

太子也陷入沉思，稍后突然双目一亮："有办法了。"

"什么？"程涛忙问。

"他若不动，我也不动。"太子笑道，"一旦确认王弘述有所行动，我再去找父皇告密。虽然晚了些，但可以保证他必死无疑。如果他侥幸成功，我依然可以借机上位，然后再以此事为借口铲除他。"

"虽说不是上策，但也只能如此了。"程涛点头道，"如此一来，沈元白便是关键，一定不能让他活着来到京城。"

"安王的消息来源比我们广泛，只要盯紧他便可。"太子得意地说，"沈元白若是活着来到长安，安王肯定知道。"

"好，我这就派人去十六宅监视安王的动向。"程涛转身离去。

长安十六宅，颖王府。

十六宅位于通化门以北，西临长乐坊，南接长兴坊，按长安一百零八坊来说，此处应该是入苑坊。玄宗登极以后，亲王不再给予封地，而是于入苑坊修建十六宅统一安置。

颖王为穆宗第五子，安王是第八子，二人均为当今皇帝的同父兄弟。

府第后园中，颖王从木笼中拿出一只鸽子，仔细端详片刻放了回去，又拿起另一只，仔细查验着什么。

在他身后有一张石桌，安王在自斟自饮，有些不耐烦地说："皇兄，那鸽子又死不了，你能不能先管管我？"

颖王笑着说："病厄灾祸需防患于未然，等它们死了再行照顾，那便没有意义了。"他将鸽子放回木笼中，有仆人端着水盆过来，他洗了洗手，仆人复而离去，他则向安王走过去，"开元宰相张九龄便是豢养飞鸽的高手，据说能以此传信，称为飞奴，我也想试试，可是一直驯养不好。"他在安王的对面坐下，为自己倒了杯酒，"看你满面愁容的样子，究竟发生了何事？"

"华唤被杀了。"安王叹息道，"当初你说沈元白必将再回开州，果然言中。不过他身边有个叫陆珏的人保护，华唤没能抓到他，反而葬送了性命。"

"这个陆珏是何来头？"颖王平静地问。

"太子的人。"安王道，"就是那个当街行刺赵琛的杀手。"

"原来是他！"颖王又道，"我听说此人刺杀未果，反被神策军所擒，关在大理寺狱等候处置，何以逃脱了？"

"此事我也奇怪。"安王困惑地说，"大理寺狱守卫森严，如果无人相救，他是没办法逃出去的。可是我暗中调查过，太子并没有出手，何况也没这个能耐。"

"莫非是王弘述？"颖王道。

"王弘述？"安王一惊，"皇兄的意思是，王弘述在暗中扶持太子？"

"太子为储君，扶持他没有不妥。"颖王淡然道。

"那我该怎么办？"安王忙问。

颖王静静看着他："你觉得，我养的那些鸽子能高飞，凭借的是什么？"

"羽翼？"安王愣了愣，沉下了脸，冷哼道，"皇兄真会开玩笑，王弘述若那么容易被除掉，宋申锡五年前便成功了。如今圣上都无可奈何，我又如何杀得了他？"

"我可什么都没说。"颖王急忙解释。

安王愤愤道："太子暗弱无能，若是让他继承大统，必然被权阉佞臣所左右。王弘述扶持他，不过是认为他容易控制罢了。"

"太子的弊病不在于暗弱无能，而是性情顽劣。"颖王随意地说，"暗弱也好、无能也罢，若有良臣辅佐，依然可为一代明君。性情顽劣则不同，耽于享乐，不修政事，则会疏远良臣，与佞臣亲近，其行径必然祸国殃民，这才是最可怕的结果。听说了吗？太子又出游了，在醉仙楼与一群江湖草莽喝得酩酊大醉，还把圣上赏赐的玉如意送人了。"

"我怎会不知？"安王笑道，"若不是圣上只有这一个儿子，恐怕早就把他废了。"

"程涛自诩智计过人，也劝不住一颗顽劣的心。"颖王将杯中酒饮尽。

"所以不能让他继承皇位，否则社稷危矣。"

颖王不置可否，起身往鸽笼走去。

安王不满道："我说皇兄，每次提起此事，你都心不在焉，非让我把话挑明了说吗？"

"大可不必。"颖王隔着笼子挑逗鸽子，"我对朝廷大事知之甚少，在这方面帮不了你。而且你走的路过于凶险，我不想涉足其中。"

"那你为何告诉我沈元白可能回开州？"安王反问。

"他是朝廷钦犯，圣上也在抓他。"颖王淡然道，"既然你有心为圣上分忧，我同为亲王，当然责无旁贷。"

"你明知道我找此人是因为太子之故。"安王步步紧逼。

颖王回身询问："太子与沈元白有什么关系？"

"不知道。就是因为不知道，所以才要抓来问清楚。"

"你看，你都不知道沈元白与太子有何关系，我又怎会知道你找他是因为太子之故？"颖王打开笼子，一群鸽子腾空飞起。

安王一脸不悦，赌气似的不停喝酒。

颖王走过来，安慰道："我明白你的意思，只是有些话不便明说。在你走的那条路上，我确实能力有限。但在为人处世方面，作为兄长，我倒是可以给你一些建议。比如华唤，他已经为你而死，你不该迁怒于他的家人。"

"我没有迁怒。"安王辩解道，"华唤已死，我没理由再替他照顾家人，将其赶出长安，也是为了让他们去过平静日子。"

颖王并未言语。

安王又道："当然了，最终华唤的家人死在返乡途中。但此事不能怪我，山匪劫杀不在我的预料之中。"

"好吧！不说这事了。"颖王复而坐下，"听闻你手里有一幅王献之的书法名作《洛神赋》，可否借我一观？"

"皇兄莫不是失忆了？"安王斜睨着他，"还是想借此揶揄我一番？"

颖王兀自笑了笑，然后正色道："我只是想说，杨贤妃乃圣上宠幸的女人，程涛若以此事设计构陷，流言蜚语足以令圣上震怒，不可不防。"

"皇兄多虑了。"安王回道，"我与杨贤妃除了家宴以外不曾见过，那幅字又是赵琛托人所送，牵扯不到我的身上。"

"那便好。"颖王点了点头。

二人又聊了一些琐事，安王逐渐腻烦，于是起身告辞。

不多时，有仆人来报，宦官仇士良求见。

"让他进来吧！"颖王吩咐道。

仇士良身形枯瘦，官服在身上显得非常松垮。

他进来后，拱手笑道："多日不见，颖王一向安好？"

"闲云野鹤，岂能不好？"颖王命令仆人上茶，然后略带愧疚地说，"实在抱歉，我没有找到那张九霄环佩。"

"我今日过来，正是为了告知此事。"仇士良坐下道，"那个宫廷乐师家中遭遇变故，其妻与侄子通奸，企图下毒害他。不料被他察觉，将那二人反杀，此举虽为自保，依然触犯律法，他便以此琴贿赂万年县令，意欲博得一线生机。然而天子脚下，县令岂敢如此徇私枉法？于是将他当场抓捕。我知道这件事以后，亲自主持此事把那人放了，琴便归于我手。"

"你这也算徇私枉法了吧？"颖王开玩笑似的说。

"我又不执法。"仇士良不以为然地说，"蝼蚁而已，杀与放区别不大。既然我已经拿到了琴，颖王便不必再替我寻觅了。可惜今日心烦意乱，无心弹奏，否则我便将琴带来与你抚上一曲了。"

"你已经升为右领军卫大将军，为何还会心烦？"颖王始终面带笑意。

"正为此事烦心的。"仇士良叹息道，"我如今是知内侍省事兼领右领军卫大将军，看着似乎是件好事，但仔细一琢磨，总觉得不太对劲。圣上的用意我明白，是为了牵制王弘述，毕竟我与他不合，然而王弘述居然也没反对，你不觉得很奇怪吗？"

"右领军卫实权不多，对他没有威胁。"颖王道，"他为何要反对？"

"颖王深居简出，对朝廷大事不曾关注，固然不知其中玄妙。"仇士良道，"右领军卫大将军虽无实权，依然是军职高位，在十六卫中已无升迁余地。"

"果真再无了？"颖王笑道。

仇士良愣了愣，顿悟道："再升便只能是左神策军中尉，那将与他平起平坐了。"说罢，整个脸色都变了，"王弘述心狠手辣，这让我如何与他相与啊！"

"别担心，总会有转机的。"颖王安慰道。

"最近王弘述不知道在密谋什么，其行径让我完全看不懂。"仇士良依然忧心忡忡，"他先是把大理寺狱一个叫沈元白的犯人暗中释放，又极力推行用宣纸重印《唐会要》，与太子往来过密，又不曾协助太子压制安王，让人完全摸不着头脑。"

"此事蒙昧不明，还需静观其变。"颖王淡淡道。

"好吧！"仇士良端起茶盏，"反正也没有别的办法。"

长安的情况，沈元白自然无法知晓。

此时的他，正和陆珏、段若兰昼夜兼程赶赴扬州。

扬州属于淮南道，玄宗时期曾改为广陵郡。一代诗仙李白曾有诗为《黄鹤楼送孟浩然之广陵》，其中的"广陵"便是扬州，诗句中也有"烟花三月下扬州"的交代。从台州往扬州走，水路最佳，因为有一条大运河贯通南北。沈元白等人走的也是这条路，他们骑马到越州之后，便舍弃了马匹，改乘船，走运河水路。

扬州的州治在江阳县，州治所在的这座城池极为特殊。

在扬州西北有一条山冈，绵亘四十余里，不是很高。据说山中有井与蜀地相通，所以此山名为蜀冈。州城被蜀冈一分为二，冈上为子城，衙署林立，又称衙城，其下为民居和手工坊的所在地，称作罗城。

沈元白要找的官营印刷书坊，便在这冈下罗城之中。

扬州城门处无人盘查，仅有的几个卫兵也无精打采昏昏欲睡，对过往行人视而不见。在这种松懈的状况下，沈元白三人如入无人之境一般安然进城。

不过，此种反常的现象虽然对他有利，依然让人疑窦丛生，找人稍加询问，便知道为何会如此了。最近几日，州署和县署被一群工匠围了起来，这些人并不闹事，只在衙署门口静坐，以此逼迫朝廷放宽印刷时限。刺史大人亲自出来相劝都没有效果，不得已只得派州兵驱赶。可是今日赶走，明天又来，周而复始，又无法将他们尽数抓捕，那样更完不成朝廷的印刷任务了，搞得所有人心力俱疲。

沈元白得知此事，更想找刘斌一问究竟了。即便扬州刺史被工匠之事牵制，他还是不太方便公开露面，于是找了家旅店暂住，让段若兰去书坊约见刘斌。这个过程异常顺利，大约申时左右，段若兰回到旅店，沈元白得以与刘斌相见。

刘斌身材不高，体格健壮，双手布满伤疤和老茧。他比沈元白大八岁，比陆珏大二岁，其沧桑的模样却与陆珏完全不是年纪相仿之人，像是比陆珏还大了八岁。

故人重逢，沈元白毫无感觉。

刘斌则一把抓住他的手，激动地说："元白，真的是你啊！这些年，你的大名如雷贯耳，我却难以抽出空来去看看你。"

"坐下说。"沈元白笑了笑。

刘斌落座后，看了一眼依靠在窗边的陆珏，又望了望坐在床上的段若兰，疑惑骤然而起："元白，泾县到底出什么事了？"

"泾县？"沈元白一怔，"实不相瞒，我半年未曾回家，不太清楚那边的情况。你有此问，莫不是听到了什么消息？"

"那你还是尽快回去看看吧！"刘斌叹息道，"'静心堂'可能出事了。"

沈元白惊住，忙问："究竟发生何事？"

"朝廷责令扬州重印《唐会要》，并指明用宣纸印刷。"刘斌黯然道，"不知何故，宣纸始终不曾送来。我们刻了无数雕版，却一张都无法付印，书坊官吏以工期苛责我们，当作囚犯一样时常鞭挞，非但不付工钱，还不许回家探望。有个工匠的妻子生产时不幸去世，竟也不许他回去安葬亡妻，一时怨声载道。如果泾县没有出事，为何宣纸会突然消失？"

"这不合理。"沈元白思忖道，"宣纸出自泾县不假，但绝非'静心堂'独有，很多纸坊可以造出来，只不过我们家的质量最佳，名声最响，不太可能全部消失。而且，既然是朝廷的命令，宣州刺史侯敏没理由不从中斡旋。"

"反正就是这么个情况。"刘斌再次叹气，"如今印刷工匠怒火中烧，扬州刺史又不作为，只派州兵驱赶，我担心迟早引发大乱。到时候朝廷派兵镇压，这些人无力抗衡，势必难逃一死。你父亲当年为了保住雕版印刷行业的手工匠人，不惜结交台州刺史柳泌，谁能料到，十多年后这些人再次面临死局。我一身技艺炉火纯青，也只是工匠中的佼佼者罢了，对当下之事无能为力，真是愧对师父！"

"你说什么？"沈元白愕然道，"他与柳泌交好，是为了保护工匠？"

"怎么？你不知道？"刘斌颇为意外，"当年柳泌任台州刺史，驱赶百姓进山采药，死了无数人。你家却安全无虞，无数工匠和他们的家人也不曾被其驱使，这些都是你父亲斡旋的结果。若非如此，你以为柳泌会放过我们？"

沈元白的心中五味杂陈，一时无法言语。

他对徐昉和刘斌没有记忆，更没有感情可言，但这二人全都记得他，且对其格外亲切。世间没有无缘无故的情谊，之所以会如此，必然是父亲在二人面前夸赞过他，至少也表现过对儿子的关心。因此，徐昉和刘斌这两个父亲最得意的弟子，才会把他视为最亲近的兄弟。

此刻，他又知道了父亲结交柳泌的缘由，那是为了保全一大批人，其中也包括他和母亲。所以说，以前的所有恨意全都是只看表象的误会。当他真正明白的时候，那个人早已离开人间十年之久。

茫茫尘世，渺渺人生。

总有那么多无法挽回的遗憾。

早年不得知，知时已晚矣。

第十七章 是故人，亦是敌人

沈元白沉默许久，终于渐敛心绪，眉目低垂地说："刘大哥，我来扬州找你，并非纠结于往事，而是有一件要事请教，还望你能为我解惑。"

"什么事？"刘斌问。

沈元白深吸口气，打开那个布包，将题诗板递给刘斌。

"这是——"刘斌眉头微蹙，摸着木板的厚度，惊讶道，"徐昉的雕版？"

果然是行家，一眼便知道是从徐昉那里而来。

"没错。"沈元白点了点头，悲伤地道，"徐昉已经去世，这块雕版是仅存的遗物。我不知道他藏了什么秘密，所以才来找你。"

"徐昉死了？"刘斌大吃一惊，险些把雕版扔掉。

"此事稍后再说。"沈元白郑重地说，"这块雕版为何没有刻痕？"

刘斌叹了口气，拿着雕版解释道："这是徐昉以前与我打赌的时候独创的一种技法，名为阴阳暗版。师父认为他这东西没有实用价值，便叱责他不务正业，以后再也没有见他做过。"他用那块雕版在桌子上翻来覆去地敲打，又轻轻磕了几下，指着陡然生出的一条细小缝隙说道，"看到没？这是两块板子拼合在一起的，用的是木工的卡合方法，只要将其打开，便能看到真正的雕版。不过，徐昉一般会用木屑填平缝隙，再刷上桐油打磨光滑，所以不知内情者根本看不出来异常。"

"竟有此事？"沈元白惊讶不已，将雕版接过去。那条缝隙经过刘斌的处理，确实更加明显了一些，然而以他的力气根本打不开，于是将其交给陆珏。

陆珏并未言语，将木板竖着放在窗沿上，抽出横刀，用刀柄向下捶打。不多时，两块板子便错开了，他抓住一头用力一拉，便将镶嵌其中的那块抽了出来。

果然，这是两块雕版，每块上都刻着许多小字。

沈元白看了看，发现不对劲，那些字并不完整，缺少许多笔画，而且一块雕版上是常见的反字，另一块却是正字。

"你应该看出问题了。"刘斌趁机说道，"之所以叫阴阳暗版，正是因为这两块板子刻的是相同的内容。需要用一张纸，先正面拓印，然后再反面拓印，对着亮光去看，才能从正反两面重叠的字中看出到底写了什么。"他拿过去其中一块，端详片刻后皱起眉头，"他为何雕得如此之浅？估计印不出来。"

"太浅？"沈元白一怔。

"是的。"刘斌道，"以我的经验，此种浅度的雕版根本无法付印。不论你用什么纸，都会被墨迹洇成一团黑块，无法辨认。口说无凭，可以向店家要些纸墨，拓印一下试试。"

"我去吧！"段若兰转身离去。

少顷，她带回了纸墨。

刘斌亲自印刷，按理说工序应该没有问题，然而结果正如他所言，印出来的乃漆黑一片，什么都看不清。

"徐昉这是何意？"沈元白满脸不解，对陆珏道，"《望驿台》的最终指向，竟然一个无法拓印的雕版，他是真的想把秘密告诉我吗？"

"我认为——"陆珏沉吟道，"他最初想告诉的人，并不是你。"

"王师文？"沈元白依然不解，"可是他将秘密埋得这么深，我绕了这么大一圈才破解开阴阳暗版。王师文对雕版一窍不通，如何解得开？"

"你说谁？王师文？"刘斌突然插话，"王师文不是跟徐昉在一起吗？"

"什么？"沈元白一愣，"你为何知道王师文？"

"徐昉说的。"刘斌道，"我与徐昉偶尔也会有书信往来。所以你刚才说他死了我非常震惊，甚至难以相信。他在开州司马宋申锡的府里担任文吏，何以会突然死亡？"

沈元白叹了口气，将开州司马第那惊魂一夜的详情告诉了他。

"原来如此。"刘斌哀伤地说，"师父去世以后，我与徐昉离开了台州。他说先回老家越州祭祀祖先，再来扬州与我会合。然而约定的日期到了以后，他并没有来，一消失便是许多年。大约两年前，我接到了他的书信，这才知道他在越州出事了。其实那件事非常小，他在街上目睹有人偷钱，反被贼人栽赃陷害。百姓不明所以，对他大打出手，后来被王师文所救，并将他推荐给了时任浙江东道观察使从事的宋申锡。"

"这便说得通了。"沈元白恍然道，"王师文有恩于他，为了报恩，他肯定任由其驱使。既如此，他又为何把秘密藏得这么深？难道不怕王师文破解不了吗？"

"也许，他本就不想让王师文知晓其中秘密。"陆珏说完，将目光投向刘斌，"徐昉还跟你说过什么？"

刘斌稍加沉思，又道："最后一封信我是去年七月收到的，他在信中说知道师父是被何人所害，但不能言明，他现在所做之事，乃为加害之人效命。若真的做了，便是愧对师父；若不做，王师文的恩情难以偿还。于两难之中挣扎，食之无味，夜不能寐。"

闻听此言，陆珏似有芥蒂般欲言又止，对沈元白使了个眼色。

沈元白领会了他的意思，对刘斌道："刘大哥，今日之事辛苦你了，你我多年未见，此间重逢本该彻夜长谈，然而我确实急需赶回宣州，只能以后再叙了。你放心，刊印《唐会要》一事，我会想办法弄清是何人从中作祟。在此期间，还需你来稳定工匠情绪，劝说他们不要轻举妄动，等我归来妥善解决此事。"

"我能力有限，只能尽力而为。"刘斌站了起来，意味深长地说，"你的事情我都听说了，其中因由我不想多问，只希望你能保护好自己。你是师父的儿子，我相信你可以扭转局势，让工匠们免于灾祸。等事情完了，我们有的是空闲坐下来叙旧，此刻就不打扰你了。"然后，他又向陆珏和段若兰抱拳行礼，"二位一看就不是寻常之人，有你们相伴，我师弟的安危应无大碍，刘某在此谢过了。"

"言重了。"陆珏微微颔首。

刘斌推门而出，并且拒绝沈元白相送。

不该卷入这场旋涡的人已经离去，三人总算可以畅所欲言。

"怎么样？"陆珏坐下来，笑道，"王师文是何人是否明了？"

"徐昉说知道我爹是被何人所害，而他现在所做之事乃为加害之人效命。"沈元白一声冷哼，"害死我爹的三个人里，只有王弘述还活着。想不到，王师文真的投靠了权阉。徐昉两难之际，想出个绝招。拦截去长安送信的杨季，替王师文查出了宋申锡的秘密，以此报答他的恩情，又将秘密藏得特别深，让王师文无法破解，便是没有为王弘述效力。不得不说，这办法确实解决了难题。"他叹了口气，沮丧地说，"既如此，他又为何约我去书阁一会，这不是把我往火坑里推吗？"

"此事不难理解。"陆珏淡然道，"徐昉约你，应该是要告诉浙东火灾的真相。然而半路杀出一个神秘人把他干掉，弥留之际说不出话来。他只能将题诗板的线索透露给你，在你查这个秘密的过程中，必然会知道所有隐情。而且，或许还能替他报仇。"

"你的意思是，此事到此为止了？"沈元白冷笑道，"徐昉本来就没打算让人把雕版的内容拓印出来，那他刻雕版干什么？"

"不对。"段若兰思索着说，"徐昉告诉你题诗板的所在，肯定不只是让你借此查出父亲亡故的真相。宋申锡的秘密不能告诉王师文，但未必不能告诉你。告诉王师文等同于告诉王弘述，告诉你则不尽然。你知道王弘述乃浙东火灾的元凶以后，必然与之对立，所以知晓这个秘密将会改变一些事。所以我认为，这个秘密必然与王弘述有关。"

"你怎么突然变聪明了？"陆珏惊讶道。

"我一向很聪明。"段若兰不满道，"只是懒得动脑而已。"

"那好，聪明人，你说一下这个雕版印不出来是怎么回事？"陆珏打趣道。

"我哪知道？"段若兰哼道。

"要用特殊的纸。"沈元白拿着那个雕版端详上面的刻字，沉声道，"如果是我，这个雕版未必印不出来，所以徐昉才会将题诗板的线索告诉我。"他望着陆珏，"换言之，徐昉刻这个雕版的时候，是知道我要去开州的。我与王宣到开州以后，徐昉并不在司马第，他去长安为宋申锡接御医。从开州去长安，虽说不完全路过利州，但特意去一次，也不会耽搁太久。利州馆驿的驿夫也说了徐昉去的日期，那时我正在前往开州的路上。"

"他是特意为你准备的？"段若兰好奇地说，"为何？"

"当然是报仇。"沈元白道，"王弘述害死我爹，徐昉希望我用这个秘密为父报仇。他将雕版刻得这么浅，那是因为世间只有我能造出可以印刷的纸。"

"你真的可以吗？"陆珏笑道。

"不知道。"沈元白叹了口气，"反正也要回泾县，不如试试看吧！这种纸不能太厚，又不能洇墨。罗通以前造出过类似的纸，但那个太怕潮湿，印刷需要大范围涂墨，显然不太适用。我造宣纸的时候，是秋月无意中替我找到了一种植物汁液，以此为溶胶才得以成功。此次时间紧迫，希望秋月再助我一臂之力吧！"

"事不宜迟，我们立刻启程。"陆珏将雕版包好，系在自己背上。

"现在？"段若兰惊讶道，"天色已晚，扬州城都宵禁了，你是要把城门守兵全杀了吗？再着急也不差这一晚，你来我房里，我有话要对你说。"他拉着陆珏往外走，出门的时候对沈元白道，"你好好睡一觉，有事叫我们。"

二人突然离去。

沈元白平躺在床上，望着床顶，惴惴不安地自言自语："扬州急需宣纸印制《唐会要》，宣州却无纸送来，是真的出了什么事吗？也不知道岳父和秋月怎么样了。"

这一夜，他辗转反侧，熬到凌晨才缓缓睡去。

他做了一个梦，梦到了宣州衙署。

高位上所坐之人不是宣州刺史侯敏，而是那个死对头罗通。他狰狞地笑着，指着堂下跪着的人对沈元白道："没想到吧？我又回来了。沈元白，我看你能救得了谁。"

几个人跪在地上，身负枷锁。

岳父吴渊浑身是血，哭喊道："元白，快回来救我！"

王宣喊得更大声，几近撕心裂肺："姐夫，'静心堂'完了！"

吴秋月泪如雨下，哀伤道："沈元白，我就不该嫁给你！"

"来人！"这时，罗通厉喝道，"把这些人都给我砍了。"

有刽子手从门外进来，手中的大刀闪着寒光，手起刀落，鲜血涌出，一颗颗至亲之人的头颅滚到他的脚下，双目圆睁，幽怨地盯着他……

整座衙署尽是罗通狂妄的笑声，震得人双耳刺痛。

沈元白骤然坐起，吓出了一身冷汗。

窗外，天色刚刚放亮。

他手忙脚乱地穿好衣服，然后夺门而出，正好与陆珏撞上，不等对方开口，他急躁地说："陆兄，我等不了了，必须尽快回到泾县。"

"我正准备叫你。"陆珏笑道，"这次我们坐马车走，车已经备好了。"

沈元白不再多言，匆忙走出旅店。

陆珏赶车，沈元白和段若兰在车厢里坐着。

三人于耀眼的晨曦中离开扬州城，往西南方向疾驰而去。

宣州境内有两大湖泊，分别为丹阳湖和固城湖。两湖延伸出数条支流，其中最长的一条名为泾水，蜿蜒向南直抵州界，在泾水中段的西岸设有一县，乃称泾县。

泾县最初是秦朝所设，属于会稽郡，西汉改属丹阳郡，东汉改属宣城郡，至此便在丹阳、宣城之间不停更换，直到隋朝开皇九年废郡改州，泾县正式成为宣州属县。隋朝大业年间，宣州再次改为宣城郡，唐武德初年又改回宣州。玄宗于天宝元年将天下各州皆改成郡，泾县复归宣城郡。"安史之乱"以后，肃宗收复长安就地登极，又行废郡改州之举，泾县再属宣州。

沈元白回到泾县后，没有进城，而是带着陆珏和段若兰往县城东边走去，沿着一条溪流进山，没走多远便来到一处开阔之地。此地一切如故，溪水潺潺，花草繁茂，篱笆栅栏围着一间木与竹搭建的茅屋，周围全是晾晒草药的架子。草药尚且新鲜，可见那位宣歙名医必在此处。

"秋月，我回来了。"沈元白迫不及待地推门而入。

不料，屋内空无一人。

陆珏跟进来，望着内中简朴的陈设，询问道："这里便是你夫人的药庐？"

"是的。"沈元白点头道，"她喜欢与自然为伴，夏秋之际便会在此处居住。近几年宣纸的产出已成规模，我便闲了下来，时常来此陪她。"

"她人呢？"陆珏又问。

沈元白扫视四周，猜测道："竹篓不在，应是进山采药了。她一般午后进山，日落之前必然回归，我们暂且等等吧！"

"可以。"陆珏在椅子上坐了下来。

沈元白转身出去，看到段若兰正在溪边的一棵柳树下站着，于是走过去说道："一路过来，陆珏在赶车，我也不好开口，但一直想问问你，那晚在扬州旅店，你与他谈出什么结果了吗？"

"没有。"段若兰落寞地摇了摇头，"他只说前路凶险，不想牵连我。至于为何替太子效力，他对此讳莫如深，怎么都不肯说。"

这个结果在沈元白的预料之中，本来还想劝慰几句，转念一想，段若兰和陆珏都是聪慧之人，且都比他年长，感情又是私事，他真的不好从中置喙，于是不再谈论这个话题，转而说道："扬州一行，你有什么感触吗？"

"你指的是什么？"段若兰不解道。

沈元白道："我曾经是那么恨着父亲，可是当知道其中隐情，心中便只剩愧疚了。你曾对我讲过，你父亲登第以后便抛弃了你们母女，此事是否另有原因呢？"

段若兰沉默不语。

"回京以后与他谈谈。"沈元白劝道，"不要像我一样留有遗憾。"

段若兰目光流转，沉思片刻，最终轻轻点了点头。

"你也去茅屋里休息片刻吧！"沈元白道。

段若兰转身离去。

柳絮飘飞，落叶扑簌而下。

沈元白望着那波光粼粼的溪水，语重深长地吟诵道："飘絮随风飞，落木附水流，籽叶悠然去，独恨岸上柳。"

一首咏景闲诗，道出了儿女与父母之间的隔阂。

不久，山路上传来脚步声。

沈元白以为是秋月回来了，立刻迎过去。

可惜来人并不是秋月。

四目相对，各显错愕。

"宋兄？"沈元白瞠目结舌，"你为何会来此地？"

宋慎微背着一柄宽大的仪刀，这种刀不是打斗所用，而是朝廷仪仗用的木刀，长柄宽锋，刀柄与刀身的边缘皆以银铁镶裹，刀刃与刀背为同等厚度，不具备砍杀与突刺功能，不知他为何将此物作为兵器。他的手里拎着两包糕点，见到沈元白后先是一怔，然后便把糕点扔了，走过来便是一拳。

沈元白岂是他的对手，一拳就被打倒了，左脸瞬间肿了起来。

宋慎微抽出仪刀，放在他的脖子上，脸色阴沉地说："元白，可算让我等到你了。"

"宋——宋兄——"沈元白忙道，"切勿冲动！徐昉真的不是我杀的。"

"我现在是泾县县尉，而你是朝廷钦犯。"宋慎微冷声道，"于公于私，我都不能留你。你放心，你死了以后，我会把你当作故友妥善安葬。"

"我从未见过如此厚颜无耻之人。"他身后传来女子的嘲讽之声。

宋慎微闻声转身，看到身后站着段若兰，颇为意外："是你？"

"你为何总是对故友痛下杀手？"段若兰走过来，望着那把仪刀，冷笑道，"这把木刀真是久违了，上次见到的时候，我险些被这东西所杀。"

宋慎微收敛心神，不理会她的揶揄，沉声道："你最好别插手，以你的能力救不了他。"

段若兰微微一笑："即将与你动手的人，并不是我。"

宋慎微一愣，闻听侧方有破空之声，立刻向后退步闪避。

一柄出鞘的横刀插在了柳树上。

陆珏用刀鞘指着他："以我的能力又如何呢？"

"陆珏？"宋慎微再次震惊，皱起眉头，"你这是……想以刀鞘与我打？"

"不错。"陆珏淡然道，"你的兵器是木制仪刀，我若用横刀杀你，未免胜之不武。来吧，让我见识一下你的武艺是否精进。"

"那你可要当心了。"宋慎微双手握住刀柄，"你来攻我。"

"好。"陆珏脚下一动，身体像离弓之箭一般射了出去。

宋慎微挥刀格挡，二人你来我往地缠斗起来。

段若兰趁机扶起沈元白，将其拉到树后，关切地问："你怎么样？"

"没事，就是脸上挨了一拳，现在火辣辣地疼。"沈元白龇牙咧嘴，愤愤道，"宋慎微居然下此狠手，枉我把他当成朋友。"

"我早就告诉过你，开州的交情都是假象，等他翻脸的时候，根本不会考虑那些。"段若兰苦笑道，"他就是这样的人。"

沈元白不置可否，全神贯注地盯着战局。

宋慎微本就不是陆珏的对手，又有旧伤在身，行动不便，很快落于下风。

就在这时，吴秋月背着竹篓回来了。

由于沈元白是躲起来的，所以秋月并没有看到他。

她见到宋慎微在自己的茅屋前与人打斗，瞬间生出一股无名之火，走过去厉声喝道："都给我住手！"

宋慎微一看是她，果断收手。

陆珏见他停住，便也不打了。

"宋县尉，正所谓伤筋动骨一百天。你如此大动干戈，秋月这段时日的医治岂不白费？"吴秋月训斥完宋慎微，又将目光投向陆珏，"这位大哥，近几日是否胃口不济，时常烦躁？"

陆珏猜到她便是吴秋月，默然点点头。

"看你脸色，便知你热火上炎，气血不畅，最好不要与人——"吴秋月的话戛然而止，因为沈元白走了过来。

半年多未见，本来有许多话要说，可是真的见面以后，沈元白却不知从何说起，最终，千言万语化成了一句久违的呼唤："秋月！"

吴秋月的情绪瞬间崩溃，扑到了他的怀里。

她没有出声，沈元白的衣襟却湿了一片。

闻着她身上那种熟悉的淡淡的草药气味，他的泪水也夺眶而出。

无数情绪交织在一起，彼此无言，彼此哽咽。

其余三人面面相觑，彼此尴尬。

不多时，吴秋月抬起头，摸着他的脸，眉头一皱："你的脸……"不等沈元白解释，她便明白了，愤怒地望向陆珏和宋慎微，语调阴冷得仿佛要吃人，"是谁打的？"

陆珏平静地摇了摇头，以示无辜。

吴秋月走到宋慎微面前，冷眼看着他，目光中仿佛有刀剑射出，宋慎微压根不敢与她对视。她深吸口气，幽幽地说："县尉大人答应过秋月什么？"

"我——"宋慎微硬着头皮说，"他是朝廷钦犯！"

"我问你答应过我什么？"吴秋月语气渐重，气势凛然。

"如果他配合，我便不为难他。"宋慎微无可奈何地叹了口气，"好吧！既然欠你一条命，我便遵守承诺。"他逃也似的远离吴秋月，"沈元白，只要你不离开此间茅屋，我便不抓捕你，如何？"

"可以。"沈元白道。

"那好，暂且别过。"宋慎微抽身离去。

随后，沈元白向吴秋月介绍了陆珏和段若兰。

吴秋月恢复了温柔的样子，对二人分别施礼，友善地说："既然是朋友，那便请到寒舍一坐，秋月为你们煮茶。"

茅屋中，三人纷纷落座。

段若兰看着陆珏，笑道："你刚才对宋慎微手下留情了，是吧？"

"他毕竟是你师兄。"陆珏道，"没必要杀他。"

"太奇怪了。"沈元白困惑地说，"宋慎微一表人才，谦恭守礼，这才几个月不见，何以变得如此狠厉？"

"他本来就不是温和的人。"段若兰叹息道，"不过，我最初见到他的时候，他所表现出来的也确实是儒雅公子的模样。所以我始终看不清他，不知是善于伪装，还是心性因处事而改变。"

"我倒觉得很正常。"陆珏淡然道，"你身上藏有宋申锡的秘密，宋慎微是他儿子，必然不希望此事泄露，杀你合情合理。之前在开州，你只是造纸奇才，与他没有冲突，所以他对你以礼相待。如今立场已经改变，他便没必要对你客气了。若兰那件事也是一样，京兆尹王璠泄密导致他全家入狱，王弘述欲将其满门抄斩，虽然后来经过三司努力改为贬谪开州，可还是葬送了为国锄奸的机会，此仇可谓不共戴天，宋慎微去杀王璠合情合理。这个时候你去阻止他，他肯定以为你父亲郭行余也参与其中，乃一丘之貉，对你必下狠手。更何况，王璠和郭行余确实交情不错。所以，并非宋慎微变了，而是立场不同，处置的方式亦不相同。"

"有道理。"沈元白认同地点了点头。

这时，吴秋月端着一个木托盘进来，上边放着四碗不一样的茶。她将托盘放在桌子上，端起其中一碗递给陆珏："陆大哥，此茶清热去火，适合你喝。"

"多谢。"陆珏接过去。

她又拿起一碗，递给段若兰："此茶疏通血脉，安定心神，可解疲乏。段姑娘一看便是奔波之人，喝过这碗茶，不妨好好休息几日。"

"多谢姐姐。"段若兰笑着接过。

"这个给你。"吴秋月将颜色最深的那碗给了沈元白。

沈元白笑着问："我这个有什么功效？"

"这碗不是药茶，而是药汤！"吴秋月坐在他的身边，轻轻摸着他那肿起的左脸，心疼地说，"宋慎微下手也太重了！你先把药喝了，回头我再帮你热敷一下。"

沈元白尝了一口，随即吐出舌头，表情痛苦地说："好苦！"

"喝！"吴秋月命令道。

"是。"沈元白硬撑着一饮而尽。

他喝完以后，吴秋月拿起最后一碗，微笑道："张嘴，我来喂你。"

"这碗又是什么啊？"沈元白恐慌地问。

"喝过便知道了。"吴秋月给他灌了下去。

沈元白抗拒的表情逐渐舒缓，惊讶道："蜂蜜水？"

"知道你怕苦，我特意煮了红枣蜂蜜水。"吴秋月抑制不住重逢的喜悦，眉开眼笑地说，"怎么样？现在还苦吗？"

"现在只剩甜了。"沈元白开心得像个孩子一样。

旁边那两人看不下去了，尤其是段若兰，她的脸色极其难看，把那碗茶喝了之后，便站了起来："那个……你们许久未见，肯定有很多话要说，我们就先不打扰了。"说完，她便拉起陆珏往外走，出门以后还能听到她的声音，"陆珏，我也要喝蜂蜜水。"

"让元白的夫人给你煮一碗。"陆珏道。

"不要。"段若兰道，"我要你给我煮。"

"我又不会。"

"那你可以学啊！"

二人的声音渐渐远去。

造纸

　　沈元白答应宋慎微不会离开茅屋，但那只是暂缓敌对的权宜之计。他这次回泾县的主要目的是将徐昉的雕版拓印出来，在山里可没法造出适合的纸张。

　　当天夜里，他与吴秋月说了很多话，将离家以后所有遭遇全都告诉了她，也从她口中知道了宋慎微何时来的泾县。宋申锡死后，皇帝对将其贬谪开州一事深感愧疚，于是封了宋慎微一个县尉之职。此事陆珏曾经提起过，只是沈元白没有料到，此般荫封竟让他来了泾县。不过，吴秋月对于"静心堂"如今的情况一概不知，一来是因为她从来不曾关心纸坊的事，二来是她父亲和王宣有意无意地瞒着她，所以沈元白无法从她这里得知详情。

　　综合考量，回归纸坊势在必行。

　　小别胜新婚，数月的思念与重逢的喜悦皆在一夜欢愉中归于平静。

　　清晨的金辉洒满大地，花草树木生机盎然。

　　沈元白还未起床，吴秋月便拎着包裹出门了。她是去给宋慎微送药，昨天她在宋慎微离开的时候发现他的腿伤经历打斗似有恶化之危，作为医者，无法置之不理。沈元白对此并不反对，因为他也不希望宋慎微瘫痪，即便发生过这些变故，他心中依然把宋慎微当成朋友，更乐意相信宋慎微的敌意乃身不由己。而且，秋月若能牵制住宋慎微，他便可以趁机回到纸坊。

又过了许久，沈元白才从茅屋中出来。段若兰正在柳树下打盹儿，似是等待多时。他朝四周看了看，没有见到陆珏，满心疑虑地走过去，推了推她："你来多久了？"

"大约半个时辰。"段若兰打了个哈欠，从地上起来，把那个装有雕版的布包递给他，"陆珏让我把这个交给你。"

"他人呢？"沈元白接过来。

"不知道。"段若兰目光闪烁，"突然就……不见了。"

沈元白注意到她的表情不太自然，这是不擅长说谎的人骗人时的表现。而且，如果陆珏真的突然消失，她不可能如此淡然。沈元白没有刨根问底，因为事到如今，陆珏不太可能倒戈相向了。他将布包背好，然后说："宋慎微有伤在身，未必是你的对手，趁此机会，我们赶紧进城。"

"你夫人呢？"段若兰好奇地问。

"她先走了，稍后会去纸坊找我们。"沈元白转身向山下走去。

由于距离不远，他们很快来到了泾县城门。

卫兵队长一眼便认出了他，毕竟都是同乡，曾经也是低头不见抬头见的旧识。那人将他拦住，面带笑意道："元白啊，你胆子也可太大了，全天下都在抓你，你居然堂而皇之地进城？"

沈元白不知他所言何意，谨慎地说："邓兄，我是冤枉的。"

"那我管不着。"那人回身指着门洞上的抓捕告示，微笑道，"看到没？若是对你视而不见，朝廷怪罪下来我可担待不起。不如这样，你把脑袋蒙上，我权当不认识你，如何？"

"你这不是多此一举吗？"沈元白哭笑不得。

"什么话？"那人脸色微沉，"朝廷之事，有多少不是多此一举？视而不见和没看到是两码事，至少不予人口实。"

"你为何要放我？"沈元白谨慎地问。

"如果不是你夫人医术高超，我儿子早就病死了。"那人孤傲地说，"但你不要误会，我可不是徇私枉法。刺史大人近日派人来泾县传话，让我见到你以后，想办法为你开脱。于公于私，我都不能抓你。"

话已至此，沈元白便没必要继续试探了。

沈元白随便找个东西挡在脸上，道了声谢，然后安然进城。

走了没多远，他逐渐骤起眉头，沉声道："他说于公于私都不能抓我，宋慎微却说于公于私皆不能放我。同样是泾县衙署中人，反差何以如此之大？"

"你那么聪明，猜不出来其中因由吗？"段若兰笑道。

"当然能。"沈元白沉吟道，"宋慎微与宣州刺史并非一路。如此便可以推断出来，侯敏乃王弘述的人。"

"正是。"段若兰完全不惊讶。

沈元白一怔："怎么，你早就知道了？"

段若兰笑了笑，不曾回应。

她这个默认的态度让沈元白更加确信，昨天必然有事发生，于是追问道："你与陆珏离开以后……莫不是遇到了什么人？"

"我答应过陆珏，此事只能由他来告诉你。"段若兰道，"所以，你还是别问了。你只要相信，我们始终与你同心。当务之急，你只需专心雕版之事便可，其余的麻烦交给他来处理。"

"好吧！"沈元白叹了口气。

"静心堂"纸坊，宣州最大的造纸作坊。

宣州的造纸业难以溯源。杨坚终结南北朝乱世开创大隋基业，那时候江南最负盛名的纸坊在越州。隋朝两代而亡，李渊于太原起兵入主长安，因其原是唐国公，登极之后便以唐为国号。之后李世民玄武门兵变强夺帝位，李渊成了太上皇，贞观盛世由此开始。大约就在这期间，一部分造纸匠人由越州迁徙至宣州，吴、罗两家的祖先即在其中。不过，"静心堂"与"文宝斋"究竟何时出现，不论是吴渊还是罗家都无法给出准确答案。到了唐玄宗盛唐年间，"文宝斋"的青檀皮纸已是朝廷贡品。数年过去，罗家造纸天才去世，沈元白展现出了卓越的天资，"静心堂"取代了"文宝斋"的地位，宣州纸业迎来了一个新的高峰。

沈元白确实功不可没，但不能将宣州纸业的辉煌归于他一人之功，这就好比盛唐的辉煌不能尽归于李隆基一样。没有李渊，唐朝不曾存在；没有李世民，天下无法安定；没有"文宝斋"对青檀树皮的钻研，沈元白未必造得出来宣纸。罗通曾经说他窃取了罗家的技艺，其根源便是沈元白的宣纸，是在"文宝斋"的基础上改良出来的。手工业历代更迭，都是此种情况，从无到有需要漫长的过程，从有到精良所需的过程或许更长。每一个为此付出努力的人，都应该被世人铭记。即便不知道他们姓甚名谁，至少应该知道这些人曾经存在过。

"静心堂"所在的这条街，大小商铺皆与纸有关。其中包括但不限于伞铺、花灯铺、窗画、裱糊、字帖、屏风、书画，以及丧葬所用的冥钱纸人和逢年过节、婚礼所用的烟花爆竹。这些铺子很久以前便存在了，那时候"静心堂"的纸比较繁杂，多以麻纸和藤纸为主，后期宣纸横空出世，供不应求，以至价格昂贵，不再作为常规用纸。这些对纸需求极大的铺子却并未搬离，即便从他处另行购纸，也要与"静心堂"毗邻而居，以纸坊的名气带动自家产业。

"静心堂"是典型的前铺后坊结构，巨大的楷书匾额之下是一个卖纸的店铺，后方则是造纸作坊，与对街的林氏伞铺大体相同。只是制伞不需要太大的空间，有一个小院、几间房屋足矣，亦不需伙计和工匠，林鸢和她兄长二人便可完成。造纸却不同，"静心堂"的作坊非常之大，比开州新浦县的"绮罗轩"布庄还要大上一些。这是因为，造纸的工序太过复杂。有堆放青檀树皮的数间仓库，有蒸煮树皮的炉灶，而且不止一座。还有冲洗树皮的池塘，那个池塘与泾水相连，乃活水。以及舂捣树皮的作坊，其中放了许多大型石臼，可将经过数次蒸煮冲洗过的树皮捣为纸浆。筛纸的地方非常宽阔，水槽为木制，类似于箍桶的工艺使水不外流。最后，便是烘烤纸张的火壁，整日烧着，内中闷热难耐，普通人进去片刻便被汗水浸透衣衫。抛开这些作坊，还有许多供人居住的房屋，可见其内有多大。

不过，此刻的"静心堂"极其安静。

沈元白走进铺子，一眼便看到了趴在柜台上打盹儿的王宣，四周陈放宣纸的架子上全是空的。他心底骤然一沉，快步上前，用力拍了一下柜台。

王宣吓了一跳，猛地惊醒。当他看清是沈元白以后，先是一愣，以为自己做梦了，揉了揉眼睛确定没有看错，立刻激动得哭了起来："姐夫，你可算回来了！"

沈元白急忙问道："发生什么事了？"

王宣道:"那个——"

"先别说。"沈元白打断了他,对身后的段若兰介绍道,"段姑娘,这位是秋月的表弟,叫王宣,之前便是他与我一起去的开州。"

段若兰微微颔首。

"请随我来。"沈元白并未向王宣介绍段若兰,直接向后院走去。

王宣急忙跟过去。

从纸铺后门出来,是一条笔直的长路,两侧的墙上有数扇小门,通向不同的院子。沈元白并未转向任何一扇小门,而是一直向前走,最终来到了一间堂屋。堂屋中摆放了一些椅子,正前方的墙上挂着一幅不知何人所绘的绢本《造纸图》。两侧是楷书对联,据说是柳公权所书,其内容为"同谋千秋业,共建百世家"。

他们一路行来,竟然不见一个仆人。

坐落以后,沈元白道:"王宣,我与段姑娘还未吃饭,你去拿些酒菜过来。"

"酒倒是没问题,不过这菜……"王宣为难地说,"姐夫,你也看到了,我们家已经没人做饭了。"

"出去买!"沈元白厉声道。

熟悉的训斥又回来了,王宣这次并不觉得委屈,反而非常高兴,应了一声便跑了出去。

段若兰向外边张望,疑惑道:"你家为何如此冷清?"

"肯定出事了。"沈元白惴惴不安地说,"不着急,等王宣回来,我们边吃边听。"

不多时,王宣回来了,身边还跟着一个提着食盒的姑娘。

这个姑娘与沈元白年纪相仿,穿了一身朴素的衣服,眉清目秀,举止娴静。她走进来后,瞄了一眼沈元白,立刻低下头:"王宣说你回来了,还没吃饭,正巧我刚做了一些饭菜,就给你拿过来了。"

此人正是林莺。

"刚回来便麻烦你,真是不好意思。"沈元白笑了笑,将目光投向呆立在侧的王宣,笑容逐渐凝固,"王宣,你还傻站着干什么?还不搬张桌子过来?"

王宣又跑了出去。

"林姑娘，既然来了，那便坐下一起聊聊吧！"沈元白恢复笑容。

"不了，今日我哥去州城了，我要回去看铺子，就不打扰你们了。"林鸢把食盒放下，依然低着头，"天黑以前，我再来给你送晚饭。"说完，她便仓促离去。

段若兰扬起嘴角，似笑非笑地说："这姑娘似乎很关心你。"

"多年邻居了，她时常来纸坊串门，偶尔也会去山中茅屋与秋月做伴，我们的关系一直很好。"沈元白解释道，"她家因祖传了一幅王献之的书法名作《洛神赋》，被刺史侯敏巧取豪夺，我替她伪造了一幅赝品蒙骗过关。她为了报答我，总是想方设法给予一些帮助。不过'静心堂'家大业大，她也帮不上什么忙，便经常做些美味佳肴送来。"

"你说什么？"段若兰一愣，"侯敏的那幅《洛神赋》是假的？"

沈元白察觉到言语有失，可是为时已晚，只得叮嘱道："此事切不可外传，否则便会害了林姑娘。"

"这可真有意思！"段若兰冷笑道，"崇文馆学士赵琛为了巩固安王与杨贤妃的关系，不惜窃取内廷典籍与侯敏交换《洛神赋》，将其献给杨贤妃。陆珏还为此刺杀他，没想到罪魁祸首居然是一幅赝品。沈元白，你可太优秀了。"

"我哪能料到后面的事啊？"沈元白无奈地说，"当初只是为了替林鸢解决难题，谁承想牵扯如此之大？这件事我都没敢告诉陆珏，你也千万别说啊！"

段若兰道："放心，此事已无意义。"

这时，王宣总算回来了。

"我让你去搬桌子，没让你去买桌子，何以去了这么长时间？"沈元白没好气地说。

王宣把桌子扛进来，累得气喘吁吁，解释道："我去送林姑娘了，回来时在前铺与我姐相遇。她询问你是否在家，我说你和段姑娘正准备吃饭。她让我告诉你，宋慎微火急火燎地去县署了，不知发生了何事，让你当心些。她先去城西给人治病，晚些再来纸坊与你相聚。"

"好，知道了。"沈元白道。

王宣把酒菜摆上，三人围桌而坐。

　　沈元白为段若兰倒着酒，同时对王宣道："说吧，到底怎么回事？"

　　趁着二人吃饭的工夫，王宣娓娓道来："从开州回来不久，我义父（王师文）接到了长安传来的消息，说你被抓进了大理寺狱。当时我们都急疯了，舅父（吴渊）让我带着银钱去长安一探究竟，我花了不少钱才见到大理寺狱丞。报出你的名字后，他却说压根没有这人。我遍寻无果，只得返回，忧心忡忡度过几个月后，刺史大人突然带人过来，拿出一张海捕告示，说你是在逃的朝廷钦犯，强行关停了'静心堂'纸坊。没过几日，罗通再次露面，居然成了宣州纸业行会的行首。舅父非常震惊，便将纸业人士召集起来询问缘由，原来是刺史威逼利诱，强迫他们支持罗通。'文宝斋'死灰复燃，对造纸行业来说并非坏事，加之你生死未卜，'静心堂'又被关停，倘若罗通有心为宣州造纸之人牟利，舅父并不介意他做行首。谁也没想到，罗通当上行首以后，责令所有纸坊停止造纸，有谁不服，刺史便会派州兵弹压，已经抓了不少人。这段时日，舅父为了改变局势，四处奔走，至今还没回来，也不知道是否找到转机。因为局势不明，为了不牵连无辜，舅父临走时，将所有纸工、伙计和仆人全都遣散回家。义父去与刺史斡旋，不知何故被扣押在了州署，整座纸坊只剩下我一个人了。"

　　听他说完，沈元白陷入沉思。

　　此事从里到外透着怪异。首先是侯敏的动机，他既然是王弘述的人，明面上应该支持自己才对，何以趁机釜底抽薪？宣州造纸关乎政绩，若是弄得怨声载道，他岂不是自掘坟墓？其次便是扬州刊印《唐会要》一事，既然指明要宣纸，罗通关停纸坊就是与朝廷作对，是谁给他这么大的胆子？再次，便是王师文，他与刺史本该一路，何以会被扣押？

　　沈元白思忖良久，认为这其中必然存在假象。

　　他看向段若兰，幽幽地说："宣州这边不提供宣纸，扬州便印不了《唐会要》，朝廷又不放宽工期，最终会导致什么结果？"

　　"工匠暴乱。"段若兰脱口而出。

　　"这就对了。"沈元白沉吟道，"侯敏是王弘述的人，必然受其指使，所以我认为用宣纸重新刊印《唐会要》应该是王弘述的主张，他要的便是工匠暴乱，最好是去长安闹事。此人手握神策军，局势一旦恶化，他便可以调兵镇压。可是他与扬、宣两地的工匠无冤无仇，这些人在他眼里如同蝼蚁，没必要大费周章杀掉他们。"

"你是说——"段若兰愕然，"王弘述如此做，只是为了调兵？"

"不错。"沈元白点头道，"即便他手握神策军权柄，皇帝尚在，他也不敢大规模调用。否则落下口实，藩镇节度使不乏忠君之人，必然起兵相抗，所以要有个理由才行。一旦扬州的工匠怒火中烧，随便安排个人从中煽动，便可以将矛头指向长安。届时，他再出兵平乱，将这些人尽数抹杀，趁此余威，掉转兵锋指向他欲铲除之人。也可能压根不管那些工匠，只要神策军出了大营，他便可以有所作为了。"

"天下之人，还有谁值得他铲除？"段若兰猛然一惊，"莫非是——"

"不太可能。"沈元白明白她所指何人，摇头否定道，"纵兵弑君非同小可，不论何人继承大统，他都难逃一死。即便暗中进行，也不过是重蹈先帝覆辙罢了。所以这个计策一定非常深，可令其从此以后高枕无忧。我现在完全想不到是什么，只能寄希望于徐昉的雕版了。"

"这不对啊！"段若兰质疑道，"徐昉所藏乃宋申锡的秘密，他若知道，何以不上报圣上？再说了，宋申锡怎么会知道王弘述的谋划？还有宋慎微，他何以不作为？"

"不知道。"沈元白再次摇头，"雕版之谜没有解开之前，一切只是推断，无法作为定论。既然岳父在为纸坊奔波，我可以暂时不理罗通，将所有精力放在造纸上，希望可以尽快造出能够拓印徐昉雕版的纸。"

"那你赶紧着手此事吧！"段若兰催促道。

沈元白应道："好，吃完饭立刻开始。"

午后，空气潮湿闷热。

沈元白让王宣把"静心堂"纸坊仅存的宣纸找出来，选出一些最薄的纸，在书房里分别拓印雕版。这是一次侥幸的试验，结果与预料并无出入，没有一张可以印刷出来内容。

"看来不行，还是重新造纸吧！"沈元白叹了口气，吩咐道，"王宣，你去把火壁炉子点着，然后去舂捣作坊找我。"

王宣应声而去。

沈元白离开书房，带着段若兰拐入一个院子。此处只有几个简陋的棚子，剩下的区域则是一个很大的池塘，水中泡着一些泛白的树皮。他走到池塘边，捞出一捆树皮，发现段若兰一脸疑惑，解释道："青檀树皮经过石灰蒸煮和冲洗浸泡才能去除杂质，若要使其完全变白，则需重复多次。这个过程旷日持久，我从不亲手去做，但偶尔也会亲自造纸，便让纸工永远给我留一些可以直接舂捣的成品树皮。幸亏如此，否则蒸煮树皮就需要消耗许多时日。"

"哦！"段若兰似懂非懂地点了点头。

沈元白拎着树皮去了舂捣作坊。

这道工序并不复杂，只是需要体力。

他将树皮放入石槽中，三个人轮流挥捶，一直砸到日落西山才把树皮捣成纸浆。下一步便是抄筛，这是一道极其考验功力的工序，筛纸的人一般是长工，至少有三年以上筛纸经验。普通人无法掌控力度，筛出的纸薄厚不均且速度缓慢。

纸浆入水槽，还需混入植物溶胶。

浆胶调配一直是宣纸的不传之秘，筛出的纸质地如何，皆与此道工序有关。沈元白为这道工序付出了三年的努力，才在吴秋月的帮助下找到合适的植物汁液作为纸胶，又经过无数次失败才得到满意的混合方案。

造纸与其他手工业不同。比如制伞，加工之前便能想出来最终成品的样子。田窦的折扇也是这样，脑子里要先有雏形才能去设计制造。房屋营造更是如此，未行之前先要绘制图纸。造纸的不同之处在于，只要按照正常的工序去做，即便失败也会得到一张纸，可这张纸是否是造纸之人的需求，那便不得而知了。沈元白面临的难题正是如此，他甚至不知道该造出什么样的纸才可以拓印出那个雕版，所以只能不停地尝试，或薄或厚，或细腻或粗糙，或纸浆多溶胶少，或反行其道，每一次都要重新调整浆胶配比。幸好此刻纸坊停业，所有的筛纸水槽供他一人使用，否则人多手杂，会让他更加焦头烂额。

天已经彻底黑了，王宣把筛出来的各种质地的纸拿到火壁上贴起来，只待完全烘干便可使用了。之后，筋疲力尽的三人回到堂屋这边。

　　还未走到近前，沈元白便看到了在门口等候的林鸢，于是快步走了过去，笑着说："林姑娘，你来多久了？"

　　"刚到。"林鸢将食盒递给他，"我做了你最爱吃的蒸鹅，味道可能不如城西郑婆婆铺子里的正宗，应该也不难吃。"

　　王宣识相地上前接过来。

　　"不打扰你们了。"林鸢转身便走。

　　"你先别走。"沈元白的一句话把她定在了原地，进而说道，"林姑娘，既然来了，进去稍坐片刻，我有事情请教你。"

　　"请教我？"林鸢错愕地问，"是造纸的事情吗？"

　　"王宣，把桌子搬出来，今晚夜色不错，我们在外边吃。"沈元白道。

　　王宣与段若兰对视一眼，匆忙跑进了屋里。

　　片刻之后，酒菜摆好。

　　沈元白先行坐下，王宣和段若兰都不客气，自行入座，只有林鸢还站着。

　　"林姑娘，不必拘谨。"沈元白笑着说，"这位段姑娘乃大理寺评事，也是我朋友，这里没有外人。"

　　林鸢依言坐下。

　　沈元白开门见山道："我想请教一下，如何才能让纸张不吸墨？"

　　"啊？"林鸢一愣，"是防水吗？"

　　"差不多吧！"沈元白倒了碗酒，递给段若兰。

　　"我们的纸伞是用桐油防水。"林鸢道，"你是想对成品纸进行二次加工，还是要造出一种防水的纸？"

　　"我也不知道。"沈元白叹息道，"我现在有一块雕版，因为雕刻得太浅了，常规纸张拓印出来的是一片漆黑。松烟墨虽然呈粉状，但若使用便要以水调和，我认为应该是纸张吸水所致，你是纸张防水的行家，有没有什么好的建议？"

　　"你这个太难了。"林鸢苦笑道，"防水之后，纸张便无法写字，所以一般是先写字后防水，你们纸坊木箱上的封条便是此种工艺。那是因为刷油之后水墨被桐油隔断，岂能再拓印出字来？"

　　"如果不用桐油呢？"沈元白又问，"我不需要完全防水，只需要减缓吸水便可，有没有合适的替代品？"

"你可以试试桃胶。"林鸢道，"有一次，我为伞骨贴纸面的时候，不小心打翻桃胶，洒到了纸上，之后再作画便困难许多，难以着墨。"

"哦，"沈元白顿时来了兴趣，"怎么做？直接刷胶吗？"

"我是失误所致，也不太清楚，你可以尝试一下。"林鸢道，"如果直接刷胶不行，那便用水熬煮，让胶不那么黏稠，多刷几遍，每刷一次将其烘干。如果依然拓印不出来，就再刷一遍，直到纸张的吸水程度被桃胶减缓为止。"

"这个办法不错。"沈元白喜出望外，端起酒碗，"多谢指点迷津。"

这时，吴秋月走了过来。

"秋月姐。"林鸢笑着打招呼，然后为她让座。

"跟你说多少回了，我家就是你家，安心坐着。"吴秋月晃了晃手里的油纸包，"城西郑婆婆的儿媳病了，临走时非要送我两只蒸鹅。这是元白最爱吃的，我便没有拒绝。正好你也在，一起尝尝。"

"我也做了蒸鹅。"林鸢指了指桌上的盘子。

"没事，我们人多，不怕吃不完。"

王宣搬来一把椅子，吴秋月入座。

她看了一圈，好奇地询问段若兰："怎么只你一人？陆大哥呢？"

"他有些事情要办，我也不知道他此刻在哪里。"段若兰笑了笑，"不用管他，该出现时自会现身。"

沈元白给每个人倒酒，林鸢趁机问道："秋月姐，郑婆婆儿子的病要紧不？"

"风寒而已，吃过药休息几日便可痊愈。"吴秋月依然面带笑意，"你为何询问此事？难道你与她儿子相识？"

林鸢轻轻点头："郑公子与……是好友。"

她的话说了一半，将关键信息隐去了。

吴秋月随口问道："你说的是许寒？"

"应该叫林寒。"沈元白纠正道。

段若兰根本听不明白他们在说什么，一头雾水地望着那三人。

沈元白看出了她的疑惑，想给她解释，又觉得这件事不该他来说，于是选择了沉默。

"命运弄人！"吴秋月劝道，"我们已是多年姐妹，不妨听秋月一句劝，既然有缘无分，你还是忘记他吧！"

林鸢苦笑道："我已经不放在心上了，可惜依然忍不住去关注与他有关的人或事。"

林鸢以前有个叫许寒的意中人，此人来泾县访友，偶然与她相识，一见钟情。就在二人即将谈婚论嫁的时候，那书生与亲生父亲相认，发现自己竟然也姓林。大唐律法，同姓之人不可成婚，这段姻缘便到此为止了。

气氛一度有些压抑，沈元白端起酒碗，转移话题道："我在外奔波半年之久，总算回来了，烦心事暂且放下，让我们今朝有酒今朝醉。"

几人的酒碗碰了一下，除了吴秋月，所有人都一饮而尽。

沈元白注意到她的脸色不太好，关切地问："你怎么了？"

吴秋月摇了摇头："没事，我只是担心父亲。"

"父亲人脉甚广，又对宣歙之地了如指掌，料想不会有事。"沈元白安慰道，"你且暂等几日，待我忙完手头的事便去寻他。"

吴秋月收敛情绪，遮掩似的说道："蒸鹅已冷，我去热一下。"说完，她便起身离去，走了几步后身体摇晃，眼看就要摔倒。

沈元白急忙冲过去把她扶住，吓得脸都白了，慌忙地问："你是不是身体不适啊？"

"不要紧，被绊了一下而已。"吴秋月从他怀中挣脱出来，依然笑着，"今天先给宋县尉送药，又去给郑婆婆儿子医病，应是有些疲累。没关系，你快回去，段姑娘是客人，我们不要冷落了人家。"

"真的没事？"沈元白将信将疑。

"我可是宣歙名医，有没有事我还不知道吗？"吴秋月莞尔一笑，将他推了回去，然后向烘烤纸张的作坊走去，因为那里烧着火壁，比较方便热菜。

"绊了一下？"沈元白望着地面，那里并没有任何凸起。

不多时，吴秋月复返，气色好了不少，沈元白隐约闻到她身上的药味更浓了。在她落座之时，前铺那边传来狂躁的砸门声。

所有人均是一怔，面面相觑。

"王宣，去看看。"沈元白道。

王宣离席而去。

很快，他便回来了，由于衣服被身旁的人扯着，他不停地挣扎："宋公子，你快放开我，衣服扯坏了你给我买啊？"

不速之客正是宋慎微。

"这便是你说的家里没人？"宋慎微放开王宣，走向那些人，冷笑道，"人还不少，如此吃喝为何不叫上我？"

段若兰骤然站起，挡在他的面前，傲然道："师兄，我们与你很熟吗？"

宋慎微顿觉好笑："叫我师兄，却说不熟，你这话前后矛盾啊！"他四处望了望，"陆珏呢？是不是躲在暗处准备偷袭我？"

"他打你还用得着偷袭？"段若兰针锋相对。

宋慎微瞪了她一眼，从她身边走过，坦然地坐在王宣的位置上，笑道："元白，你可失言了。"

"茅屋物资匮乏，我怎么生活？"沈元白道，"反正是被你软禁，在纸坊岂不更好？"

吴秋月面无表情地盯着宋慎微。

四目相对，宋慎微马上移开目光，似是不敢与之对视。

"有道理。"宋慎微淡淡道，"看在你夫人的分儿上，我不计较此事。但这是最后一次，你若再敢到处跑，我可就真的对你不客气了。"他拿起空酒碗看了看，扔在桌子上，"王宣，倒酒！"

王宣走过来，撇着嘴说："宋公子，这酒可不是剑南烧春，你喝得惯吗？"

"你小子记仇啊！"宋慎微不以为然道，"我在开州说你喝不惯剑南烧春，并非嘲讽之语，只是为了彰显酒之贵重。"

"你猜我信不信？"王宣道。

"哪来那么多闲话？"沈元白叱责道，"来者是客，赶紧给宋兄满上。"

王宣只好照做。

沈元白笑道："宋兄夤夜前来，不知所为何事？"

"报信。"宋慎微端起酒碗,"今日有人东郊泾水之畔发现了一具尸体,经过确认乃与你相识之人,特来告知此事。我去茅屋寻你不见,便猜到你一定回纸坊了。"

"死者为何人?"沈元白不由得紧张起来。

宋慎微喝了口酒,语调渐沉:"王师文!"

翌日上午，晴空万里。

"静心堂"纸坊深处的院落中，沈元白坐在树下抚琴。所用之琴正是那张九霄环佩，所奏之曲则是古时的《聂政刺韩傀曲》，韵律悠扬，激昂冷冽，舒缓与肃杀交替、疏阔与阴郁更迭。此曲还有一个更加广为人知的名字，乃为《广陵散》。

树梢随风摇曳，琴曲飘然远去。

宋慎微自然知道王师文是谁，相较于沈元白而言，他们认识得更早。如果没有五年前的那场变故，王师文将会一直跟随在宋申锡的身边。事与愿违，宋申锡铲除王弘述的谋划失败，反被诬陷与漳王合谋夺位，其源头便是王师文与漳王交往过甚。对此，宋申锡没有怪罪王师文，毕竟漳王喜好书法诗词，王师文又交友不问出身，二人之间乃君子之交，从结果来说，王师文也是受害者之一。不过，昨夜宋慎微说起王师文之死的时候，丝毫不见哀伤，甚至有些解恨。由此可以看出，他必然知道王师文已不再是最初的那个故人，而是变成了与他敌对的卖主求荣之人。

沈元白的情绪要复杂一些，他对王师文将其拉入权谋的旋涡非常不满，但仔细一想，此事或许并非王师文本意。如果不是徐昉去了长安，没有见到王宣，王宣又阴差阳错地把玉牌当作祝福之物送给了他，以及徐昉突然身死，他可能永远都不会知道开州一行另有隐情。也许正如陆珏所说，王师文不敢利用他这个聪明人，但也存在另外一种可能，王师文并不想让他卷入其中。如今这些都已经无从知晓了，因为那个人已经死了，死得如此唐突，如此轻描淡写，以至于他过了一夜依然难以相信这是真的。

他对王师文的死心痛不已，可又觉得王师文是罪有应得。他对王师文昔年的陪伴与教导心怀感激，又对王师文出卖故主投靠权阉的行为感到不齿。在他看来，王师文是有选择的，没必要再涉权谋争斗。可他不是王师文，难以理解一个满腹才学之人，碌碌无为地活着有多么痛苦。

指尖在琴弦之上快速拨动，指腹在徽位之间来回游走。

嗔怒也好，埋怨也罢，都已经化成了过眼云烟，只余这悠悠琴声响彻天地，似是送那个逝去的亲人最后一程。

王师文被人一刀毙命，尸体在水中泡了八个时辰以上，以至于县署的官差花了好长时间才验明正身。刺史侯敏得知此事，亲自接手此案，尸体被送往州署，不知何时才能交还亲属。因此沈元白这边即使接到了死讯，也没法将其安葬。

此桩命案没有任何线索，但不论是沈元白还是宋慎微，都对此心知肚明，可是谁都不愿将凶手公之于众。一来是抓不着那人，说之无益；二来是保持同仇的默契，毕竟王师文的背后是王弘述。他的死，对当下局势来说有利无害。

这时，吴秋月走进来，沈元白的琴声骤停，关切地问："王宣怎么样了？"

"情志不畅，郁而生痰，痰壅心窍，神志痴呆。"吴秋月叹了口气，"抽搐了好久，此刻已经昏了过去。"

"段姑娘呢？"沈元白又问。

"她在隔壁院子练武。"吴秋月推开房门，"拿着一根竹棍当兵器，舞得凛冽生风，翻来跳去的，似在发泄心中烦闷。"言罢，她便走进了房中。

沈元白知道段若兰如此折腾，不过是担心陆珏罢了。

他在院中弹琴，也是为了释放内心的忧愁。王师文之死乃原因之一，最关键的是，昨天他用了一下午筛出的那些纸，没有一张可以拓印出来雕版上的字。即便采用林鸢的建议，往成纸上刷桃胶，也无法达到要求，不是太软便是太硬，软则依然漆黑一片，硬则只有轻微字迹，始终找不到一个合适的尺度。

沉默良久，他觉得不能轻易放弃。既然桃胶可以显出一些字迹，便无须再造纸了，只需继续琢磨桃胶与水的调配便可。在这之前，他曾用热水将桃胶调和，那是先将水烧开再溶入桃胶，这次不如试一下桃胶与冷水调和，然后再烧开。

他刚站起来，吴秋月从房内出来，怀中抱着一个瓦罐，手里拿着一个巴掌大小的布包，不禁好奇地问："这是什么？"

"给王宣治病的药石。"吴秋月将瓦罐递给他，"你去烧水吧！趁他昏厥，我再去给他施一遍针。"

未等沈元白回应，吴秋月快步离去。

沈元白支灶烧水，把桃胶与冷水放入瓦罐。

趁着水还未开，他去隔壁院子寻找段若兰了。

段若兰还在练武，手中竹棍似刀一样挥舞，带起呼呼风声，跳闪腾挪之间尽显英气。她看到沈元白过来，果断停下，随手将竹棍扔到地上，也不说话，只是静静地望着他。

"我知道你不想说，其实我也没必要问。"沈元白道，"只不过，杀死王师文这么大的事，陆珏居然不与我事先商量一下，未免太不把我当朋友了吧？"

段若兰眉目低垂："此事我并不知情。"

"那你告诉我，前天夜里你们离开茅屋之后，究竟发生了什么？"

"我们去了县署。"

"为何突然去县署？"沈元白惊讶道。

"本来，我们只是在山道上信步闲谈，陆珏在半山腰远眺的时候，不经意间看到一辆州兵护卫的马车缓缓进了城。他推测车内之人很有可能是刺史侯敏，便带着我进城探查。"段若兰道，"我们的速度较快，与那辆马车同时到达县署，看到车上下来了两个人。陆珏一眼便认出其中一人正是侯敏，另一个也是中年人，穿了一身素色衣服，文质彬彬。陆珏也没见过，但从如今的结果来看应该是王师文。"

"后来呢？"沈元白又问。

"不知道。"段若兰摇了摇头，"陆珏决定潜入县署继续探查，但没让我跟随，甚至没有给我拒绝的机会便纵身跳进了院墙。"

沈元白陷入沉思。

王宣曾说，王师文去州城找刺史理论，再也没回来。现在来看，根本不是被扣押，而是他们二人本就是一伙的，或者说同为王弘述效力。至于侯敏为何亲自将其送回泾县，还需等待陆珏的探查结果。

"王师文之死，并没有任何证据指向陆珏，所以你还是不要妄下结论为好。"段若兰沉声道，"等你将雕版所记的内容拓印出来，他自会现身，到时一问便知。"

"也罢！"沈元白无奈地叹了口气，"我刚煮了桃胶水，最后试试看吧！你若无事可做，便与我一起来吧！"

他转身就走，段若兰稍加迟疑，依然跟了过去。

沈元白走到炉灶前，察觉灶火小了不少，瓦罐咕咕冒着热气，料想是秋月怕水熬干，替他抽出了一些薪柴。他把水尽数倒进一个青瓷笔洗，拿进屋内，将其放在桌案上，然后铺上一张细腻的宣纸，用毛刷蘸着煮好的水轻轻往宣纸上涂刷。

刷好之后，静等纸干。

这时，吴秋月推门而入，急切地问道："元白，瓦罐里的水呢？"

"那是我煮的桃胶水，你找它干什么？"沈元白不明所以。

"桃胶？"吴秋月一愣，"我让你烧水，是为了给王宣治病，刚才我看水已烧开，便往里放了药，你又加入了桃胶？"

"我先放的桃胶。"沈元白愕然，"怎么，你又放了药？"

"是啊！"吴秋月拿出一块剔透的白色晶石，"就是这个，矾石。共有五色，青白黄黑绛，我用的是白矾，可医王宣之症。"

沈元白总算明白，秋月给他瓦罐不是洞悉了他的想法，仅是让他帮忙烧水罢了。可是事已至此，笔洗中的水也没法给王宣喝了，沈元白于是苦笑道："对不起，我再去起火熬煮。"

"还是我自己去吧！"吴秋月摇了摇头，"舅舅突然去世，父亲又不知所踪，现在只能靠你来挽救这个家了。等舅舅的尸骨送回，丧葬一事还需你来操持，其余琐碎之事就交给我吧！"说完，她便快步出去了。

"水里加了矾石，那这张纸还能用吗？"段若兰满脸担忧。

"已经这样了，总不能浪费，试试看吧！"沈元白深吸一口气，憋住了。

一个时辰之后，宣纸上的水迹完全干了。

沈元白将其拿到书房，裁成了与雕版大小相仿的尺寸，继而在雕版上刷上以水调和的松烟墨汁，把纸张盖在上面，试探性地拓印了一下。

当纸张掀起的时候，看到其上满是缺少笔画的小字。

沈元白喜出望外，困扰许久的谜团终于要解开了。又等了片刻，墨汁干涸，他又在反面印刷另一块雕版的字迹，之后便迫不及待地冲出书房，对着阳光端详起来。

"写了什么？"段若兰好奇地问。

沈元白原本因高兴而面带笑意，可是看清楚内容以后，表情猛然一变，笑容消失不见，取而代之的是无尽的恐惧。他将纸背到身后，深呼吸几下，努力让自己翻腾的心绪平静，之后沉声道："若兰，你最好不要知道。"

这是他第一次对段若兰改变称呼，之前始终叫她"段姑娘"，称谓的变化彰显了事态的严重。他这是发自肺腑地劝告，并非刻意隐瞒。

"真的如此可怕？"段若兰也慌了起来。

"可怕的不只是秘密本身，而是宋申锡知道了这个秘密。"沈元白沉吟道，"杨季去长安送信被徐昉所劫，宋申锡必然会再派人前往。我们的那位皇帝未必不知情，他任由事态发展的唯一可能，便是要趁机干掉王弘述。因此，泄密一事绝对不能被王弘述知晓。"

"那该如何做？"段若兰问道。

"你先帮我把雕版烧掉，我要好好想想。"沈元白说完，便在院中来回踱步。

段若兰进屋去拿雕版了。

沈元白止步，再次端详那张纸，低声自语道："难怪宋慎微要把我软禁起来，身负此种机密，杀我灭口都合情合理。若不是秋月对他有救命之恩，我肯定活不到现在。"

就在这时，一道墨色身影从他身前闪过。

沈元白反应过来的时候，那张纸已经不在手里了。

陆珏对着阳光，迅速将纸上内容阅览一遍，然后将其撕成纸屑，将其塞回到沈元白手里，叮嘱道："事关重大，一并烧掉吧！"

沈元白冷眼看着他，一脸不悦："你什么时候来的？"

"昨天晚上。"陆珏回道，"我是跟着宋慎微来的，他没有与你动手，我便没有现身。"说话间，段若兰已经出来了，没有打断二人的谈话，原地点火，将雕版付之一炬。

沈元白趁机将纸屑丢进火里。

火舌跳动，将一切化为烟尘。

沈元白冷声道："你为何要杀王师文？"

"你以为王师文是我杀的？"陆珏双目微眯，冷笑道，"他的命在我看来一文不值，要杀随时可以杀，正因为杀他易如反掌，我才不会轻易动手。至少也要经过你的同意。"

如果是陆珏所为，以他之孤傲必然不会否认，所以沈元白并不怀疑他的话，却对这个结论震惊不已，追问道："那是谁干的？"

"你真的猜不出来？"陆珏笑着反问。

沈元白猛然一惊。

夜色阴郁，无星无月。

陆珏和段若兰已经离去多时。

沈元白仿佛身体被抽空了似的，筋疲力尽地瘫坐在地上。

少顷，吴秋月来到此处，见他坐在地上双目失神，急忙将他搀扶起来，关心地问："你怎么了？哪里不舒服？"

"只是有些疲惫。"沈元白无力地说，"王宣情况如何了？"

"已无大碍，林姑娘正在帮忙照看。"吴秋月道，"天黑之前便可苏醒。"

"那便好。"沈元白叹息道，"可不能再有人出事了。"

吴秋月察觉到他的语气不对，扶着他进了屋，将其放在椅子上，然后道："你这个样子明显是思虑过多和情绪阴郁导致的心力交瘁，可是刚才还好好的，究竟发生了何事？"

"什么事都没有。"沈元白装出一副淡然的样子，从椅子上站起，"我去看看王宣。"

吴秋月望着他的背影，目光悠悠转动。

宣州署后院的一间房屋内，一个文吏模样的老人正在用白布将尸体盖好，然后拿起一块抹布擦了擦手。

刺史侯敏负手而立，询问道："有结果了吗？"

"杀人者手法干净利落，甚至看不出来用的是何种兵器。"老人思索着说，"唯一可以确定的是，此人与王师文相识。"

"哦，"侯敏眉头微皱，"何以见得？"

"虽然不知是何种兵器所为，但从伤口可以看出来，凶手杀他的时候，是在身前近距离动的手。"老人解释道，"以王师文的智慧，若与凶手不认识，不可能让对方接近。即便凶手武艺高超，他仍然可以跑，伤口不会这般平整。"

"泾县之内，与他相识又有杀人动机的人只有一个。"侯敏沉声道，"不过，若是此人所为，王师文应该更加防备才对，何以会让对方走到身前？"

"将人抓来一问便知。"老人道。

"若只是泄愤杀人，倒是不急着抓他。我只是担心，他杀王师文，是因为沈元白回归泾县。"侯敏幽幽地说，"若是如此，则不能大张旗鼓去抓，一旦他负隅顽抗，只怕会伤及沈元白。如今吴渊在我手里，沈元白迟早会来相救，在这之前不能再有变故。"

"可以诱捕。"老人道。

侯敏稍加沉思，然后冲外面喊道："来人。"

一个州兵将领闻声而入。

侯敏对他耳语几句。

那人应了一声，转身离去。

州署西侧院墙，两道人影一跃而起，飘然落于寂静的街上。

段若兰泄气地说："大牢看守如此严密，如何救得出来？"

"你刚才也听到了，侯敏并不介意元白知晓岳父被抓一事。"陆珏道，"他们现在防守严密，既然硬闯不行，那便另想办法吧！"

"那个老人究竟是何来头？"段若兰疑惑道，"他虽穿着文吏衣着，却并未在刺史面前流露出任何卑微姿态，不太像州署的官吏。"

"抓来一问便知。"陆珏引用了那个老人刚刚说过的话。

"也好。"段若兰同意道，"既然元白让我们探查侯敏效忠王弘述的因由，不如从这个老人身上入手，不论他是何人，肯定与侯敏关系匪浅。"

"此事有我便可，你去找宋慎微。"陆珏道。

段若兰瞬间会意，应道："那便分头行头，稍后我会在纸坊门口等你。"

"好。"陆珏叮嘱道，"切记，不可把话说得太明，否则会让他产生敌意。"

"放心，我知道如何说。"段若兰点了点头。

"静心堂"纸坊。

吴秋月已经进入梦乡。

沈元白虽然也闭着眼睛，却因思绪烦乱，无论如何都无法入睡。

雕版隐藏的秘密过于骇人，若是让王弘述知晓，后果不堪设想。如今岳父被侯敏所抓，倘若陆珏没办法将其成功救出，他只能用这个秘密作为条件去州署换人。

他必须想出一个万全之策才行。

思虑过甚，沈元白头疼欲裂。

子时刚过，陆珏和段若兰回到了纸坊。

沈元白房中的灯火早已熄了，二人没敢打扰，便在院子静静等候。

乌云退去，皓月当空。

月华洒在段若兰的身上，映出一丝复杂的神情。

陆珏怀抱横刀，表情肃穆，不知在沉思着什么。

段若兰回想过去，朝夕相伴的甜蜜过往历历在目，随之而来的便是对未来的担忧。她望着陆珏冷傲的脸庞，此人的容颜没有丝毫变化，对她的态度也依然温和，只是总觉得少了一些本该她独享的那份情感。

"你——"段若兰忍不住问道，"是否想过我们的未来？"

"我并非是值得女子托付的良配。"陆珏侧目看向她，平静地说。当段若兰眼睛渐渐生出雾气的时候，他却躲开了。

可就是这一躲，反而让段若兰笃定，这人心里有自己。

"以你之言，莫非是要拒绝全天下的女子？"段若兰瞪着他。

女子的心思可谓九曲十八弯，陆珏没想到，自己被绕进去了，于是继续道："天下女子各有归属，与我何干？"

"那我呢？"段若兰步步紧逼。

"你不同。"陆珏望着前方虚无的地方，"你以女子之身出任大理寺评事，从隐世高人那里学的武艺，文武兼备，秀外慧中，非寻常女子可比。正因如此，你理应有更好的选择。"

"我不要。"段若兰认真地说，"除了你，我谁也不嫁。"

陆珏幽幽叹息，不再回应。

一个是阆苑仙葩，一个是美玉无瑕。[1]

天造地设的神仙美眷，却也是注定坎坷的红尘佳人。

家国天下，儿女情长，总会厚此薄彼。

不幸的是，陆珏选择了前者。

这时，沈元白推门而出，将二人的对话暂时终结。

堂屋之中，三人落座。

原本吴秋月也要过来，帮忙照看王宣的林莺突然来报，说王宣又开始抽搐了，吴秋月虽说这是正常状态，依然与她去了那边。

沈元白急切地问："情况如何？"

"不太乐观。"陆珏摇了摇头，"侯敏效忠王弘述的原因非常简单，只是因为王弘述在皇帝面前举荐了他，使其由从六品下的国子监丞擢升为正四品上的宣州刺

①　此句引自《红楼梦》。

史。你不在官场，可能不太理解这个升迁速度。我大唐官制乃九品三十级，从六品下和正四品上之间隔着十一级。侯敏与李训那种忘恩负义之人不同，即便远在宣州，依然谨记恩情，对王弘述唯命是从。"

"报恩！"沈元白泄气地笑着，"相识之人最怕忘恩负义，敌对之人最怕知恩图报。侯敏的动机如此单纯，我们如何才能使其倒戈？"

"除非王弘述死，否则无法斩断二人的关系。"陆珏也很无奈，"实在是棘手啊！"

"既如此，那便无须拉拢他了。"沈元白道，"我有一计，或许可以扭转劣势。"

"计将安出？"陆珏问。

"驱虎吞狼。"沈元白诡秘一笑，"侯敏抓我岳父，不过是想让我用秘密交换而已，那我便顺势而为，遂了他的愿。"

堂屋之外，夜色浓郁。

躲在门侧的吴秋月闻听此言，大惊失色，下意识地捂住了嘴。

翌日一早，沈元白与段若兰匆匆离开泾县。

由于他要去州城拜见刺史，城门守将邓枫非但没有阻拦，还派了两个人沿途护送，甚至提供了一辆马车作为脚力。

走了半日，一行人于午后顺利到达宣州署。

敞开的公廨大门犹如猛兽巨口，一旦进入，恐怕短时间内无法出来了。沈元白与段若兰对视一眼，段若兰心领神会，抽身离开，沈元白则坦然走了进去。

刺史为一州之长，通常不另设府第，而是在州署内部居住。为了表现亲切，侯敏穿了一身便服，在居住的庭院中接见了沈元白，同时满脸笑意："总算把你等来了。"

"草民拜见刺史大人。"沈元白跪地叩首，如此大礼符合刺史的身份，而他如此施礼，则是有意与侯敏保持距离。

"不必如此。"侯敏面色稍沉，仅一瞬间便恢复笑容，将其搀扶起来，"我又没穿官服，此处也不是州署大堂，你这样未免太见外了。"

"礼数不可乱。"沈元白依然垂首，不与他对视。

侯敏身后放着一张桌子和两把椅子，他在右侧椅子上坐下。有仆人端来一壶茶，将桌上两个茶盏倒满。

"坐吧！"侯敏道。

"草民岂敢与大人平坐？"沈元白并没有动，"我站着回话便可。"

侯敏心中不悦，放弃了惺惺作态，端起一杯茶，头也不抬地说："既如此，我便不勉强了。此处没有外人，有什么话不妨明说。"

"求大人放了我岳父。"沈元白直言不讳。

侯敏的茶盏已经送到嘴边，听到这句话停了下来，侧目望着沈元白，反问道："你这话是什么意思？我为何要抓吴渊？"

当官的人往往城府较深，唯恐落下把柄，许多话都不会明着说。

"是我失言了。"沈元白改口道，"其实我是来报案的，我岳父不知所踪，请求刺史大人为我寻人。"

"你很识时务，不愧是王师文教出来的。"侯敏满意地点点头，将茶盏放下，然后郑重地问，"闲话我不想多说，你准备如何做？"

"我乃朝廷钦犯，既然敢来州署，便已将生死置之度外，一切全由大人发落。"

"有胆识。"侯敏道，"我且问你，宋申锡究竟在谋划什么？"

"大事。"沈元白卖着关子，"一件人命关天的大事，与长安那位掌握神策军权柄的大人有关。"

"详细些。"侯敏急切道。

"大人还是不要知道为好。"沈元白冷声道，"以免招来无妄之灾。"

侯敏双目微眯，斜睨着他："我若是一定要问呢？"

"此事与你无关。你若非要蹚这潭浑水，我倒是不在乎。"沈元白丝毫不惧，连敬称都舍弃了

侯敏沉默了。

沈元白也不言语，默默地等待。

良久，侯敏才说："我送你去长安如何？"

"可以，但不是现在。"沈元白道，"岳父不知生死，我哪里都不会去。"

"你可能还不知道，圣上已经派金吾卫大将军韩约来杀你了。"侯敏淡然一笑，"你若不尽快离开，等他到的时候便是你的死期。"

"那又如何？"沈元白不以为然，"就让我与宋申锡的秘密共赴黄泉好了。"

侯敏被将了一军，有些无可奈何。

"也罢。"侯敏最终妥协，"我便先替你找到吴渊。"

沈元白知道岳父就在州署大牢关着，但还是装模作样地道了声谢。

在侯敏看来，沈元白被朝廷通缉，圣上又派韩约来杀他，已经是自身难保，唯一的活路便是寻求王弘述的庇护。如今主动求见，甚至不怕韩约，显然是知晓了自己与王弘述的关系，那自己便不必再为难他了。至少，吴渊已经失去了作用。既如此，不如卖个人情给沈元白，以免他见到王弘述的时候从中挑拨，于己不利。

段若兰在州署外面等候多时，终于等到了神色颓靡的吴渊，急忙迎上去："吴伯父？"

"你是？"吴渊一头雾水。

"我是元白和秋月的朋友，特意来接你。"段若兰道，"如今纸坊已经不再安全，你不能回去了。元白已经选好了藏匿之所，你快跟我走。"

"既是元白的朋友，为何我从来没见过你？"吴渊怀疑地问。

这个结果在沈元白的预料之中，因此早已想好了应对之策。方才段若兰离去，并非只是找地方藏起来，而是去接人了。

林鸢出现以后，吴渊的顾虑全消，跟着段若兰坐车离去。

泾县，宋慎微宅第。

县尉在县署公廨中也有居所，不过他来到泾县以后一直惦记沈元白，就没在衙门里住，而是在"静心堂"纸坊附近租了一个宅子。正因为如此，他才会放任沈元白回到纸坊，毕竟山中茅屋距离过远，不方便他掌控。

这条街上几乎都是手工作坊，几乎每个宅子里都有仓库。宋慎微租的宅子原来的主人是制作售卖烟花爆竹的商人，后来不知出于什么原因举家搬离了泾县。内中的仓库都是石头砌成，可能是为了防止火药爆炸而建，坚固无比。

此时的一间仓库里，三个州兵模样的人被绑在了一起，其中二人的嘴被麻布塞住了，只留一个人可以说话。

宋慎微正坐在椅子上，悠然地喝着酒。

"宋慎微，你竟然扣押我们，莫非是要造反？"那人叫嚣道。

宋慎微冷眼看着那人，冷笑道："我为何如此做，你心知肚明。我让你有机会说话，你最好把握机会，如实招来。否则，我这宅子幽深僻静，外边还有一口枯井，死几个人的话，应该没人发现得了。"

"你想让我说什么？"

"侯敏是否要杀我？"宋慎微沉声道，"想好了再说。"

那人僵持了片刻，最终还是妥协了："我只是奉命传你去州署，其余的事一概不知。"

宋慎微猛地站了起来，将仪刀拿在手中："如此，你们便没有用了。让你们三人同时死，黄泉路上也算有个伴。"

"且慢。"那人一脸惶恐，"我若说了，是否可以留我一命？"

宋慎微神色淡漠，犹如一头望着待宰羔羊的豺狼："当然。"

"我不知道是否会杀你，但你去了，肯定会被抓住。"那人和盘托出，"刺史大人怀疑王师文是你杀的。"

"果然如此。"宋慎微转身便走。

他这一走，可把那三个人吓坏了。两个支支吾吾不知说什么，另外那个急切地说："宋慎微，你个卑鄙小人，言而无信。"

宋慎微止步，侧身道："我没有杀你们，便是履行了承诺。接下来，就要靠自己了，试着求救，也许会有人听到。"言罢，他便快步离去。

来到院中，他一声长叹："师妹，我欠了你一个人情啊！"

这时，房门被叩响。

宋慎微一惊，心想石屋隔音效果不错，仅凭一人呼喊外边根本听不到，除非三人一起求救。可那三人互相取出口中麻布尚需一些时间，何以这么快便有人来？谨慎起见，他没有贸然开门，而是纵身跳上了院墙，由此向外观看。

看到来人之后，他的紧张瞬间消散。

因为那人是吴秋月。

宋慎微坦然开门，询问道："沈夫人，找我有事？"

"宋县尉，看到元白了吗？"吴秋月焦急地问。

宋慎微心底一沉，忙道："怎么，沈元白不见了？"

吴秋月轻轻点头："我昨夜身体不适，吃了些药便昏昏睡去，早上起来所有人都不见了。陆珏和段姑娘时常不辞而别，倒是没什么，只是元白……"她的神色越发紧张起来，"他若是有事离去，不可能不告诉我，会不会出事啊？"

宋慎微转身便走，走出几步，猛然发现自己有些失态，回身道："你不用担心，我一定会找到他。"

宋慎微说完，快步跑开了。

他根本没有四处寻找，而是直接去了城门，然后便从邓枫的口中得知了沈元白的去向，惊讶的同时，久违的杀意再次于心中浮现。

宣州署，深夜。

陈设朴素的房中，侯敏负手而立，询问道："你是怎么受伤的？"

老人苦笑道："年纪大了，不小心摔了一跤。"

此人曾对陆珏道出了侯敏效忠王弘述的原因，此事不好被侯敏知道，因此他随口编个理由搪塞过去，将被陆珏所伤一事瞒了起来。

侯敏果然没有细问，转而道："明日送沈元白进京，此事不能差使州兵，需要我们的人去做，你安排一下吧！"

"没问题。"老人道，"我也该回京禀报宣、扬两州的进展了。"

"既然你要回去，我便不给王大人写信了。"侯敏疲惫地揉了揉眉心，"算算日子，韩约也快到了。不过沈元白已经离开，我也没必要与之周旋了，让他随便找吧！"

"宋慎微没有来，前去传唤的兵将也没回来。"老人提醒道，"王师文定然是他所杀。"

"王师文不过是想重回仕途，既然沈元白已经探出了宋申锡的谋划，且在我们掌握之中，宋慎微杀了他，则是替我们省去了许多麻烦。如此卖主求荣之辈，留着也为祸患。"侯敏深吸口气，"没有证据坐实宋慎微杀人罪名，他若拒不承认，抓来也无济于事。"

"只怕此人从中作梗，徒增变数。"老人道，"他刚来泾县的时候就该杀掉。"

"杀不了。"侯敏道，"他乃宋申锡之子，又是圣上亲封的县尉，若是贸然杀他，必然招致圣上猜忌，罢官贬谪皆有可能，我不能冒险。只要沈元白顺利进京，宋慎微便也无关紧要了。"

　　宣城以北有一座山脉，名为敬亭山，属于黄山支脉，大小山峰六十余座，主峰为翠云峰。盛唐时期许多诗人于此地留下佳作，其中以李白最负盛名，他那首诗名为《独坐敬亭山》，诗句为：众鸟高飞尽，孤云独去闲。相看两不厌，只有敬亭山。

　　山脚之下，有一家沿路而设的茶肆，房屋简陋，陈设简朴，就连茶具都带着岁月的沧桑。可是依然人声鼎沸，过往之人皆会于此暂歇片刻，因为此间的茶是用山上虎窥泉之水所煮，茶香怡人，回味悠深，极受文人雅士青睐。

　　时值正午，茶肆内没几个人，外面茅棚下的五张方桌却人满为患。

　　宋慎微无心品茶，目光始终盯着从州城过来的唯一道路，等待沈元白的马车出现。去长安路途遥远，有无数种路径可供选择，可是不论走那条路，都要由此处离开宣城，所以他提前在此等候。他的腿伤尚未痊愈，为了尽快结束战斗，便在宣州四野找来了一些帮手。那些人与开州市井游侠相似，是他以气度和人品结交下来的卸甲兵士，一个个侠肝义胆，不惧生死，尤其痛恨权阉掌兵。

　　不多时，沈元白一行人从远处悠悠而来。

　　敬亭山对他来说属于诗词胜地，自然要停留休息片刻。不过，赶车那位不想在此耽搁，没有停下的意思。于是沈元白从马车中探出头来与之争论，声音极大，远远便可以听到："你又不是宣州人，当然不在乎。但这是我的家乡，我沈元白此去长安不知何时方归，喝杯敬亭山的茶再走又能耽误你多久？"

　　"来了，准备动手。"宋慎微紧握那柄木制仪刀。

　　沈元白等人缓缓接近。

　　宋慎微突然站起，厉声道："不要留活口，给我杀！"

　　护送队伍猛然一惊，纷纷抽刀戒备。

　　宋慎微愣住了，因为他那伙人刚站起来，便又倒了下去，躺在地上不知死活。这个变数令他始料未及，然而事已至此，多思无益，即便他一个人也要阻止沈元白去见王弘述，暂且不管倒地之人，抡着大刀便冲了上去。

他是个高手，至少比段若兰厉害许多。

沈元白身边的护送者有三十几人，没有弓手。宋慎微气势汹汹，须臾间便放倒五六个。所有被他打倒的人，喉咙处都有一道粗糙的伤口，那是被仪刀厚刃强行撕裂所致。他这把刀虽为木质，边缘却包了银铁，表面凹凸不平，似锯齿一般，在他的大力挥舞下，造成的伤口就像被猛兽咬了似的，鲜血不停地往外流，极其骇人。

以前仪刀不全是木制，当今皇帝登极以后，才下诏将所有铁制仪刀更换为木刀。对于此举的用意，众说纷纭，最大的可能便是防止心怀不轨之人在仪仗队伍暗藏杀手。不过，倘若杀手是宋慎微这种武艺的人，木刀同样可以弑君。

使用这种兵器极其消耗体力，宋慎微全盛之时不会受到影响，但此刻有伤在身，没过多久便支撑不住，由猛攻变成了防守。此弱则彼强，那些人察觉他攻势已缓，便知他已是强弩之末，于是改变了打法，不再正面硬抗，而是以消耗为主，有人牵制，有人偷袭，循环往复，等他彻底疲乏再予以致命一击。

这个办法非常有效，宋慎微疲于应对，腿上的伤再次传来剧痛，他将仪刀插在地上支撑身体，才让自己没有倒下去。

"他已经不行了！"有人喊道，"一起上。"

那些人气势汹汹地冲上来，宋慎微咬牙挥刀，前边几个应声而倒。这一下力度不小，却缺少准度，倒下的人没有性命之危，很快重新站起来。

宋慎微终于支撑不住，晃了晃便瘫坐在地上。

沈元白远远看着，叹息道："忠义之人啊！"

"确实。"身旁的吴秋月点头道，"他若不管此事，安然当了县尉，也不会受此折磨。到此为止吧！别让他再受伤了，否则不好医治。"

沈元白转身道："陆兄，别只看热闹了！再不出手他就死了。"

"有我在，他死不了。"陆珏缓缓走了过去。

宋慎微还在奋力挣扎，即便坐着，依然挥舞大刀，不让那些人靠近。

有人从背后扑上去，勒住他的脖子，然而瞬息之后，那人的颈部便出现了一道细如发丝的血痕，倘若不是冒着鲜血，根本无法发现那道伤口。

此人死得不明不白，同伙都没看清发生了什么，纷纷怔住。

　　就在此刻，陆珏加入战局。

　　随着他的出现，这场紧张万分的战斗变成了单方面的屠杀。

　　一刻过后，横刀归鞘。

　　除了陆珏，没有一个站着的人。

　　宋慎微惊愕不已，更多的还是困惑，完全不明白此情此景究竟是什么情况。

　　陆珏走到他面前，抱臂问他："还能站起来吗？"

　　宋慎微脸色铁青，用仪刀支撑着站起来，身体依然摇晃，额头冷汗涔涔，虚弱地说："你为何要救我？"

　　"你误会了。"陆珏冷傲地说，"我只是想杀人。"

　　这时，沈元白走了过来。

　　宋慎微的脸色极其凝重，目光中的杀意越发浓郁，如果不是受伤难以行动，或许早就抡起仪刀砍了过去。

　　"今日之事，是我有意而为。"沈元白面无表情，"侯敏囚禁我岳父，我没有办法，只得以机密之事为饵，诱骗侯敏放人。你沿途截杀，也在我的计策之中。"

　　"我与侯敏的人斗得两败俱伤，你们便可坐收渔翁之利，好一个驱虎吞狼之计。"宋慎微凄然一笑，"既如此，你何不等我死了以后再收拾残局？"

　　"只想让你明白一件事，我与王弘述并非一路。"沈元白平静地说，"我先带你去个安全的地方，然后再与你详说。"

　　"我走不了。"宋慎微低声道。

　　"没关系，可以用马车载着你走。"沈元白望向茶肆那边，"秋月，怎么样了？"

　　"可以了。"吴秋月应了一声。

　　随后，与宋慎微一同来的那些人悠悠转醒。

　　沈元白道："既然已经醒了，便让他们回家吧！"

　　宋慎微叹了口气。

　　他这次败得太彻底了，幸亏沈元白没有动杀念，否则他必死无疑。

　　既然沈元白有意示好，他也不好再说什么了。

　　一番交谈过后，那些人帮忙将宋慎微抬上了车，然后离开。

陆珏甩了下缰绳，马车驶离敬亭山，一路往泾县而去。

三天前，子夜已过。

纸坊深处堂屋，烛灯散发着昏黄的光。

"驱虎吞狼？"陆珏好奇地问，"若侯敏是狼，谁又是虎？"

"当然是宋慎微。"沈元白双目微眯，冷笑道，"我不会将秘密告诉侯敏，让他将我送去长安与王弘述相见。而将此事暗中透露给宋慎微，他得知后必然要杀我以绝后患，如此便能与侯敏的人互相消耗，你便可以趁机将我救下。"

"用不着他，我一人足矣。"陆珏自信地说。

沈元白摇了摇头："宋慎微必须目睹此事，才能以此获取他的信任，打消敌意，把所有事情说清楚。"

"如果侯敏的人不是对手，宋慎微轻松将其杀死，又该如何应对？"陆珏又问。

"事关重大，侯敏派往护送的人不会太弱，宋慎微有伤在身，以他一人之力根本拦不住。他不是莽撞之人，肯定会找帮手。"沈元白道，"唯一的难题是，不能让他的帮手参与战斗，因为没必要伤及无辜。而且有人协助的话，宋慎微的压力便会减轻许多。一定要把他逼到绝境，到时你再出手支援，我们的立场也就无须多言了。"

"你认为他会在何处截杀？"

沈元白道："敬亭山下有一茶肆，那里是他唯一的机会。"

"既有茶肆，便可省去了许多麻烦。"吴秋月走了进来，"我提前去茶肆等候，如果宋慎微出现，我会用药茶将他的帮手全部迷晕。"

吴秋月的出现，令沈元白始料未及，转念一想，此事也没有必要瞒着她，但还是拒绝道："不行。一旦打起来，后果难料，我不能让你涉险。"

"我又不露面，不会有危险。"吴秋月坚定地说，"此事关乎你的安危，我必须亲眼看着才会放心。而且，你的计策中需要有人给宋慎微通风报信，没有人比我更合适了。"

"我觉得可行。"段若兰附言道。

沈元白太了解她了，从小到大这么多年，她认准的事，十匹马都拉不回来。

"也罢，那便依你好了。"沈元白只能妥协，然后继续部署，"若兰负责我岳父安危，一旦我把他换出来，你立刻接手，在秋月茅屋的西方有一个山洞，暂时藏在那里。陆兄，你与林鸢从另一条路赶往州城，到了以后把林鸢交给若兰，以此打消我岳父的疑虑。你则暗中保护我，只要我没有危险，你便不用现身。一旦侯敏将我送往长安，你就回来接秋月去茶肆，顺便保护她的安全。若兰到了山洞，可让林鸢照看我岳父，你则回来接王宣前去会合。"

"没问题。"段若兰应道。

陆珏也赞同地点了点头。

这便是沈元白的全部安排，所有人依计行事，并无意外。

沈元白不知道的是，意外往往并非来自己方。

敬亭山下，一个老人姗姗来迟，望着满地尸体，面如死灰。

本来他也应该在护送队伍里，然后顺理成章地被宋慎微或陆珏杀死，可是他命不该绝，出发的时候突然身体不适，便让队伍自行上路。休息了半日之后，发现并无大碍，这才启程追赶，因此逃过一劫。

伤口过于明显，老人一看便知是宋慎微所为。

"宋慎微劫杀沈元白，二人却同时不知所踪。"老人沉吟道，"此事不妙啊！速往长安禀报主人。"

泾县山中，所有人在此会合。

这是一个隐秘的山洞，洞口被茂密的植物遮掩。多年以前，沈元白与秋月在山中寻觅可以作为纸胶的植物时，曾在此处停留，后来便将洞内简单修缮一番，放了一些灯具和桌椅、床铺。本是临时歇脚之地，如今却变成了避难之所，也算是物尽其用了。

夜幕低沉，蛙鸣鸟啼。

沈元白到来之时，王宣正在洞口等候。他因王师文之死悲伤成疾，经过吴秋月的医治，如今已经没有大碍。不过，大病初愈之后，王宣性情大变，永久地失去笑容，话语也简练了许多，得知沈元白夫妻的去向以后，亦不曾表现出多少惊讶，更不惶恐，极其平静地跟着段若兰离开了纸坊。

"我爹怎么样了？"吴秋月急切地问。

"舅父过于担心你们的安危，情绪始终不太稳定，林姑娘劝了一下午，他才勉强睡去。"王宣道，"刚睡不久，还是不要吵醒他了。"

"我去看看。"吴秋月从他身边走过。

沈元白问："林姑娘呢？"

"也在里边。刚才我进去的时候，看到她趴桌上睡着了。"王宣叹了口气，"我病时，她照顾我，我病好了，她又照顾舅父，想必非常疲惫吧！"

"真是难为她了。"沈元白无奈地说，"所有麻烦集中在一起，确实也是没办法，只能以后再报答她了。"

这时，段若兰从身后走来，在他耳边悄声说了几句话。

沈元白听后脸色骤变，愕然道："此事当真？"

"陆珏应该不会看错。"段若兰道。

段若兰没有与王宣在一起，在更远的地方守着，因此早就与沈元白等人相遇了，之后她与陆珏一起守着瘫坐在树下宋慎微，并没有跟随沈元白夫妻过来山洞这边。

沈元白闻听以后，转身便走。

走出几步后，他骤然止步，转身对王宣道："我们有些要事要谈，除非特别紧急之事，否则不要过来找我。"

"好。"王宣应道。

事关重大，知道的人越少越好。

北边一处山坡之下，陆珏与宋慎微相对无言。

沈元白把段若兰留在坡上，让她警戒四周，任何人都不许靠近。然后，他快步走了过去，询问道："宋兄，伤势如何了？"

"多亏你夫人一路医治，暂时死不了。"宋慎微淡淡道。

"那便好。"沈元白双眸流转，语调逐渐沉声，"十年前台州火灾的真相我已查明，先帝真实死因我也知道。所以你要明白一件事，王弘述是你我共同的敌人，我不会将你父亲的锄奸之计泄露给他。"

"不会泄露?"宋慎微笑了笑,之后冷声道,"那是因为我杀了王师文,否则你绝对瞒不住。侯敏和王师文之所以出现在泾县,是因为你进城之后,城门守将邓枫将此事上报侯敏,侯敏亲自送王师文回来。侯敏本来要与你相见,是王师文拦住了侯敏,理由便是只有他才能从你口中套出秘密。你夫人救了我,我不能再杀你,便只能杀掉王师文。此人一死,你只要不离开纸坊,此事便不会泄露。你毕竟是平民百姓,没有为天下大事牺牲的觉悟,只要你还活着,王弘述总有办法让你说出秘密。"

"你未免小瞧我了。"沈元白斜睨着他,脸色凝重,"我不会牺牲身边的任何人,但我也有一颗炽热的心,分得清是非黑白。我只是不想成为朝廷勋贵争权夺利的牺牲品,若以我一人之命,可以拯救一些无辜的人,我同样可以死。并非我没有牺牲的觉悟,而是我的牺牲一定要有意义。即便你现在杀了我,又能如何?扬州印版工的危难救不救?宣州造纸人的生计管不管?"

宋慎微低头不语。

"宋兄,我从来没有把你当成敌人。"沈元白又道,"开州之事,历历在目。你为卖面老人砸了酒肆,助我解决长宁寺抄经大会的麻烦,当地百姓对你信任有加,言听计从,什么都不做便能让卢瑶钟情于你。你有如此名望,其根源在于你是一个心系百姓之人。如今,许多无辜之人即将卷入死亡旋涡,你何以坐视不理?"

"家父已逝,家业凋零,我只有一个人,没办法顾全所有。"宋慎微黯然道,"唯一能做的,便是完成他的遗志,协助圣上铲除王弘述。圣上收回神策军权,便可高枕无忧,我相信他会还百姓一个太平盛世。"

"那你更应该与我化干戈为玉帛。"沈元白道,"我父亲沈雍在印刷业颇具威望,倘若我以此相劝,定然可以说服扬州印刷工匠暂等一段时日。"

"化干戈为玉帛……"宋慎微苦笑道,"我身受重伤,已经没有力气再动干戈了,就按你说的办吧!"他叹了口气,极其疲惫地说,"元白啊,来泾县这么久,我还没见过你那张九霄环佩呢,不知是否带来?"

借琴,乃曾经的许诺。

重提此事,彰显仇怨已消。

　　"去州城之前，我让王宣离开时将琴一并带走，想必已经拿来了。"沈元白道，"不过，现在可不是弹琴的时候。我心中尚有许多疑问，还望宋兄为我解惑。"

　　"问吧！"宋慎微轻声道，"已经没什么不能说的了。"

　　沈元白将视线移开，望向远处的茫茫夜色，沉吟道："令尊病逝之前，究竟跟你说了什么，才会让你不惜在府内动手也要杀掉徐昉？"

第二十一章

痛心疾首

　　轻风悠悠，月华幽幽。

　　幽幽夜色，悠悠心事。

　　宋慎微沉着似水，淡然一笑："敬亭山一战，我出手极快，还以为此事可以瞒过去呢！"言罢，他将目光投向陆珏，"依然被你看到了。"

　　"我没看到你出手。"陆珏道，"那具尸体的伤口与其他人不同，我出于好奇多看了几眼而已。到底是什么兵器，可否让在下开开眼界？"

　　宋慎微拿起那把宽大的仪刀，扭动了一下长柄，然后从刀柄里抽出了一把短刀。此刀的刀身很窄，薄如纸张，两侧开刃，刃口细如发丝。山下打斗的时候，有人扑在了他的身上，之后那人的颈部便出现了一个既细且深的口子，正是被这把短刀所杀。

　　"果然如此。"陆珏点头道，"徐昉身上的伤口也是此刀所致，我从未见过，因此无法判断是何人所为。"

　　"其实我不想杀他。"宋慎微将短刀插回刀柄中，微微叹息，"父亲去世前几日，卧床不起，将徐昉留在身边，名义上是让他随时听候调遣，实则是给他机会坦白一切。可惜，他什么都没说。那一日，父亲突然回光返照，为了把事情原委告诉我，便让徐昉回去休息。不久赵三来报，说徐昉去了元白的住处。在此之前，去长安送信的杨季不知所踪。我们派人查过此事，杨季不肯露面，却托人将被劫一事告知。父亲立刻推断出府中有内鬼，却也没有怀疑徐昉，毕竟徐昉是王师文举荐的，跟随父亲多年，而只要父亲不怀疑王师文，便不会牵扯到徐昉的身上。

"直到有一天，我发现徐昉在暗刻印版，虽然他给出的理由是缅怀恩师沈雍，但还是让我警觉了。我将此事告知父亲，父亲说一个人不会突然怀念过往之事，除非当下所行之举与过往有关，由此才开始怀疑他，让我继续留意他的动向。为了摸清他是否为内鬼，父亲以去长安请御医为由将其支走，暗中派人跟随，此举主要为了打草惊蛇，看他是否心虚。果然，他用尽办法将跟随之人甩开了。

"徐昉有问题，主使之人必然是王师文。我们太了解王师文了，虽然不知道他在何处，但他对仕途的那种近乎疯狂的渴望使其不可能甘心隐居，既然对我们出手，那他效忠之人只能是王弘述。抄经大会一事，开州司户参军对元白鼎力相助，那人自以为藏得很深，其实我们早就知道他是王弘述的人。诸般种种，让父亲推断出王师文必在泾县，元白则是来与徐昉接头之人。为了不使秘密外泄，让我无论如何都要在徐昉与元白相见之前将其杀掉。后边的事你们应该能猜出来，我让赵三以琐事牵制住元白，先行去了书阁。徐昉看到我后格外惊恐，这让我更加确信父亲的推断是对的，于是痛下杀手。"

"难怪那天赵三非常奇怪。"沈元白恍然道，"深更半夜，非要与我谈论回宣州需要准备什么东西，原来是为了缠住我。"

"那晚我带人去书阁寻你，原本是想送你离开。"宋慎微继续道，"当我看到你满手是血，便知道徐昉没有当场死亡，因为你没理由为一具尸体捂住伤口。如此一来，我便不能让你安然走出开州了。徐昉之死恰好需要一个顶罪之人，我打算将此事嫁祸给你，没想到，父亲突然去世，让你侥幸逃脱。后来听说你进了大理寺狱，我更加紧张了，不过等了很久，王弘述也没派人来杀我。我又猜想徐昉受了那么重的伤，可能无法道清原委，加之他先前曾雕刻印版，或许将秘密藏起来，你身陷囹圄没有机会破解此谜。后来又听说你越狱了，我再次紧张起来，要想保住秘密，唯有杀了你。可惜造化弄人，你的身边有陆珏和若兰师妹保护，我又被你夫人所救，无法动你，只能先杀了王师文。"

王师文与徐昉各有选择，沈元白没能力干涉。宋慎微杀他们，似乎也有他的道理。然而，王师文终究是秋月的舅舅，亦是他为数不多的亲人，徐昉又是他父亲的得意弟子，听着宋慎微将杀人一事说得如此淡然，他心中不禁生出一阵无名怒火。

可是，他又能怎么样呢？

即便他杀了宋慎微，二人也不会复生。

报仇，其实并不能消解伤痛。

"后悔了吧？"宋慎微看出了他的心思，一副将生死置之度外的样子，"敬亭山下，你就不该让我活命。当然，你现在动手也来得及，有陆珏在，我根本无力还击。"

沈元白转过身去，冷声道："你是如何杀的王师文？"

"人已经死了，知道过程又有什么意义？"

沈元白望着远处的树影，一言不发。

静谧无声的黑夜，气氛压抑得令人窒息。

"那天晚上，王师文从县署离开……"宋慎微终究还是说了出来。

泾县街道，儒士模样的王师文一人疾行。

大唐施行宵禁政策，地方州县亦不例外，因此街上只有他一人。不过很快，一队巡夜的兵士迎面而来。这些人归县尉统辖，但宋慎微不在其中。领头那人一眼便认出了他，拦住问道："王先生，何以深夜犯禁？"

"在下应县令大人传唤前往县署回话，此时方归。"王师文隐去了侯敏已来泾县一事，态度平和却并不谦卑，"虽犯宵禁，却情有可原，还望小哥通融一下，别让县令大人难堪。"

"既如此，先生请便。"那人并不怀疑他的话，因为他身后不远处便是县署。秉承多一事不如少一事的原则，那人果断放行。

巡夜的兵士擦肩而过，王师文深吸口气，加快了脚步。

途经一个十字路口，他转向了右侧那条路。

"一别数年，先生可曾惦念昔日旧主？"一个熟悉的声音从黑暗中传来。

王师文一听这话，马上知道对方是谁，仅一瞬间，便考虑了数种可能，最终觉得逃跑乃下策，于是淡然道："是慎微啊！何不现身一见？"

宋慎微从暗处出来，微笑道："我来泾县已经数月，始终不知先生也在此处。知道的时候，先生却去了州城，莫非有意躲着慎微？"

"不错！我是躲着你。"王师文叹了口气，"五年前诛杀王弘述之计败露，李训以我与漳王的交往设计构陷，使你全家入狱，险些满门抄斩，即便三司官员据理力争，最终还是将大人贬谪开州。我对此心中有愧，有何面目见你？"

"此乃京兆尹王璠临阵倒戈、李训助纣为虐之故，非你之过。"宋慎微冷声道，"可你唆使徐昉暗中探查家父往来书信，诱使沈元白以送纸为由与之接触，这恐怕不是心怀愧疚之人该干的事吧？"

"原来你都知道了。"王师文摇了摇头，"以我对你父亲的了解，就算被贬到开州，也不会就此消沉，一定还在暗中谋划铲除权阉之策。我让徐昉打探消息，不过是想帮忙而已。我派往开州与徐昉接触的人并不是沈元白，而是王宣。我也没有告诉王宣具体如何做，只让他把开州见闻一字不差地转述于我。只是不知为何，一切都超出了预料，王宣什么都不知道，沈元白却卷入其中，还被关进了大理寺狱，这才引出了许多麻烦。"

"是吗？"宋慎微冷眼看着他，"那你为何不坦然相告，反而躲着我？"

"为了迷惑王弘述。"王师文坦然自若，"你也知道，刺史侯敏对他忠心耿耿，我又是你父亲的旧属，我有任何行动，王弘述必然知晓，因此只能躲着你。只有这样，侯敏才会信我。"

"方才你说躲着我是因为当年的事心中愧疚，现在又说是为了获取侯敏的信任，如此前后矛盾，想必内心十分慌张吧？"宋慎微面带笑意，轻轻转动仪刀的长柄，"你了解我父亲，我也了解你，你若真想帮忙铲除王弘述，绝不会如此周折，只需让王宣带一封信便可，而不是迫切地探查秘密。以前你帮父亲处理公事，从来不会多问。"

"我——"王师文一时语塞。

此时，宋慎微抽出软刀，寒芒闪过，王师文的脖颈处出现了一道细如发丝的伤口，鲜血随即汩汩流出。

王师文大惊失色，急忙捂住伤口，可是已经来不及了，鲜血染红了他的双手，顺着缝隙流了出来。

"你死了，便是帮了我。"宋慎微将软刀插回仪刀的长柄中。

"我……"王师文栽倒下去，艰难地说，"我只想重回仕途……那样……我才能……"他的嘴里全都是血，阻塞了话语，"才能……"

"为……报仇！"王师文彻底失去了声息。

泾县树林。

"报仇？"沈元白迅速转身，诧异地问，"他要为谁报仇？"

"不知道。"宋慎微摇头，"没有听清。"

"永远也无法知道了！"陆珏叹了口气。

"你就不该杀他。"沈元白瞪着宋慎微，愤恨地说，"我从大理寺狱出来的时候已经怀疑他了，就算他活着，也无法从我身上得到任何秘密。"

"我不敢冒险。"宋慎微道，"事已至此，你可以杀了我替他报仇。"

沈元白怒道："你以为我不敢杀你？"

"那你杀啊！"

"陆兄，把你横刀借我一用。"

陆珏握着刀鞘，将刀柄伸向沈元白。

他这一下带有寸劲，刀刃被甩出来一部分，在鞘中微微颤动。

沈元白没接，愕然道："你还真想让我杀了他啊？"

"要不然我来？"陆珏道。

"可别。"沈元白急忙阻拦，"王师文已死，杀了他也改变不了什么，还是留着他的有用之躯对付王弘述吧！"

陆珏单手将刀鞘竖起，刀刃顺势回归鞘中。

说者无心，听者有意。

陆珏的玩笑之举，在宋慎微看来则是推波助澜，对此甚是不悦。

这时，沈元白感慨道："十年前，我父亲葬身火海，柳泌、陈枭皆死，唯有王弘述还活着。如今我卷入此局，或许是苍天有意为之，给我一个为父报仇的机会。"

"陈枭虽死，但他儿子还活着。"宋慎微冷笑道，"想不想知道此人现在何处？"

沈元白一怔："陈枭有儿子？"

"当然。"宋慎微故作神秘地望向陆珏，"我能说吗？"

陆珏抓着刀鞘的手微微收紧，表情却很淡漠："随便。"

"你为何问他？"沈元白倒抽一口凉气，一脸难以置信，"难道说……"

"看来不用说了。"宋慎微道。

沈元白缓缓转过头，目光中仿佛烧起火来，语气极其阴冷："十五岁以前，父亲钻营求官无暇照看，所以我是吃百家饭长大的。十五岁那年，我被义父收养。我也是疏忽了，竟然忘了你十五岁的时候，正好是十年前。"

"卖友求荣之辈，死有余辜！"陆珏冷哼道，"我已随义父姓陆，陈枭与我无关。"

沈元白想起来了，在台州的时候，陈枭之死便是从陆珏口中得知，当时他就说过类似之语，想必也非常痛恨此人之卑劣行径。

仇人之子，却是故人。

无论如何，沈元白也无法将对陈枭的仇恨转嫁到陆珏身上。所谓父债子还本就荒谬，何况陆珏根本不认同父亲之作为。当年的他或许根本不知情，即便知道，以他与父亲冰冷的关系恐怕也改变不了任何事。

沈元白深呼吸几下，尽量不去在意此事，转而对宋慎微道："宋兄，当初我向你询问台州火灾真相，你为何不坦然相告？如果你将事情原委告知于我，我必与你同仇敌忾，共讨王弘述，何至于刀兵相向？"

"那时我也不知详情。"宋慎微娓娓说道，"我只知道火灾并非意外，并不知晓与先帝之死有关，更不知道罪魁祸首是王弘述。父亲病逝之前才将所有事情告诉我。当年他从你二伯口中得知陈枭的存在，却并没有追查下去，因为他当时不过是人微言轻的观察使从事，既然此事与柳泌有关，必然牵扯权力斗争，他不想卷入其中。后来，父亲从越州返回长安，路上与我师父文昱相遇，从他那里获悉了全部真相，这才有了五年前设局锄奸一事，可惜功亏一篑。后来便无法再与你说了，因为当晚你便消失了，况且有王师文在，我不知道能否获得你的信任。"

宋慎微知无不言，疑惑悉数解开。

"此地不可久留。"沈元白刚经历了情绪上的此起彼伏，着实有些疲惫，"侯敏尚不知敬亭山劫杀是我有意为之，但可以从死者伤口上知晓是你所为，定会来泾县大肆搜寻。我们要尽快决定下一步如何做，然后离开这里。"

"去长安。"宋慎微道，"以防有人从中作梗，打乱我父亲与圣上的锄奸大计，我们必须在长安时刻关注此事进展。"

"当务之急，应该把扬州的印刷工匠安抚住。"沈元白担忧地说，"也不知道那边的情况怎么样了。"

"必须去长安。"陆珏附言道，"你若没有作为，在皇帝眼中永远都是王弘述的同伙，终究不会放过你。所以你必须去长安参与此事，至少要让皇帝知道，你与王弘述势不两立。"

"不如先去扬州，稳住雕版印刷工匠以后，我们即刻启程前往长安。"沈元白道，"如果王弘述因扬州没闹起来而放弃行动，我再想办法从中斡旋。"

"可以。"陆珏道。

宋慎微没有说话，算是默认了他的提议。

沈元白将去扬州的决定告诉了吴秋月，吴秋月依然要求同往。沈元白思虑过后，并没有拒绝。一来是宋慎微有伤在身，秋月跟着可以沿途医治；二来是以秋月的脾性，若是不带着她，定会暗中跟随，不如带在身边更安全些。

为了避免不必要的麻烦，沈元白让岳父吴渊暂时找个安全的地方居住，在他们回来之前不要露面。吴渊在鄂州有位故友，可以去他家暂避。林鸢与他们走得太近，为了她的安全着想，沈元白让岳父将其一并带走。此举还有另一个目的，吴渊的那位故友家中有一位公子，秉性纯良，才华出众，如果与林鸢合得来，便可促成这桩亲事。姻缘天定不可强求，这个道理沈元白和吴渊都懂，所以只是将林鸢带过去，是否有结果还需看她个人意愿。

一切皆已安排妥当，唯独不见王宣。

此时天色大亮，朝阳升空，晨曦洒遍大地。

沈元白问过所有人，可惜谁都不曾见过王宣。

昨天夜里，沈元白、吴秋月、林鸢、吴渊四人在山洞内部，陆珏、段若兰与宋慎微在距离山洞稍远一些的地方，唯有王宣守在洞口。以陆珏的警觉，没人可以悄无声息地将王宣抓走。他的消失，只能是自行离去。

但是，这没有理由。

就在沈元白无比困惑的时候，吴渊询问道："元白，有关罗通的谋划，王宣对你说了吧？"

"罗通？"沈元白茫然道，"什么谋划？"

"他没告诉你？"吴渊非常震惊，"那他为何说你已经知晓？"

沈元白心底一沉，忙问："究竟何事？"

"罗通将宣州纸业人士聚集在一起，煽动闹事。"吴渊道，"根据我掌握的信息，他将纸坊罢业的原因归咎于官府，号召造纸之人不要坐以待毙，一起去长安讨要说法。"

沈元白愣住，愕然地望向陆珏。

陆珏沉声道："看来不只是扬州。"

"这是什么时候的事？"沈元白问吴渊。

"我被抓之前。"吴渊叹息道，"本来我能阻止的。"

沈元白恍然大悟，侯敏把岳父抓起来，其实是一箭双雕之计，既能挟制他，又能给罗通那边争取时间。

"你有没有告诉王宣，罗通如今所在何处？"

"说了！"吴渊道，"我等了许久不见你回来，林姑娘又劝我先行休息，我便让王宣将此事转告于你。他没有告诉你，还偷偷离去了，定然是要替你解决这个麻烦。"

"罗通在什么地方？"沈元白急切地问。

"在他故居，就是原来的'文宝斋'纸坊。"吴渊语速极快地说，"段姑娘去接王宣的时候，我让她留意一下那个地方。如果寂静无人，说明罗通已经走了；若是有来路不明的人把守，可见罗通尚未成功。"

沈元白看向段若兰。

"有人把守。"段若兰道。

沈元白转身便走。

"你不能去。"陆珏将其拦住，"你若公然出现在罗通面前，则是告诉侯敏，敬亭山劫杀乃你之设计。如此一来，王弘述便会知晓你已背叛，长安之事恐有变化。"

沈元白急躁地说："我若不去，王宣他——"

"我一人便可。"陆珏飘然而去。

沈元白忧心忡忡，内心烦躁，不停地来回踱步。

陆珏的能力，他心知肚明，只是王宣离开已久，不知道是否来得及。

一刻钟以后，陆珏回来了。

"这么快？"沈元白惊讶不已，同时也发现他是一个人回来的，不禁紧张起来，"王宣呢？"

"在你夫人的茅屋。"陆珏叹了口气，"不过……已经死了。"

一句话，仿若晴天霹雳。

沈元白犹如被石化了一样，久久难以出声。

吴秋月刚给宋慎微送完药，出山洞时突然听到了噩耗，药碗顺势落地，但她没有僵住，急忙冲过去，将即将栽倒的沈元白扶住。

"王宣死了，王宣死了……王宣……"沈元白一副失魂落魄的样子，"我不信！"他猛地从吴秋月的怀中挣脱出来，疯了似的朝茅屋那边跑去。

"元白！"吴秋月急忙追过去。

"到底发生了什么？"段若兰也很吃惊。

"到那边再说吧！"陆珏摇了摇头，尾随而去。

吴渊一脸惊愕，似是难以置信。

林鸢则直接吓哭了。

只有宋慎微不知道发生何事。他从山洞出来的时候，发现外边已经没人了，但马车尚在，由此判断出那些人还会回来，便没有四处寻找。

一间茅屋，一张木床。

熟悉的药香，熟悉的人。

鲜血横流，染红了床铺。

"王宣，你给我起来！"沈元白疯狂摇晃着那具冰冷的尸体，泪水似决堤之水一般不停涌出，"没有我的允许，你怎么敢死？"

再好的医术，也救不活无魂之躯。

再熟悉的人，也无法给予任何回应。

吴秋月不忍直视，默默流泪。

所有人无不动容，却又不知道如何相劝。

沈元白从来没有想过王宣会出事，因为他是一个胆小惜命之人，没有主见，吩咐什么便做什么，遇到危险从来不会往前冲，沈元白亦不会让他去做危险之事，所以他本该是所有人中最安全的那个。只是，沈元白万万没有想到，他这次不仅有主见，还主动冲了上去，不计后果地替他最依赖的姐夫解决困境，甚至连命都不要了。

如此重情重义，显然不是王师文教出来的。

王宣也不止一次表示过，他与义父不像，反而像姐夫。

当时沈元白还很嫌弃，如今再回味，王宣虽然没有他的才华和智慧，但至少那颗赤子之心是相同的，为了守护至亲之人，可以付出一切。

欢声笑语，叱责怒骂，尽已烟消云散。

陪伴左右，唯命是从，终是天人永隔。

良久，沈元白的情绪渐渐平息，双眸杀意浓郁。他将陆珏叫到外边，走出一段距离之后，才用阴冷的语气说："帮我杀掉罗通。"

"用不着了。"陆珏叹道，"罗通已被王宣杀了！"

这时，段若兰好奇地跟了过来。

"什么？"沈元白再次震惊。

"其实我没有去县城。"陆珏缓缓道，"我刚到山下，便看到一群人抬着王宣过来。那些是宣州的纸业人士，被罗通煽动，本来已经群情激昂了，王宣突然进入，告诉他们都是假的，罗通与官府密谋，只为让他们暴动，然后再合理除掉他们。那些人起初并不相信，王宣用了一个非常简单的办法，掏出刀把罗通杀了。藏在外边的州兵冲了进来，将王宣乱刀砍死。"

"王宣是怎么进去的？"沈元白提出疑问，"那些人又是怎么跑出来的？"

"据他们所说，王宣是翻墙进去的，毕竟'文宝斋'纸坊已经破败不堪了。"陆珏又道，"罗通不知道他去干什么，更想不到他连死都不怕，便没有强行阻拦。他们是由县令带人接出来的，应该是王宣提前去县署报案之故。案情明了，杀人者已死，县令便让他们将尸首送还。那些人先去了'静心堂'，没有看到人，便抬着人来茅屋寻找你夫人，恰好被我碰上，便将他们打发回去了。"

"王宣杀了罗通，又被官兵所杀，阴谋不攻自破。"沈元白重重叹息，"这是以命换命的下策！他应该跟我说一声的，你若与他同去，依然可以杀掉罗通引出州兵，他亦不会身死。"

"他可能不想活了。"段若兰叹息道，"我这次见他，与那日初见之时的感觉完全不同。他的脸上淡漠了许多，也不曾见他笑过，似乎失去了活着的希望。"

"一定是王师文之死对其造成的打击。"沈元白痛心疾首，身体仿佛被抽空了一般，扶着溪畔的柳树勉强站稳，有气无力地说，"他跟在我身边多年，耳濡目染，智慧必然有所增加。如果他通过王师文之死推断整件事，一定会想到，我之所以卷入如此危机，其源头便在他给我的那半块玉牌。也许，这才是他甘愿赴死的真正原因。"

不论什么原因，反正人已经死了。

如今唯一能做的，便是将其妥善安葬。

愿他来世能够远离阴谋诡计，幸福快乐地度过一生。

安葬王宣之后，沈元白便与岳父分道扬镳。他们五人去扬州，吴渊与林鸢前往鄂州。本来沈元白想把侯敏给的那辆马车给吴渊使用，但被拒绝了。吴渊的理由是，他与林鸢并非囚犯，路上没有阻碍。沈元白与陆珏则是朝廷钦犯，为免节外生枝，还是不要另寻载具为好。而且宋慎微伤势未愈，有辆马车更方便一些。

宣州位于扬州的西南方向，沈元白等人一路向北，先到苏州江宁，再往东到达丹徒，由此继续向北直插扬州的州治江阳。他们有意避开城邑，专挑荒无人烟的小路走。由于江宁和丹徒都在州界处，不免有流贼拦路抢劫。沈元白毫不意外地遇到了两伙，一伙在江宁，一伙在丹徒。只不过，他这辆车上可不全是寻常百姓，那两伙流贼顷刻间便被赶尽杀绝，至死都不知道究竟招惹了哪路瘟神。

沈元白情绪低落，从流贼拦路到尽数被杀，始终置若罔闻，甚至不曾多看一眼。

过了丹徒以后，马车拐入一条羊肠小路，走了不到一里，路边出现一群民夫，聚在一起不知在议论什么。

沈元白依旧无心理会。

这时，吴秋月突然喊道："陆大哥，把车停下。"

陆珏不明所以，却还是拉动缰绳，将马车停在了路边。

吴秋月跳了下去，在所有人诧异的目光中，跑向那群人。她把人群分开，沈元白等人才看清楚，原来地上躺了个人。吴秋月是医者，此番行为倒在情理之中。段若兰紧随其后，看到伤者后猛然一惊，回身喊道："元白，你快过来。"

沈元白也已经下车，听到这声呼喊，立刻凑了上去。

那些村夫一头雾水，不知道这伙人是何来头，但从衣着、相貌来看应该不是俗人，果断闪到一边，沈元白得以顺利走到近前。

"这……"沈元白的惊骇更甚，表情都有些扭曲了。

"没有大碍，只是劳累过度晕倒了而已。"吴秋月长舒口气，然后转头道，"你认得他？"

"不错。"沈元白沉声道，"他叫刘斌，是我父亲的弟子。"

本该在扬州劝说印版工匠不要轻举妄动的刘斌，竟然晕倒在了苏、扬边界处的丹徒县，这让沈元白的心中生出巨大不安，扬州那边肯定出事了。

段若兰以大理寺评事的身份将村夫驱离，然后问道："他为何会出现在此处？"

"应该是要去宣州找我。"沈元白沉吟道，"具体发生了什么，只能由他来告知了。"他又问吴秋月，"依你看，他何时能醒来？"

"我已经给他服下丹药，最快也要半个时辰才能见效。"

"那便等等吧！"沈元白叹了口气，席地而坐。

段若兰与陆珏对视一眼，彼此的脸色都很凝重。

唯有宋慎微不认得刘斌，但他是何等聪明之人，早已从沈元白的话中判断出此人的重要，因此什么都没说，倚在一棵树上默默等候。

半个时辰转瞬即逝，刘斌悠悠醒来。

他的视线由模糊变为清晰，察觉到身旁围满了人，不禁恐慌起来，看到沈元白以后，惊恐之色瞬间一扫而光，甚至喜极而泣，但依然很虚弱："苍天有眼！元白啊，快去救救那些人吧！"

"刘大哥，到底发生什么了？"沈元白迫不及待地问。

刘斌潸然泪下，断断续续地将扬州情形尽数告知。

这一次，连宋慎微的脸色都变了，惊讶道："怎会牵扯到先帝之死？"

"我也不知道怎么回事。"刘斌摇了摇头，"师父在世的时候，确实为柳泌印刷过《长生集》，这事不是秘密，台州书坊的人都知道。但真正参与印版雕刻的人其实不多，毕竟他那个炼制丹药的书也没多少字，师父、我、徐昉三人足矣。我和徐昉从未听说过这本书里藏有先帝死因，何况其他人？"

"不对，"宋慎微思忖道，"此事大有问题。"

"当然有问题。"沈元白虽然也很震惊，但很快便恢复了平静，"先帝怎么死的，你我心知肚明。柳泌的丹药使先帝发狂，却并未将其毒死，又何来受人指使一说呢？当年的江王要有多大的胆子，才能指使柳泌弑君？"

江王，便是当今皇帝。

"未必。"陆珏冷声道，"权位之争，向来不择手段。"

"圣上不是这样的人。"段若兰争辩道，"柳泌任台州刺史的时候，为炼丹寻药草菅人命。圣上仁德爱民，不可能与此人为伍。"

"争论这个没有意义。"沈元白烦躁地说，"为今之计，是要查明何人从中作梗。只要找到这个人，便能从他口中探知传言真相。不论怎么看，我都觉得此事与王弘述有关。"

"那要快些去追。"刘斌道，"我出逃的时候他们尚未启程，为了追杀我又耽搁了一些时日，应该走不远。"

"他们走哪条路？"沈元白忙问。

"我隐约听闻是走水路进入都畿道，再由洛阳西进京。"

沈元白没去过洛阳，自然不知道如何追。

"人数众多，不宜招摇，漕运水路最佳。"陆珏思索着说，"由扬州向北，必然经过楚州，我们去安宜等候便可。"

"安宜在运河之畔，确实是绝佳的拦截之地。"宋慎微附言道，"但有个问题，我们如何赶在那些人之前到达安宜？"

"唯有骑马。"陆珏道。

宋慎微又道："去哪儿弄这么多马？"

"一匹足矣。"陆珏淡然道，"我带着元白先行去安宜拦截，你驾车载着他们前来会合。待此事了结，我们便从安宜启程，经由洛阳前往长安。"

这个办法确实不错，只是又要和陆珏独处，沈元白心中无端生出一种不自在的感觉。稍加思索他就明白了，此般异样之感与陆珏是仇人之子有关，即便强行压下这层身份带来的隔阂，可以与之坦然相处，也终究无法真正释怀。

宋慎微笑了起来："你把马骑走了，我这马车如何行进？"

"我不用这匹马。"陆珏又道，"用来拉车的马承重和耐力较强，却不适合长途奔袭，我若骑它去安宜，十里过后它便会吐血而死。此处为州界，官道之上必有馆驿，内中的传驿快马方是我所需要的。"

"你要去驿站抢马？"宋慎微闻言大惊失色，"你是不是有些小瞧了州界的巡驿兵力啊？"

陆珏不以为然，哼道："怕什么？又不是没闯过。"

沈元白的思绪因他这句话再次泛起波澜。

利州之行，历历在目。

如此肝胆相照的一个人，若是因其是陈枭之子便心生芥蒂，对他而言太不公平了。

"我可不是担心你。"宋慎微又说，"只不过，你此行带着沈元白，我不希望他出事，因此必须叮嘱你几句，若与州兵相遇，切勿恋战，以免节外生枝。"

"放心，我从不恋战。"陆珏冷漠地回应，"没人有这个资格。"

"你这话说得——"

这二人要是再说下去，就会变成毫无意义的斗嘴，沈元白立即打断道："事不宜迟，就依陆兄所言，你们先走。"

吴秋月即将与他分开，心情不免低落。

沈元白笑了笑，安慰道："此行不远，很快我们就会再见了。"

吴秋月沉默良久，最终只说出四个字："注意安全。"

"你也是。"沈元白扶着她上了车，目送他们离去。

"我们也走吧！"陆珏道。

沈元白没有动，低眉垂目，沉吟道："不用去馆驿，只须在路上等候。若有驿使骑马前来，我们便将其制伏夺走马匹，如此可以省去许多麻烦。"

陆珏遥望着天际流云，轻轻点头："有道理。"

楚州与扬州同属淮南道，是与东海相连的两个州，扬州在南，楚州在北。安宜在楚州中部，县城坐落于运河东畔。一条大路与河道平行，乃为官道，水陆两道皆由扬州而来，南北贯通楚州，向北延伸至河南道。河南道以西便是都畿道，东都洛阳便在其中。凡是从这条河上经过的漕运货船和往来客商，都会在安宜歇脚，因此这个地方一眼望去满是酒楼和旅店，谈不上多么繁华，却也热闹非凡。

安宜码头，人潮涌动。

不远处的一家酒楼里，沈元白和陆珏靠窗而坐，从他们这个位置，正好可以看到码头上的情况。他们前天便到了，轮流在这里坐着，始终没有等到扬州的人。其实在昨天，沈元白便意识到了一个问题，他不认得刘斌以外的印刷工匠，即便那些人来了，他也分不清。无奈之下，他们只好从数量判断。两日下来，亦没人看到人数众多的旅客团伙。

这时，陆珏突然眉头一皱："来了。"

沈元白的目光从未离开码头，却没有看出任何异常，于是好奇地问："在哪里？"

陆珏伸手一指："那艘船。"

沈元白顺着他的指向望去，果然是一艘大船，不过下来几个人，这让他更加困惑了，追问道："你如何确定？"

"你看着吧！"陆珏故作神秘地悠然饮酒。

那伙人五六个的样子，其中一个孔武有力的男人似是头领。几个人不知道在交谈什么，然后一个年轻人从远处跑过去，谦卑地说了一些话，那个男人点点头，之后有个人回到了船上。不多时，五六十人鱼贯而出。从衣着、相貌上看，与沈元白记忆中的雕版印刷工匠该有的形象基本吻合。

"还真是他们。"沈元白骤然起身，"既然来了，我们也别坐着了，过去与他们谈谈。"

"你必须坐着。"陆珏放下酒碗，侧目望向外边，"你现在出去，非但什么都改变不了，还会将自己置身于危险之中。"

"为何？"沈元白不解。

"你看到那个领头的男人没有？"陆珏依然望着码头那边，表情凝重，目光中似有利箭射出，"此人我认识。"

沈元白复而坐下，盯着那人看了许久，根本没见过，便问："看他举止，似乎不是工匠，莫非是王弘述的人？"

"他叫肖谦，原是左神策军将军，从三品军职，在禁军中地位不俗。"陆珏道，"我因刺杀赵琛入狱，正是被此人所擒。"

"啊？"沈元白倒吸一口凉气，"那他功夫在你之上？"

陆珏将目光收回，冷笑道："他是很厉害，但以他一人之力抓不住我。当时我运气极差，与肖谦在一起的还有左右神策军大将军和右神策军将军。大将军在将军之上，可以说撞到了所有神策军高级将领，根本打不过，甚至连逃跑的机会都没有。"陆珏缓了口气，将酒碗重新倒满，"后来我听说肖谦因贪污军饷引发禁军哗变，虽然兵士很快便被安抚住，但皇帝依然怒不可遏，御笔钦批将肖谦处死。"

"神策军中尉是王弘述，暗中救下肖谦对他来说易如反掌。"沈元白瞬间泄气了，"有此人护送扬州工匠进京，我该如何从中斡旋？"

"侯敏送你进京的人不堪一击，扬州这边却让肖谦亲自护送，可见扬州一事比你更重要。看来，我们要从长计议了。"陆珏道，"且看他们在哪里留宿，夜里我去探查一番。"

"也好。"沈元白叹息道，"那便先等等吧！"

夜色幽深，弦月高悬。

旅店的最深处，跨院中只有一间客房。

此刻，房中灯火通明。

肖谦坐在椅子上，手里拿着本书，似有似无地翻阅着。

一个年轻人侍立于侧。

"那些人怎么样了？"肖谦问。

"都已安排住下，并以酒肉款待，一切正常。"年轻人回道。

肖谦轻轻点头，将书放下，又问："刘斌找到了吗？"

"暂时没有消息，可能死了吧！"

"死了也要找到尸体。"肖谦郑重道，"此人是沈雍的弟子，《长生集》亲历者中唯一还活着的，在印刷工匠中威望很高，不肯依附，那就必须斩草除根。"

"知道了。"年轻人应道,"我会派人继续寻找。"

"侯敏那边什么情况?"肖谦皱眉道,"他不是说安排一些造纸行业的人过来凑数吗?为何没有后续了?"

"至今没接到任何消息。"年轻人道,"仲爷跟在侯敏身边,料想不会有事。"

"你太高估陈仲了。"肖谦一声冷哼,不屑地说,"那个老不死的只会对别人颐指气使,真遇到麻烦比谁躲得都远。"

"若宣州的人没来,是否会有影响?"

"凑数的而已,无关紧要。"肖谦胸有成竹,"别看目前只有六十多人,到了京畿便可将传言散布出去,到那时可就不是人数问题了,而是悠悠众口。"

陆珏在屋后听着,脸色越发深沉。

不论他们在谋划什么,显然是要把更多无辜之人拉入深渊。结合徐昉的雕版所述,任何与此事扯上关系的人都会被杀。也就是说,他们在拿无数百姓的性命谋局。

陆珏最恨殃及百姓之辈。

他的情绪受到侵扰,握着刀鞘的手用力收紧,不经意间使刀鞘碰到墙壁,发出了轻微的声响。这个声音极不易分辨,普通人甚至听不到,可惜肖谦并非常人,立刻察觉到不对,抄起兵器夺门而出。

陆珏反应更快,迅速翻墙而出。

肖谦当然不会让他跑了,听声辨位,将右手的兵器掷了出去。陆珏刚刚落地,身侧砖墙突然破开一个口子,巨大的力道迎面而来。他抽刀格挡,将飞来之物弹开。然而,此时肖谦也跳出来了,顺势接住兵器,手持双锏,傲然而立。

"是你?"肖谦猛然一惊。

事已至此,便也无须再藏着了,陆珏坦然道:"肖将军,久违了。"

"你来安宜有何贵干?"肖谦显然不想与他叙旧。

"偶然路过。"陆珏冷笑道,"本来都打算走了,却在码头看到了你。听闻你已被处死,还以为看错了,过来确认一番。"

"确认了又能如何?"肖谦平静看着他,"莫非去圣上面前揭发我?别忘了,你可是朝廷钦犯。"

"那倒不必。"陆珏抽出横刀，蓄势待发，"确认之后，便可杀你。"他没给肖谦继续说话的机会，以极快的速度冲了过去。

肖谦不敢轻敌，双铜小心应对。

那个年轻人躲在暗处观看，目瞪口呆，竟没察觉身后走来一个人。

官道之上，一辆马车顶着满天星辉徐徐行进。

宋慎微坐在车厢外侧，陆珏不在，只能由他赶车。

"快到了吧？"段若兰探出头来。

"就算我们一刻不停，也要明天下午才能到。"宋慎微担忧地说，"已经过去多日，也不知道陆珏那边怎么样了。"

"有他在，绝对不会有问题。"段若兰信心十足。

"未必。"宋慎微依然不太乐观，"陆珏身手了得，却不是天下无敌。他性情孤傲，我就怕他碰到无法取胜的对手时不知暂避锋芒，一旦陷入苦战，必将会节外生枝，把沈元白引入无休止的争斗中。"

"你根本不了解他。"段若兰反驳道，"陆珏确实孤傲，但不是莽夫，他幼年经常遭受乡里孩童的欺负，没有人比他更懂暂避锋芒。只有一种情况可以令他陷入苦战，那便是护人周全。沈元白智慧过人，擅长以计谋应对变故，可以跑便绝对不会打，他若安全无虞，陆珏就不会与人拼命。"

"希望如此吧！"宋慎微幽幽叹息。

安宜城西郊有一座荒废了的山神庙，这个鲜有人来的地方，此时燃起了一堆篝火。

火光跳动，薪柴噼啪作响。

沈元白笑道："看你打得那么认真，我还以为你要与肖谦拼个你死我活呢！"

"没那个必要。"陆珏道，"此人武艺不俗，一时间杀不了他。我之所以表现出一副拼命的样子，只是为了让他紧张，当他专心防备我的进攻，我便可以找机会抽身离去。令我意外的是，你竟然也跟了过去，还趁肖谦不备把这人打晕了。"

篝火之侧，躺着一个被五花大绑的年轻人。

"既然肖谦难以攻克，那就从他身边的人入手。"沈元白得意地说。

陆珏将视线移向那个被绑之人，微笑道："幸好此人身形瘦弱，若像王宣那样五大三粗，你应该无法办法将其扛到此处。"

提起王宣，沈元白陡然悲伤起来。

陆珏意识到言语有失，急忙转移话题："此人与肖谦关系甚密，即便今晚你没出手，明天我也会想办法将其抓来。"然后，他又将今晚探听的结果告诉了沈元白。

"肖谦竟然提到了我父亲，可见为柳泌印刷《长生集》之举至今还在害人。他当初是为了保护印版工匠，却不知十年之后他保护的那些人又因此事陷入死局。"沈元白叹了口气。片刻后，他蹲下身，扇了那人几个耳光，"别睡了，刘斌找到了。"

"找到了啊！"那人悠悠转醒，神志还不是很清晰，含混不清地说道，"再给他一次机会，只要依附我们，我保他不死……"

他愣住了。

沈元白冷着脸，居高临下地看着他："保他不死？你有那么大的权力吗？"

"你们想干什么？"那人一脸惊恐。

"这还用问吗？"沈元白露出一丝阴险的笑容，"我们杀不了肖谦，只能杀你泄愤了。你放心，我会把你埋在此处，这里风水不错，可以护佑你的家人飞黄腾达。"

那人看了一眼陆珏，知道他与肖谦有仇，所以丝毫不怀疑沈元白的话，骇然之色更甚了，立刻求饶道："别别……别冲动……我只是个跑腿的，与肖谦没那么亲近。若要泄愤的话，我可以将他妻儿的所在告诉你们。"

陆珏一脸厌恶，他最看不起这种人。

沈元白倒很高兴，虽然他也恨这种叛徒，但毕竟是肖谦的人，越没有骨气，对他而言越有利，于是继续恐吓："不行，我把你扛到此地可是消耗了不少体力，不杀你，岂不是白忙一场？这样吧，我也给你一个机会，你想个办法，只要让我不觉得吃亏，我便放了你。"

"我能有什么办法？"那人都快哭了，"肖谦本来应该被处死，是神策军中尉王弘述找了个样貌相仿的人在牢狱中偷梁换柱，这个秘密怎么样？"

"不感兴趣。"沈元白摇了摇头。

"那你来问，我一定知无不言。"那人又道。

"你们去长安做什么？"沈元白道。

"把扬州的雕版印刷工匠带到京畿，散播先帝之死乃圣上指使柳泌所为的传言，让圣上派出神策军剿灭他们。"那人为了活命，什么都肯说，"至于为何如此，我是真的不知道。"

"为何非要用扬州工匠？"

"扬州的印刷工匠几乎都与十年前的台州沈家书坊有交情，甚至有很大一部分就是从沈家书坊出来的。沈雍曾为柳泌印刷过《长生集》，由这些人出面，可以坐实此事。"那人和盘托出，"但这几十人无法引起圣上重视，所以要在京畿散播传言，让更多的人知道，加深影响，使舆情成燎原之势，这样圣上才会出兵弹压。近期因重印《唐会要》一事，扬州的印刷工匠怨声载道，一旦气势汹汹地进京，圣上必然恐慌，此事又与先帝之死有关，乃皇室秘辛，绝不会动用地方军队平乱，只有宦官掌权的神策军可以胜任。"

"柳泌是否受人指使？"

"应该不是。"那人道，"据我所知，《长生集》并没有暗藏此事。柳泌进献丹药只是为了邀功，也没听说当年江王与之有来往。其实肖谦此举，不过是奉命行事，为了报答王弘述的救命之恩。"

沈元白沉默许久，疲惫地说："陆兄，把他放了吧！"

刀光一闪，那人身上的绳子被斩断了。

那人松口气，起身给沈元白施了一礼："多谢不杀之恩。"

"趁我没有反悔，赶紧滚！"沈元白未曾看他。

那人逃也似的飞奔而去。

陆珏望着那人的背影，冷声道："这种卑鄙小人，应该一刀杀了。"

"既然是祸害，那就留给肖谦吧！"沈元白轻声道，"他不会将今晚之事说出去的，何必脏了你的刀？"他深吸口气，将视线移向赤红烈焰，"王弘述绕了这么大一圈，无非是想找个合理的出兵理由。我若阻止此事，是否会让他畏缩不前？"

"或许会。"陆珏道。

"他为什么要这样呢？"沈元白疑惑道，"神策军中尉不能直接调兵吗？"

"当然不能。"陆珏郑重解释道，"王弘述虽然掌握神策军权柄，但只要皇帝还活着，他便不能轻举妄动，否则便是谋反。上次他是先谋杀了先帝，然后发动兵变于十六宅迎接江王即位。江王既然经历过那件事，即位以后自然防着他。在这种防备下，他便不敢贸然调兵，那样将会招致地方节度使出兵勤王。战事一起便是天下大乱，一旦那些人打着'清君侧'的名义攻向长安，他将永无宁日。"

"也是。"沈元白点头道，"他不过是想巩固权力，没必要找死。就徐昉传出的秘密而言，他只需调出两千人的兵力便可达成目的，将柳泌和先帝之死联系在一起，又将祸水引到皇帝身上，确实是不错的计策。即便不成，对他也没有损失，顺便还能表一下忠心。"

"怎么办？"陆珏问。

"你能否让肖谦在安宜多留几日？"

"应该可以。"

"那就好。"沈元白仰望夜空，一道流星划过，"宋慎微应该快到了。"

八水荡荡绕长安，九重宫阙龙首原。

大明宫，太和殿。

此处是皇帝寝殿，外臣不得擅入。

杨贤妃于岸前持笔挥毫，写了一手端正楷书，回身妩媚一笑："妾的书法是否精进了许多？"

皇帝正在望着殿外，淡漠地说："不错，有王献之的韵味了。"

杨贤妃将笔放下，失落地叹了口气："圣上心不在焉！妾早已不临《洛神赋》了，这是褚遂良的《雁塔圣教序》。"

皇帝将目光收回，望着她的字，皱眉道："虽然你写的是《雁塔圣教序》，但这根本不是褚遂良的字。"

"还在学呢！"杨贤妃微笑道，"说起来，我也是一时兴起。前几日，我的一名侍女路过少阳院，看到太子师傅气急败坏地离去，上前询问缘由，得知太子不喜练字将其赶了出来，便将褚遂良的碑拓字帖要来。再过几天，我会写得更好。"

皇帝脸色阴沉，却没有言语。

"太子性情顽劣，寻常文臣恐怕教导不了，不如让安王替圣上管教一番，都是自家人，说起话来也方便一些。"

皇帝并未表现出任何异样情绪："此事朕会处理，你回去吧！"

杨贤妃不好再说什么，施礼离去。

"都是自家人啊！"皇帝叹了口气，拿起一支粗笔，将杨贤妃写的字放在一边，在空白纸上挥毫写了两个大字。

这时，一个宦官走了进来，跪地叩首："圣躬万福。"

"平身。"皇帝道，"士良啊，内臣中你的书法造诣最高，过来看看这两个字。"

"好字。"仇士良称赞道，"雄秀端庄，方中见圆，浑厚强劲，饶有筋骨。此乃颜真卿的书风，圣上在气度上更胜一筹。"

"颜真卿满门忠烈，为我大唐鞠躬尽瘁，是难得的良臣啊！"皇帝感慨一番，之后又道，"你可知我为何要写这'孝悌'二字？"

子事父为孝，弟事兄为悌，皇帝写了这两个字，明显是暗指太子和安王，仇士良怎能不知。但不论是揣测圣心还是皇家争权，他都不该表现得过于上心，只好假意不懂，恭敬地回道："臣愚钝，不知何意。"

皇帝将那张纸拿起来，递给仇士良："给安王送过去。"

"是。"仇士良双手接过。

"附耳过来。"皇帝又道。

仇士良一愣，但还是小心翼翼地凑了过去。

听完皇帝的耳语，仇士良大惊失色："这——"

"怎么？"皇帝沉声道，"你不同意？"

"臣不敢。"仇士良跪地道，"既然圣上已有主张，臣定不负所托。"

皇帝满意地点了点头："下去吧！"

仇士良再次叩首，然后离去。

皇帝独自思忖片刻，信步走出了太和殿。

值守的金吾卫将领见他出来，立刻迎了上去，俯身施礼："圣上。"

皇帝负手而立，面带愠色："摆驾少阳院。"

长安十六宅，颍王府。

一只鸽子从空中飞来，落于笼子上咕咕叫着。

颍王正在院中浇花，目光微沉，走过去将其抓起，从鸽子腿上抽出一张字条，迅速阅览之后，猛然一惊。

他走进房中，将那张字条在烛火上烧成灰烬，然后沉思着来回踱步。

良久，他停了下来，困惑地摇了摇头："不对，此乃自掘坟墓之举。宋申锡五年前思虑不周，出了纰漏，才被王弘述反制。这次难道是锄奸心切，又忽略了其中的矛盾之处？"他坐在椅子上，烦躁地揉着眉心，"究竟怎么回事呢？"

"五哥！"外边传来一声呼喊。

同一时间，仆人跑了进来，禀报道："主人，安王来了。"

未等颖王发话，安王已经走了进来，仆人见状默默退下。

颖王笑着问："你好像不太高兴，出了何事？"

"你看看这个。"安王把一卷字轴塞到他的手里，然后在身侧坐下。

颖王将其展开，看过之后笑意更浓了："孝悌？字不错，用的还是颜真卿的书体。圣上写的？"

"这是在敲打我啊！"安王冷笑道，"太子终究是他儿子，非兄弟可比啊！"

"非也。"颖王将字轴卷起，"圣上擅长的并非颜真卿书体，他之所以这么写，是想提醒你以江山社稷为重，勿让安禄山之流再现人间。皇族内斗，只会互相消耗，都是同姓之人，本该合力巩固大唐。"说到这里，他笑了笑，"依我看，圣上写完这幅字以后，便会去少阳院。"

"他确实去了，太子挨了一顿骂。"安王摇头叹息，"可这有什么用？太子经常被骂，从来就没改过。"

"是啊！"颖王叹息道，"说起来，我也半年没有见过太子了。这孩子其实挺聪明，就是不把聪明用在正经事上。要不然我去劝劝他？"

"你劝不了。"安王道，"我请杨贤妃进言，让他把太子交给我来教导，可圣上只当没听到。其实我也是希望大唐江山永固，我这个当叔叔的才好助他一臂之力，尽心辅佐啊。"

这时，仆人再次进来，对颖王道："酒菜已经备好。"

庭院中，二人落座。

"关中地动，震塌了许多房屋，百姓死伤惨重。"颖王将酒盏斟满，"你最近若是没有要紧的事，不妨以亲王的身份去关中安抚一下灾民，以此回应圣上的那幅字。"

"我不去。"安王拒绝道,"既然死了不少人,百姓肯定哭号不止,我才不去找罪受。房屋倒塌重建便是,人死了再生即可。此种小事,何须我堂堂亲王前去?"

颖王并未言语,冷着脸,端起酒盏一饮而尽。

由于安王也在喝酒,目光转了转,突然惊呼道:"五哥,我明白了。"

"明白什么了?"颖王疑惑地望着他。

安王笑了起来:"其实你大可以明说,毕竟这是你的府第,没人会传出去。"

此言一出,颖王更加不明所以。

"关中地动,此乃上天示警。"安王道,"圣上仁德爱民,自然不会招惹天怒,那便是储君行为不端。多谢提醒,稍后我去找圣上禀明此事。"

颖王没想到他会这样理解,急忙解释道:"我不是那个意思。"

"我懂。"安王笑道,"你不必承认,此事与你无关。"

看来是说不清楚了,颖王不想再谈论此事,转移话题道:"你抓住那个沈元白了吗?"

"没有。"安王笑容逐渐消散,叹息道,"此人已不知所踪,我上哪儿抓去?听闻金吾卫大将军韩约去了宣州,应该是圣上授意。也不知道沈元白的身上到底藏着什么秘密,所有人都在找他。"

"你可以在安排人在京畿拦截韩约。"颖王建议道,"如果韩约空手而回,你便向他询问一下沈元白的情况。如果人已经死了,此事就此作罢。若是韩约正押送此人,你则想办法将其夺走。大家都在找沈元白,你若得到,有百利而无一害。"

"这倒是个好办法。"安王点了点头,"待我面圣以后立即安排此事。"

颖王心思流转,不知在想些什么。

大明宫,少阳院。

后花园中,太子望着悠悠池水,若有所思。

"太子殿下,可要用膳?"侍女轻声道。

太子没有理她。

这时,程涛走了过来,询问侍女:"怎么回事?"

"殿下已经在这里站了三个时辰，饭也不肯吃。"

程涛听罢，朝侍女摆摆手，示意她先退下。

"程涛，"太子依然望着水面，语气低沉地说，"你告诉我，皇太子究竟是什么？"

程涛没想到太子会感慨这件事情，顿了顿，才道："太子为储君，未来的皇帝。"

"太子是这池中锦鲤，看似自由，实则受困于一潭死水。"太子凄凉一笑，"皇帝便是天上的龙，盘踞云端，睥睨众生。在龙的眼里，锦鲤亦为凡尘俗物。锦鲤若想化龙，则需越过艰难险阻抵达龙门，其实，绝大多数死在了途中。"

"殿下，切不可因此消沉。"程涛劝道，"圣上此举，不过是让你安心读书，未来可以当个好皇帝，你不要曲解了他的用意。"

太子转过身，冷眼看着他："关中地动与我何干？何以用这种匪夷所思的理由将我软禁起来？别以为我不知道，此乃安王进言，将关中地动说成是上天示警，还编成了童谣四处散播，说是储君行为不端所致，你想不想听听？"

"不必了，我已经听过了。"程涛拒绝道。

"皇宫与皇城之内、文臣与宦官之间，一眼望去，尽是尔虞我诈、钩心斗角。我时常跑出去，不过是想在市井当中获得短暂的宁静，怎么就变成行为不端了？"太子叹了口气，将目光移回池水，"你们这些文人，总是把劝学看成重中之重，可惜再好的学问也抵不过争权夺利之心。宋申锡如何了？还不是被王弘述驱离京城。真正的智慧，不是史籍文献可以学到的；荡涤世间污秽，也不是写一手好字便可做到。"

"殿下所言极是，只是有些不合时宜。"程涛并不反驳他的言论，但也不完全认同，"人生在世，往往身不由己，市井游侠亦有困扰，只是与殿下不同罢了。常言道'不在其位不谋其政'，殿下既为太子，便要做太子该做之事。不是所有事都要分个对与错，只看处于何种立场。圣上认为殿下应该读书，殿下就要用功读书，否则便会招惹无妄之灾。"

"你以为我真的不读书吗？"太子反问道，"正因为读得太多了，才会对书中所言大失所望。如今的局势，像极了三国时的十常侍乱政。王弘述掌控军权，南衔文官互相攻讦，我若不引外援，如何应对未来之事？"

程涛深感意外，却又不太相信，于是考问道："望之不似人君，就之而不见所畏焉。典出何处？"

太子道："《孟子·梁惠王章句》。"

"议事以制，政乃不迷。其尔典常作之师，无以利口乱厥官。"

"《尚书·周官》。"

"箕斗之间汉津也。"

"《尔雅·释天》。"

程涛惊讶得无可附加，之后一脸欣喜："殿下应该火速进宫，让圣上知道这些，如此便不用禁足了。"

"没有意义。"太子摇了摇头，"王弘述尚未有所行动，似乎是在等待某个契机。在这之前，我还是静观其变为好。"

程涛低声道："安王那边有动静了，或许与沈元白有关。"

"他的消息果然比我灵通。"

长安，王弘述府第。

书房中，桌案上平铺着一卷字轴，左右神策军中尉王弘述正在伏案欣赏，赞叹道："果然是好字！"

微胖的宦官垂首侧立。

王弘述突然问道："仇士良最近在干什么？"

"颖王请旨去关中抚赈因地动受灾的百姓，圣上命仇士良的左领军卫护送银钱物资，昨日方归，他进宫复命以后便回家了。"

"此人已成圣上心腹。好事啊！"王弘述笑道，"既如此，我便再送他三份大礼。既是圣上心腹，岂能不让世人知晓？你将此事散播出去，替他扬名。"

"这便是第一份大礼？"

"不错。"王弘述将字轴收起，递给宦官，"你想个办法，务必让他得到这幅字。他对书法音律情有独钟，得此墨宝必然爱不释手。此为第二份大礼。"

"这幅字有何玄妙之处？"

"此乃王献之的楷书名作《洛神赋》。"

宦官骤然一惊，疑惑道："《洛神赋》不是被赵琛送给杨贤妃了吗？"

"那幅是赝品，只不过仿造技艺太高，连侯敏都没看出来。"王弘述悠然坐下，"前几日，有个不怕死的飞贼来府中盗窃，被卫士所擒，禁不住殴打，以这幅字换条生路，因此落到我的手里。"

"如此墨宝，何必送给仇士良？"

"若是杨贤妃知道此事，你觉得她会有何反应？"王弘述狡黠一笑，"安王以杨贤妃为盟友，必然不敢得罪，那么仇士良就会倒霉。仇士良亦非善类，绝不会轻易让出，二人定然结怨，这便是我要的结果。此计与齐景公'二桃杀三士'相似，都是利用争夺之心。"

"原来如此。"宦官了然地点了点头，又问，"第三份大礼是什么？"

"左神策军中尉。"王弘述依然笑着，"仇士良与圣上这般亲近，没有实权怎么行？三份大礼尽数送出，便是万事俱备，只待肖谦进京。"

"主人，我回来了。"屋外传来声音。

"是陈仲。"微胖宦官推门而出。

王弘述双目微眯，沉吟道："若是肖谦失败，我该如何补救？"

楚州，安宜县。

肖谦坐在椅子上，年轻人正在为他包扎伤口。

"一天行刺五次，陆珏这是要疯啊！"他气得咬牙切齿，可见愤怒已经到达顶点，"不把他碎尸万段，我绝不离开此地。"

"此人身法诡谲，一击不中掉头便跑，纵使将军的武艺在其之上，又如何杀之？"年轻人不想再被这场私仇牵连，好言劝道，"大事当前，还是早些离开为好。"

"笑话！这时候走岂不是落荒而逃？我岂能怕他！"肖谦完全听不进去，怒道，"把我们的人都派出去，我就不信找不到他的落脚之处。"

"肖谦，"这时，陆珏在外边挑衅道，"你这是害怕了吗？何以龟缩在房中？"

"居然还敢来？"肖谦怒不可遏，抄起双铜冲了出去。

他刚探出身子，横刀冷锋便迎面而来。

肖谦用双铜挡住以后，陆珏并未继续攻击，而是向后跳出一丈以外，微笑道："经过这两日的交手，我发现你的身法不如我，假以时日，你必因疏于防范而死于我的刀下。"

肖谦一声咆哮，失去理智一般扑向陆珏。

"太慢了。"陆珏身形一闪，飘然落于屋顶之上。

肖谦望着他，气急败坏地说："你若是条汉子，就别用偷袭这种下三烂的手段，光明正大与我斗上几百回合。"

"可以。"陆珏淡淡道，"往南一堞之遥，你若追得上我，我便认真与你打。"言罢，他便从屋顶跳了下去，不知所踪。

"好！你给我等着。"肖谦起步欲追。

"不能去。"年轻人急忙拦住他，"此乃调虎离山之计，你若走了，这边恐生变故。而且，他这是故意诱使你前往，沿途必然埋有伏兵。"

他见过沈元白，知道陆珏不是孤身一人。

闻听此言，肖谦犹豫了。

"不敢来了吗？"陆珏不知何时出现在了院墙外侧，抱着横刀冷笑道，"没关系，今夜子时我再来。你可千万不要睡觉，否则将见不到明晨的太阳。"

"欺人太甚！"肖谦实在忍无可忍，一把推开年轻人，拎着双铜狂奔而去。

转瞬间，二人都不见了。

"完了！"年轻人彻底绝望，"我命休矣。"

"何必如此悲观？"沈元白笑着从屋后走出来，"肖谦今日必死无疑，你却未必，只要你按我所说去做，我便可以保你活命。"

"你什么时候来的？"年轻人猛然一惊。

沈元白不屑回答这种无聊的问题，继续道："如何？"

"我倒是不在乎肖谦的死活，只是此间事败，我必被王弘述所杀。"年轻人沮丧道，"沈元白，你保不了我。"

沈元白一怔，皱眉道："怎么，你认得我？"

"也是被你放了以后才想明白此事。"年轻人居然笑了起来，笑得有些苦涩，

"肖谦做梦都不会想到，他曾救过的人竟然处心积虑想让他死。"

"你在说什么？"沈元白一头雾水，"肖谦何时救过我？"

"沈兄，你可真是贵人多忘事啊！"年轻人笑道，"大理寺狱三个月，如果没有人暗中保护，你能活着出来吗？"

沈元白如遭雷击，回忆如潮水一般涌上脑海。

在他对面的囚室里，住着一个蓬头垢面的神秘男人，不知所犯何罪，也不说话，平日吃的饭菜与他相同，他越狱之前，那个男人神秘消失了。据陆珏所言，那个人极有可能是王弘述派来暗中保护他的。

"想起来了？"年轻人冷眼望着他，"肖谦当时披头散发、满脸污垢，你认不出来也很正常。"

"那又如何？"沈元白沉声道，"他保护我，不过是奉命行事，与我没有交情。"

"我也是随便说说而已。"年轻人深吸口气，"你杀了肖谦，便是与王弘述彻底决裂，以后如何应对他的报复？"

"与你无关。"

"非也。"年轻人摇了摇头，叹息道，"我必须知道你的应对之策，因为我还不想死。"

"你不想死？"沈元白冷哼道，"你助纣为虐，将扬州印刷工匠拉入死局，难道他们想死吗？我不管王弘述杀不杀你，反正你若不配合，我现在便可送你上路。"

"你未免太自信了。"年轻人淡然一笑，"陆珏不在，你如何杀我？"

沈元白没理他，转身往右侧走了几步，然后道："下手别太狠。"

"你在跟谁说话？"年轻人好奇地问。

话音刚落，此人便倒飞了出去。

他痛苦地吐了口血，猛然发现沈元白的身边多了两个人，其中一人他认识，是逃走的雕版师傅刘斌，另一人是个穿着男式胡服的女人，他从未见过。

"怎么样？"沈元白道，"想清楚没有？"

"想清楚了。"年轻人果断服软，咳嗽着说，"说吧，需要我做什么？"

"很好。"沈元白满意地笑了笑。

肖谦追着陆珏跑了五里路，累得气喘吁吁，若不是陆珏故意止步，他可能这辈子都追不上。正因为陆珏停下了，他才察觉到此事不对劲，谨慎地问："你来安宜究竟所为何事？"

"你说呢？"

"沈元白也在安宜？"肖谦恍然大悟，气得脸都白了，"侯敏那个王八蛋，成事不足、败事有余！"

"我劝你还是不要再想那些琐事，否则只会死得更快。"

"你若杀得了我，便不用等到今日。"肖谦一脸凝重，"这是计策，你与沈元白一明一暗，真正的目标并不在我，而是扬州的印刷工匠。"说完，他转身便走。

陆珏并不阻拦。

肖谦刚走不到十步，便又停下了。

"宋慎微？"肖谦惊愕不已，犹如看见了鬼。

"五年不见，肖将军居然还认得下，真是受宠若惊。"宋慎微笑道，"你说得不错，我们的目标确实不是你，但若想解救扬州工匠，必须先解决你。所以，你今天回不去了。"

直到刚才，肖谦还对沈元白抱着一丝幻想。他想回去，并不是要杀沈元白，而是想劝沈元白不要干涉此事，毕竟现在的沈元白处境艰难，需要王弘述的庇护，与他是同一阵营的人。随着宋慎微的出现，他的幻想彻底破灭了，宋慎微与王弘述是死敌，肯帮助沈元白，表明沈元白已经背叛了王弘述。

既然不再有周旋余地，那他便只能舍命一战了。

河水潺潺，波光粼粼。
在夕阳的映照下，三道人影傲立于河畔。
不知谁先动，亦不知谁先倒。
胜负未分，无人可逃。

安宜码头，船只支起桅杆，随时可以起航。

"刘大哥，你们回到扬州以后直接去州署找刺史，将肖谦暗中煽动一事告诉他，素闻此人为官正直，应该不会为难你们。"沈元白嘱咐道，"重印《唐会要》乃朝廷大事，该做还是要做。没有宣纸可以先集中工力雕刻印版，那么多字，至少需要三五个月，待你们刻完印版，我估计宣州纸业也恢复正常了。"

"我明白。"刘斌叹息道，"元白啊，多余的话我不说了，此去长安路途遥远，你千万要注意安全。"

"放心，我不是孤身一人。"沈元白笑道。

刘斌点了点头，然后对他身边的那几个人抱拳施礼："此次多谢诸位，后会有期。"

"保重。"陆珏道。

刘斌离去后，那个年轻人凑过来，紧张地问："沈兄，我怎么办？"

沈元白望着扬帆远去的船只，淡淡道："你不归我管。"

"你也太无情了。"年轻人不满道，"没有我相助，你能如此顺利地将那些人劝回去吗？如今肖谦逃走，必然回京禀报此事，我将必死无疑。"

"肖谦身受重伤，即便跳河逃走，也未必活得下来。"沈元白道，"你如果信我，就找地方躲起来吧！最多三个月，此间之事便会被淡忘，你也就安全了。"

年轻人叹了口气："也只能如此了。"

"此一别，希望今生不必再见。"沈元白冷声道，"我本人并不喜欢你。"

"这你大可放心，我这辈子都不想再看到你们。"年轻人冷着脸走开了，很快淹没于往来行人当中。

"我们也走吧！"

几人向马车走去，沈元白把目光投向宋慎微，关切地问："宋兄，你的伤势不要紧吧？"

"还好。"宋慎微脸色苍白，正被段若兰扶着，"肖谦不是泛泛之辈，我们将其打成重伤，以至跳河而逃，肯定也要付出些代价。"

"不如休息几日再走。"

"不必了。"宋慎微拒绝道，"你夫人医术高超，可以为我治好。"

他这句话并非逞强，因为路途遥远，他可以在车上休息，而且马车不可能一直行进，途中若有旅店依然会投宿，确实没必要在楚州逗留。

沈元白想通以后，便不再坚持，转而道："既如此，那上车吧！去旅店接上秋月，然后直奔长安。"

历经数个日夜，沈元白一行人总算到达京畿道。

马车悠悠而行，途经渭南、新丰两县，又过灞桥，终至万年县，再行两堠之程便是长安东郊。十里之遥走不了多久，因此没必要急着赶路，便在路边停下，一边休息，一边探讨进入长安以后该如何做。

遥遥四野，寂寥无人。

宋慎微从车上下来，他的身体已经恢复得差不多了，精神状态也不错。他活动了一下筋骨，然后负手而立，望着周遭萧瑟的秋景，不禁感叹道："我与父亲黯然离京的情景恍若隔日，想不到再来此地已是数年以后！"

"我又何尝不是？"沈元白站在他的身边，望着相同的方向，"我与陆兄逃离长安之事犹如发生在不久之前，实则已经过去了八个月，不得不感叹日月如梭啊！"

"进城之后怎么办？"段若兰走了过来。

"长安可不太好进。"宋慎微道，"陆珏与元白都是逃犯，很难逃过城门守卫的盘查。对此我已经想好了办法，你们在城外暂等一日，由我先去面圣道明原委，之后便可拿着圣上的诏书接你们进城。"

"我认为可行。"陆珏点头道，"守卫城门的乃右领军卫，归宦官仇士良统辖。此人一向与王弘述不合，即便你公开露面，王弘述也不会知晓。"

"进城以后呢？"段若兰依然追问。

"你回家，把沈夫人一并带回去。"宋慎微道，"我们三人先找个旅店住下，看王弘述如何行动。他若不动，元白便去见他，给他一些误导，以免王弘述对元白不利，陆兄须在暗中保护。一旦王弘述有所行动，自有圣上应对，我们只需看着他败亡便可。"

"好一招将计就计。"沈元白冷笑道，"难怪你处心积虑要杀我。"

"此事乃家父遗愿，不能失败。"

这时，陆珏突然发问："王弘述心思缜密，你父亲何以知晓他之谋划？"

"得益于你所效力之人。"

未等陆珏开口，沈元白抢先道："太子？"

"王弘述此局，主要为了扶持太子上位。"宋慎微目光低沉，"因为太子性情顽劣，比较容易掌控。"

"真是好计策！"沈元白哼道。

"殊不知，太子在与家父的往来书信中泄露此事，家父便与圣上定下将计就计之策。"宋慎微继续道，"此计有个关键人物，乃宦官仇士良，此人与王弘述一向不和，可以作为与之抗衡的利器。"

"这么说，仇士良是皇帝的心腹？"沈元白皱眉道，"但我听说，仇士良并非善类，早年任五坊使的时候大肆索贿，还因争夺馆驿客房打了元稹，士林文坛对此愤恨不已。皇帝重用此人，只怕会成为另一个王弘述。"

"只要没有军权，对圣上来说就都不足为惧！"宋慎微沉声道。

众人上车，继续前行，走到离长安东郊三里之遥的时候，变故骤起。

一队金吾卫从后方策马而来，越过沈元白等人的马车向前奔去，可是走出没多远，领头那人似乎想到了什么，突然勒住缰绳，回身望着赶车的陆珏，之后猛然一惊，带着队伍折返，将沈元白他们的马车拦住。

"这可真是巧了。"领头那人笑道，"我正愁无法向圣上交代，你们却送上门来了。"

沈元白探出头来，诧异地望着那人，发现并不认识，于是询问陆珏："这人谁啊？你认识吗？"

"我不认识。"陆珏面色凝重，"但可以猜出来。"

沈元白瞬间明白了，不禁大惊失色："韩约？"

他没有说错，此人正是金吾卫大将军韩约。

韩约奉皇帝之命去宣州处理沈元白，然而长安与宣州距离过远，到的时候，敬亭山之战已经结束，沈元白一行人早已躲进了泾县山中。派去的人皆被杀，侯敏便将泾县城门守卫邓枫唤来，让其查验尸体。宋慎微的兵器太有特点，邓枫一看便知是他所为。宋慎微与沈元白同时不知所踪，死者中亦不见陈仲，这让侯敏甚是困惑，就在这个时候，韩约来了。连侯敏都不知道沈元白去了何处，韩约也只能无功而返。

这时，宋慎微从车上下来，平静地说："韩将军，元白并非圣上敌人。你放我们过去，我自会向圣上禀明一切，化解此中误会。"

"皇命在身，恕难从命。"韩约根本不听，"宋公子乃忠臣之后，我不愿与你动手，还望你退到一旁，不要干涉此事。"

"你想怎样处理？"宋慎微又道。

"圣上之命，是当场格杀。"韩约声音低沉，遒劲有力。

宋慎微面色微沉，冷声道："你若送他去见圣上，我倒可以把人给你。"他将那柄宽大的仪刀从背上取下，"可你若要杀他，在下便只能与你一战了。"

韩约深吸口气，抽出一把同样长度的大刀，但不是木制，长柄宽刃，刀锋闪着寒芒，正是刀械中最有杀伤力的陌刀。他从马上下来，手下之人也都纷纷滚鞍下马。

"既如此，那便无须多言了。"韩约微微叹息，对身边的人下达命令，"沈元白杀无赦，其余人除非万不得已，否则不要痛下杀手。"

"是！"卫士领命。然后，一起冲了过去。

韩约这次共带了二十人去宣州，都是金吾卫的精锐翘楚，战斗力不弱，群起攻之更具威慑力。然而沈元白这边的人也不是好惹的，一个个神色凛然，丝毫不惧。

战事一触即发。

陆珏侧身闪过一人的劈砍，刀鞘前伸，刀锋出鞘五寸，在那人手腕处转了一周，便将其割腕缴械，然后侧起一脚，那人直接被踢出好远。由于对手是金吾卫，他依然秉承不杀之信念。

段若兰与之相仿，闪过之后，抓住对方持刀的手腕，用拳头疯狂袭击那人的脸，打得鼻口喷血，趁势将刀夺了下来，转身砍向另一个人。

宋慎微这边比较简单了，仅刀抢起，碰到就伤。

沈元白和吴秋月没有战斗力，只能躲在马车后边观望。

如果这样打下去，金吾卫必败。韩约当然不会让这种情况发生，一看手下已落下风，果断提刀入战。随着他的加入，战局立刻逆转。段若兰抬刀格挡了一下韩约的挥砍，便被震得退后数步，虎口发麻。陆珏不再与卫士周旋，横刀出鞘，与韩约缠斗一处，一时间竟也不占上风。段若兰见状立刻抽刀支援，二人联手围攻韩约，也只是牵制而已，并不能取胜。

韩约的打法非常简单，人不动，每次挥砍的力度都非常大，同时又防备得极其严密。纵使快如陆珏，也无法找到破绽。

陆珏与段若兰对战韩约，无形中加大了宋慎微的压力，只能围着马车转，以免那些卫士趁隙伤害沈元白，不久便累出了一身汗，出招也慢了许多。

沈元白疑惑道："宋慎微怎么回事？"

"旧伤复发！"吴秋月摇头叹道，"骨折本就需要静养方能痊愈，可他先在药庐与陆珏打斗，又在敬亭山身受重伤，安宜一战已是勉强支撑，如今又……"她不忍再说下去了。

"这该如何是好！"沈元白忧心忡忡。

就在这时，惊变又起。

道路两旁突然冲出一伙人，个个黑衣蒙面，手持横刀。这些人连话都不说，过来就打，攻击的对象既有金吾卫，又有宋慎微、陆珏等人，显然不属于任何一个阵营。陆珏也好，韩约也罢，不得不暂时停手，掉转刀锋与那些人作战。

沈元白望着战局，发现黑衣人的身上都绣着一个相同的图案，看着眼熟，稍加思索便想起来了，曾在开州新浦见过，惊讶道："安王的人？"

黑衣人的头领扫视四周，很快看到马车后的沈元白，提着刀便冲了过来。

宋慎微一看情况不妙，急忙挥刀支援，从刀柄中抽出了那柄细软短刀，双手并用，打得异常激烈。

"宋慎微？"头领认出了他，皱眉道，"你何以会在此？"

"你是安王府侍从……"宋慎微边打，边挑衅地说，"华唤死后，安王这是无人可用了？居然派你出战。"

"竟敢小瞧我。"那人攻势渐猛。

宋慎微招架得游刃有余，微笑道："安王为何要杀沈元白？"

"我是来抓他，并非要杀。"那人道，"倒是你，听闻令尊之死与此人有关，你为何不杀反护？"

"这你管不着。"宋慎微道，"总之，我不会把人交给你。"

"那便各凭本事吧！"那人不再多言，专心对敌。

陆珏那边，与他照面的黑衣人无一幸存，因为他只对金吾卫手下留情。韩约更是，陌刀杀人，犹如砍瓜切菜一般，一时间鲜血横流，残肢断臂乱飞。段若兰虽说吃力一些，但相较于金吾卫而言，还是要轻松许多。

"乱套了！"沈元白眉头紧蹙，"这都什么情况啊？"

吴秋月道："有人泄露了你的行踪。"

沈元白一愣，稍加思索，认同地点了点头："不错，韩约是在回京途中偶然与我们相遇，可是安王的人不会如此巧合，必然知晓我来长安一事，提前于此等候。可是，我们这些人，有谁会泄密呢？"

"会不会是侯敏？"吴秋月道。

"没有理由。"沈元白否定道，"王弘述扶持的是太子，与安王势不两立，怎会让我落于他手？如果有人泄密，必然是我们五人之一。以宋慎微方才所言，肯定不是他。陆珏杀人时丝毫不手软，也不像他。段姑娘不参与朝廷斗争，断然不会出卖我们。"说到此处，他绝望地苦笑着，"剩下的只有你我二人，是你，还是我？"

吴秋月缓缓看向马车，呢喃道："莫非是刘斌？"

"性命攸关，你就别开玩笑了。"沈元白叹息道，"此事匪夷所思，实在想不出来是何原因！"

乱战还在继续，黑衣人明显势弱，除了宋慎微对战的那个头领，其余人非死即伤。

与此同时，变数再起。

又来了一伙人。

这些人的衣着比安王的杀手逊色许多，各种各样，如果不是同时出来，很难让人相信他们是同伙。不过，这群看起来似是绿林草莽和幻戏艺人的乌合之众，并不比安王杀手好对付，主要是因为他们的进攻手段毫无下限。安王的人正面明攻，他们则无所不用其极，除了刀兵相接，还用迷烟、石灰粉、毒药等物迷惑视听和偷袭，甚至用到了幻术中的喷火及分身。喷火术倒是容易理解，那个分身术其实就是用傀儡假人转移注意力。

最关键的是，他们只刁难宋慎微。

黑衣人头领受此连累，也成了被攻击的对象，不得不与宋慎微暂息干戈，一致对外。

陆珏想要抽身支援，却被韩约牵制，只能继续与他周旋。既然是乱战，不论出现多少人，除了己方五人以外，其余全是敌人，所以也谈不上什么临时盟友。

吴秋月愕然道："这些人又是谁？"

"这回应该是太子了吧！"沈元白道，"安王若有行动，太子不可能置之不理。但我依然想不明白，陆珏也算太子的人，既然沿途护送我，为何太子总是派人追杀？台州如此，此刻又如是。"

"你没问问他吗？"吴秋月也很不理解。

"问了。"沈元白无力地说，"他说不是太子的人，只是与太子洗马程涛有交情，才会帮他做一些事。对于铲除王弘述这件事，他不对太子唯命是从。"

"那便是了。"吴秋月道，"所以才会出现矛盾。"

二人正说着，破空之声嗖嗖而来。

宋慎微发出一声闷哼，身形摇晃，以仪刀杵地，硬撑着未倒。

原来，太子这帮人并没有全出来，还有一些弓手躲在路边的坡下，趁着宋慎微疲于应对，连续射了许多箭出来。宋慎微挡掉了一些，但为了护着身后的夫妻二人，还是中了几箭。

沈元白大惊失色。

吴秋月倒抽一口凉气，不敢再看。

段若兰眦睚欲裂，不顾一切地冲过来，将宋慎微身边的几人迅速斩杀。

就在此时，又有羽箭奔她而来。

宋慎微一个转身，背对着将羽箭全接了下来。他是用身体接的，羽箭全插在了他的背上。但他没有倒，咬着牙对沈元白道："你快离开此地。"之后，他又对段若兰说，"师妹，你与他们一起走！"

段若兰愕然："那你呢？"

"我还要战斗！"宋慎微深吸口气，冲进了坡下。

惨叫之声骤然四起，潜藏的弓手皆被割喉。

之后，宋慎微也没了动静。

沈元白大声喊道："快去救他！"

段若兰没有回应，抓起沈元白塞到马车里，拉着缰绳对吴秋月道："秋月姐，快上来！"

吴秋月不敢迟疑，果断上车。

段若兰用力一甩缰绳，抽得那匹马嗷嗷直叫，疯了似的向前跑去。

"你干什么？"沈元白探出头来，"宋慎微怎么办？"

"闭嘴！"段若兰沉声道，"你若感念他舍身相救之情，便替他完成心愿。"

一滴泪从她眼角飘落，消散于风中。

沈元白目光呆滞，久久不能言语。

马车虽然跑起来了，可是韩约不能让他这样跑了，于是让剩余的兵士去追。黑衣人虽然只剩头领一人，却也追了过去。那群乌合之众见状，纷纷前往追赶。

黑影一闪，陆珏一人一刀强势拦路。

不过，他没管金吾卫，放任那几名卫士从身侧跑过。

其余的人，格杀勿论。

"既然你无心与金吾卫为敌，我便也助你一臂之力吧！"韩约一声轻叹，持刀迎战。

片刻间，站着的人便只剩陆珏和韩约了。

韩约道："碍事之人皆已死光，我们如何了结？"

"你若去追，元白必然难逃一死。"陆珏笑道，"所以，我不能让你走。既然无人打扰，你我何不就此分个高低？"

"你那柄黑鞘横刀，曾是我敬仰的一位前辈所有！"韩约微微叹息，"我平生夙愿便是与他较量一番，可惜他已不在人世。你持有此刀，又与他同姓，想必师承于他。既如此，我们不妨放下各自的身份与任务，好好厮杀一番，如何？"

"正合我意。"陆珏撩起衣袂，擦了擦刀上的血迹。

这已经不再是为利益而战，而是个人之间的决斗。

有风吹过，拂动发梢。

陆珏身影一闪，横刀与陌刀相撞，溅起一道金色火花……

"陆珏，你可千万不要有事啊！"赶车狂奔的段若兰默默祈祷。

沉重的脚步，傲然的身姿，逆光中负重而行。

鲜血滴落，衣衫残破，唯有刀锋依然冷冽。

肩上的人已无生息，前方的路趋于平坦。

陆珏扛着宋慎微的尸首走了许久，在一处风景优美之地将其安葬。活着的时候没有交情，死后却不忍他曝尸荒野。

只因，他们都为天下安定付出了太多。二者的区别在于，宋慎微寄希望于当下，陆珏则是赌在将来。宦官擅权非一人之过，拨乱反正也非一人可为。行当下之乱，以博未来之定，这才是正确之路。

在坟茔之前，陆珏语重深长地说："你的任务已经完成了，剩下之事交给我吧！我将你葬于此处，便是让你近距离望着长安，看看这天下将如何安定。不敢说重现贞观、开元之盛世，至少也是中兴之朝。"

风吹树梢，窸窣作响。

也许，这便是宋慎微在天之灵的回应。

陆珏与韩约的决斗以两败俱伤结束，没有分出真正的胜负。二人虽说要放下身份与任务好好厮杀一番，可是谁也无法真正放下，各有未完之事，终究不能豁命相搏。所以，他们心照不宣地选择罢手，给彼此留了一条生路。

半个时辰前，长安东郊。

段若兰驱车夺路狂奔，却始终无法甩开身后的金吾卫。

前方一里之处是龙首渠，由此而过，便是进城的春明门。如果继续往前跑，非但进不了城，还会在城门处被金吾卫追上。一旦打起来，不仅段若兰难以匹敌，沈元白和秋月也会陷入危险。

沈元白当机立断："让我下车！"

"什么？"段若兰骤然一惊，"你不要命了？"

"马车目标太大，不利于隐匿。"沈元白道，"我下车以后，你们继续前行，由春明门进城。我则一个人往南跑，试着从延庆门混进去。如此一来，金吾卫若是被你们吸引，那我便安全了；若是被我所吸引，你们便安全了。"

"我们又不是逃犯，如何吸引他们？"段若兰没好气道，"金吾卫离得这么近，怎么可能看不见你下车？你这个办法，只会出现一个结果，那便是你把金吾卫引开，确保我们可以安然进城。"

秋月立刻明白过来，看向沈元白。

沈元白一时无言以对。

这时，段若兰猛地拉住缰绳，马车竟然停下了。

沈元白望向前方，本就绝望的心情瞬间结冰，阴冷之感席卷全身。

一匹红马拦在了车前，鞍上之人面无表情。

段若兰倒吸一口凉气，愕然道："他为何会在长安？"

那人缓缓靠近，段若兰立刻戒备起来，随时准备动手。

不料，那人压根没看她，望向车后追兵，冷声道："看来，你们这一路并不顺利啊！"

在劫难逃，沈元白反而无所畏惧了，凄然一笑："横竖是死，不如由你来动手，只希望你杀我以后，可以饶过她们。"

那人从马鞍的皮袋中抽出双铜，斜睨着他："我在大理寺狱保护了你三个月，你却忘恩负义欲置我于死地，于情于理我都应该杀了你。然而，不是现在。"不等沈元白回应，他策马直奔追来的金吾卫而去。

"这——"段若兰瞠目结舌，"什么情况？"

"很简单，王弘述不想让我死。"沈元白深深地叹了口气，"此次被肖谦所救，我们之间的恩怨更加纠缠不清了！"然后，他突然跳下了车，全然不顾段若兰和吴秋月的呼喊，往延庆门方向狂奔而去。

段若兰急忙驱车追赶，可惜终究慢了一些，沈元白早已不知所踪。

"现在怎么办？"吴秋月焦急地问。

段若兰深吸口气，无奈道："先进城再说吧！"

长安与地方州县不同，此乃都城，城门处的盘查更加严格一些。所有城门皆有两个门洞，左入右出，仅对入城之人核查身份。沈元白逃离长安的时候之所以被拦住，是因为金吾卫事先向城门守卫通报了越狱一事，否则可以坦然出城。

沈元白身为逃犯，亦没有过所文牒，进入长安难如登天。

他其实并没有进城，而是躲在了鱼贯而入的行人队伍中。人潮涌动，他又有意躲闪，所以段若兰并未看到他。

这时，身后传来一声惊疑："沈兄？"

沈元白闻声回头，发现说话的是一个儒雅俊秀的男人，与他年纪相仿，只是一时间没认出来此人是谁，疑惑道："你是——"

"我是林寒啊！"那人笑道，"怎么，你把我忘了？"

一听这个名字，沈元白立刻想起来了。此人原本叫许寒，去泾县访友的时候与林鸢互生爱慕，后来因生父姓林，不得不改名林寒，与林鸢的姻缘因此终结。

沈元白彻底转过身，欣喜道："原来是你，真是许久不见了。"

林寒点头又拱手，遂道，"沈兄何以满面愁容？"

沈元白一声叹息："实不相瞒，我路上不慎丢了过所，眼下这城门怕是进不去了。"

"竟是这样？"林寒从包裹中翻找出一张纸，"沈兄莫着急，这个给你。"

沈元白看了一眼，好奇地问："此人是谁？"

"说来话长，进城之后我再与你详说。"

由于沈元白灰头土脸，通缉画像又因风吹雨淋早已不成样子，竟然没人认出他来。

两人进了城门就快步往长兴坊而去，在一座宅第门前停了下来。

"沈兄，这是我在长安的居所。"林寒侧身道。

"这——"沈元白愣住，"你一个人住？"

"还有几个仆人。"林寒说完，走过去敲了敲门。

一个仆人探出头来，见到是他，恭敬地说："公子，你回来了。"

林寒轻轻点头，然后道："我带来了一位故友，速去准备酒菜。"

沈元白跟着他进了门，往里边走去，好奇地问："这宅子是你买的吗？"

"租的。"林寒道，"我去年考中了进士，但因得罪宰相李训，一直没有授官，不得已便在长安住下，继续寻找机会。"

沈元白对李训并不陌生，陆珏不止一次提到过他。此人曾是王弘述举荐，也是他出谋划策将宋申锡贬为开州司马的。

沈元白道："你是如何得罪李训的？"

二人已经来到堂屋，林寒请沈元白入座，然后笑了笑："曲江宴上，我酒后失言，指桑骂槐地说他是佞臣，被有心人听了去，让他知道了。"

"你也太不小心了。"沈元白摇了摇头。

"是啊！我在酒后失言上没少吃亏。"林寒叹了口气，"半年前，我路过宣州，与林鸢的兄长偶遇。他将家里那幅《洛神赋》交付于我，让我找个能够妥善保藏的人转卖出去。我知道长安有个合适的人，便带着墨宝返回。行至半路遇到了一个人，与他相谈甚欢，酒醉之后将此事告诉他，然后就被偷走了。那人走得太过仓促，将过所文牒遗落，便是刚才给你那个。"

"啊？"沈元白大吃一惊，"如此墨宝，就这样弄丢，着实可惜。你可知道，当年为了不让刺史侯敏将其夺走，我可是三天三夜没睡觉啊！"

"我也后悔啊！"林寒委屈地说，"因为此事，我赔了林鸢兄长三十万钱。"

"哎！"事已至此，沈元白即便再心疼那无价之宝，也只能叹口气来结束此事了。

这时，仆人端来酒菜，放好之后退了出去。

"烦心事不说了，沈兄来长安所为何事？"林寒为其斟酒。

"来探寻一个人的过往。"沈元白当然不会告诉他实情。

"谁啊？"

"王师文。"

"可真是巧了。"林寒微微一笑，"这座宅子，正是王师文曾经的居所。五年前，李训以他与漳王的关系诬陷宋申锡谋反，后来他便不知所踪了。"

"王师文死了。"沈元白端起酒碗，轻描淡写地说，"就在不久前，死在了泾县。"

"他竟然回了泾县。"林寒将酒一饮而尽，感叹道，"苟活五年，对他而言一定非常痛苦吧！"

沈元白闻言一怔："此话何意？"

"你不知道？"

"他虽是我妻舅，却从不对我诉说过往之事。"

"那我来告诉你。"林寒沉声道，"王师文在京城的时候，曾与一女子相好，未等成亲，他便卷入了宋申锡与王弘述的斗争，不得不逃离长安。之后，李训欲霸占此女，因其不从，将其殴打致死。"

"这——"沈元白震惊过度，竟然被酒呛到了，不停地咳嗽。

王师文死前，曾说投靠王弘述是为了报仇。

如今看来，便是因为此事。

李训居于高位，布衣身份无法与之抗衡，才谋划着重回仕途。

"这种陈年秘辛，你又是由何处得知？"沈元白不解道。

"那女子是我母亲的表妹，亦为我的姨母。"林寒的声音越发阴冷，"曲江宴上，有人谈论李训，我便想到了此事，所以才会忍不住指桑骂槐。"

"若没有五年前的那件事，王师文娶了你姨母，我们便是亲戚了。"沈元白恨得咬牙切齿，"李训不过是条狗，王弘述才是罪魁祸首。"

"南衙文官没有人是王弘述的对手，李训、王涯、王璠、郭行余、司农少卿罗立言，这些人不过是表面聪明罢了，早晚死于宦官之手。"林寒绝望地摇了摇头，之后话锋一转，"我想去投靠颖王，你认为如何？"

"颖王？"沈元白皱眉道，"何许人也？我只知道安王。"

"安王匹夫也，不值一哂。"林寒继续道，"前些日子关中地动，死伤无数，一向闲云野鹤的颖王居然主动请缨，以亲王身份前去振抚灾民。我觉得此人并非表面那般闲散，他的心中或许藏有匡扶社稷之志。"

朝廷的情况沈元白所知不多，眼下听了这么多，一时还不能尽数理解，只好沉默。

林寒见他对此兴致不高，索性不再谈论这些，转而探讨诗词文章和书法音律。

几个时辰过去，天色已晚。林寒便吩咐仆人备下卧房，留沈元白在宅内暂住一晚。沈元白想着，吴秋月跟着段若兰不会有事，也就安心住下了。

翌日清晨，秋意寒凉。

吃过早饭后，林寒要去十六宅向颖王毛遂自荐。沈元白对十六宅充满好奇，于是乔装打扮了下，也跟着去了。

十六宅又称十六王宅，位于长安城的东北角，距离通化门不远。高大的坊墙将视线隔开，只能隐约看到一些此起彼伏的歇山顶，斗拱硕大，出檐深远，亲王府第果然不同，连屋顶都透着奢华之感。

坊门处有兵士把守，沈元白进不去。他也不想节外生枝，便在此处止步，望了望四周，疑惑道："只有这么几个守卫吗？"

"当然不是。"林寒笑道，"十六宅护卫大约两百人，都在坊墙之内。左神策军仗院仗所离不远，随时可以支援。宵禁以后，又有飞龙军彻夜巡哨。可以这么说，除了皇宫以外，十六宅是长安城最安全的地方。"

"何人统辖飞龙军？"沈元白又问。

"飞龙厩乃则天皇后所设，本为掌管御马之所，后因拥有精良战马逐渐发展为一支特殊的军队，战力不可小觑！"林寒解释道，"女皇登极之初，并不被世人认可，为防心怀不轨之人暗中掌控飞龙厩，便以内侍宦官为飞龙使，至今依然如此。"

沈元白想了想，道："那这飞龙军可是王弘述掌权？"

"是，也不是。"林寒苦笑道，"王弘述为内侍之首，如今的飞龙使与之甚为亲密。那个宦官我见过，年纪四十岁上下，体型微胖，左眼下有一道伤疤。"

沈元白觉得这个特征很熟悉，稍加思索，惊呼道："是他？"

　　他从大理寺狱出逃之时，有个宦官接应了他，由于始终跟在对方身后，并没看到那人的脸。直到离开大理寺以后，那人扔给他一袋银子，他才看到此人脸上的伤疤。

　　"怎么，你也见过此人？"林寒好奇道。

　　沈元白兀自沉思，没听到他的话，低声沉吟道："难怪王弘述有恃无恐，原来夜间护卫此处的也是他的人。"

　　林寒见他没搭理自己，便不打算在此耽搁了，于是道："沈兄，我要进去了。你若没有地方去，可以先回我家，仆人都认识你了，直接敲门便可。"

　　"好的。"沈元白笑道，"祝你顺利。"

　　林寒点了点头，转身走向十六宅坊门。他是太和八年的进士科及第，报出身份和来意后，门口的守卫并没有拦着他。

　　沈元白不敢在街上闲逛，一时又不知道该去哪里。

　　肖谦已经回到长安，王弘述必然知晓了扬州之事失败，不知是否还会继续行动。如今宋慎微已逝，陆珏生死不明，他的信息来源全部中断，对朝廷局势的变化一无所知，根本无从下手。

　　就在这时，前方走过来一队兵士，一共五个人，走在最前边的是个将领。沈元白顿感不妙，可是想跑已经来不及了，对方以极快的速度将他围住。

　　"本来并不急着抓你，看看你会去哪里，结果只是在街上闲逛。"将领冷笑道，"你这是真不把王弘述当回事啊！"

　　此人之语对王弘述而言着实不敬，似乎不是他的人。

　　沈元白谨慎地问："你们是何人？"

　　"右领军卫。"将领倒是坦诚。

　　右领军卫有防卫城门之责，想必沈元白进城的时候便被注意到了。陆珏曾说，右领军卫大将军是仇士良，刚才将领说并不急着抓人，应该是仇士良无法判断他的立场，因此才会派人暗中关注。宋慎微也说过仇士良乃铲除王弘述的利刃，算是暂时的盟友。

　　沈元白瞬间不那么紧张了，淡然一笑："既然仇士良大人想见在下，那便请将军带往一会。"

"带走！"将领地身旁卫士使了个眼色，那些人一拥而上，将沈元白拖到了街角隐秘处，七手八脚地为他换上卫士衣服。

突然被扒衣服，沈元白猝不及防，换好之后一脸不满。

"避人耳目之举，你就将就一下吧！"将领说完，谨慎地四下观望，确认没有人看到，这才似巡街一般缓缓离去。

沈元白夹在卫士中间，宽大的头盔把眼睛都要盖住了。

沈元白也不敢多说什么，沉着脸默默前行。

东边的一处隐蔽角落，肖谦望着他们，诡秘一笑。

桌案上放着一只香炉，袅袅白烟升腾而起，闻着有沉香的味道，似乎还掺了几种西域香料。

沈元白环视周围，猛然看到了两个令其心神激荡之物。其中一物是张琴，放在桌案之上，琴轸悬空垂下。他的惊讶来自这张琴名为九霄环佩，与他家中那张几乎一模一样，但若细看，还是有些许不同的，应该是宫廷乐师的那张。另一物则是王献之小楷名作《洛神赋》，这幅字并没有挂起来，而是平铺在案上。他端详片刻，不禁倒吸一口凉气，因为那不是赝品。

"怎么，你认得这幅字？"一个声音在身后响起。

沈元白回身望去，看到来人五六十岁的样子，面容清瘦，没有胡须，虽然穿着便服，依然气势凛然，一看就是久居中枢的位高权重之人，必是仇士良无疑。

"见过仇大人。"沈元白俯首施礼。

他不过一介布衣，见到仇士良居然不跪，看似谦卑有礼，实则甚是不敬。这是因为，沈元白曾对元稹仰慕至极，算是后学之辈，与所有文人一样憎恶仇士良，自然不会敬他。

仇士良并未在意，悠然走向那幅字，微笑道："曹植的文采、王献之的书法，二人的才华尽附于尺幅之间，真乃无价之宝。"

沈元白对这幅字的来龙去脉了如指掌，却假装惊讶道："据我所知，此物本归宣州刺史侯敏所有，弘文馆学士赵琛盗用馆藏典籍将其换走，以安王之名送给了杨贤妃，怎会在大人手上？"

"是吗？"仇士良背对着他，幽幽地说，"再给你一次机会。"

沈元白闻听此言，瞬间明白此人不简单，如此蒙骗容易弄巧成拙，反而害了自己，不如坦诚些，若是能获得他的信任，也可完成宋慎微的意志，于是话锋一转："那幅是赝品，是我亲手仿造的。"

"这就对了。"仇士良坐了下来，闲谈般说道，"你的仿造技艺着实不错，侯敏、赵琛和杨贤妃皆未看出破绽。若无真迹对比，我亦难辨真伪。"说到这里，他的脸色骤然一沉，"你将真迹带来京城，究竟是何用意？"

"我带来的？"沈元白愣住了，"这话从何说起？"

"没有真迹，岂能仿造？"仇士良冷眼看着他，"你千方百计骗过侯敏，却让我得此墨宝，可是要挑起我与安王的仇恨？"

"大人误会了。"沈元白笑道，"这幅字原本在我好友的家中，因不想被侯敏夺去，请我帮忙，于是才有了仿造一事。后来他打算找个能够妥善收藏此墨宝的人售出，让我带来京城，不想途中被人偷了。"他半真半假地隐藏了林寒的存在。

"失窃？"仇士良陷入沉思。稍后，他对外边喊道："来人！"

那名右领军卫的将领走了进来。

仇士良道："你上次说有飞贼潜入王弘述府内盗窃，被其所擒，具体怎么回事？"

"回大人，那人并没有偷走什么，但王弘述还是把他杀了。"

"只有这些？"

"后来卑职为探查此事，将那晚抓人的卫士灌醉了。从他口中得知，窃贼曾用一幅书法名作换条活路，王弘述收了东西，却没饶过他。"

"果然如此。"仇士良冷哼道，"难怪我得到此物以后，安王立刻登门讨要，这是有人给他透露了消息啊！"他挥了挥手，将领退了出去。

"是王弘述。"沈元白趁机道，"现在所有人都在找我，大人可知为何？"

仇士良微怔，以他的地位，自然知道沈元白身上发生了何事，于是绕过无聊的试探和揣测，直接问道："宋申锡究竟在谋划何事？"

"诛杀王弘述。"沈元白也坐了下来，淡定地道，"此事还需从头说起，那日我去开州为宋申锡府第送宣纸……"

他用缓慢的语调，娓娓诉说着逃狱以后的经历。

沈元白将开州抄经大会，如何得到雕版，宋申锡怎么死的，徐昉是何人，以及王师文的探查秘密的原因，包括雕版内容尽数告诉了仇士良。不过，他没有过多地提及细节，主要强调秘密的来源和即将带来的灾难。

仇士良听闻之后，沉默了许久，最终长舒口气，沉吟道："原来是这么回事，难怪圣上那天……"他想起了那天太和殿内的耳语，皇帝其实只说了一句话——"朕已定下铲除王弘述之策，需要你来执行。"

沈元白不知道他是什么意思，继而道："如今扬州事败，只怕王弘述不敢贸然行动。"

"他现在位高权重，只要不动，无人可以与之抗衡，为何突然冒此大险？"仇士良思索着。

这时，门外传来仆人的声音："主人，颖王派人送来一个东西。"

仇士良心思回转，应道："拿进来。"

仆人捧着一个雕花紫檀木椟走进来，双手奉上。

仇士良掀开盖子，里边竟是一方砚台，不禁疑惑道："来人可说此物何意？"

"颖王请大人将此砚转交圣上。"仆人道。

仇士良接过木椟，让仆人退去。

沈元白好奇地问："颖王为何不自己送去？"

"亲王不可随意入宫，区区小事也不值得亲往。"仇士良将木椟放下，"值此多事之秋，也就颖王那种闲云野鹤才会送这些无聊之物。"

皇家怎么会有闲云野鹤？沈元白心里揣度一句，想起了正事，追问道："大人准备如何应对王弘述之局？"

"几日前，王弘述向圣上举荐，将我升为了左神策军中尉。如今看来，他这是想拿我当替罪羊啊！"仇士良叹了口气，"圣上准备将计就计反戈一击，欲以我为利刃，无论如何我都必须参与此事。"他突然严肃起来，侧目望着沈元白，"王弘述准备何时动手？"

"不知道。"沈元白摇了摇头，"现在我们甚至很难确定，扬州事败以后，他是否会因此退缩。除非可以找到新的调兵之策，否则他应该不会动。"

"他已经找到了。"仇士良道，"关中地动，死了不少人，安王趁机散播谣言说是储君行为不端引得上天震怒，太子因此受到责罚，不得离开少阳院。王弘述谏言既是上天震怒，不如兴役祈福，可发神策军千人疏浚曲江与昆明池。虽然调出兵力不多，但对他目前处境而言，也算是不错的补救之策。"

"既如此，应该快了。"

就在这时，那名将领神色慌张地跑了进来："王弘述派人来了，气势汹汹，指名道姓要沈元白。"

"来得好快啊！"仇士良深吸口气，幽幽低语，"沈公子，你意下如何？"

沈元白不明白王弘述此举何意，如此明目张胆地要人，这是生怕别人不知道他在京城啊！如今万事俱备，他亦没必要去见王弘述了，于是道："我已经将所有秘密告诉大人，不必再卷入此事，还望大人从中斡旋，送我离开京城。"

仇士良盯着他，目光渐渐冷冽，最终哼笑道："如今机密都浮出水面，你知道那么多，还妄想安然脱身？"

第二十六章

终究不是对手

杀劫降临，无路可逃。

倘若王弘述不来要人，一切尚有回旋余地。如今箭在弦上，换作是他，也不会由着王弘述将自己带走。

仇士良并未看他，望着那幅《洛神赋》，轻声道："此事你功不可没，若有心愿未了，我可以代你完成。"

沈元白呆了好一会儿，面色痛苦异常。谁能想到，误入朝局，他逃了这么长时间，终躲不过一死呢。

"我死以后，请大人帮我除掉侯敏，使宣州纸业归于正常。这便是我最后的心愿！"他凄凉地说。

"可以。"仇士良头也不回地说，"带下去吧！下手利落些，别让沈公子遭受痛楚。"

"是。"将领应了一声，将垂头丧气的沈元白请了出去。

到了外边，将领抽出刀，挥刀欲砍。

"等等。"沈元白阻止道，"我不想死在此处。仇士良的府第，应该有花园吧！"

将领闻言，缓缓把刀放下："跟我来。"

后花园中，落叶满地。

沈元白走到一棵树下，冷风呼啸而过，吹得树木窸窣作响，亦将他的衣袂吹起。

晚秋将尽，凄凉之感沁入心脾。

沈元白深吸口气，绝望地闭上了眼睛。

一道冷锋闪过，溅出的鲜血染红了树干。

夜幕低垂，枝头的乌鸦扑簌飞起。

长安，崇仁坊。

这个地方紧挨着皇城，住的也都是达官显贵。

其中一座宅第里，吴秋月正在伏案书写药方。

与沈元白分开以后，她与段若兰进了城，却没有跟随段若兰回家，而是来到了崇仁坊。这座宅第是太医署一名御医的私宅，那人是她的师伯。

这时，她的手突然颤抖起来，冷汗涔涔，不一会儿又大口喘着粗气，好似很痛苦的样子，紧接着毛笔倾倒，人昏了过去。

旭日高升，洒下一片金芒。

十六宅，颖王府。

庭院中，颖王靠在竹椅上，双目紧闭，眉头紧锁。

林寒走过来，施礼道："颖王。"

"林寒啊，"颖王揉着眉心，叹息道，"你与沈元白乃旧识，我却让你……本王心里有些过意不去啊！"

"颖王言重了。"林寒道，"得此重用，乃林寒之荣幸。而且，沈元白本就在劫难逃，我们不过是让他相对安全一些，颖王不必多虑。"

颖王彻底睁开眼睛，看着他说："一旦入局，便是九死一生。你怕不怕？"

"有什么可怕的！"林寒的表情没有任何波动，"人生在世，只要无愧于本心，死又何惧？"

"好！"颖王站了起来，凑近些说，"如果……"

林寒猛然一惊："此事万万不可。"

"为了避人耳目，只能如此。"

"是！"林寒见颖王这般信任自己，便也无所顾忌了，"既如此，林寒只好得罪了。只希望尘埃落定以后，颖王永远不要提起此事。"

"那是自然。"

逃离大理寺狱九个月后，沈元白再入囹圄。

"喂，有人吗？"沈元白扒着牢门向外呼喊，"肖谦，你死哪儿去了？"

何曾相似的一幕。

"闭嘴！"肖谦拎着酒壶走过来，沉着脸说，"这里不是大理寺狱，没有狱卒伺候你。"

"王弘述呢？"沈元白没好气地问，"我已经被关五天了，他为何不来见我？"

肖谦冷哼道："既然你这么着急，为何进城以后不来相见？"

"我……"沈元白道，"我被仇士良抓了。他还要杀我，幸亏……"他把后边的话咽了回去。

肖谦悠然地喝着酒，微笑道："你想过没有，他既然从仇士良那边救了你，又为何由着你被我带走？"

沈元白心底一沉，忙问："你什么意思？"

"我认为，他并不是真的在意你的死活。"肖谦道，"你是一枚棋子，所有人都在利用你，他也不例外。"

"你不用挑拨离间，我不会上当。"

"那好，我们走着瞧。"肖谦笑道。

五天前。

沈元白与仇士良叙话的时候，宅第大门被王弘述的人堵住。而在不远的角落，他的两个故人亦在盯着门口。

林寒道："陆兄，如何进去？"

"进不去。"陆珏轻轻摇头，"就算王弘述的人不在，我们也无法进去抢人，毕竟这是仇士良的宅第，防卫森严，只能智取！"

"智取？"林寒笑了笑，"开什么玩笑？仇士良狡黠多疑，岂会轻信我们的话？"

"确实是个难题。"

就在这时，一个人从远处走来，林寒一眼认出来那是颖王府的仆人，好奇地迎了过去，询问道："颖王派你来的？"

"是林公子啊！"仆人双手捧着一个木椟，"颖王让我把这个送到仇大人府上，请他代为转呈圣上。"

"你看看那边。"

仆人望了一眼大门方向，愕然道："这是怎么回事？"

林寒目光微转，然后笑道："我替你送进去，你如实回报颖王即可。"

"那便有劳林公子了。"仆人把木椟交给了他。

林寒抱着木椟回来，对陆珏道："若是引开府内守卫，你能否潜入进去？"

"应该可以。"

"那好。"林寒道，"我去斡旋一番。"

林寒趾高气扬地走过去，轻蔑地说："我乃颖王府侍从林寒，借过一下。"

那些人是来索要沈元白的，以防打草惊蛇，始终没有敲门，正犯愁如何进去，林寒出现了。他们一听是颖王的人，便想利用他敲开大门，故而让开一条路。

不过，林寒并没有进去。仇士良的仆人探出头来，他将木椟交给对方，并说明意图，然后就走开了。仆人以为那些人与他是一起的，也没多想，直接关上了门。那些人的希望落空，彻底怒了，疯了似的狂砸大门。只是刚才那名仆人去送木椟了，没人理会他们。如此一来，那些人更加怒不可遏，边敲门边放声大喊，不明真相的路人还以为是来抓捕仇士良的。

"差不多了。"林寒道，"接下来看你的了。"

宅第大门敞开，一群兵士从宅内出来，与那些人对峙。

陆珏见状，飘然不知所踪。

沈元白选择在后花园去死，无形中为陆珏救他制造了机会。

那名将领刚拔出刀，陆珏的横刀已经到了。

一道冷锋闪过，那人持刀的手齐腕而断，溅出的鲜血染红了树干。

陆珏不想恋战，抓住沈元白的衣服用力一甩，直接把他从院墙扔了出去。等他翻墙而出时，肖谦扶着昏厥的沈元白，笑道："你这么把人扔出来，莫非知道我在此处？"

陆珏冷漠地望着那人："沈元白必须活着，否则就算追到天涯海角，我也会让你不得好死。"

"告辞。"肖谦淡然一笑，带着沈元白离去。

这时，林寒跑了过来，气喘吁吁道："那人是谁？"

"王弘述的爪牙。"陆珏转身便走。

又被关了几日，沈元白知道此处非是长安任何一座牢狱，而是王弘述府内的私人囚室。如此隐蔽之所，想要逃走难如登天，纵使是陆珏，恐怕也无法营救。

想起陆珏，那天的情形历历在目。本来他在闭目等死，突闻一声惨叫，睁开眼后看到陆珏了，不禁喜出望外，可还未等说话，便被陆珏扔了出去，一阵天旋地转，似乎被人接住，但很快就被此人打晕了。从结果来看，接住他的人必是肖谦，只是后来肖谦与陆珏说过什么他不得而知。当时的情况紧急，那名将领的惨叫会引来府内兵士，陆珏把他扔出院墙，并无不妥，然而陆珏如何确信自己不会摔坏？抑或说，陆珏早就知道肖谦在外边？

"即便是，也很正常。"沈元白自我安慰道，"毕竟在宋慎微的计策里，我应该与王弘述有所接触，陆珏不过是顺水推舟促成此事。"

他实在不愿相信陆珏另有所谋，也完全想不出来陆珏有何理由如此。

不知是自己太无聊，还是担心沈元白太无聊，肖谦每天至少来一次，有时东拉西扯说些八竿子打不着的奇闻逸事，有时讲一些长安近期的大事小情。就在昨天，沈元白从他口中听到了一个震惊不已的消息——颖王府出事了。由于肖谦喝完酒后说话前言不搭后语，所以沈元白只知道个大概情况。

据他所言，颖王身边一个林姓侍从突然发狂，趁其不备袭击了他，还在王府放了把火，虽说火势只烧了一间独立的厢房，并未向外蔓延，但颖王依然身受重伤。圣上得到消息后怒不可遏，派金吾卫大将军韩约亲往十六宅将凶犯押至麟德殿，说是要亲自处理。这件事没有后续，因为谁都知道那个人肯定活不成了，所以肖谦并没有继续关注。

闻听那人姓林，沈元白自然而然地想到了林寒，可是以他对林寒的了解，这个人虽然有些狂悖，但还不至于干出这种不要命的举动，担忧之余，更多的是不得其解。

晚饭过后，沈元白实在无事可做，便用石子在墙上画了一张棋盘，以自我对弈的方式消磨时间。

不多时，有人走了进来。

肖谦是其中之一，不过他站在后方。与他并列的是个老人，沈元白曾在宣州署与之有过一面之缘。二人簇拥着一个身宽体胖、看起来六十多岁的人，此人面白无须，气度傲然，从肖谦的谦卑态度来看，应该是王弘述。

总算现身了！沈元白望着那人，冷笑道："王大人处心积虑要找在下，何故将我关在此处多日？"

老人搬来一把椅子，王弘述缓缓坐下，之后盯着沈元白看了许久，露出一丝淡淡的笑容："当初给你的时限是三个月，你却失踪了九个月。既然你不着急，我又何必急呢？"

"事情复杂，我没办法。"沈元白不卑不亢。

"说说吧！"王弘述虽然在微笑，目光却极其阴冷，"宋申锡究竟在谋划什么？"

"杀你。"沈元白想要诱使他尽快行动，于是谎称道，"宋申锡与安王密谋，欲在十六宅宴请你，然后杀之。圣上已经默许，待你死后，他便以仇士良接管神策军。"

王弘述笑了起来，笑得沈元白心里发毛。

"沈公子乃难得的造纸奇才，听说你在诗词书法音律的造诣也很高……"他瞥了一眼墙上的棋盘，"但不知棋艺如何？"

他突然转移话题，沈元白有些摸不着头脑，却还是回道："不敢说多么高明，但在宣州没有对手。"

"好！"王弘述平静地说，"与我下一盘如何？"

为了接近此人，沈元白只好应道："大人若有雅兴，在下乐意奉陪。"

"那便走吧！"王弘述起身离去。

肖谦将他放了出来，押着他尾随其后。

沈元白来到外边，发现天色已经漆黑如墨，悄声问道："这是去哪儿？"

肖谦笑道："当然是去下棋的地方。"

宅第门口，放着一乘肩舆。王弘述坐了上去，四个人抬着他向静谧的街道走去。沈元白自然没有这个待遇，只得在身后步行。此刻已经宵禁，王弘述却根本不在乎，仿佛大唐律法在他身上无效一般，一路畅通无阻，竟然走到了通化门。

"这是要出城吗？"沈元白再次询问。

"已经到了。"肖谦道。

王弘述下了肩舆，徒步登上城门。沈元白也跟了上来，看到箭楼上放着一张棋桌，其上摆着一张棋盘。周围的兵士皆是神策军，不过离得相对较远。

在城门上下棋，沈元白还是头一次见。

王弘述先行坐下，态度和善："坐吧！"

沈元白也不客气，坐在对面，疑惑地问："为何要在此处下棋？"

"因为这盘棋很大。"王弘述不经意地望了一眼南方，幽深的夜色下，坊墙内外都很安静，街道更是空无一人，"此处可以看得更清楚。"

沈元白意识到情况有些不妙，依然不明白怎么回事。

"执白先行①，你先来。"王弘述道。

四颗座子已在角落放好，沈元白拿起一颗白子，放在了右下角。

"你以为躲到远处，我就拿你没办法了吗？"王弘述用一颗黑子将其堵住，"敬亭山之战过后，宋慎微告诉你不少事吧？"

"他说的，其实我早已知道。"沈元白在左上开辟新的棋路。

"是徐昉告诉你的？"王弘述追了过去，与他争夺左上区域。

"不错。"沈元白快速落子。

"既如此，你之前所言就全是假的。"王弘述拿起一颗黑子，迟迟没有放下，

---

① 执白先行：现代围棋的规则是执黑先行，在中国古代其实是执白先行。

似在思索落于何处，"宋申锡确实要杀我，但不会与安王合谋。你所背负的秘密并非这个，而是——"他将棋子落定，冷眼看着他，"我要血洗十六宅。"

沈元白脑袋嗡的一声，由于太过震惊，手中白子不慎掉落。

王弘述说得不错，徐昉雕版所述正是此事。

月色隐没，星辉暗淡。

沈元白望向南方，不禁恍然大悟，此处正好看到十六宅。

"还未开局，继续下。"王弘述微笑道，"此局你功不可没，那就必须让你亲眼看到结果。"

到底是怎么回事？为什么？是谁泄露了此事？

沈元白的思绪乱成了一锅粥，一时不知所措。

在这个看似平静的夜里，长安城内暗流涌动。

仇士良正在左神策军仗院调兵。

太子在少阳院心急如焚，破碎的瓷器散落一地。

一座凉亭，石桌上摆着一方砚台。皇帝负手而立，仰望夜空，不知在想些什么。韩约侍奉在侧。

颖王府庭院，竹椅上坐着颖王，似在闭目假寐。林寒站在右侧，目光微沉。二人身后还有一个人斜靠在树上，树影遮住了容貌。

中书省政事堂，以宰相李训、王涯为首的一众文官或坐或立，皆是一脸凝重。

只有安王最为平静，搂着妃子呼呼大睡。

棋局继续，沈元白惴惴不安地放下一子。

"如此放置，看来你的心已经乱了。"王弘述笑着应手，"时辰未到，不妨从头说起吧！其实我并不知道王师文如何与开州内应接触，但知道内应是徐昉。他在书阁被杀以后，宋慎微带人将你困住，从那一刻起，我便知道你是接头之人。徐昉偷偷雕刻印版，将其藏于利州馆驿，搞得如此复杂，想必是没打算让人破解。之后你去了利州，大闹馆驿之后得知雕版被胡郓带走，继而去往开州新浦，可见你已知道了雕版的存在，我这起手之棋便有了着落。后来你先去台州，再往扬州，这都是为了破解雕版之谜。"

　　沈元白万万没想到，王弘述竟然对他的行踪了如指掌。但这很不合理，即便王弘述可以派人尾随探查，又是如何知道开州司马第的情况呢？宋申锡是王弘述死敌，自然会防着王弘述；那位司户参军也表示司马第密不透风，根本就渗透不进去啊。

　　"你很困惑吧？"王弘述对他的惊讶之色甚是满意，侧头对肖谦道，"去把人带来，为沈公子解惑。"

　　肖谦领命离去。

　　不多时，他带来一个人。

　　"赵三？"沈元白瞠目结舌，"你背叛了宋慎微？"

　　赵三与当初一样，对他的话置若罔闻，给王弘述施了一礼便退下了。

　　"谈不上背叛。"王弘述道，"宋申锡死亡，宋慎微去泾县之前将府中之人尽数遣散，他没了营生，自然要另寻活路。"

　　赵三不过是芸芸众生之一，此举倒也无可厚非。

　　沈元白继续下棋："既然你已知道雕版秘密，我的存在便无关紧要，你为何还要处心积虑找我？"

　　"你忽略了重点。"王弘述淡漠地说，"徐昉知道王师文已经背叛宋申锡，却碍于当年恩情依然替他打探消息。只是这个秘密如此之大，徐昉不敢轻易泄露。最终，徐昉选择将秘密隐匿于雕版之中，既可以偿还王师文恩情，却又没有泄露。即便王师文破解了雕版玄机，那也是天命使然，与他无关，这便是他的两全之策。可是你想过没有，我作为血洗十六宅的主谋，又是从何处得知此事已泄呢？"

　　王弘述说徐昉因为事关重大不敢泄密，其实是错的。沈元白很清楚，徐昉之所以这样做，主要是因为王弘述乃十年前台州火灾元凶之一，宋申锡欲以血洗十六宅一事将计就计铲除他，便是为恩师报仇，徐昉又怎会从中阻挠？但也确实被王师文的恩情所累，徐昉这才出此下策。比起这些，王弘述最后那句话更为关键，亦是沈元白现在最为困惑之事。

　　看过雕版内容的人只有他与陆珏，宋慎微知道此事，但不会泄露。陆珏对生父充满鄙视，恩情深重的养父又是因不满宦官掌控军权才隐居起来。不论怎么想，陆珏都不可能与王弘述为伍，所以肯定不是陆珏泄密。

沈元白没有说话，因为知道王弘述有此一问，必然会主动道出原委。

棋盘上已经落满了子，沈元白处于绝对劣势。

王弘述道："我要血洗十六宅，将一众亲王尽数诛灭，然后强行逼宫，扶持更好掌控的太子上位，这便是宋申锡掌握的机密。不论是他，还是圣上，得此重大消息都不会轻举妄动，因为在我没有行动之前，一切不过是捕风捉影，最好的办法便是将计就计。当我兵指十六宅之时，他们就可以用谋反罪名将我彻底除掉。因此，不论我干什么，圣上都不会阻拦，甚至大力支持，就怕我闹不起来。扬州一事便是如此，我以宣纸重印《唐会要》一事苛责印刷工匠，扬言他们知道先帝之死乃当今圣上指使柳泌而为，让圣上恐慌，同意我发兵平叛。这个计策看似天衣无缝，其实圣上心知肚明，不过是配合而已。你若不从中作梗，此事已成，我又何必以疏浚曲江、昆明池为由调兵？"

这些事，正是沈元白等人费尽心思探查出来的结果，也是因为知道这些，才会担心扬州事败会影响皇帝的锄奸大计。如今从王弘述口中娓娓道出，沈元白不禁倒吸一口凉气。既然他知道血洗十六宅之谋已经泄露，为何还要继续呢？而且，他并没有回答最初的问题，到底是何人泄密？

王弘述得意地笑着："你以为，我处心积虑找你，便是为了知道这些？"

"现在看来，应该不是。"沈元白谨慎地问，"那是为何？"

"心不在焉，这盘棋你是赢不了了。"王弘述设杀提子，之后黑子连成长龙，大有将其置于死地之意。

"大人，你看。"肖谦提醒道。

王弘述与沈元白同时侧目，猛然看到，城门远处的街道上出现了一队黑衣人，数量众多，队形严整，正在逐步向十六宅逼近。

王弘述饶有兴趣地问："沈元白，你猜这支队伍是什么人？"

"疏浚曲江与昆明池的神策军。"沈元白道。

"哈哈哈——"王弘述狂妄地笑了笑，道，"你看，这便是我苦心寻你的原因。你都这般认为，圣上自然也是如此。"

沈元白神经一紧，愕然道："难道说——"

　　王弘述知道他想说什么，替他说了出来："不错，我不顾一切地寻你，便是为了让他们坚信，我并不知道血洗十六宅一事已经泄露。"

　　果然如此！

　　沈元白已经无法强装镇定了，急切地问："泄露此事者，究竟是谁？"

　　"没有人。"王弘述笑容渐敛，低声道，"因为这件事从头到尾，都是我在故布迷阵。"

　　"你将血洗十六宅一事透露给太子，乃故意为之？"沈元白情急之下竟然站了起来。

　　"当然！以我之缜密，岂会将如此大事轻易告诉他？"

　　完了！全完了！

　　本以为是一个铲除此人的绝佳机会，怎奈从一开始便在此人局中。

　　沈元白一屁股坐回凳子上，神情呆滞，仿佛丢了魂儿。一路行来，他以为手握机密乃掌控大局，其实只是王弘述为了引起皇帝重视的一颗棋子。所有人都在找他，越发显得此事真实可信。难怪王弘述放任他四处游荡，因为他不论走到哪里，都在最初的那张大网中。

　　即将发生什么，沈元白甚至不敢去想。

　　黑子落定，胜负已分。

　　棋力相去甚远，终究不是对手。

夜入子时，远远地传来几声犬吠。

十六宅坊门之前人影幢幢，那支队伍犹如一道长龙，一直延伸至长乐坊以西，沈元白在通化门箭楼凝神遥望，估算了一下，有两千余人。

王弘述以疏浚曲江、昆明池为由调兵千人，此刻的人数却多了一倍。

"不论以何种理由调兵，结果都是一样。"王弘述站在他的身侧，也在望着那边，"若没有扬州一事，以疏浚河水为由调兵便不会被重视。说白了，我只是想让圣上以为我调兵是为了血洗十六宅，那样他才会命仇士良出兵反击。至于用什么借口，调出多少兵力，对我来说根本不重要。你阻止了扬州之事，确实给我带来了些许阻力。若换个角度来看，你依然是在帮我，因为那会让圣上觉得我已没有退路，必须孤注一掷。螳螂捕蝉黄雀在后，殊不知，这只蝉是猎户放的，是为了射雀。"

"你究竟要做什么？"沈元白已经无力抗衡，此问不过是为了解惑而已。

"血洗十六宅。"王弘述扬起嘴角，"但不是我，而是仇士良。"

话音刚落，十六宅那边变故骤起，从长乐坊和十六宅中间的那条街道冲出了大量神策军。这些人不由分说，与先前出现的那支队伍打了起来。

两伙人短兵相接，刀光火光交相呼应，浴血鏖战的兵士甚至都不明白究竟发生了什么。

少顷，肖谦突然道："仇士良的人快不行了。"

"意料之中。"王弘述冷哼道，"左神策军的战力虽然不容小觑，可惜仇士良以为对手只是被我调去疏浚河水那千余人，又岂是这些精锐飞龙军的对手？"

"飞龙军？"沈元白一怔，"你居然敢用飞龙军！"他忽然意识到，从被肖谦抓来到现在，他始终没有看到那个微胖的宦官。

"飞龙军有卫护十六宅之责，巡夜之际，恰逢仇士良兴兵作乱，力战之后将其诛灭，却为时已晚，十六宅诸王皆被杀死。"王弘述笑道，"长安城内无人不知仇士良乃圣上心腹，亦知仇士良曾因一幅书法名作与安王结怨，行此狂悖之举，究竟是泄私愤，还是圣上暗中指使，没人说得清。左右神策军观军容使王弘述为护圣上名声，彻查此事，发现圣上确实给予仇士良调兵之权，为防藩镇节度使趁机作乱，不得不拥立太子登极，尊圣上为太上皇。这便是今夜之事的全部真相，不过你应该看不到那一刻了，所以我先让你知道，以免死不瞑目。"

此言一出，沈元白彻底明白了，同时也知道自己死定了。这么大的事，王弘述毫无顾忌地坦然相告，自然不会留他活命。

又过了一会儿，十六宅的战斗逐渐平息，一眼望去，尸横满地。

"走吧！"王弘述道，"去送仇士良最后一程。"

沈元白别无选择，只能跟着。

此时十六宅坊门大开，内中亦有无数尸体。

这让沈元白非常意外，因为没有看到攻打坊门的情景，不禁问道："如何进来的？"

"从内部攻破。"王弘述得意地说，"仇士良之所以知道我要在今晚动手，是因为疏浚河水的那伙人回来了。他在关注那些人的动向，我又暗中将动手时辰泄露给他，这才有了刚才之事。但他不知道的是，那些人不过是掩人耳目，真正的伏兵其实在十六宅之内。"

"王府护卫。"沈元白并不惊讶。

"不错。"王弘述点头道，"调兵出城还有一个原因，便是将我信得着的人遴选出来，用他们将王府护卫换掉。仇士良在外边对战飞龙军的时候，他们便在内部暗杀亲王。其实也用不着全杀，只要将安王、颍王、陈王、光王、郓王等人杀掉便可，其余留着作为今夜之事的证人，让天下人知道是我救了他们。"

天衣无缝，无懈可击。

沈元白卷入此事本是意外，一腔热血奔赴长安，只为诛杀权阉，可惜非但什么都改变不了，还把自己搭进去了。他无比绝望，却又无可奈何。

一名飞龙军将领走过来，施礼道："逆贼仇士良已经抓住，如何处置？"

"带我过去。"王弘述轻声道。

仇士良正被十名手持利刃的飞龙兵团团围住，看起来非常狼狈，灰头土脸地蹲在地上。

"怎么样？"王弘述冷笑道，"我这一局，你可满意？"

"果然老谋深算。"仇士良的脸上毫无惧色，甚至充满鄙夷，"你杀了这些皇室宗亲又能如何？这天下终究还是李姓之人做主。不论谁当皇帝，你都难逃清算，我只不过先行一步罢了。"

"杀他们的人并非是我，而是你这个逆贼。"王弘述道，"圣上对你不薄，你却忘恩负义诛杀皇亲，我杀你乃为国除奸。"

仇士良没理他，将目光投向了沈元白："你对此事知道多少？"

"以前所知与你相仿。"沈元白叹息道，"今晚知道得更多了一些，可惜为时已晚！"

"既然必死无疑，何不在临终之际将真相大声说出来？"仇士良道，"至少，可以让上天知道，你并没有与此贼同谋。"

"问心无愧是吗？"沈元白凄然一笑，"也好，反正也无关紧要了。"然后，他清了清嗓子，似吟诗一般将事情经过娓娓道出，"王弘述密谋血洗十六宅，利用太子将此事泄露给宋申锡……"

王弘述顿感不安，厉声道："肖谦，沈元白可以死了。"

"得令。"肖谦从卫士手中抢过一把刀，对着沈元白脖颈砍了下去。

沈元白已经豁出去了，对此视而不见，继续道："扬州书坊重印《唐会要》，实则……"

一身脆响，火花四溅。

关键时刻，一柄横刀从侧方伸出，挡住了致命一击。

肖谦看清持刀之人，猛然一惊："是你？"

"我说过，沈元白必须活着，否则我绝不会放过你。"

熟悉的声音响起，沈元白闻声侧目，果然是陆珏，内心的忧虑一扫而光，声音更大了一些。兵士也不阻拦，任由他说下去。

"你们都是死人啊？"王弘述气急败坏，"还不杀了他？"

兵士非但没听，甚至掉转身形，将刀锋指向了他。

这时，仇士良整理了一下衣衫，笑道："别费劲了，他们不听你的。"与此同时，十六宅内外的死者如同诈尸一般纷纷起身，从四面八方冲过来把王弘述围住。

"这……"王弘述满脸难以置信，"怎么可能？"

有人拎着一个浸血的布包，走过来递给仇士良。他接过来后，直接扔到王弘述脚下，语调阴冷地说："你的计划天衣无缝，可惜依然不是圣上的对手。"

布包散落，一个人头滚了出来，此人正是那名微胖的宦官，也是就林寒曾说过的飞龙使。

"不可能。"王弘述顿时面如死灰，失魂落魄地说，"圣上不可能知道……不可能……"

与此同时，沈元白的话也说完了。

"真是好计策啊！"一群人从隐秘的角落走出来，最前边那位正是当今皇帝，身后跟着本来应该死掉的诸位亲王。

大势已去，王弘述"扑通"一声跪在了地上。

"不可能……"他神情呆滞，依然呢喃道，"这到底是怎么回事？"

沈元白也明白了，仇士良让他将真相说出，其实并非给老天听，而是为了让皇帝和亲王们知晓。如此一来，王弘述便百口莫辩。

"肖谦，你还要挣扎吗？"陆珏笑问。

肖谦也不清楚为何如此，但知道陆珏现身此处定然不是偶然，于是咬牙切齿道："反正是死，不如先杀了你。"

"很好。"陆珏点头道，"你我是该有个了断，此处人多施展不开，随我来。"言罢，他便纵身一跃，竟然跳进了一旁的颍王府。

肖谦果断追去。

皇帝并没有理会他们，对仇士良道："把王弘述暂时囚禁于他的家里，我要琢磨一下如何处置他。"

"沈元白呢？"仇士良问。

皇帝深吸口气，悄声扔下几句话，然后在卫士的保护下抽身离去，全程没有看沈元白一眼。

沈元白站在稍远的地方，有些不知所措。

不多时，仇士良走过来，微笑道："你刚才视死如归之举，实乃救了自己。圣上让我撤销对你的缉捕，你可以走了。"

沈元白始料未及，短暂的惊愕之后，突然感到一身轻松。他从九个月前越狱至今，从来没有这么开心过。他也不明白这最后的变故是怎么回事，既然王弘述已败，他又被赦免了，便觉得一切都不再重要了，朝廷之事本就与他无关。

苦尽甘来，他总算不虚此行。

仇士良还要处理后续之事，不再多言，带着人纷纷离去。

沈元白却没有走，因为担心陆珏的安危。

"沈兄，"这时，林寒走了过来，"今日之事辛苦你了，去我家喝一杯压压惊。"

沈元白诧异地望着他："你为何会在此处？"

"稍后与你详说。"林寒知道他担心陆珏，顺便安稳道，"你且放宽心，在肖谦踏入颖王府那一刻，他就已经死了。"

"此话何意？"

"因为他的对手……并非陆珏一人。"

"还有谁？"

"金吾卫大将军，韩约。"

陆珏若与韩约联手，肖谦绝无生机。

沈元白真正意外的是，林寒居然认识陆珏。而且陆珏以逃犯之身现身十六宅，不仅没有引来关注，还能与韩约联手在颖王府诛杀肖谦。到底是陆珏隐藏过深，还是他被王弘述囚禁的这段日子里，出现了一些他不知道的变故？

事到如今，他只能依仗林寒解惑了。

沈元白与林寒离开不久，肖谦便在颖王府内饮恨而亡。

七天之后，王弘述宅第。

当初关押沈元白的那间囚室里，此时正关着王弘述。

仇士良以金杯装酒，透过铁栏递给他，冷声道："你有拥立之功，圣上不便公开杀你，我也想不出更好的办法，便以这杯毒酒送你上路吧！"

"我之今日，便是你之将来。"王弘述没有接，"手握神策军权柄，你也活不了多久。"

"我与你不同。"仇士良将酒杯放在地上，"我是忠君之人，而你是作乱犯上的逆贼。"

"哈哈哈——"王弘述放声大笑，笑得眼泪都出来了，"我拥立他登上帝位，他却合谋宋申锡置我于死地，换作是你，又将如何？宋申锡被贬开州，本来我不欲再掀风波，可是他又以宰相之位拉拢李训，使其倒戈，还将你这个与我不合之人视为心腹，究竟想干什么？我若什么都不做，迟早死于你们之手。忠君？哼！说得容易，真到了危及性命之时，你也会走上我这条路。你若真的忠君，那便将神策军交还皇帝，你敢吗？"

仇士良沉默不语。

"你不敢。"王弘述又道，"你若真的还了军权，只会死得更快。就算皇帝不杀你，以后你的日子也不会好过。南衙得势，岂会让你这个宦官过得舒坦？你当五坊使那会儿，可是得罪了不少人。你在馆驿打了元稹，知道天下文人多么恨你吗？"

仇士良的脸色逐渐沉重，盯着他看了许久，最终叹了口气："我知道如何做，用不着你教。时候不早了，上路吧！你死以后，我还要回宫复命。"

王弘述端起酒杯，最后问道："我究竟如何败的？"

"圣上看穿你的计策，仅此而已。"

"不可能！"王弘述依然不信，但也不再执着此事，将杯中毒酒一饮而尽。

他倒下以后，仇士良垂目沉思，低声道："如果不是圣上，又会是谁呢？"

七天之前，长兴坊，林宅。

"颖王？"沈元白惊讶道，"怎会是他？"

"我说过，颖王非是表面那般闲散，以他的智慧，识破王弘述计谋并非难事。"林寒将一碗酒递给他，"只是以他一人之力无法反戈一击，于是在所有人都不知道情况悄然进宫，与圣上定下迷惑之计。而你，便是关键一棋。以王弘述的猖狂，得手之际，一定会让你知道前因后果。"

"难怪仇士良让我当场说出来。"沈元白端起酒碗，苦笑道，"若不是亲身经历，我都不敢相信这种事会发生在我的身上。"

"都过去了。"林寒笑道，"朝廷之事与你再无关系，休息几日便可回家了。"

"也不知道陆珏怎么样了。"沈元白叹了口气，之后问道，"对了，你可知道，他为何会出现在十六宅？"

"不知道。"林寒道，"我猜，应该是圣上赦免了他的罪行，让他与韩约一起保护十六宅。王弘述将王府护卫换掉，企图暗杀亲王，那些人便是被陆珏和韩约联手杀掉的。然后将死者换成亲王和仆从的衣服，以此蒙骗王弘述，让他以为那些人已经得手。其实，他所见到的'王府护卫'乃金吾卫假扮。"

"原来如此。"沈元白松了口气。

林寒眼神躲闪，不与他对视，迅速喝了口酒。

许多时日以前，颖王府。

颖王从鸽子腿上取下字条，阅览后将其烧掉。

"不对。"颖王来回踱步，"飞龙使乃王弘述心腹之人，又有护卫十六宅之责，他调兵血洗十六宅岂不是自掘坟墓？而且，如此大事，他会轻易告诉太子吗？"

正想着，安王突然登门，打断了他的思路。

安王走后，颖王越发不安，便叫来一个侍从，询问道："宋申锡活着的时候，与太子的往来书信多吗？"

"不多。"那人回道，"一共没有几封。"

"知道了，你下去吧！"

那人离去。

　　宋慎微遣散府内一众人等，赵三投靠了王弘述，颖王也趁机招揽了几个人，刚才的那位侍从便是其中之一。沈元白在开州时也曾见过此人，只是没有交集。宋申锡曾以"打草惊蛇"之计派人暗中跟踪徐昉，后被其甩开，去的便是这个人。

　　"一共没有几封！"颖王沉思道，"太子性情顽劣，却并不愚蠢。宋申锡虽是被冤枉的，但最初的罪名是与漳王谋反，太子本就厌烦权谋之争，没理由与他太过亲近，所以书信不多才正常。既如此，他又怎会将王弘述的谋划尽数告知呢？就算一时大意，也不会泄露这么多吧！"

　　他百思不得其解，便将自己代入王弘述。

　　如此一来，他很快得到了一个惊天结论——王弘述有意为之。

　　因为他对沈元白的行踪了如指掌，包括见过的人、说过的话、做过的事，他都知道，同时又极其了解太子，所以才能想到这一层。相对而言，不论是皇帝还是仇士良，由于信息受限，都不会往这方面思考。

　　也许太子真的提过这件事，所以宋申锡才会深信不疑。不管怎么说，多做一手准备有利无害，于是他拿起笔，准备上奏皇帝。可是写好之后，他突然意识到此举不可行。如今，他潜龙在渊，不易锋芒毕露。

　　苦思冥想了几日，他总算想出一个办法，将一方砚台装入木椟中，吩咐仆人："你去仇士良府第，把这个东西交给他，让他代我转呈圣上。"

　　仆人领命而去。

　　大明宫，麟德殿。

　　仇士良走后，皇帝陷入沉思。

　　这方砚台他太熟悉了，承载着他与颖王的一段过往。

　　当时颖王六岁，皇帝十一岁。

　　某日，皇帝在书房闷头写字，突闻外边传来颖王稚嫩的声音："老师，皇兄的书法比我差太多了，你让我跟他比试，明摆着欺负他，不如这样，我主动认输，父皇赏的那方砚台就让给皇兄吧！你把那本《枕中记》送我就行了。"

　　年幼的皇帝听到以后特别不服气，冲出去道："我的书法怎么就比你差了？这样，你若赢了，砚台和《枕中记》都给你；你若输了，书归我，砚台依然让给你，如何？"

于是，他上当了。

颖王知道皇帝书法不如他，又想得到砚台，故意说给皇帝听的。

思绪回转，皇帝皱眉道："五弟，你送来这方砚台是何用意？"他闭上了眼睛，悠悠呢喃，"故意告诉我目的，然后反其道而行之，我便中计了。"突然，他倒吸一口凉气，"莫非是指王弘述！"

翌日午后，他便听闻颖王被侍从袭击，身受重伤。

"五弟对待仆从一向温和，此事大有蹊跷。"皇帝让韩约亲往颖王府，将那名行凶侍从带来，同时悄声叮嘱道，"你去了以后，一切听从此人调遣。"

"这——"韩约一头雾水，"不是去抓人吗？"

皇帝并未多说，只是让其速去速回。

韩约去了半个时辰，带来一个蓬头垢面之人，垂下的头发遮住了脸。

旁人退下以后，那人跪地施礼："臣弟叩见圣上。"

"快起来。"皇帝将其扶起，悄声道，"你如此大费周折来见我，莫非与砚台有关？"

"不错。"此人正是颖王。

王弘述做梦都想不到，竟栽在一个从来不曾重视之人的手里。

事发当夜，皇帝之所以来得那么快，是因为压根不在皇宫。他仰望天际的那座凉亭，其实是颖王府后花园。

以上这些，林寒都知道。颖王遇袭一事更是他亲手所为，颖王入宫以后，他便假装受伤的颖王，以此掩人耳目。不过，他没有告诉沈元白，因为没有必要，也不想再节外生枝。

王弘述死后，沈元白去了大理寺卿郭行余的府第，打算向段若兰辞行，然后接吴秋月回宣州。可惜，他连门都没进去，不论他说什么，门房仆人就是不让进。

沈元白心中烦躁，在郭府门前不停徘徊。

林寒在远处看到了他，走过来道："沈兄，何以一脸愠色？"

"秋月也在长安，她与郭行余之女段若兰一同进城……"沈元白道出事情原委。

"没理由啊！"林寒疑惑道，"郭行余虽是平庸之辈，亦有些迂腐顽固，但我听说，他对这个女儿一向宠溺，即便其以大理寺评事之职四处惹事，他也不会叱责半句，圣上对此都无可奈何。你既为段若兰之友，应该不至于连门都不让进。"

"谁知道怎么回事。"沈元白没好气地说。

就在这时，郭府大门开了，几个官员模样的人走了出来。林寒望着其中一位，目光中恨意乍起，冷声道："沈兄，走在最前边那个便是李训。"

李训的相貌并不出奇，五十岁左右，胡须稀松，两鬓斑白，看起来与寻常老儒没什么区别。不过，此人的眉宇之间带着一股阴鸷，一看便是狡诈之徒。

"此人曾任河南节度使从事，后为东都留守从事，巧言善辩，阴险善谋，攀附上王弘述之后，被其以精通《周易》推荐给当今圣上。在处理宋申锡谋反一事中，他出谋划策，将宋申锡贬至开州，才让皇帝和王弘述不至于当下都撕破脸面，也稳住了朝堂的局势。后来圣上重用他，一路升至礼部侍郎、同中书门下平章事，他也就倒戈了。"林寒叹了口气，"李训最擅长权谋争斗，几乎没有治世之才，且嫉贤妒能，邀功争宠，如此佞臣居于高位，实乃社稷之祸啊！"

沈元白对朝廷之事知道得不多，意外的是另一件事，于是道："李训的官职那么高，怎会从郭行余家中出来？"

一语中的，林寒突然一愣："对呀！若是探讨公事，大可在中书省政事堂进行，若是不便明说之事，以李训的傲慢，也应该让郭行余登门拜访才是。"

"先回去吧！"沈元白说完便走。

林寒家中，二人于堂屋坐下。

仆人煮了些茶送来，沈元白心不在焉地喝着。

林寒眉目低垂，若有所思。

沈元白放下茶盏，询问道："王弘述当真是饮鸩自尽？"

林寒轻轻一笑，意味深长地道："他被关了起来，去哪儿弄毒药？"

如此一来，那只能是赐药了啊！

"心术不正，必遭反噬。"沈元白想到了那些枉死之人，不禁恨道，"一个人争权夺利，无数人跟着陪葬。令人无奈的是，权谋之争并不会因为王弘述死亡而彻底消失。"

"对了。"林寒突然道，"圣上下旨，在曲江之畔为王弘述举办葬礼，责令内侍省所有宦官必须参加。"

"以儆效尤。"沈元白冷哼道，"真的有用吗？"

"聊胜于无。"林寒道，"如今神策军尽归于仇士良之手，圣上此举，或是为了让他以此为鉴，勿要步王弘述后尘。"

"我也去。"沈元白沉声道，"这盘棋至今才算分出胜负。收官之际，我应该在场。"

"你不能去！"这时，门口传来一个声音。

二人循声相望。

沈元白欣喜若狂，直接迎了过去："可算见到你们了。"

"陆兄。"林寒笑着打招呼。

陆珏微微颔首，以示回应。

沈元白朝他们身后看了看，诧异道："只有你们两个？秋月呢？"

"她没跟我在一起。"段若兰道，"进城以后，她便与我分开了，说是去拜见师伯，你知道此人吗？"

"原来是这样啊。"知道了秋月的去向，沈元白悬着的心总算放了下来，于是赶紧道，"知道。她师伯是太医署的一名御医，我们成亲的时候来过宣州。那老人愤世嫉俗，医术却不错，与秋月的关系也很好。秋月若是在他家里，应该没有问题。"

"那便好。"段若兰长舒口气。

"这位便是段姑娘吧！"林寒趁机问道，"你方才说，元白不能去王弘述的葬礼，不知是何原因？"

段若兰并不认识他，谨慎地看了一眼陆珏。

"他就是林寒。"陆珏道。

在泾县时，林鸢和吴秋月曾说起过此人，段若兰对其并不陌生。来时的路上，陆珏又将林寒与沈元白的关系告诉了她，既然都是朋友，她便放下了戒备，神色凝重地说："我怀疑，曲江葬礼乃……"

石
榴
花
开
满
城
哀

　　段若兰与吴秋月分开以后，自行回家了。由于她与父亲郭行余之间存在隔阂，进府之后并没有第一时间去见他。次日她从仆人口中得知，父亲公务繁忙，已经半个月没有回来了。

　　她又派人打探陆珏和沈元白的消息，结果一无所知，这二人仿佛消失了一般。

　　牵挂陆珏，担心沈元白，她的思绪无比混乱，然后想起了沈元白在泾县茅屋外的劝告，思虑过后，她决定先跟父亲谈谈。

　　又过了两日，郭行余从大理寺归来。听到仆人的禀报，郭行余叹了口气："这孩子，总算舍得回家了。"然后，他便直奔段若兰房间。

　　"父——"段若兰欲言又止，她已经很久没用过这个称呼了，不免有些尴尬，不敢与之对视，小声道，"父亲。"

　　"吃饭了吗？"郭行余倒是很自然，"在外边游荡了这么久，你看看你，都瘦成什么样了。"他侧身对仆人道，"吩咐厨房，给小姐做她最爱吃的酱猪肘。"

　　"是。"仆人离去。

　　段若兰本以为他会询问沈元白的事情，结果开口只是关心饮食问题，这让她感受到了久违的亲情，但心中的芥蒂仍在，让她极其矛盾，一时不知道说些什么。

　　"既然回来，就别乱跑了。"郭行余坐了下来，"最近这段时日，长安城不太平静。"

"是不是与沈元白有关？"段若兰低声问。

"总之与你无关。"郭行余道，"你陪着沈元白跑了九个月之久，其中因由我不想问，圣上那边我也解释清楚了，这件事你就不用再管了。我不反对你结交朋友，但沈元白比较特殊，你还是暂时不要与他接触为好。"

段若兰一怔："莫非你知道沈元白现在何处？"

"不知道。"郭行余摇了摇头，郑重道，"你也不必知道。你母亲的忌日快到了，在这之前，你要养好身体，我不想让她看到你这副样子，以为我这个做父亲的完全不顾女儿！"

"我以为你不记得呢！"段若兰低着头，声细如蚊。

"你以为的，未必是真的！"郭行余起身欲走，却在门口停下，"若兰啊！你真的许久没有叫过我'父亲'了。"然后，他快步离去。

从这天起，郭行余又消失了。

直到王弘述败亡以后，他才再次露面。但段若兰想要见他也不容易，因为他白天在大理寺，晚上回来便将自己关在书房，任何人不得进入。

段若兰每日沉思，心态逐渐发生了变化，内心对父亲的恨意逐渐没那么强烈了，甚至对这件事本身产生了怀疑。因为郭行余没有续弦纳妾，除她以外更无子嗣，那他抛弃母亲的目的是什么呢？

这天，她实在受不了，心中的疑惑无时无刻不在困扰着她，令她寝食难安，便不顾一切地去找父亲一问究竟。

刚到书房外，她便愣住了，因为内中人影晃动，似乎有好几个人。出于好奇，她悄无声息地靠近，本意也不是偷听，只是想看看父亲在做什么。万万没想到，那些竟是以李训为首的南衙文官，商讨的内容与她而言并不重要，却也令她震惊不已。

她常年与陆珏竞速，轻功非寻常人可比，所以那些人并没有发现她。待人离去以后，她并没有透露这些，而是和父亲聊了半宿昔年旧事。

郭行余与她母亲不是没有联系，只是她母亲沉默寡言，没有将这些告诉她。官员在外任职，不带家人也是常态。到长安后又与权阉对抗，带着他们母女也不安全，便没有去接。沧景之乱爆发的时候，郭行余曾派人去寻找，只是那时他们已经迁往别处。没有询问她母亲葬在何处，是因为郭行余已经找到，并已将尸骨带回京畿安葬。

段若兰得知事情原委之后，哭得像个孩子一样。

多年来的误解，原来这般荒诞。

长兴坊，林寒家中。

"我怀疑，曲江葬礼乃……"段若兰凝重地说，"一场杀局。"

"杀局？"沈元白和林寒同时一惊。

"不错。"段若兰轻轻点头，"文官打算在曲江埋下伏兵，一举铲除仇士良。"

"好计策！"林寒笑道，"禁军权柄本来就不该在宦官手中。仇士良掌握神策、飞龙二军，又有诛灭王弘述之功，此人不除，将来必成大患。"

陆珏诧异地看了他一眼，然后迅速将目光移开，若有所思。

"只怕没那么容易。"沈元白对此并不乐观，"南衙此举过于凶险，一旦失败，将有无数人死于非命。"

"如果这是圣上的意思呢？"林寒思忖着，"李训没这么大胆子。"

"反正与我无关。"沈元白叹了口气，"既然风波渐起，我要赶快离开这个是非之地。陆兄，你有何打算？"

陆珏摇摇头，没有说话。

"你和若兰如果没有要紧的事，不如和我们一起回泾县。"沈元白道，"王弘述败亡，侯敏也好不到哪儿去，宣州应该恢复平静了。"

"也好。何时启程？"

"后天午时如何？"沈元白道，"我要先去接秋月。"

"不行。"段若兰出言阻止，"十天后是我母亲忌日，我不能离开京畿。而且，我父亲卷入此事，我要知道结果才能放心。"

"看来你们父女二人已经和解了。"沈元白欣慰地笑了笑，"既如此——"他把目光转向陆珏，"陆兄，你有何打算？"

"那我就留下了。"陆珏淡淡道，却并不敢看段若兰。

沈元白左右看看两人，爽朗地笑了，但话还是要点破："既然陆兄想要陪在段姑娘身边，小弟自当成人之美，这就和秋月先行一步，在泾县备下好酒等着你们。"

一句话说得陆、段二人面面相觑，又渐渐红了脸。

翌日，颖王府。

颖王在庭院中修剪草木枝叶，笑着说："林寒啊，你是进士科及第，没必要在我这里虚度光阴，不如找找人，去朝廷谋个一官半职。"

王弘述死后，颖王恢复了闲散的生活，林寒每天什么事都没有，不免有些消沉。

"不去。"林寒道，"一臣不事二主。既然颖王收留了我，我便永远是你的侍从。"

"你这话说得，好像我不是圣上的臣子一样。"颖王转过身来，依然笑着，"我知道，你在曲江宴上骂了李训，受其阻挠，一直没有授予官职。这不重要，你可以绕过李训，去找王涯，他才是吏部尚书，而且与李训向来不合。"

"找过了。"林寒冷笑道，"但是连府门都没进去。"

"此一时彼一时，王涯与李训都是王弘述举荐，面子还是要给的。如今王弘述已死，王涯不会再为难你了。"

"颖王这是要赶我走？"

"非也。"颖王摇了摇头，"以你之性情，不论身处何地、官居何职，我若有需要，你都会倾力相助。既如此，何不将才华用在合适的地方？至少，也能积累些为官经验。"

原来如此！林寒恍然大悟，应道："我这就去找王涯。"

颖王继续修剪花草，漫不经心地说："书房的桌案上放着一封信，如果王涯不肯帮你，你便把信交给他。"

"多谢颖王。"林寒深施一礼，转身去了书房。再次出来后，他继续施礼拜别："林寒随时听候颖王差遣，暂且别过！"

"祝你顺利。"颖王点了点头。

　　傍晚时分，李训从门下省出来，正打算回家，刚过含耀门，罗立言便迎了上来，在他耳边悄声说了几句话。

　　"竟有此事？"李训明显不悦，冷哼道，"王涯不知道那个进士是何人吗？"

　　"知道。"罗立言道，"可是又能如何？人家是吏部尚书，正管着这事，我们无法干涉。"

　　"居然给了个起居舍人之职，这是完全不把我放在眼里啊！"

　　"是呗。"罗立言火上浇油，"随便给个偏远县令也就是了，偏偏放到圣上眼皮底下。这林寒要是得到重用，你可就危险了。"

　　"老匹夫，都七十多岁了，还变着法与我作对！"李训恨得咬牙切齿。

　　"只待曲江事成，你便借着这个功劳取代他。"

　　"王涯也是参与者之一，如何动得了？"李训眉头紧蹙，沉思道，"除非……"

　　这时，对面的院内传来一阵欢欣雀跃的呼声。

　　"怎么回事？"李训本就心情不好，听闻此声更加烦躁。

　　罗立言跑了过去。

　　很快，他就回来了，笑道："没事，左金吾卫仗院的石榴树突然开花，卫士以为祥瑞之兆，情不自禁地发出了惊呼。"

　　"一群没见识的武夫。"李训没好气道，"此事我要好好想想，你先回去吧！"

　　"告辞。"罗立言转身走了几步，又折返回来，悄声道，"曲江事成之后，你可别忘了在圣上面前替我美言几句。"

　　"行了，知道了。"李训一脸不耐烦，"赶紧走吧！"

　　罗立言彻底离开。

　　李训独自一人在宫墙内闲庭信步，一副苦大仇深的样子。

　　孟冬时节的晚风并不温和，他感到有些冷，于是紧了紧衣服。就在这时，他的脸色突然一变，惊讶道："这个季节，石榴树会开花吗？"

　　一念及此，他快步跑向了左金吾卫仗院。

　　大明宫，延英殿。

　　皇帝正在批阅奏疏，有人来报，李训求见。

"这么晚了，他来干什么？"皇帝虽然不解，却还是吩咐道，"让他进来。"

李训撩起官袍，跪地叩拜。

"平身。"皇帝道，"爱卿此时前来，不知所为何事？"

"臣有一计，可为圣上省去许多麻烦。"

清晨的曙光笼罩大地，为长安城披上了一层金色外衣。

一位宦官来到仇士良的府第，恭敬地说："圣上口谕，请神策军中尉仇士良于后天清晨前往左金吾卫仗院观赏甘露。"

"赏甘露？"仇士良困惑道，"什么甘露？"

"左金吾卫仗院的石榴树冬季开花，又有甘露落于花树之间，乃为罕见的祥瑞之兆。圣上念大人十六宅一事居功甚伟，邀您前往一观。"

"原来如此！圣上恩典，仇士良感激莫名，一定如约前往。"

命人送宦官出去之后，仇士良心中疑惑尚存。但想到自己毕竟刚立了大功，这般恩典倒也不过，也就去了忧思，安然这般。

崇仁坊，某御医私宅。

吴秋月的气色好了许多，依然在伏案书写。

这时，敲门声响起，御医在门外喊道："秋月，怎么样了？"

秋月将门打开，将御医让进房中。然后，她拿起桌上的那张纸，递给御医："若按此方配药，半个月内便可痊愈。"

御医端详药方，不禁皱起眉头："这几味药，真有如此功效？"

"不错。"吴秋月微笑道，"师伯所言之症，其实并不难医，只是这些草药在医书中记载不详，很多药性没有写出来。"

"那你是如何知道的？"御医好奇道。

"秋月痴迷医术，时常以身试药。"吴秋月黯然道，"药性倒是试出来不少，可是也对身子造成了损害。"

御医脸色微沉，郑重道："可否让师伯一诊？"

秋月坐下来，伸出手臂。

御医为其诊脉，表情逐渐凝重起来，继而变为骇然:"你这哪里叫损害？毒性沉积，已入脏腑，你的生命……"他说不下去了，焦急地来回踱步，"元白知道吗？"

吴秋月苦笑着摇了摇头。

"你成亲多年未有身孕，他难道没问过吗？"御医气急败坏，"这也太不关心你了。"

"此事不怪元白，毕竟我才是医者。"吴秋月叹了口气，"反正已经无药可救，又何必惹他担心呢！"

"一定有办法的……"御医急切地说，"明日我把太医署同僚召集在一起，就算把内廷医书翻遍，也要为你找出医治之法。"

"算了！"吴秋月长叹一声，"这不是突发之症，乃多年沉积而成，没办法医的。只希望最后这几年，我与元白可以朝夕相伴，除此别无他求。既然这些药性连师伯都不知道，天下医者不知之人必然更多。我虽然试出来了，但若不能让所有医者知晓，那我便是枉送了性命。回泾县以后，我会将所知的草药梳理成文，再让元白替我刊印成书，也算为发扬医术尽了份力。"

"事已至此，我还能再说什么？"御医哀伤地说，"师伯无能，以前救不了你师父，现在又救不了你，真是枉活了这么大岁数。你若写出来，师伯一定为你流传出去，这也是我唯一能替你做的事了。"

"多谢师伯，此书就叫《本草补遗》如何？"吴秋月笑了笑。

"很好！"御医无奈地叹了口气。

气氛一度沉重起来。

吴秋月转移话题道:"对了师伯，你今日所言之症，乃何人所患？"

"金吾卫。"御医本就心情沉重，提起金吾卫更加生气了，"医者治病，最怕遇到不惜命之人，枉费一番心意。尤其是那个金吾卫大将军韩约，之前也不知道与谁激战，搞得一身是伤，刚包扎完，又去校场与人比武，简直是个疯子。今天更过分，他手下的卫士病了，找我去看，我没见过这病，便让他们暂等两天。韩约非说不行，让我两日内必须治好。"

"即便用我的药方，两天也无法痊愈。"吴秋月道，"我们是医者，又不是神仙。他为何如此着急，你没问问吗？"

"问了。"御医哼道，"韩约支支吾吾说了半天，也说不出来个所以然来。最后还是那两个患病卫士告诉我的，说是后天左金吾卫仗院有重要差事，他们几个身手是最好的，必须参加。"

吴秋月担心此事与沈元白有关，急忙问道："究竟是什么差事？"

"鬼知道。"御医撇嘴道，"应该是训练或者圣上检校之类的吧！"

就在这时，沈元白登门拜访。

吴秋月见他平安无事，不禁喜极而泣。

"傻丫头，哭什么啊！"沈元白的眼中也噙着泪水，却是一脸笑意，将爱妻揽入怀中，轻声道，"一切都结束了，我们可以回家了。"

吴秋月点了点头。

御医捋着胡须，静静看着他们。

沈元白恭敬地施了一礼："元白拜见师伯！这段时日，多谢师伯照顾秋月。"

"都是一家人，不用这么见外。"御医意味深长地说，"回去以后，你要好好对她，尽量与她形影不离，听到没有？"

"那是自然，师伯大可放心。"

"师伯——"吴秋月的语调稍显凄凉，"有朝一日，还望您来泾县一趟，用您的人生智慧开导一下元白。"

"一定去。"御医转过身去，"人老多情，离别的话就别说了，赶紧走吧！"

"秋月告辞。"

御医望着他们离去的背影，老泪纵横，久久不能言语。

长安西郊。

沈元白笑问："陆兄，你可记得此处？"

陆珏环顾四周，微笑道："当然记得，我在这里给你烤了一只兔子。"

"是啊！"沈元白感慨道，"旧地重游，恍如昨日，不想已经过去了这么久！"

"风波已息，你不必再怀念此事。"

"不错，应该放眼将来。"沈元白深吸口气，"别忘记我们的约定，我在泾县等你们，到时候我们再把酒言欢。"

陆珏目光游离，露出一丝不易察觉的苦笑，最终回道："一定。"

"沈兄！"这时，林寒从远处跑来，累得呼哧带喘，"抱歉，公务繁忙，来晚了。"他将目光投向吴秋月，"秋月姐，好久不见。"

"你是——"吴秋月诧异道，"林寒？"

"泾县一别已过数年，秋月姐一眼便能认出在下，令我着实有些意外。"林寒笑道，"看来，林鸢没少在你面前提起我。"

"是的。"吴秋月坦言道，"她每次提及与你的过往，我都劝她忘了你。"

"应该的！"林寒叹息道，"有缘无分，无可奈何！我也希望她能忘掉过去，寻一知心之人共度此生。你与她情同姐妹，便在这件事上多劝劝吧！"

吴秋月默然点头。

"林寒，你刚授职起居舍人，可还习惯？"沈元白问道。

"还好。"林寒道，"我生平志向便是入仕为官，荡涤世间污浊，还天下清平盛世。区区起居舍人我并不放在眼里，但此官职离圣上较近，可为晋升之跳板。只是李训仍在高位，日后恐怕不会太顺利。"说到这里，他突然面露困惑之色，"你们听说了吗？圣上明天要去左金吾仗院观赏甘露，诏谕仇士良和李训同往。王弘述葬礼近在眼前，此举实在令人费解。"

"你在担心什么？"这句是陆珏问的。

"有人在左金吾仗院见过李训，我担心赏甘露一事是他提出来的。"林寒道，"若真是这样，此事必然不简单。"

"风云变幻，没人知道会发生什么。"沈元白叮嘱道，"你们在长安要千万小心，以免城门失火殃及池鱼。"

吴秋月稍加沉思，犹豫着说："我倒是知道一些消息，或许与你所言是同一件事。"

"秋月姐请讲。"林寒道。

吴秋月把从御医那里听到的有关金吾卫动向的消息告知。众人将之与近日诸多怪事一起思考半晌，似乎明白了。

"原来如此。"林寒沉着脸说，"李训想要独占诛杀仇士良之功，这才蛊惑圣上提前动手，在金吾卫仗院伏杀此人。"

陆珏的脸色也不太好看，但没有说话。

"此事威胁不到你，大可静观其变。"沈元白一声长叹，拱手道，"时候不早了，我们先走了。'静心堂'纸坊的大门永远为你们敞开，随时可以来。诸位，多保重！"

"保重！"三人同时回礼。

沈元白扶着吴秋月上了马车，在午后的阳光中缓缓离去。

"直接回家吗？"吴秋月问。

"不着急。"沈元白笑道，"劫后余生，我们又在一起，不必急着回去，可以一路游山玩水，感受一下大好河山，然后去鄂州寻找父亲，顺便看一下林鸢那件事怎么样了。"

"太好了，就这么办。"吴秋月的脸色洋溢着幸福的笑容。

第二天清晨，沈元白早已远离长安。

长安城内一切如旧。晨钟响起，坊门大开。百姓烧火做饭，炊烟袅袅。距离两市开门尚有好几个时辰，中外商贩正为入市售卖商品做着准备，更有甚者，为了在市内占个好位置，此刻已在东西两街排起了长队。

麟德殿内，皇帝正在用膳。

仇士良已经出了门，坐着肩舆往大明宫走去。

左金吾卫仗院，石榴树开着红花，娇艳欲滴，清晨的露水附着在花瓣上，确实好看。不过，先前为此惊呼的那些卫士全都不见了。

仇士良进入望仙门，在桥头停下，徒步往里走。很快，他便看到了李训，于是寒暄道："李大人来得够早啊！"

"也是刚到。"李训笑着说，"圣上尚在用膳，稍后才来，我们可以先进去。"

"这不好吧？"仇士良冷眼望着他，"圣上命你我陪同，岂有先入之理？"

"无妨。"李训道，"圣上从麟德殿过来，与我们走的不是一个门。若是止步与此，恐怕圣上会比我们先到，那样才是真的不太好。"

"有道理，走吧！"仇士良坦然向前走去。

　　李训跟在他身后，表情阴鸷，露出一丝不易察觉的冷笑。

　　来到金吾卫仗院，大将军韩约迎了上来："两位大人，请随我来。"

　　仇士良发现他脸色不太对，额头可见些许冷汗渗出，突然一阵心慌，便没有继续走，将目光移向四周。圣驾即将到来，此处却没有卫士驻守，而且凭空多了一些帐幕，不知道里边藏着什么。

　　"去哪里？"仇士良谨慎地问。

　　"圣上……"韩约的表情非常痛苦，强忍着说，"圣上在石榴树前设下了座位，还请……二位大人……"他突然一声惨叫，吐出了一口血。

　　仇士良大惊失色，急忙向后撤步。

　　就在这时，帐幕中冲出了十几名金吾卫，手持利刃向仇士良跑来。韩约离得最近，抽出长柄陌刀，对着仇士良便砍。然而他铆足劲的一刀并没有砍出去，而是再次吐血，比刚才更加严重，单膝跪在地上，痛苦地喘着粗气。

　　仇士良来不及多想，转身便跑。

　　"陆珏……"韩约恨得咬牙切齿，"你竟然下毒害我！"

　　"金吾卫造反了！"仇士良从望仙门出来，一路向东跑去，金吾卫那些人在后边穷追不舍。望仙门东边紧挨着是延政门，在此门进入是东内苑，再往里便是左神策军仗院。不过，就算仇士良求生欲再强，也跑不过金吾卫，二者距离越来越近。

　　关键时刻，一支三百人的左神策军突然出现在前方，将他救了下来，带队的将军急切地问道："中尉，究竟发生何事？"

　　一看是自己人，仇士良总算松了口气，气喘吁吁道："快！李训串联韩约造反，快去麟德殿护驾！"

　　"那你呢？"将军道。

　　"我去调更多的兵。"仇士良脸色灰白如纸，催促道，"别废话了，快去。"

　　"是。"将军留下二十人保护他，带着其余人迎战金吾卫。

　　宫廷内乱，一触即发。

　　沈元白二人已经到了鄠县，正在街上闲逛。

　　他从摊铺上拿起一个纸风车，笑着说："你看看这个，纸上居然刷了桐油，小小风车也防水，真是厉害。"

　　"这个才厉害。"吴秋月拿起一本破旧的书，"张仲景的《伤寒杂病论》，看着样子，应该南陈的刻本。"

　　沈元白撇了撇嘴："印版的雕工不怎么样。"

　　"我要是写本医术，你会帮我印刷吗？"

　　"那还用说？"沈元白笑道，"最好的纸，最好的雕工，我把刘斌也叫来帮忙。"

　　吴秋月开心地笑着，然后把这本书买了下来。

　　皇帝刚出麟德殿，还没走多远，仇士良便带着大队神策军来了，把他吓了一跳，急忙道："爱卿这是为何？"

　　"圣上，李训和韩约造反了。"仇士良紧张地说，"请暂回麟德殿，待我剿灭叛军再来禀报。"

　　未等圣上回应，他便再次离去。

　　吴秋月正在吃面，陶醉地说："元白，这个汤面真好吃，我也要学。"

　　"这叫软面。"沈元白道，"又长又宽，乃关中独有，江南是吃不到的。"

　　"所以才要学，回头做给你吃。"

　　"那好，稍后我去问问店家，让他教你。"

　　这时，一只飞虫落到了酒碗中，沈元白将其泼到地上。

　　一摊鲜血溅到地上，一名金吾卫兵士倒了下去。

　　此人是最后一个，随着他的被杀，金吾卫彻底战败。

　　放眼望去，尸横满地。

　　韩约的尸体旁边，李训跪在地上，身体因过度惊恐颤抖不已。

　　"说吧！"仇士良冷眼看着他，"为何要造反？"

　　"仇大人，此事与我无关啊！"李训惊慌失措地说，"都是圣上的谋划，我只是配合而已。只要你留我一条命，我愿唯你马首是瞻。"

"你说什么？"仇士良一怔，"圣上？"

"不错。"李训为了求生，索性豁出去了，"本来打算在曲江葬礼上伏杀你，又担心人多手杂出现变故，这才借着赏甘露为由在左金吾卫仗院设下伏兵。"

"参与者都有谁？"仇士良又问。

"这——"李训稍加沉思，又道，"王涯、郭行余、王璠、罗立言……"

"你好像少说了一人。"仇士良笑道，"若论阴险狡黠，以上诸位可是都不如你。"

"我是被迫参与。"李训狡辩道。

仇士良转身走开，在神策军将军面前止步，低声道："杀了他。"

"是。"那人应了一声。

从这一刻起，仇士良杀红了眼。

沈元白和吴秋月四处游玩的时候，长安城内掀起了一阵血雨腥风。皇帝被软禁起来，军权大事一概不许他过问。李训提到的那些人，皆被满门抄斩。

长安西郊。

段若兰跪在地上，哭得肝胆欲碎。

陆珏沉默不语。

良久，段若兰哭声渐止，绝望地问："你到底是什么人？"

"我确实为颖王效命。"陆珏垂下了眼睛。尽管始终觉得自己也是为了百姓、为了大唐，但在段若兰的满面泪痕之前，他却无法堂堂正正地去说那些大义了。他不知道自己在动摇什么，只感觉过去种种恍如隔世，以至于快记不起来自己当初跟随颖王时，并未想过要背弃所有的朋友和所爱之人。

"所以，是颖王让你救下仇士良？"

"是。"陆珏道，"仇士良不能死。"

"为何？"

"无可奉告。"

　　"好一个无可奉告。"段若兰满脸泪水，却笑了起来，"我在你心中到底算什么？"

　　陆珏并不回应。

　　"你害我父亲被杀，却提前救下了我，不怕我为父报仇，杀了你吗？"

　　如今大局已定，明君继承大统，大唐将重回盛世。天下新定，死又何妨？陆珏不怕死，只恨自己无法两全，所以最终选择了颖王，而伤害了明明一直在局外的段若兰。

　　"难怪那时候华唤知道沈元白将回开州，安王和太子的人又在东郊埋伏，原来都是你泄露的消息。"段若兰咬牙切齿，"你对得起沈元白吗？宋慎微因此而死，你就不怕他夜里找你索命吗？"

　　"若兰，我已经做出选择了。大唐要重回盛世，免不了流血和牺牲的。"陆珏终于抬起眼睛，直视着段若兰，"如果他找我索命，那就给他好了。"说着，他连同刀鞘一并递给了她，然后闭上了眼。

　　段若兰抽出横刀，刀风带起一股肃杀之意。可杀意之后，并不见刀口落在身上。

　　陆珏愣了愣，缓缓睁开眼睛。段若兰看着他，眸色平静，无爱更无恨。

　　"那我愿你与大唐同寿，亲眼看看，这用背弃、鲜血和阴谋换来的天下，到底是否能如你所愿，从此是太平盛世！"段若兰冷笑一下，把刀扔在地上，转身离去。

尾声

　　沈元白回到泾县以后，重开"静心堂"纸坊，推出了一种新的宣纸，是以极薄的宣纸涂刷桃胶和白矾制成。在秋月的建议下，沈元白将这种纸与宣纸做了区分，将其称为"熟宣"。"静心堂"的纸本就声名远播，熟宣的出现，更是为书法和绘画技法提供了无限可能，购买者趋之若鹜。

　　吴秋月拆了山中茅屋，与沈元白朝夕相伴。每日午后，她便在幽静的小院中奋笔疾书，撰写她的《本草补遗》。

　　吴渊去了一次鄂州以后，也不知道发生了什么，回来后便将纸坊彻底交给沈元白，与朋友一起游山玩水去了，一年都见不到几次。沈元白无奈，只好派人去开州把卢瑶接来。

　　原来的宣州刺史侯敏随着王弘述败亡而被流放，罗通的族人因罗立言之故尽数被杀，仅存的旁支族亲都不是造纸人，"文宝斋"纸坊彻底消失。

　　朝廷暂时归于平静，仇士良在"甘露之变"之后也没干什么，只是把皇帝软禁起来，内廷的事他完全不管，朝廷大事他不让皇帝管，可算是把权阉之名发挥到极致了。

　　太子没有因为王弘述血洗十六宅受到牵连。事发那日，他想对皇帝言明一切，却没有机会出去。因为颖王之故，皇帝已经布下反杀之局，怕太子节外生枝，便命金吾卫守在少阳院。当时他不明所以，急得在殿内不停踱步，还摔了不少瓷器。"甘露之变"发生以后，太子与程涛密谋，欲以手下江湖人士联合地方节度使诛杀仇士良，不料行迹败露，被仇士良利用安王诬陷他谋反。朝廷一封诏书过去，那个节度使便倒戈了，极力和太子撇清关系，甚至落井下石了一把。程涛召集的人都是些乌合之众，仇士良压根没想与他们打，三千神策军一出，那些人直接被吓破胆，果断选择投降，程涛被斩首示众。皇帝本就烦闷，闻听此事更加怒不可遏，直接废掉了太子。太子被软禁起来，不久便暴毙了。关于他的死因众说纷纭，有人说他是被圣上下令毒死的，有人说是杨贤妃干的。不论是谁干的，反正太子已死。安王并没有因此得到好处，因为新的储君不是他，而是先帝的幼子陈王李成美。

谁当储君对颖王来说根本不重要，因为如今的皇权根本不在皇帝手里。所以，只要仇士良大权在握，不论谁入主少阳院，最终登上大位的人只能是他。

段若兰和陆珏爽约了。

沈元白早已听闻长安剧变，心中始终惦记着二人的安危。可是在泾县等了两年，他们仿佛人间蒸发了一样，一点消息都没有。

就在这时，他接到了一封来自陆珏的信。

陆珏在信中把所有经过和盘托出，沈元白这才恍然大悟，陆珏从来没承认过是太子的人。最初让他判断身份的那张写有"初九午时"的字条并不是给陆珏的，而是太子派人去杀沈元白，被陆珏截了。刺杀赵琛，看似是太子指使，其实是颖王为了加深安王和太子的矛盾，故意让他冒充太子的人。

往事如过眼云烟，他如今知道这些又能如何？

沈元白把信烧了。朝廷大事本就与他无关，只是可惜陆珏和段若兰，终究成了王权斗争的牺牲品。

又过了一年半，沈元白的天塌了。

这一年的仲秋，秋风清，秋月明，吴秋月在依依不舍中黯然离世，死在了沈元白的怀中。沈元白早已察觉此事，可是吴秋月一再掩饰，他又不是医者，对此实在无能为力，只好陪着她到最后一刻。

七日后，林鸢在鄂州出嫁。

吴秋月出殡，林鸢成亲，发生在同一天。

由于距离过远，林鸢无法为秋月送行，沈元白亦不能为林鸢送上祝福。林鸢收到讣告的时候，哭晕了好几次。夫家闻听此事，与她一起赶赴泾县，然而到达的时候，秋月已经下葬许久。灵堂上，林鸢再次昏了过去。

沈元白忧伤过度，葬礼过后便病倒了。整个泾县最好的医者是吴秋月，但她已经不在了，因此他拒绝别人医治，想着不如就这样随她而去吧！

好在吴秋月的师伯如约前来，经过他的细心医治，沈元白方见好转。

林寒出任宣州刺史，与林鸢再次相见，彼此皆已释怀，如同故友一般坦然相对，并一起劝慰沈元白。在大家的共同努力下，沈元白的精神状态好了不少。之后大半年，沈元白将心思尽付与刻印《本草补遗》，杨季还特意从扬州赶来相助。

再后来，皇帝在大明宫太和殿抑郁而终，仇士良顺势发动兵变，从十六宅迎接颖王即位。新皇帝即位不久，安王、新太子、杨贤妃接连被杀，仇士良升为神策军观军容使，这是王弘述死前的那个职位。不过，颖王最终还是给仇士良留了条生路，只是剥夺军权，让他以虚职回家养老。仇士良没有反抗，一是他斗不过颖王，二是颖王已经对他很仁慈了，再立新君他的下场一定比现在凄惨。毕竟，他在甘露之变杀了那么多人，所有人都对他恨之入骨。至此，神策军权彻底归于皇帝。颖王改年号为"会昌"，史称"会昌中兴"。

会昌元年，开州暴雨如注。

一辆马车在雨中缓行，忽然一阵颠簸，车轮陷入了泥坑。

未等沈元白发话，车夫便去找了一些东西填到坑里，轻轻抽打马匹，车子顺势而出，继续向前驶去。

沈元白发出一声轻叹，目光中尽是哀伤。

"你怎么了？"卢瑶好奇地问。

沈元白低声道："我想王宣了。"

"世事难料，这才几年，所有人都不在了。"卢瑶为了不让他太过伤心，强颜欢笑地拿出一把折扇递给他，"你看看这个。"

"折扇？"沈元白将其展开，"你什么时候做的？"

"好久了。"卢瑶笑道，"怎么样？还不错吧！"

沈元白总算展露笑颜："你在纸坊做的纸扇，用的居然是绸缎扇面，你怎么想的？"

"胡郅是绸缎商人，田寰却要用宣纸做扇面……"卢瑶摇了摇头，"人总是如此矛盾，我也不知道为什么。"

"我明白了。"沈元白把扇子还给她，"你依然觉得愧对田寰，所以才会避开宣纸。他若不执着于宣纸，胡郅便不会让我与他相见，自然也不会无辜被杀。只不过，华唤死于当晚，胡郅因安王之故也没得善终，你也应该放下了。"

卢瑶沉默片刻，释怀般低眉浅笑："哥，你给此扇取个名字吧！"

"香绸扇。"沈元白轻声回道。

卢瑶一怔，嗅了嗅扇面："这也不香啊？"

沈元白微笑道："与女子有关之物皆可冠以'香'名。"

"你又嫌我不读书。"卢瑶哼道，"回头我用熏香把扇面熏一遍，让它真正香起来。别人要问我为什么叫这个名字，我就说你闻闻香不香。"

"好办法。"沈元白依然笑着。

又行了半日，雨渐停歇。

"公子，前方有个旅店，要不要在此歇息一晚？"车夫问道。

沈元白撩起车帘，望着旅店方向，目光微沉："当然。"

进入之后，沈元白看到柜台内站着一个年轻人，于是走过去问："店主何在？"

"我就是。"年轻人道。

"以前不是你。"沈元白望着四周，感慨道，"什么都没变，唯有人已不在。"

"你说的那人是我爹。"年轻人疑惑道，"公子以前在这儿住过，可否告知姓名？"

"沈元白。"

"真的是你。"年轻人猛然一惊，"我爹临终之际叮嘱过，如果有幸再遇到你，一定要把他写的字给你看。"

"哦，"沈元白也很惊讶，"他已经去世了？"

"是啊。年前去世的。"年轻人从柜台中出来，"公子请随我来。"

后院的一间客房内，年轻人将一幅装裱精良的书法作品平铺在桌子上，其上全是小楷，可以明显看出卫夫人的痕迹，但已不再是形似，而是有了一种特殊的意境，既像卫夫人，也像钟繇，但又谁都不像，写得非常漂亮。内容是《上清琼宫灵飞六甲左右上符》，简称"灵飞经"，属于道教经文。

"好字！"沈元白赞道，"他总算突破了。"

"我爹在睡梦中笑着去世，走得非常安详。"年轻人道，"这都得益于公子送的宣纸，不如将这幅字送给公子，以表谢意。"

"还是你留着吧！"沈元白拒绝道，"这幅字可以传世，你要好好收藏。"

"我又不懂。"年轻人道。

"没关系。"沈元白微笑道，"这是你父亲的遗物，你把当成宝物对待便可。每当看到这幅字，你便不会忘记父亲的养育之恩。子孙后代，亦是如此。"

"我知道了。"年轻人颇为动容，"多谢公子。"

到达开州后，沈元白没有马上跟卢瑶去纸铺，而是想去街上走走。

卢瑶这次回家，是因为收到了父亲的信。父亲在信中对她表示甚是思念，希望她回来一起过中秋。还有一个原因卢瑶不知道，其实老卢为她物色了一门亲事，想让她回来与那人见一面。沈元白不放心卢瑶独自上路，便将纸坊交给岳父暂时照看，陪着她一起来了开州。

到了开州，明白了卢父的用意，沈元白自然退避三舍。

这日，沈元白正在街上闲逛，一个杂役模样的人跑过来，谦卑地说："沈公子，有人请你楼上一会。"

他侧目望去，发现旁边是一家酒肆。这间酒肆在汉丰坊，前方不远便是开州司马第，沈元白不知不觉竟然走到这里来了。

"何人相请？"沈元白问。

杂役递给他一块纸屑。

越州产藤纸，太和九年时曾是少阳院专用。

沈元白喜出望外，急忙跑了过去。

然而，他并未看到陆珏。

挨着窗边的一张桌子，段若兰正在自斟自饮。

同是故友，不算失望。

沈元白走过去，在她对面坐下："好久不见。"

这时，他看到段若兰所坐的长条凳子上放着一把横刀，刀鞘亮黑，不禁大为好奇："这把刀——"

"你还好吗？"段若兰的容颜沧桑了许多，语调也透着淡淡的悲凉。

"秋月走了。"沈元白咧了咧嘴，想以最轻松的状态说出这件事，没想到，一丝笑容都没挤出来，"她和我们同行的时候就已经病重，我却一点都没发现。"

段若兰万万没想到，只得喃喃道："怎么会这样？"

"都是我太过粗心。"沈元白已经学会更加关心人了，现在担心，经历了这么多生死后，当初单纯快乐的段若兰要如何面对往后有那么多痛苦回忆的日子，于是试探地道，"不说这些了，你今后有什么打算？不如与我去泾县，相互之间有个照应。"

段若兰自然明白他的好意，但她心底的苦楚只有自己能够消解。她得游历江湖，惩恶扬善，才能忘记昔日那些被谎言充斥的日子。

"我们都得往前走的。"段若兰笑了笑，"沈大哥，后会有期。"

能放下，就好。沈元白明白她的话外之意，脸上终于有了一丝笑意。

日渐西斜，两人饮了满壶酒后，起身离去。

沈元白目送她归入人海，孤独之感油然而生。

夕阳的余晖将天边染成红色，他踽踽而行，地上的影子被拉得很长。

形单影只，落寞凄凉。

（全文完）

秋风清，秋月明，

落叶聚还散，寒鸦栖复惊。

相思相见知何日？此时此夜难为情！

——唐·李白《秋风词》

借此萧然秋夜，在下与诸位分享这本书的创作历程。

沈元白在书中走了九个月，一路遇到各种各样的人，险象环生，但并不孤独。我在书外陪了九个月，整日在键盘文档之间游弋，比他安逸，却也比他寂寥。

本书的故事取材于一段史料，了解历史的朋友看到这里，想必对故事原型并不陌生，这件事就是"甘露之变"。唐文宗为诛杀仇士良可谓煞费苦心，最终因李训之辈的邀功争宠而功亏一篑，南衙彻底沦陷，无数人死于非命。"甘露之变"有许多未解之谜，我当时最大的疑惑就是堂堂金吾卫大将军韩约，居然让仇士良跑了，以及仇士良在文宗死后为什么拥立颖王，也就是后来的唐武宗，于是想写一部这样的悬疑小说。既然是小说，自然有虚构，否则写出来也不好看，所以我给出了一种逻辑自洽的前因后果，也对真实历史事件做了必要的补充。

宋申锡这个人，算是当时的有识之士了，为了铲除擅权的宦官不遗余力，几乎被满门抄斩。但他要杀的那个不是仇士良，而是王守澄，要不是另一个有良知的宦官马存亮及时阻止，他可能挺不到三司会审。唐代的三司是刑部、御史台、大理寺，这可都是文官集团，必然向着宋申锡，要求彻查此案。当时王师文跑了，漳王李凑被贬为县公，如果真查出来是诬陷，王守澄也不好过。他身边的出谋划策者也不是李训，而是郑注。此人不想事情闹大，提议将宋申锡贬为开州司马，此事到此为止，王守澄采纳了他的建议。从此以后，宋申锡终身不得返回长安，在开州郁郁而终。他去世以后，文宗给了宋慎微一个县尉官职，却不是泾县，而是山南西道的梁州城固县。宋申锡早年并非浙东观察使从事，而是湖南观察使从事。

　　文中没出现王守澄这个人，而是改成王弘述。李训、郑注皆为王守澄推举，二人的行为差不多，索性只用李训，而且"甘露之变"诛杀仇士良，是他与郑注争功，才取消了葬礼伏杀，在左金吾卫仗院以赏甘露为名杀死此人。之所以没用王守澄，是因为我这个故事，涉及了三个真实存在的宦官之行为。唐宪宗吃了柳泌的丹药精神错乱，随意杀害内侍，引得当时的权阉陈弘志恐慌，在大明宫中和殿将其勒死。据说，王守澄也参与了。血洗十六宅发生在唐昭宗时期，是宦官刘季述所为。因此，我将三人融到一起，取名王弘述。从唐宪宗到唐文宗之间，还有一个唐敬宗，他在位期间爆发了染工暴动，直接打进了清思殿。此人性情顽劣，也是被宦官毒杀的。后来王守澄杀了那个宦官，拥立江王即位，就是唐文宗。唐敬宗在位时间较短，防止影响阅读，索性将宪宗、敬宗两位皇帝合二为一，以"先帝"代之。史上的太子叫李永，不务正业之辈，爱好出游，因杨贤妃进谗言被废，不久暴卒于少阳院，不知道怎么死的。为了让故事更加好看，我把这些人联系在一起，算是一种情节上的补充，不作为历史定论。毕竟小说是一种艺术作品，并非文献。

　　最初我设计沈元白这个人物，并没有将造纸文化融入进去，也不知道该让他做什么，后来有幸去了一趟泾县，被那种从古代传承至今的传统造纸技术所折服，不禁想写一下这方面的文化，就把沈元白的纸坊放在了宣州泾县。如果了解纸张的朋友应该能看出来，沈元白家的"静心堂"纸坊取材于南唐李煜的"澄心堂"，后者才是名扬后世的造纸作坊。不过在下才疏学浅，并不能把造纸技术全方位呈现出来，班门弄斧恐有不足之处，希望看到本书的纸业人士多加包容。我把雕版印刷书坊放在了扬州，这是因为现在最大的雕版印刷博物馆在扬州。即便宋代出现了活字印刷术，雕版印刷依然经久不衰，可见其艺术价值之高。

提起唐朝，少不了的元素是酒，因为诗人都太能喝了，甚至还有"饮中八仙"之说。我只写了一种酒，其名为剑南烧春，从这个"烧"字就可以看出来此为高度烧酒，去掉"烧"字则是剑南春。这个酒是唐代名酒，剑南道的贡品。沈元白他们经常喝酒，因为这是唐代的一种文化，据说杨贵妃的三姐虢国夫人平日拿酒当水喝。

唐武宗开创了唐朝最后的中兴，可惜不吸取宪宗的教训，依然服用长生丹药，在位五年便死于非命。宣宗上来后，想要延续中兴，依然死于丹药。可见，晚唐的衰败不只在于宦官擅权，还因迷信长生不死。历史永远不能重来，我们也是从后世的角度去看的，如果处在那个时期，应该也不会太清醒。唐代太医署有一门咒禁科，以符咒驱邪治病。现代的人很难理解，药王孙思邈似乎也搞不清楚原理，却也只能承认其存在的必要。不得不说，此一时彼一时，真的不能用现在的知识去揣度古人的生活。对于陆珏、段若兰、吴秋月等人，我不想多说，人都是复杂的，我写的未必是你看到的，还需自行品味。吴秋月套用了唐代名医陈藏器的生平，此人幼年因母亲多病而痴迷医术，发明了药茶，并在开元年间写了本著作叫《本草拾遗》，又称《陈藏器草本》。明代李时珍对此评价甚高，可惜已经失传。

每个时代都有一些为科学技术默默付出的人，他们潜藏在各行各业，研究的领域不同，但都为了人类生活更加美好奋斗一生，只有少量做出过巨大贡献的人见于史料，更多的是无名之辈。历史上没有沈元白这个人，但我相信一定有人与他做了相同的事，便以此人为代表，向那些为中国发展和文化传承做出过贡献的前辈致敬。在下学识不高，秉承着一腔热血，在文中写到了一些关于文化的情节，未必是对的，但初心可鉴，若有不足之处还望见谅。最后，对一直陪着我写到此处的编辑献上由衷的感谢，没有她的陪伴与指点，我这九个月恐怕更加难熬。

辛丑牛年孟秋写于武汉

辛昕新

图书在版编目（CIP）数据

长安纸墨录 / 辛昕新著 . — 北京：北京联合出版
公司, 2022.3
ISBN 978-7-5596-5832-6

Ⅰ.①长… Ⅱ.①辛… Ⅲ.①长篇小说—中国—当代
Ⅳ.①I247.5

中国版本图书馆 CIP 数据核字（2022）第 000111 号

长安纸墨录

作　　者：辛昕新
出 品 人：赵红仕
策划出品：一未文化
版权统筹：吴凤未
监　　制：魏　童
责任编辑：李　伟
封面设计：佳　菲
内文排版：麦莫瑞

北京联合出版公司出版
（北京市西城区德外大街 83 号楼 9 层　100088）
北京联合天畅文化传播公司发行
天津中印联印务有限公司印刷　新华书店经销
字数 324 千字　710 毫米 ×1000 毫米　1/16　21 印张
2022 年 3 月第 1 版　2022 年 3 月第 1 次印刷
ISBN 978-7-5596-5832-6
定价：59.80 元